TERRE DE DÉFI

DU MÊME AUTEUR
CHEZ POCKET

LA BALLADE DE PERN

Les Origines :
1. L'AUBE DES DRAGONS
2. LA CHUTE DES FILS, CHRONIQUES
3. LES DAUPHINS DE PERNE
4. L'ŒIL DU DRAGON

L'Épidémie :
1. LA DAME AUX DRAGONS
2. HISTOIRE DE NERILKA

Autres Mondes de Pern :
1. LES RENÉGATS DE PERN

La Grande Guerre des Fils :
1. LE VOL DU DRAGON
2. LA QUÊTE DU DRAGON
3. LE DRAGON BLANC
4. TOUS LES WEYRS DE PERN

Les Harpistes :
1. LE CHANT DU DRAGON
2. LA CHANTEUSE-DRAGON DE PERN
3. LES TAMBOURS DE PERN

LE VOL DE PÉGASE

1. LE GALOP D'ESSAI
2. LE BOND VERS L'INFINI
3. LA ROWANE
4. DAMIA
5. LES ENFANTS DE DAMIA (Rendez-vous d'ailleurs)
6. L'ORGUEIL DES LYON (Rendez-vous d'ailleurs)

LA TRANSE DU CRYSTAL

1. LA CHANTEUSE DE CRYSTAL
2. KILLASHANDRA
3. LA MÉMOIRE DE CRYSTAL

LA TRILOGIE DES FORCES
(avec Elizabeth Ann Scarborough)

1. LES FORCES MAJEURES
2. LES LIGNES DE FORCE
3. LE JEU DES FORCES

LE CYCLE DES PARTENAIRES

1. LE VAISSEAU QUI CHANTAIT

NOUVELLES

LA DAME DE LA HAUTE TOUR

LE CYCLE DES HOMMES LIBRES

1. TERRE DE LIBERTÉ

SCIENCE-FICTION
Collection dirigée par Jacques Goimard

ANNE McCAFFREY

LE CYCLE DES HOMMES LIBRES

TERRE DE DÉFI

POCKET

Titre original :
FREEDOM'S CHOICE

Traduit de l'anglais par Simone Hilling

Si vous souhaitez recevoir régulièrement notre zine **« Rendez-vous ailleurs »**, écrivez-nous à :

« Rendez-vous ailleurs »
Service promo Pocket
12, avenue d'Italie
75627 PARIS Cedex 13

PRESSECO
PAPIER RECYCLÉ
NATURE PROTÉGÉE

ISBN 2-266-08128-4

PRÉFACE

Lorsque les Cattenis, mercenaires à la solde d'un peuple appelé les Eosis, envahirent la Terre, ils appliquèrent leur tactique standard de domination, atterrissant simultanément dans cinquante villes de la planète et les vidant de tous leurs habitants, qui furent ensuite distribués dans tous les mondes cattenis, et vendus comme esclaves en même temps que d'autres races conquises et asservies.

Comme l'esclavage ne plaisait guère aux habitants du premier monde, les conquérants rencontrèrent beaucoup plus de résistance qu'ils ne l'avaient prévu. La taille et la brutalité du soldat catteni avaient suffisamment inspiré de peur et d'obéissance pour décourager toute résistance active lors de leurs invasions précédentes. Toutefois, comme les Eosis avaient découvert beaucoup de planètes de type-M, ils conseillèrent aux Cattenis de rassembler tous les dissidents et félons, puis de les déposer sur n'importe quelle planète de type-M, et de les y laisser se débrouiller.

Tous les mondes de type-M ne conviennent pas à la colonisation, mais comme les Cattenis disposaient de beaucoup d'individus qu'ils pouvaient sacrifier, ils utilisaient une méthode empirique pour déterminer quels mondes étaient fertiles et accueillants, et lesquels renfermaient des dangers déconseillant l'occupation. On surveillait le taux de survie des colons involontaires. Si peu d'entre eux restaient en vie, le monde était abandonné. Si le taux de survie était élevé, ils procédaient à d'autres largages. Quand, grâce au travail des colons, la vie y devenait supportable, les Cattenis installaient un gouverneur et exigeaient en tribut un pourcentage des productions planétaires. Tous ceux qui protestaient contre cette procédure étaient rassemblés et déposés sur un autre monde colonial potentiel.

Botany était l'un de ces mondes, sur lequel les Cattenis, vidant toutes les prisons de Barevi et de la Terre, avaient abandonné plusieurs espèces pour voir comment elles survivraient — chacune en particulier, de même que les indigènes, encore non identifiés. Humains, Deskis et Rugariens constituaient les « colons » du premier largage.

Les Cattenis équipaient ces colons involontaires de vêtements indestructibles, d'une couverture et d'un paquet de rations militaires. La « cargaison » passait le voyage en animation suspendue, et était déposée sur la planète avec des couteaux, des hachettes et des trousses médicales rudimentaires.

Pourtant, sur Botany, un ancien sergent instructeur de l'armée avait pris les choses en main et les déportés, avertis pas un non-humain de leur groupe, avaient échappé aux prédateurs aviens locaux.

Zainal, le seul Catteni déporté faisant partie de ce largage, se rappelait vaguement d'autres problèmes posés par la planète, d'après le rapport originel d'exploration qu'il avait lu en diagonale. Certains des exilés voulaient se venger sur lui et le tuer, mais Kris Bjornsen les en empêcha, arguant qu'il en savait plus que personne sur la planète et qu'il valait mieux le conserver en vie pour le moment. Le sergent Chuck Mitford comprit la sagesse de ce raisonnement et suivit également le conseil du Catteni de chercher un terrain élevé et rocheux pour camper s'ils voulaient survivre. Au cours d'une marche forcée pour gagner la sécurité des collines proches, Mitford réalisa que Zainal pouvait leur être utile pour plus d'une raison.

L'établissement du camp de base et la recherche de nourritures diverses occupèrent tous les survivants sous le commandement de Mitford. Les colons découvrirent que cette planète n'était pas aussi déserte que le donnait à penser le rapport des Cattenis. En fait, de vastes étendues en étaient cultivées par des machines extrêmement sophistiquées, fonctionnant sans supervision d'« êtres vivants ». Au cours d'une mission de reconnaissance, Kris Bjornsen et Zainal rencontrèrent d'autres humains, de même que des spécimens des quatre autres races larguées sur Botany. Pour empêcher que les représentants de la race deskie ne meurent de malnutrition, Botany ne produisant pas un élément indispensable à leur métabolisme, Zainal imposa une confrontation avec le commandant du second astronef venu larguer d'autres colons présomptifs, et le chargea de dire à ses supérieurs que cette planète était manifestement une colonie agricole d'une race encore inconnue.

Puis il fut convoqué à une réunion secrète avec un autre emassi — officier supérieur chez les Cattenis — qui lui proposa de rentrer dans son monde natal, en retrouvant son rang et ses privilèges, proposition qu'il refusa sans hésitation.

Entre-temps, il était arrivé assez d'ingénieurs et de techniciens pour recycler les machines de la planète en appareils et gadgets utilisables, fournissant aux colons moyens de communication et autres objets utiles.

Grâce à des cartes aériennes que les Cattenis lui avaient fournies à contrecœur, Zainal conduisit un groupe de reconnaissance à ce qui pouvait bien être le centre de commandement de la planète. Mais, à l'évidence, personne n'y était venu depuis très longtemps, bien qu'un garage contînt plusieurs appareils aériens et de petits missiles ressemblant à des capsules d'alarme. Dick Aarens lança l'un d'eux délibérément, dans l'espoir que les vrais « propriétaires » de Botany reviennent et aident les colons contre les Cattenis.

PROLOGUE

PREMIÈRE PARTIE

Le satellite nota le départ d'un missile de la surface de la planète sous observation. Il en analysa les composants, tenta d'établir des corrélations avec les informations de ses banques de mémoire, et ne trouva rien. Furent aussi enregistrées la vitesse inusitée et la direction approximative du missile — nord-est vers le bord le plus éloigné de la Voie Lactée. Juste comme le missile atteignait l'héliopause du système, il disparut. L'examen du secteur ne révéla aucun débris ; on ne put détecter aucune trace ionique ou autre de son système propulseur. Le missile avait disparu, fait inacceptable pour le programme de surveillance, et sans doute causé par une erreur fonctionnelle exigeant enquête et réparations. Bien que le début de sa trajectoire eût été enregistré, et à cause de l'anomalie de l'incident, le satellite ne transmit pas immédiatement les données à son serveur.

En conséquence, sans le code d'urgence requis, l'information passa par différents processus avant que l'anomalie ne fût remarquée. Elle fut immédiatement rapportée à qui de droit. Une équipe fut expédiée pour remédier aux dysfonctionnements. Après une vérification complète du satellite, on n'en trouva aucun. On soupçonna donc les données de constituer un dysfonctionnement en elles-mêmes, au lieu d'être un enregistrement objectif. Après tout, la planète était une colonie pénale ; les exilés n'avaient que le matériel de survie essentiel, et aucun équipement technologique d'aucune sorte. C'est seulement par hasard que le rapport vint à la connaissance des personnes possédant les informations nécessaires pour réaliser la signification du relevé et de la disparition mystérieuse de la capsule d'alarme.

DEUXIÈME PARTIE

— Tu dis qu'il a *refusé* de répondre à la sommation ?

Celui qui venait de parler fronça les sourcils devant le commandant emassi.

Comme ils étaient également père et fils, le fils était habitué à la mauvaise humeur de son père. En la circonstance, elle lui fit plutôt plaisir, car le refus de Zainal de revenir accomplir le devoir qui lui était imposé par son rang et sa famille allait ternir un peu plus sa réputation dans l'estime de leur père.

— Il a été choisi, dit Perizec, abattant un énorme poing sur son bureau. Il ne peut pas se soustraire à la sommation.

— C'est pourtant ce qu'il a fait, dit Lenvec, haussant imperturbablement les épaules. « Largué je suis, largué je reste. » Tu connais la convention.

Perizec abattit les deux poings sur son bureau, l'ébranlant sous le choc et dispersant tous les dossiers.

— Un ordre des Eosis a préséance sur une convention des Cattenis ! Tu le sais !

Le froncement des sourcils s'accusa, tirant vers le bas la bouche charnue et la lourde mâchoire, assombrissant la peau grise.

— Il connaît son devoir depuis qu'il a été présenté à l'Eosi. Largué ou pas, il doit revenir pour remplir ce devoir.

Les poings se remirent à marteler le bureau. Puis Perizec étrécit les yeux, les réduisant à deux fentes à travers lesquelles ses pupilles jaunes flamboyaient de colère.

— Et comment se fait-il qu'il ait été largué sur cette maudite planète ?

Lenvec haussa encore les épaules. Il savait que son père connaissait l'histoire, mais il répéta le rapport.

— Zainal a eu une altercation avec un petit fonctionnaire des transports, qui s'est terminée par la mort de ce dernier. Son équipe a voulu le venger, et Zainal a fui dans un coucou. Il a été abattu et s'est crashé dans les terrains de chasse de l'Ouest. Sur le moment, on n'a retrouvé aucune trace de lui. Il semble avoir été arrêté en même temps que des dissidents gazés pendant une émeute, et qui faisaient également partie du convoi d'esclaves. Il a fait connaître sa présence au commandant du second vaisseau de largage. Ton bureau a été prévenu, et j'ai fait le déplacement pour le ramener. Il a refusé...

— Je sais, je sais, dit Perizec, agitant ses gros doigts pour mettre fin au récit. Il doit revenir. Son devoir est imprescriptible. Nous ne pouvons pas nous soustraire à l'élection.

Perizec fronça les sourcils, plongé dans de profondes réflexions.

— Envoie sur cette planète l'équipe responsable de sa déportation, et qu'ils s'arrangent pour qu'il soit prêt à embarquer à ton prochain atterrissage.

— Il me vient une pensée, Père, commença Lenvec. Les Cattenis ne seront sans doute pas bien accueillis sur la planète, et on les empêchera peut-être de trouver Zainal.

Perizec le regarda avec colère.

— Zainal a survécu. Tu as dit toi-même qu'il faisait partie d'une équipe quelconque.

Lenvec haussa les épaules.

— N'oublions pas, Père, que Zainal est un emassi, et aussi intelligent que tu l'es...

Perizec grogna à ce compliment filial.

— Il est également catteni, et résisterait à toute tentative d'élimination de membres de sa propre race.

— Il peut ne pas être en position de l'empêcher, insista Lenvec. Il peut aussi vouloir éliminer cette équipe responsable de sa déportation.

— Il faudra les « récompenser » pour le rôle qu'ils ont joué dans son exil, dit Perizec avec un sourire mauvais. Occupe-t'en. Et trouvons parmi les emassis deux ou trois compagnons de chasse de Zainal. Eux, il les protégerait sans doute, non ?

Lenvec approuva de la tête.

— Ils veilleront à ce qu'il soit prêt à embarquer à ton prochain passage.

— Je devrai les y transporter ?

— Surtout pas ! Cela mettrait Zainal sur ses gardes. Pour quand est prévu le prochain chargement ?

Lenvec consulta son unité de poignet.

— Dans vingt-deux jours.

— Trouve les hommes...

— Une femelle aussi, Père, si je peux me permettre cette suggestion. Il est depuis longtemps sans... compagnie.

— Excellente idée, dit Perizec avec un grand sourire. Tu penses à quelqu'une en particulier ?

Lenvec hocha la tête.

— Ils seront tous récompensés.

Il prit ses dossiers et se mit à les classer tout en parlant.

— Ce doit être fait aussi vite que possible. J'ai dit aux Eosis que Zainal avait été envoyé en mission spéciale, car il ne savait pas qu'ils avaient besoin de lui. Ils nous ont accordé un délai, mais leur colère tombera sur nous si nous ne leur présentons pas Zainal dans un laps de temps raisonnable.

Lenvec hocha la tête. Comme Zainal avait été élu par les Eosis, il n'avait pas été besoin de présenter Lenvec. Et il ne souhaitait pas qu'on lui accorde un tel « honneur », car il savait exactement en quoi il consistait. Toutefois, il pourrait très bien se retrouver suppléant, si Zainal ne se présentait pas. L'honneur de la famille était en jeu. Et le manquement à cet ordre des Eosis provoquerait disgrâce et désastre pour toute la parenté.

— Tiens-moi informé, Lenvec, dit Perizec à son fils, lui signifiant son congé.

Lenvec salua cérémonieusement, pivota avec une raideur toute militaire, et sortit, et Perizec se mit à réfléchir à la façon de punir la bêtise d'un simple équipage de transporteur, qui avait eu l'audace de placer un emassi dans un vaisseau de déportés. Il se délecta à imaginer le châtiment parfait dans tous ses détails, et put bientôt donner les ordres nécessaires. Quand la rumeur commencerait à circuler, il se trouverait peu de tudos ou de drassis pour oser répéter cette bévue, quelle qu'en soit la cause. Cela contrevenait à l'un des principes essentiels de la discipline cattenie, mais Perizec n'en avait cure. Son rang avait ses privilèges, et il les exerçait fréquemment.

CHAPITRE 1

Comme il le devait, le Deski informa immédiatement le chef du camp de ce qu'il avait entendu sur la hauteur dominant le Camp Rock.

— Tu as entendu un vaisseau atterrir ? demanda Worrell, se frictionnant vigoureusement le visage en un effort pour comprendre ce que Coo lui disait.

— Atterrir, dit Coo, hochant énergiquement la tête. Pas grand. Pas coume d'ha-ba-tiu-de, ajouta-t-il, se débattant avec la prononciation.

— Pas comme d'habitude ? traduisit Worrell, tandis que Coo opinait avec un sourire de style deski inhabituel. Tu veux dire que ce n'est pas un largage ?

Coo hocha la tête à deux reprises pour être sûr qu'il était compris.

Worrell soupira de soulagement. Depuis un mois, ces maudits Cattenis avaient accéléré leurs largages de « colons » au point qu'ils avaient à peine le temps d'assimiler chaque arrivage.

— Pas largage. Pas rester longtemps. Arrivent... — Coo mima un atterrissage en piqué de sa main aux phalanges bizarrement articulées, et la releva aussitôt — et repartent. Sans bruit.

Puis il porta la main à son oreille, feignant d'écouter intensément.

Instantanément, Worry se mit à se tracasser. Son surnom[1] était moins une contraction de son nom que la qualification de son principal trait de caractère.

1. *To worry* : s'inquiéter, se tracasser. (*N.d.T.*)

— Un largage rapide, donc. Quelques personnes au plus. Mais de quel genre ? demanda-t-il, plus pour lui que pour Coo. Près d'ici ?

— Pas près-près.

Coo baissa la tête, s'orienta, puis il se déplaça légèrement vers la droite, pour faire face au nord. La capacité des Deskis à toujours savoir où ils se trouvaient était une qualité précieuse sur Botany. Ils pouvaient revenir au camp principal, le Camp Ayres Rock, de n'importe où, de sorte qu'ils avaient pris l'habitude d'inclure au moins un Deski dans chaque groupe de reconnaissance.

Maintenant, Coo tendait son bras droit doublement jointé vers le nord, dirigeant le gauche presque plein ouest.

— Là. Pas près-près.

— Vraiment ?

Worry se leva et tapota l'épaule osseuse de Coo.

— Bon travail, Coo. Merci.

— Travail bon ?

— Très bon, Coo.

Worrell alluma la lumière pour consulter la carte suspendue au mur. La plus grande partie du continent y était encore en blanc, mais au cours des mois d'hiver, quelques détails avaient été ajoutés par les équipes de reconnaissance.

— Si nous sommes ici, Coo, dit Worrell, posant le doigt sur le réseau de grottes de Camp Rock, c'est à quelle distance vers l'ouest ?

Coo tendit la tête vers la carte, au bout d'un cou qui semblait élastique, posa un doigt sur le camp, puis le glissa dans la direction appropriée.

— Pas plus loin beaucoup.

— Vraiment ?

Worrell sentit l'angoisse s'épanouir dans son ventre. Le point que montrait Coo était celui où Zainal et son équipe avaient rencontré le vaisseau de reconnaissance envoyé pour le ramener à ses devoirs d'emassi catteni.

— Merci, Coo. Tu peux retourner à ton poste.

— Je vais.

Et le Deski s'éclipsa sans bruit.

Worrell jeta un coup d'œil sur sa montre. L'aube était encore trop éloignée pour envoyer une équipe enquêter sur le site. Les prédateurs nocturnes ne seraient que trop contents d'attraper tout ce qui bougerait à la surface. Même une équipe nombreuse, tapant violemment des pieds, ne pourrait échapper à ces monstres affamés.

Puis Worrell se mit à glousser. Si les Cattenis avaient effectivement déposé quelqu'un dans un certain but... comme rétablir le contact avec Zainal... ils allaient avoir un comité d'accueil inattendu.

— Bien fait pour eux, dit Worrell, bien qu'il ne fût pas de caractère vindicatif.

De bien meilleure humeur, il retourna à son lit et s'endormit profondément.

Worrell aurait aimé envoyer Zainal enquêter sur le site de l'atterrissage, mais il avait entrepris avec Kris Bjornsen une longue mission de reconnaissance : ils cherchaient d'autres grottes, granges et terrains rocheux où loger les colons que les Cattenis débarquaient continuellement. Il envoya donc Mic Rowland, du Cinquième Largage. Il avait été cascadeur dans le cinéma, et on pouvait lui faire confiance pour observer discrètement et faire face à toutes les éventualités. Worry l'informa de l'atterrissage nocturne, et de l'endroit où, selon Coo, il s'était situé.

— Si un Deski dit qu'il s'est posé là, on trouvera des indices.

Mic avait trop l'habitude de travailler avec le tout-venant, comme il disait, pour ne pas apprécier les talents quand il en rencontrait.

— Même un vaisseau de reconnaissance laisse une odeur derrière lui, acquiesça Worrell. Prends des nouveaux avec toi. Ça leur donnera l'occasion de chasser.

— D'accord, dit Mic avec un hochement de tête très professionnel.

Un sourire jusqu'aux oreilles, Worrell vit Rowland enrôler, dans la queue du petit déjeuner, les cinq premières personnes que leurs combinaisons neuves désignaient comme des nouveaux. Il leur laissa néanmoins le temps de manger, puis ils partirent.

Worrell savait que cette expédition leur ferait du bien. Beaucoup arrivaient sur Botany encore tout pleins de leurs activités de sabotage sur la Terre, du nombre de Cats qu'ils avaient blessés ou tués et autres actions téméraires, et ils avaient besoin de redescendre de quelques crans pour s'adapter aux réalités plus terre à terre de Botany. Heureusement, la plupart s'adaptaient mieux à leur nouveau monde que Worrell ne l'espérait au début.

Ce qui inquiétait l'Australien et les autres chefs de camp, c'était le fait indiscutable que les Cattenis faisaient des largages de dissidents de plus en plus fréquents. Zainal en avait été surpris également, et avait remarqué astucieusement que c'était parce que les Terriens étaient beaucoup plus rebelles que les autres races soumises par les Cattenis. Il y avait donc davantage de résistants à exiler. Jusque-là, ils avaient pu absorber les humains et les non-humains, mais, selon le conseil de Zainal, ils avaient laissé les Turs, belliqueux et peu sociables, partir de leur côté dès leur arrivée. Pourtant, la population de Botany était passée de 582 à près de 9 000.

Worrell se tracassa toute la journée, se demandant ce que Mic Rowland allait trouver. Il agrandit aussi le périmètre de garde, en cas d'infiltration, disant vaguement aux sentinelles qu'on avait vu des Turs rôder dans les parages. Étant donné les vues de Worrell sur les faiblesses humaines, il était fort possible que certains spécimens d'humanité aient subi un lavage de cerveau les faisant collaborer avec leurs maîtres cattenis, et qu'ils essayent de se glisser dans la colonie pour y provoquer des troubles. Cela lui paraissait plus probable qu'un largage secret de Cattenis, vu qu'ils seraient instantanément repérés. Jusque-là, Zainal était le seul représentant de sa race dans la colonie. Il avait échappé à la mort de justesse le premier jour. Et c'était une bonne chose, car il s'était révélé très utile dès le début et il continuait à l'être ; il était même allé jusqu'à refuser l'occasion de partir.

Mic Rowland revint avec assez de gibier pour justifier la fiction d'une partie de chasse. Congédiant ses équipiers, il saisit le regard de Worrell, montra de la tête le bureau de Worry sur la hauteur et s'y rendit aussitôt, donnant les râblés au cuisinier, mais conservant le sac qu'il tenait à la main.

Quand ils furent seuls, Mic vida le sac sur la table et sourit devant la stupéfaction de Worrell.

— Des bottes ?

— C'est tout ce qui restait d'eux. Et elles ne sont pas comme les nôtres, dit Mic. Bien meilleure fabrication. Et ça.

Il sortit de sa poche de poitrine une petite plaque d'environ sept centimètres de long et deux d'épaisseur.

— À mon avis, c'est une unité-com ou un appareil d'appel quelconque, peut-être même un implant. J'en ai enlevé le sang.

Puis il prit une botte, rayée comme si quelque chose de très chaud, ou très fort, l'avait tordue, y laissant de profonds sillons. Il imprima une torsion au talon, et toute la partie inférieure de la botte se détacha, révélant une trousse d'outils miniaturisés enchâssée dans l'épaisse semelle.

— Il y a quelque chose dans chaque botte.

Il prit la plus petite paire, et ouvrit une semelle, révélant son contenu.

— On dirait un injecteur de drogue.

Il ouvrit l'autre semelle qui contenait deux petits flacons.

— Et voilà les drogues.

— Des drogues ? Très bien, il faut les donner à Dane.

Worrell compta huit bottes, en s'efforçant de dissiper son anxiété croissante.

— Donc, ils ont largué une équipe. Pour faire quoi ?

Worrell avait l'affreux pressentiment que sa première intuition avait été exacte, mais est-ce que Mic savait ?

Mic haussa les épaules.

— Tu es là depuis plus longtemps que moi. Mais après déduction, je dirais qu'ils cherchaient Zainal.

Saisissant le regard incisif de Worrell, il lui fit un grand sourire.

— Eh oui, je sais. Il n'y en a pas beaucoup qui seraient demeurés ici s'ils avaient eu l'occasion de partir.

— Hum. D'autres... restes ?

Mic secoua la tête.

— Quelques petits bouts de métal, venant sans doute de leurs uniformes, mais même le tissu des Cattenis est comestible pour les charognards. Les bottes sont juste un poil trop coriaces pour eux.

Il montra les bottes du doigt.

— Et c'étaient des costauds. Même pour des Cattenis. Un peloton disciplinaire, sans doute.

— Une paire est beaucoup plus petite que les autres. Pourraient-ils avoir envoyé une femme ?

Mic haussa les épaules.

— Qui sait ce que les Cattenis peuvent faire ?

Il ferma la bouche, ravalant ce qu'il allait dire, et haussa les épaules une fois de plus.

Worrell imagina sans peine ce que Mic aurait pu dire. Avant sa déportation, Worrell avait vu assez de femmes catteniens de haut rang pour savoir que Kris Bjornsen était bien plus belle que la plus belle d'entre elles. Beaucoup désapprouvaient sa liaison avec Zainal, mais, à part Dick Aarens, personne n'avait le cran de s'en plaindre ou de la critiquer.

— Merci, Mic. Les autres ont remarqué ?

— Avec toutes ces bottes éparpillées partout, c'était difficile de faire autrement. Mais je crois que les nouveaux n'ont pas noté qu'elles ne sont pas comme les nôtres. Alors, je viens de t'annoncer la perte d'une équipe de reconnaissance. D'accord ?

— D'accord, dit Worrell. Et tu en as profité pour leur conseiller la prudence, non ?

— Pas question de rater une occasion comme ça, Worry.

Et Mic sortit avec un sourire épanoui.

Worrell nota mentalement que Mic était prêt à assumer de plus grandes responsabilités. Puis il appela le numéro de l'équipe de Zainal pour qu'ils lui fassent leur rapport, et enfin, il contacta Chuck Mitford.

— Oui, mets-les en lieu sûr, Worry, dit Mitford, jusqu'à ce qu'on puisse y jeter un coup d'œil, Zainal ou moi. Donne les trucs médicaux à Dane. Il saura peut-être ce que c'est et pourra s'en servir. Et tu devrais peut-être envoyer les outils à l'Échappée Belle pour les ingénieurs. Ils seront contents d'avoir du matériel haut de gamme, même s'ils ont fabriqué pas mal de trucs ces temps-ci. Il faudra que je trouve un moyen pour expliquer leur... euh... apparition.

Il se contredit un instant plus tard.

— Mais je n'ai rien à expliquer, non ?

— Non bien sûr, Sergent.

Worrell sourit. Dans l'un des derniers largages, il y avait tout un assortiment d'ex-amiraux, ex-généraux et galonnards divers, dont la plupart, une fois remis des épreuves du voyage, ne rechignaient pas à donner respectueusement du « Sergent » à Mitford. Ceux qui ne le faisaient pas apprenaient sans tarder tout ce qu'on devait à ce sergent, ou se retrouvaient assignés à des camps moins agréables. Personne — sauf les malades — ne coupait aux tâches imposées, et à tour de rôle, tous chassaient, cuisinaient, montaient la garde ou s'acquittaient de tout autre travail dont on les pensait capables. Pourtant, quand il n'avait pas d'autre sujet d'inquiétude, Worrell se demandait si un ex-cadre supérieur ne finirait pas par tenter de dégommer Mitford. Bien sûr, si Mitford décidait lui-même de s'effacer devant eux, il en avait parfaitement le droit. Jusque-là, la gestion de Mitford — et il avait écouté les suggestions de pratiquement tous les exilés des deux premiers largages — avait sacrément bien marché.

— Sergent, est-ce qu'il faut se méfier d'infiltrateurs humains ? demanda-t-il, espérant qu'un « non » de Mitford lui enlèverait ce nouveau souci.

Mitford émit un grognement qui fit vibrer le diaphragme du portable, et Worry commença à se détendre.

— Pas à moins qu'ils courent plus vite que les charognards. Et s'ils étaient quatre Cattenis, ils ont dû alerter les charognards à quatre champs alentour avec leurs grands pieds.

Il fit une courte pause, puis ajouta :

— Worry, tu ne crois quand même pas que des humains travailleraient *avec* les Cattenis, non ?

— Il y a eu des renégats, des espions, des traîtres dans toutes les guerres. Pourquoi pas dans celle-ci ?

Mitford proféra un juron, bref mais expressif.

— Tu pourrais avoir raison. Bon sang ! Mais pourquoi envoyer des infiltrateurs par livraison spéciale ? Il serait plus facile de les mettre dans un largage normal. Et pourquoi nous déstabiliser ? Zainal dit que les Cattenis aiment mieux que les colonies prospèrent, pour en prendre le commandement quand tout va bien.

Il y eut une pause.

— De plus, ils s'en donneraient à cœur joie s'ils essayaient cette tactique sur *ma* planète.

Et personne ne reprocherait à Mitford l'emploi de l'adjectif possessif.

— On serait avec toi à quatre cents pour cent, Sergent.

Nouvelle pause.

— Je vais dire à Easley d'être encore plus vigilant en vérifiant les identités dans les prochains largages. D'accord ?

Sur ce, il coupa la communication, laissant Worrell moins anxieux qu'auparavant : personne n'allait conquérir « ma planète ». Il sourit à l'indignation perceptible dans la voix de Mitford. Des éclaireurs étaient tombés sur les vestiges de plusieurs camps dans la montagne, au-dessus du niveau habité par les charognards, et sur les squelettes de ceux qui ne leur avaient pas échappé. Mais tout était bien mieux organisé maintenant, surtout les largages. C'est à Peter Easley, ancien chef du personnel d'une immense multinationale, qu'on le devait. Le lendemain de son arrivée sur Botany, il avait cherché Mitford et lui avait fait des suggestions pour simplifier et accélérer les procédures d'accueil, et repérer les traumatisés qui avaient besoin d'une aide psychologique. Il avait recruté d'autres hommes et femmes expérimentés dans le contrôle des foules et le maniement du personnel, et avait signalé à Mitford d'autres spécialistes qu'il pourrait vouloir interviewer lui-même. Mitford avait totalement abandonné à Easley le problème de l'accueil des arrivants. Sur une autre recommandation d'Easley, la complexité des réintégrations avait été confiée à Yuri Palit, autrefois chef de la réintégration des personnes déplacées à l'ONU. Il y avait maintenant assez d'ingénieurs, aéronauticiens, mécaniciens et inventeurs pour rabaisser le caquet même à Dick Aarens.

Avec suffisamment de téléphones portables disponibles, les équipes de reconnaissance pouvaient prévenir Mitford de tout fait insolite, comme Worrell venait de le faire, et le sergent ne travaillait à présent que pendant les « heures de bureau ».

— J'ai assez de loisirs maintenant pour diriger moi-même un groupe d'éclaireurs, avait récemment confié Mitford à Worrell, au cours d'un voyage de Camp Rock à Camp Silo.

— C'est ça qui te plairait ? avait demandé Worrell, vu que c'était la première fois qu'il l'entendait émettre quelque chose ressemblant vaguement à une plainte.

— Tout ce monde flambant neuf que tous découvrent sauf moi ! avait dit Mitford, levant les bras au ciel de frustration. Enfin, je vais peut-être pouvoir y arriver.

Puis il avait souri et ajouté :

— Et j'ai de moins en moins de paperasse.

De sorte que, maintenant, Mitford avait plus de temps pour organiser les équipes et les envoyer dans toutes les directions. Afin de localiser d'autres sites de camps, surtout pour remplacer Camp Rock, établi juste au-dessus d'une gorge profonde marquée par des siècles d'inondations de printemps. Zainal et Kris Bjornsen étaient actuellement engagés dans une de ces expéditions, espérant trouver un site qui ne fût pas une installation des « Mécanos » ou des « Fermiers » comme beaucoup commençaient à les appeler étant donné l'importance agricole de la planète.

Worrell remit les bottes dans le sac et examina attentivement la plaque. Il semblait y avoir des indentations rondes à un bout : peut-être des touches de contact. Il en compta neuf — autant que sur un bloc numérique. Il fut cruellement tenté, mais renonça à toute expérimentation intempestive. Il avait diffusé la séquence de rappel, et Zainal et Kris seraient de retour dans quelques jours.

Au même moment, l'équipe exultait, car ils venaient de terminer la difficile ascension d'une falaise, et leur regard plongeait à présent dans une longue vallée sans aucune trace de l'organisation qui caractérisait les terres cultivées par les Mécanos. L'ascension avait été décidée sur un coup de tête, provoqué par certaines anomalies remarquées par Zainal et Whitby, l'alpiniste chevronné de l'équipe. La première était un cours d'eau qui sortait en bouillonnant de ce qui semblait une falaise massive.

Après enquête, ils avaient découvert que le ruisseau s'était creusé un passage dans la barrière rocheuse.

— Ce n'est pourtant pas le genre de roche que l'eau peut éroder, dit Whitby. Ce canal a été creusé par quelqu'un.

La seconde curiosité était un tas de pierres qui barrait leur chemin, et qui, selon Whitby, ne pouvait pas venir d'un glissement de terrain naturel. Il attira leur attention sur le sommet de la falaise qui semblait avoir été arasé.

— Ce pourrait être un tremblement de terre, dit Kris.

— Nous n'avons vu aucun autre effondrement en chemin, dit Basil Whitby, examinant les deux côtés de la falaise en branlant du chef. Ce n'est pas un glissement de terrain, pas avec ce type de roche.

Puis il grimaça à la vue des rocs tombés de la barrière.

— Je ne vois aucune route conduisant ici, dit Sarah, regardant dans toutes les directions pour s'en assurer.

— Comme si les Mécanos laissaient des traces avec leurs engins sur coussin d'air ! lui rappela Joe Marley, et elle lui fit la grimace. Pas même la trace d'un gros truc qu'on aurait parqué.

— Les animaux laissent des traces, répliqua-t-elle.

— Et nous n'en avons pas vu beaucoup dernièrement, non ? contra-t-il avec bonne humeur.

— Il doit bien y avoir d'autres bêtes que les vachesleuh, les râblés, les charognards et ces terribles aviens. Même moi je sais cela sur l'équilibre écologique.

— Peut-être que cette barrière se trouve là pour une bonne raison, dit Leila Massuri d'un ton prudent.

Elle et Whitby étaient les deux nouveaux dans l'équipe Zainal-Kris. Elle contribuait plus à faire bouillir la marmite, grâce à ses prouesses de tireuse à l'arc, qu'à la conversation.

— Pour empêcher quelque chose de sortir ? Ou d'entrer ? demanda Joe, acceptant l'hypothèse.

— On va aller voir, dit Zainal, distribuant le matériel nécessaire à l'ascension.

Le coussin d'air de leur véhicule tout terrain leur permettait de passer pratiquement partout, mais la pente rocheuse qui leur faisait face était trop raide.

Ils étaient beaucoup mieux équipés pour leurs explorations qu'aux premiers jours ayant suivi leur largage.

Leila passa son arc sur son épaule, s'assurant que le carquois était bien attaché, tandis que Kris remplissait son sac de cailloux pour sa fronde et passait en bandoulière le rouleau de corde que Zainal lui tendait. Whitby s'était fabriqué un piolet, qu'il attacha à une boucle de sa ceinture ; il fourra des pitons dans ses poches de cuisse et fixa solidement son arc et ses flèches à son harnais. Sarah et Joe avaient une fronde et un boomerang, arme qui devenait de plus en plus populaire. Fek et Slav étaient armés de lances et de hachettes. Ils emportèrent tous leur rouleau de couvertures et un sac avec des vivres et de l'eau.

L'ascension de la pente abrupte qui s'éboulait souvent sous les pieds leur prit le plus clair de la matinée, mais la vue du sommet les récompensa largement de leurs efforts. Au-dessous d'eux s'étendait une vallée paisible, manifestement épargnée par les machines agricoles qui dominaient la région, derrière eux. La vallée se rétrécissait à l'autre extrémité, et ils perçurent le lointain murmure d'une cascade tombant dans un petit lac. Le cours d'eau qui en sortait sinuait dans la vallée avant de se heurter à la falaise. Le fond de la vallée était couvert de prairies semées de fourrés de ces arbustes bizarres qui porteraient, en leur saison, des baies comestibles. Mais le plus curieux, c'étaient les petits bosquets de ce que Kris baptisa arbres-charpentes. Leur tronc très droit s'aplatissait au sommet en un cimier de branches fines s'étendant dans toutes les directions et couvertes d'aiguilles pendant les mois chauds. Il en poussait dans les haies séparant les champs des Mécanos, mais toujours isolés, jamais en bosquets et encore moins en aussi grand nombre que ceux qu'ils voyaient actuellement.

— C'est aussi bien que Shangri-La, dit Sarah McDouall qui admirait la vallée en souriant. Si paisible, si...

— Secret ? suggéra Joe. Je me demande ce qu'on va y trouver d'autre.

— Il y a de la place pour des centaines de colons ici, dit-elle, ignorant le pessimisme implicite de Joe.

— Hum, murmura Zainal, qui partageait manifestement la méfiance de ce dernier. Slav ? dit-il au Rugarien, qui observait la vallée, la main en visière sur les yeux.

Slav haussa les épaules.

— Fek ?

Zainal se tourna vers le Deski qui n'affichait aucun signe de fatigue après la difficile ascension. Les Deskis étaient tous des alpinistes-nés, au point que Kris s'était demandé si leur planète natale ne comportait que des surfaces verticales. Effectivement, leurs mains de forme bizarre et la plante de leurs pieds sécrétaient une substance adhésive qui leur permettait de tenir sur les surfaces escarpées, et les articulations insolites de leurs bras et de leurs jambes leur permettaient d'adopter des positions qui auraient brisé des membres humains.

Fek avait pris sa posture d'écoute intensive, ses organes auditifs s'étirant presque hors de sa tête, grands ouverts pour recueillir le moindre son.

— Vent. Eau. Petits bruits, dit-elle, secouant la tête pour indiquer l'absence de danger. Pas de vivants.

Sans attendre le signal de Zainal, elle se mit à descendre. Il déplaça le lourd rouleau de corde qu'il portait, essuya son visage couvert de sueur, et la suivit.

Fek trouva le chemin le plus facile pour les autres, zigzaguant entre les blocs verticaux sur lesquels elle aurait pu descendre directement grâce à ses qualités naturelles. Mais elle s'arrêta tout de même devant un surplomb à la verticale.

— On dirait que c'est fait pour retenir quelque chose, dit Kris.

— Vingt-cinq mètres à quinze degrés ou plus de déclivité, dit Whitby. On va descendre en rappel.

Il détacha son piolet, prit un piton qu'il enfonça dans la roche, pendant que Zainal déroulait sa corde au-dessus de l'à-pic.

Descendant à son tour, Kris se répéta : *Ce cours de survie farfelu est quand même bien utile pour ma présence sur Botany.*

Tous, même Fek, qui souriait jusqu'aux oreilles, arrivèrent en bas sans encombres.

— Laisse-les là, dit Zainal à Whitby, qui s'apprêtait à détacher les trois cordes utilisées pour la descente. On aura peut-être besoin de repartir d'ici en vitesse.

Leila prit immédiatement son arc et regarda autour d'elle avec méfiance.

— Il fait grand jour, lui dit Kris, rassurante. Même si nos pas ont réveillé quelque chose, on est en sécurité tant que le soleil brille. Moi, je vais examiner ce ruisseau.

Un méandre était tout proche, et ils s'en approchèrent tous, tandis que Leila ne lâchait pas son arc. Sarah, en sa qualité de médecin du groupe, analysa l'eau à l'aide d'un test en papier.

— Potable, dit-elle, plongeant son quart dans le courant et se mettant à boire avec précaution.

Les autres humains l'imitèrent, puis rincèrent leurs visages couverts de sueur dans l'eau fraîche. Fek et Slav, qui n'avaient jamais besoin de beaucoup d'eau, montèrent la garde, prêtant l'oreille et scrutant les alentours à la recherche de dangers invisibles venus des hauteurs. Puis ils s'agenouillèrent pour avaler une gorgée directement du ruisseau, leur façon préférée de boire.

— Cet endroit est presque trop beau pour être vrai, dit Sarah, cassant une branche d'arbuste et la portant à son nez. C'est du bois qu'on pourra brûler, et il y en a partout, dit-elle, montrant la vallée d'un geste large.

Ils distinguaient à peine la cascade entre les bosquets d'arbres-charpentes.

— Et beaucoup de pierres aussi, toutes prêtes pour la construction, ajouta-t-elle montrant du pouce la falaise derrière elle.

— Pas mal du tout, dit Joe Marley, le botaniste de l'équipe, qui examinait la végétation, sans tenir compte des plantes qu'il connaissait déjà.

— C'est très joli, cet endroit, dit Leila Massuri dans son anglais appliqué, sa voix de contralto donnant à ses paroles des inflexions musicales.

Elle regarda autour d'elle, d'un air rêveur.

Elle était d'origine maltaise, arrêtée par les Cattenis au cours d'une manifestation à Marseille.

— Alors, pourquoi est-il scellé aux deux bouts ?

— On va voir ça de plus près, dit Zainal. Toi, toi et toi, ajouta-t-il en montrant Joe, Sarah et Whitby, vous allez à droite avec Slav. Les autres vont à gauche. Rendez-vous à la cascade.

Zainal fit signe à Fek et au reste de la compagnie de le suivre, et s'engagea dans le ruisseau dont l'eau, en cet endroit, ne lui arrivait qu'au genou. Une fois sur l'autre rive, ils se déployèrent en ligne, scrutant le sol, notant quels arbustes donneraient des fruits à la saison, bref, se livrant à une évaluation d'ensemble.

— Pas de râblés. C'est bizarre, dit Kris au bout d'un moment, montrant des saillies rocheuses où auraient dû se prélasser ces stupides mais savoureuses créatures qui aimaient le soleil.

— Il y en a eu, dit Zainal, indiquant un petit tas d'ossements visibles à travers les branches d'un arbuste.

— Donc pas de charognards nocturnes, dit Leila en frissonnant.

Elle faisait partie du Quatrième Largage et se rappelait très bien que sa voisine avait été dévorée sous ses yeux horrifiés juste au moment où elle se réveillait.

— Je ne suis pas sûre que la possibilité de trouver d'autres omnivores me plaise, dit Kris, bien qu'en vérité ils n'aient guère vu de créatures hostiles au cours de leurs nombreuses explorations ; sauf les maraudeurs aériens dont Slav et Fek détectaient la présence.

Pour éviter les prédateurs terrestres, ils campaient dans le véhicule ou sur des hauteurs rocheuses.

— Ils ont pu mourir de vieillesse ou en tombant de très haut, suggéra Leila.

— Ce cours d'eau doit avoir des crues, à en juger par la hauteur de ses rives, dit Kris.

— Fonte des neiges, dit Whitby.

Ils ne voyaient pas encore les plus hauts sommets couverts de neiges éternelles, cachés par la ligne continue de la falaise entourant la vallée.

Cela devait contrarier les Mécanos, avait raillé Sarah, d'avoir tant de montagnes inutilisables. Whitby, quant à lui, avait contemplé ces pics majestueux d'un œil avide.

— Je n'ai jamais eu l'occasion d'aller dans l'Himalaya, avait-il murmuré, mais ces cimes-là ne devraient pas être mal non plus.

— Plus tard... avait dit Zainal en souriant, comme s'il comprenait la passion de l'alpiniste.

Pour le moment, le Catteni s'accroupissait près d'une bouse séchée, partiellement recouverte de terre. Des sillons faisaient penser aux griffes d'un assez gros animal.

— Bizarre, dit Zainal, piquant les excréments d'un bâton.

— Et gros, dit Kris en scrutant les parages.

Zainal ramassa la bouse séchée et la jeta dans le sac réservé au combustible. Puis ils continuèrent à balayer le terrain, en redoublant de vigilance. Ils trouvèrent d'autres bouses, mais toutes anciennes, et Kris fut un peu rassurée.

— Ça me rappelle le parc de Yellowstone, dit-elle, quand ils arrivèrent à la barrière rocheuse fermant la vallée.

Elle chercha des entrées de grottes en tendant le cou, mais elle ne vit rien, pas même une corniche pour faciliter l'ascension d'une créature très agile.

— On pourrait utiliser cette paroi comme appui pour bâtir vers l'extérieur, dit-elle. Si nous parvenions à faire passer un véhicule dans le col pour utiliser toutes ces pierres qu'on a jetées au milieu pour le bloquer.

— Il faudrait des explosifs pour démolir l'assise inférieure. Ces pierres ont été mises là pour y rester.

Zainal haussa les épaules, mais à la façon dont il examinait tout, Kris se dit qu'il imaginait bien un établissement humain en ce lieu, lui aussi. La vallée pouvait accueillir très largement plusieurs centaines de personnes. Naturellement, ils devaient découvrir d'abord pourquoi elle avait été si étroitement scellée.

Malgré tout, Kris se surprit à chercher des sites d'habitat. Elle imaginait une vraie maison au niveau du sol... peut-être même un escalier menant à un dortoir... avec une bonne hauteur de plafond. Elle jeta un coup d'œil sur Zainal qui scrutait méthodiquement le terrain, cherchant, cherchant toujours. Étant donné tout le temps qu'il avait passé dans l'espace, il faisait preuve d'une grande aisance à terre. Il regarda par-dessus son épaule et lui fit signe de le rejoindre.

Encore des os, plus gros cette fois.

— Un animal à six pattes. Trop petit pour une vacheleuh, dit-il, levant ce qui ressemblait à un fémur, puis un os plus petit qui s'inséra exactement dans une articulation. Et mâchouillé aussi, ajouta-t-il, passant les doigts sur l'os et montrant des marques de dents. Je n'aimerais pas rencontrer celui qui a fait ça, par une nuit sans lune.

Kris sourit du terme familier et de la réflexion qu'elle partageait totalement. Il continua à tripoter les os et lui fit tenir les pattes antérieures pour essayer de juger de la taille de l'animal. Le crâne était fracassé en mille morceaux, y compris la mâchoire, mais un reste de molaires et des canines pointues firent penser à Kris que ce ne devait pas être un herbivore.

— Voilà qui devrait faire plaisir aux biologistes, dit Whitby, les rejoignant.

Leila et Fek regardèrent par-dessus son épaule.

— Ils disaient qu'il devait y avoir d'autres carnivores, pour l'équilibre écologique.

Il ramassa un bout de crâne et le tapota du doigt.

— Hum. C'est épais. Et pourtant écrasé comme un melon trop mûr. Je n'aimerais pas rencontrer celui qui a fait ça...

— Sentiment que nous partageons tous, dit Kris, ironique, lâchant les os qu'elle tenait.

Plusieurs des plus petits se brisèrent.

— Ils doivent être là depuis longtemps pour être si cassants.

— Hmm, se contenta de répondre Zainal. Des grottes, peut-être ? ajouta-t-il.

— Je n'en ai pas encore vu, dit Kris avec entrain.

Puis Zainal les fit se disperser à nouveau, afin de continuer leurs recherches.

Ils tombèrent sur d'autres ossements, dont certains dans un état de décomposition avancée, mais ne trouvèrent rien de plus. Ils arrivèrent au lac les premiers, tandis que leurs compagnons terminaient leurs explorations sur l'autre rive, très éloignée d'eux à cet endroit.

Soudain, Joe poussa un de ses cris assourdissants d'Australien, et leur fit signe de le rejoindre devant la falaise où il se trouvait. Zainal entra dans le lac sans réfléchir, mais Whitby montra aux autres des pierres commodément disposées pour traverser. Zainal, au milieu du lac, avait de l'eau jusqu'à la poitrine, mais il approchait rapidement de Joe, tandis que ses compagnons terminaient leur traversée.

— Je n'aime pas ça, dit Joe écartant des branches pour découvrir un squelette grotesquement couché sur des pierres.

— C'est humain. Ou plutôt, ça l'était, dit Sarah, pâlissant sous son hâle.

Kris jeta un bref coup d'œil, qui lui suffit pour voir que le crâne était bien humain, mais elle ne vit pas un squelette entier. Pas d'os de bras ni de jambes, juste un torse. Slav et Fek regardèrent à leur tour et hochèrent la tête.

— Oiseau, suggéra Fek, mimant le piqué des aviens prédateurs.

— Possible, dit Joe, s'éclaircissant la gorge et laissant retomber les branches.

Soudain, ils tendirent tous le cou pour scruter le haut du précipice.

— Bah, ils auraient attaqué avant s'ils étaient tout près, dit Joe. Tu n'as rien entendu, Fek ?

Fek secoua la tête et pointa le doigt vers le ciel.

— J'entends haut.

— Nous savons que les aviens viennent toujours des montagnes quand ils attaquent, dit Sarah, reprenant des couleurs, tandis qu'avec les autres, elle se mettait à couvert dans un bosquet.

— J'écoute bien, ajouta Fek, touchant ses deux trous d'oreilles.

— Nous avons trouvé des petits tas d'autres os, tous anciens, certains partiellement enterrés, dit Joe.

Il soupira, laissant son regard errer sur la vallée.

— Dommage. Ce serait un endroit formidable pour un Q.G. permanent.

S'abritant les yeux du soleil à présent à son zénith, Zainal contempla la falaise verticale fermant la vallée. Il secoua la tête.

— Il faut savoir pourquoi, dit-il, montrant derrière lui le col bloqué.

Puis il frappa dans ses énormes mains, faisant sursauter tout le monde, alors il sourit.

— Il y a du poisson dans le ruisseau. Allons pêcher et mangeons. On a le temps.

Jusque-là, toutes les créatures aquatiques s'étaient révélées comestibles, à l'exception d'un ver multipatte toxique, présent uniquement dans les eaux stagnantes.

Les bouses qu'ils avaient ramassées dégageaient une telle puanteur qu'ils éteignirent leur feu avec de l'eau et en allumèrent un autre un peu plus loin, avec du bois mort. Whitby surpassa tout le monde en attrapant à mains nues un gros poisson orange. Ils mangèrent tous à satiété, et il en resta assez pour le lendemain.

Chuck Mitford et Worrell sirotaient quelques pintes de bière près du feu quand ils entendirent une sorte de grognement aboyé. Comme il n'y avait pas de chiens sur Botany, ils portèrent tous deux la main à leur épée à ce bruit inattendu, tandis qu'un rugissement de Mitford exigeait un rapport de la sentinelle.

— Rien à signaler, Sergent, répondit le garde. La première lune est assez brillante pour voir à des klicks à la ronde.

Un second aboiement, d'au moins trois syllabes, retentit, avec une nuance d'impatience. Aussitôt, Worrell sortit de sa poche la mince plaque que Mic Rowland avait trouvée.

— Comment on fait marcher ces trucs d'après Léon ? chuchota Worrell.

Chuck prit l'objet à son second et enfonça le premier bouton.

— *Tikso damt. Chouma,* dit-il d'une voix gutturale comme s'il expectorait plutôt qu'il ne parlait.

Puis il posa l'appareil sur la table et le regarda d'un air furibond.

— Je ne savais pas que tu parlais le catteni, Sergent, dit Worrell, impressionné.

— Celui qui a appelé demande un rapport. Je lui ai dit « plus tard ». Et « silence. » Enfin, j'espère que c'est ce qu'il aura compris, dit Chuck Mitford. Où est Zainal ?

— Encore en train de chercher des endroits sûrs dans la montagne.

— Je vais voir si je peux le contacter, dit Mitford.

Il connecta son unité à l'antenne aérienne qui servait Camp Rock, en haut de la falaise. Il laissa sonner un moment.

— Endormi ou hors de portée. Bon, continuons jusqu'à ce qu'il réponde. Au fait, Léon sait plus de catteni que moi. Au moins assez pour les faire patienter jusqu'au retour de Zainal.

Léon était de service, mais inoccupé, quand Mitford et Worrell entrèrent dans les cavernes-infirmeries. On lui avait déjà apporté l'injecteur et les drogues, mais il les avait mises de côté en attendant que Zainal lui dise ce qu'il savait sur le contenu des flacons.

— Alors on recherche ceux que nos bêbêtes nocturnes ont mangés pour nous, dit Léon avec un petit sourire. Quelqu'un a oublié de prévenir le commando des formes de vie qu'on rencontre sur Botany. Bien fait pour eux. Vous croyez qu'ils venaient pour enlever Zainal ?

— Je ne vois pas d'autre raison pour en envoyer quatre, grogna Mitford. Ce ne serait pas assez pour monter une guérilla afin de nous affaiblir, mais suffisant pour kidnapper un homme. Zainal a dit qu'on voulait qu'il revienne pour un devoir quelconque qui ne lui dit rien. Peut-être qu'ils ont suffisamment besoin de lui pour venir le chercher jusqu'ici.

— Fais voir l'unité, dit Dane, et Chuck la lui tendit. Oh, c'est du genre idiot. Déjà préprogrammé pour sa destination. Alors qu'est-ce que tu veux que je leur dise ?

— Est-ce que ça les intéresse que le commando soit bien arrivé ? demanda Chuck.

— J'en doute.

— Alors, disons qu'ils se cachent. Ils n'ont pas encore localisé Zainal... non, dis plutôt pas localisé la cible.

— Emassi ? proposa Worrell, et Chuck acquiesça de la tête.

Sur un bout de papier, Léon griffonna quelque chose ressemblant à des hiéroglyphes.

— Tu sais aussi écrire le catteni ? dit Worrell, de plus en plus impressionné.

— Un peu, dit Léon, avec un sourire ironique.

En tant que chirurgien soignant des Cattenis blessés sous les yeux de leurs médecins, il avait été bien placé pour apprendre la langue et aider les éléments subversifs de Sydney.

— La plupart des termes que je sais sont médicaux ou militaires. Je ne saurais pas demander le crayon qui se trouve sur la table de ma tante ni commander un repas. Mais je peux aboyer des ordres d'emassi bons à donner le change.

Il griffonna autre chose, cette fois en anglais.

— Qu'est-ce que tu dis de ça, Sergent ? « Emassi pas

là. Cherchons. Rapport demain même heure. Ne nous contactez pas. »

— C'est bon. Ils se cachent de nous pendant le jour, dit pensivement Chuck. En tout cas, ça nous donne du temps. Tu peux dire tout ça ?

— Et comment ! dit Léon avec un sourire jusqu'aux oreilles. C'est le truc le plus marrant de la semaine.

Ils sortirent tous les trois et montèrent au sommet du Rock pour que l'émission soit plus claire. La lune éclairait le trio.

— Et en pleine lumière, en plus, dit Léon branlant du chef en souriant.

Puis il reprit son sérieux, enfonça le bouton « envoi », et, se serrant la gorge de sa main libre, gronda le message en un chuchotement rauque.

Il relâcha le bouton, en comptant. Il haussa les épaules. Renfonça le bouton et répéta le message. Cette fois un mot unique le récompensa de ses efforts.

— Qu'est-ce que c'était ? demanda Chuck.

Léon eut un sourire de conspirateur.

— *Kotik*. Ça veut dire « accepté ». Rien sur un boulot bien fait et tout ça, mais les Cattenis ne s'attendent jamais à être remerciés, non ?

Il tendit l'unité à Chuck Mitford. Ils allaient redescendre quand il eut une idée.

— Dites donc, j'aurais peut-être dû prendre une voix féminine ? Vous pensez qu'une des victimes était une femelle, non ?

— Une paire de bottes était beaucoup plus petite, dit Worrell. Mais je ne crois pas que beaucoup de femelles dirigent des opérations de commando, ajouta-t-il en se grattant la tête.

— Non, dit Chuck, d'un ton maintenant suffisant. Mais ils ont peut-être envoyé quelqu'un que Zainal serait content de revoir... comme appât.

— Alors ils se sont mis le doigt dans l'œil, dit Léon, pince-sans-rire.

Dans l'après-midi, Kris, Leila et Sarah décidèrent de prendre un bain dans le ruisseau, et c'est alors qu'elles découvrirent les ossements blancs de squelettes, luisant au milieu des roseaux bordant la rive.

— Il ne manquait plus que ça, dit Sarah, remettant sa combinaison. Du coup, je me demande ce que le poisson que nous avons mangé au déjeuner avait mangé...

À cette remarque Leila sembla sur le point de vomir.

— Sarah ! s'exclama Kris.

Les médecins avaient souvent l'humour macabre. Elle déglutit avant d'ajouter :

— Il faut quand même voir ce que c'est.

Zainal entra dans le courant pour ramener sur la rive les squelettes les plus accessibles, identifiés comme étant ceux de vaches-leuh, râblés, et Turs, plus un nouveau crâne humain, encore partiellement attaché à son cou. Leila trouva aussi des écailles et des piquants bizarres. Tous avaient jeté un rapide coup d'œil vers le ciel et des prédateurs aviens éventuels ; et tous conclurent qu'ils semblaient ne pas avoir de plumes, et qu'ils se baignaient peut-être dans le lac.

— Mais ils peuvent entrer et sortir en volant. Cette barrière n'est pas pour eux, dit Sarah intriguée par ce mystère.

— Ce devait être quelque chose de très mauvais pour que les Fermiers l'enferment, dit Kris, s'efforçant de ne pas frissonner.

Elle leva les yeux sur le soleil.

— Je propose de sortir d'ici et de retourner au véhicule. Je ne veux pas que ce lac soit ma dernière demeure.

Ils éteignirent le feu et revinrent à la barrière.

— Commencez à monter, leur dit Zainal. Whitby et moi, on va examiner le ruisseau de plus près...

Ils repartirent au petit trot à l'autre bout de la vallée. Kris, Leila et Slav montèrent les premiers à l'aide des cordes. À l'arrivée, Kris poussa un soupir de soulagement et aperçut Zainal et Whitby bouche bée à l'endroit où le ruisseau s'engouffrait sous la falaise. L'eau bouillonnait devant l'ouverture et formait un grand bassin au pied de la paroi. Elle se demanda ce que Zainal attendait de son enquête. Dès que Fek, Sarah et Joe les eurent rejoints, ils continuèrent l'escalade, arrivant au sommet au moment où Zainal et Whitby terminaient l'ascension de la barrière et récupéraient le matériel de rappel. Les autres commencèrent à descendre vers le véhicule, mais Kris attendit Zainal et Whitby.

— Alors ? demanda-t-elle, lorsque Zainal se hissa près d'elle.

— On pourrait franchir la falaise en nageant.

— Mais il faudrait être aux abois pour prendre ce risque, ajouta Whitby, sauf si vous avez ici des espèces amphibies dont vous ne m'avez rien dit.

— Sur la Terre, les gros carnivores nagent, dit Kris.

— Sur la Terre, acquiesça Whitby, hochant la tête et s'épongeant le front et le visage.

Il regarda la paroi abrupte à ses pieds.

— Si ce qui était enfermé là n'avait plus rien à manger, pas même des poissons, peut-être que ça prendrait le risque. Mais j'aime autant ne pas me trouver face à face avec l'une de ces créatures. Bon, jetons un coup d'œil sur...

Il fut interrompu par le bourdonnement du portable de Zainal.

— Ici Worrell. Ça va bien, les gars ?

L'Australien hurlait dans son appareil.

— Oui, très bien. Toute la journée dans une vallée, expliqua Zainal.

— Très bien. Bon, on nous a largué un petit problème l'autre soir, dit-il. Et il faut que tu reviennes aussi vite que possible, Zainal.

— Quel genre de problème ? demanda Zainal (à la lueur qu'elle vit dans ses yeux, Kris comprit qu'il se doutait de sa nature). Ils me cherchent ?

— C'est ce qu'on croit. Mais le briefing était défectueux.

— Les charognards ? demanda Zainal, qui sourit en voyant frissonner Kris.

— Exact, répondit Worrell d'un ton ravi. Et quelqu'un leur pose des questions sur l'unité-com portable qui est à peu près tout ce qui reste d'eux... à part les bottes. Léon a répondu qu'ils ne t'avaient pas trouvé et qu'ils continuaient à chercher.

— Vous voulez que je me livre ?

Si Zainal n'avait pas souri béatement, Kris aurait protesté.

— Diable non, Zainal, dit Worrell, indigné. Chuck a une idée.

— Je me demande si c'est la même que la mienne, dit Zainal, avec un clin d'œil à Kris. On revient aussi vite que possible.

— Vous avez trouvé quelque chose d'intéressant ?

— Je vous le dirai en rentrant.

Worrell coupa la communication, Zainal remit son portable dans son étui et fixa le rabat.

— Devrais-je savoir ce que je viens d'entendre ? demanda respectueusement Whitby, mais avec une curiosité évidente.

— Pourquoi pas ? dit Zainal, haussant les épaules et faisant signe à Kris d'expliquer.

Whitby arrivé hors d'haleine avait encore assez de souffle pour une bonne rigolade au rappel de « largué je suis, largué je reste », de l'expérience de Zainal quant à la présence des charognards, et de la démonstration de son portable, prouvant que la planète avait peut-être d'autres occupants.

La question que Whitby n'osa pas poser, et à laquelle Kris ne connaissait aucune réponse, c'était la nature de ce devoir, important au point qu'il faille kidnapper Zainal secrètement.

Entre-temps, ils avaient rejoint le sol.

— On rentre au camp aussi vite qu'on peut, dit Zainal.

— Mais on est à cinq jours ! rétorqua Joe.

— Oui, mais on a fait des détours, lui rappela Zainal. On conduira à tour de rôle, jour et nuit.

— Dis donc, ça a l'air important.

— Problème épineux, hein ? ajouta Joe, finissant d'enrouler les cordes. Partons. Je conduirai le premier. J'ai eu le temps de me reposer.

Slav et Fek aimaient voyager debout à l'avant de la plate-forme de chargement, se tenant au bâti, alertes et vigilants. Sarah et Leila s'assirent sur la banquette avec Joe. Kris, Zainal et Whitby s'installèrent à l'arrière sur les sacs de couchage. Zainal se laissa glisser jusqu'à ce qu'il puisse poser la tête sur les genoux de Kris, il croisa les bras et s'endormit aussitôt tandis que le véhicule sur coussin d'air glissait en douceur.

CHAPITRE 2

Ils arrivèrent à Camp Rock à l'aube du lendemain, ayant poussé le moteur solaire à son maximum. Joe pensait que la lumière des deux pleines lunes avait suffi à recharger les batteries, mais Whitby et Leila n'étaient pas d'accord. Cela donna lieu à une discussion animée pendant les longues heures du retour, et ils ne s'arrêtèrent que pour satisfaire des besoins naturels et tirer quelques râblés. Finalement, Joe avait eu raison, car ils purent terminer leur voyage, bien que le véhicule ait beaucoup ralenti vers la fin.

La sentinelle les héla à leur approche et sonna la cloche, afin que Mitford et Worrell aillent les attendre au parking, une des dernières améliorations du camp.

— On a entendu l'astronef de transport, dit Zainal quittant le siège du conducteur. Encore un largage ?

— Ouais, encore treize cents colons récalcitrants, grimaça Mitford.

— Votre espèce ne devrait pas être si difficile à gouverner, dit Zainal avec un grand sourire.

— Il a aussi fallu répondre à un autre message, dit Mitford, en montrant les dents.

— Raconte, dit Zainal.

— On va juste défaire les bagages, dit Joe avec tact.

Mitford et Worrell montèrent l'escalier menant à leur bureau, et Zainal les suivit, tenant Kris par le bras. La petite bâtisse en pierre avait été construite sur un terrain horizontal, situé largement au-dessus des hautes eaux de printemps qui pouvaient inonder la gorge séparant Camp Rock en deux. Le toit d'ardoise était hérissé d'antennes et de panneaux solaires. Un bureau, placé devant la fenêtre principale, et utilisé conjointement par Mitford et Worrell dominait la vue de tout le camp. De l'autre fenêtre, plus petite, on apercevait des pentes rocheuses descendant jusqu'au premier champ des Fermiers.

Mitford leur fit signe de s'asseoir sur des bancs et des tabourets.

— Léon va venir, dit-il. En attendant, je vais vous mettre au courant.

Zainal hocha la tête.

— L'unité a bourdonné peu avant qu'on entende le transport en approche d'atterrissage.

— Même champ que d'habitude ? demanda Zainal.

Mitford opina.

— Ils ont au moins compris ça. Léon a reçu un message selon lequel le commando devait rejoindre le transport avec ton corps sans connaissance. Il devait y avoir un groupe qui guettait dans les haies sans rien faire qu'écouter leur poignet.

— Qu'est-ce que vous avez répondu ?

— Léon leur a dit que les recherches continuaient.

Zainal fronça légèrement les sourcils.

— Quels mots a-t-il utilisés ?

— Ceux qu'il fallait, dit Léon, entrant à cet instant et s'appuyant au chambranle pour reprendre haleine après la montée. Il y avait toujours une équipe qui me surveillait quand j'opérais des Cattenis blessés. J'ai fini par avoir l'habitude des distinctions que faisaient les emassis. J'ai aussi adopté un chuchotement rauque, au cas où ce serait la femelle qui aurait été censée faire le rapport.

Zainal secoua la tête, le visage indéchiffrable.

— J'ai dit — et Léon appuya sur sa trachée artère pour modifier ses intonations — « *Mekichak* Zainal *obli. Tik escag eridi. Tikso tag.* » Ce qui veut dire, je crois : « Bouge Zainal beaucoup. Paraît rentrer bientôt. Rapport après. »

Léon haussa un sourcil en regardant Zainal.

Le grand Catteni se mit à rire aux éclats, ce qui lui arrivait rarement, comme s'il se délectait d'une plaisanterie d'initié.

— Tu ne le sais pas, Léon, mais j'ai la réputation de bouger toujours beaucoup. Tu leur as dit exactement ce qu'il fallait pour qu'ils te croient. Où est l'unité ?

Léon la sortit de sa poche de poitrine.

— Comme je suis le seul à savoir assez de catteni pour répondre, on me l'a confiée.

Dans la grande main de Zainal, le communicateur paraissait beaucoup plus petit, possible à glisser dans une petite poche ou une botte. Il l'examina attentivement, avec un sourire de plus en plus épanoui.

— C'est très bien. Vraiment très bien, dit-il, le regard triomphant et amusé.

— Ces trucs-là ont été trouvés dans une botte, fit Dane en posant trois autres objets sur la table.

Zainal leva un petit flacon à la lumière et grogna.

— Vikso. À très petites doses, ça peut t'être utile, Dane. Ça affaiblit les muscles, dit-il, en feignant de s'affaisser comme une marionnette dont on aurait coupé les fils, avant de rendre le flacon au chirurgien.

— Donc, ils savaient qu'ils devraient te droguer, dit Chuck Mitford, inclinant sa chaise en arrière et croisant les bras. Tu pourrais nous dire pourquoi ils se donnent tant de mal pour te récupérer ?

Zainal gloussa, l'air toujours content et ignorant la question.

— Ça, ça va nous servir, dit-il, agitant l'unité avant de la reposer avec précaution sur la dalle de pierre servant de table au sergent. Maintenant, on peut tendre des pièges. Deux, ce sera le maximum qu'on pourra obtenir.

— Deux vaisseaux ? dit Kris la première.

Mais Mitford avait déjà reposé sa chaise et il se penchait par-dessus le bureau d'un air si avide que Kris retint son souffle.

— Deux ? s'exclama Worrell, étonné de l'audace du projet.

Zainal hocha la tête en se penchant vers le sergent.

— Vous m'avez capturé. Toi, Kris, tu le diras dans un message, en ajoutant bien que je me suis défendu et que j'ai tué deux personnes. Tu as besoin d'un vaisseau rapide avant que l'effet du vikso — il tapota la fiole — se dissipe. Ils doivent atterrir au même endroit que le vaisseau de reconnaissance, sans bruit — il baissa la voix en un chuchotement de conspirateur — tous feux éteints, et te rejoindre au bord du champ pour t'aider à transporter Zainal.

— Mais je ne sais pas assez de catteni, répliqua Kris.

— Tu en sauras assez quand tu enverras le message, dit Zainal, et son regard lui fit comprendre qu'elle ne couperait pas à l'épreuve.

Après tout, elle lui avait enseigné l'anglais ; la réciproque était normale.

— C'est *toi* qui m'auras capturé.

— Moi ? dit-elle, regardant les assistants qui lui souriaient malicieusement. Ça va, les gars, ajouta-t-elle, un peu irritée.

— Relaxe, Kris, dit Mitford, comprenant son mouvement d'humeur, mais portant aussitôt son attention sur Zainal.

Incontestablement, le sergent aurait fait n'importe quoi pour posséder un astronef, mais l'imprécision des détails l'inquiétait.

— Bon, alors ils descendent du vaisseau, se faisant de préférence éliminer par les charognards, et après ?

— Après, on a un astronef de reconnaissance.

— Et pas de représailles ? dit Mitford, très sceptique.

— Pas de raison, parce que le vaisseau décollera...

Tous poussèrent les hauts cris et Zainal les regarda, se remettant à sourire.

— Il décollera pour leur faire croire ce qui arrivera après.

Il se tourna vers Kris.

— Tu enverras un autre message... et après...

Il se passa un doigt en travers de la gorge et sourit.

— Tu nous auras réduits à l'impuissance ?

Kris leva les yeux au ciel, l'air incrédule.

— Tu crois qu'ils vont avaler ça ?

— Avaler ? demanda Zainal.

Sa connaissance de la grammaire et des idiomatismes s'améliorait, mais pas autant que son accent.

— Sur Barevi, je t'ai montré que je suis difficile à attraper.

— D'accord, dit Kris en riant. Alors, je parviens à envoyer un message avant que tu me tues...

— Et je modifie la trajectoire...

— *Tu* modifies la trajectoire ? demanda Mitford, soupçonneux, étrécissant les yeux et fixant durement Zainal.

— Bien sûr, pour que la lune cache le vaisseau qui revient ici.

Zainal se remit à sourire.

— J'emmènerai Kris avec moi — Mitford se rembrunit encore —, et aussi Bert Put, et la femme Raisha Simonova, qui étaient pilotes spatiaux sur votre planète.

Ils apprendront à se servir du vaisseau. Il est très simple à piloter. Tu peux venir aussi, ajouta-t-il, avec un sourire et une révérence à Mitford.

— Non, merci, dit Mitford, écartant la proposition d'un geste de la main, l'air légèrement dégoûté. Je reste sur la bonne vieille Terra Firma. Mais c'est une sacré bonne idée d'emmener les spatios.

— J'irai à ta place, Sergent, dit Worrell, levant la main, l'air avide de tenter l'expérience. Enfin, si je peux... ajouta-t-il avec espoir. Je suppose qu'il ne faut pas qu'on soit trop nombreux, non ?

Mitford secoua la tête, tracassé par les insuffisances du plan, puis il regarda Zainal dans les yeux.

— Tes compatriotes ne vont pas venir ici chercher leur vaisseau ?

— Un astronef de reconnaissance ne laisse pas beaucoup de traces, et ils mettront du temps avant de venir le chercher ici, dit-il, dessinant un cercle du doigt pour représenter Botany. Ils vont commencer par chercher là où j'ai des amis qui pourraient m'aider. S'ils reviennent, le vaisseau sera caché avec les autres machines métalliques au Camp de l'Échappée Belle. Il ne paraîtra pas sur les écrans.

Puis, après un silence, pendant lequel les autres analysaient le plan, il ajouta en pointant le doigt vers le sol :

— Le dernier endroit où ils viendront me chercher, c'est ici !

— Bon, je veux bien te croire, acquiesça Mitford d'un ton cocasse en esquissant un sourire.

— Ça marchera, dit Zainal, avec une conviction qui fit se redresser Mitford.

Le Catteni marqua une pause, un petit sourire au coin des lèvres.

— Ensuite... — tous l'écoutaient attentivement — on tendra un piège au prochain transport, et ainsi on en aura deux.

Il y eut un long silence de stupeur que Mitford rompit le premier.

— Tes compatriotes ne peuvent pas être bêtes à ce point, commença Mitford.

— Ah, non ? dit Zainal, haussant les sourcils d'un air sardonique. Les transports n'utilisent que des drassis. Pas d'emassis. Et les transports qui viennent ici sont tous en mauvais état.

Il sourit de nouveau.

— Trop souvent utilisés. Alors, si le vaisseau explose après le décollage...

Il ouvrit les mains, l'air tout naturel devant une ruse si simple.

— Le vaisseau explosera ? demanda Mitford, avançant le menton.

— On peut laisser du métal dans l'espace pour prouver un accident. C'est pourquoi il faut capturer le vaisseau de reconnaissance d'abord. Il pourra larguer des débris dans l'espace. Et ainsi, on possédera deux vaisseaux.

— Mais l'un d'eux sera en mauvais état, remarqua Mitford.

Zainal secoua la tête.

— Nous avons beaucoup de gens qui savent réparer la machinerie. Moi, je ne suis pas seulement pilote. Je peux...

Il tapota la table d'un doigt impatient.

— Je peux le faire aussi. J'ai foi en vous, ajouta-t-il avec un grand sourire. Ayez foi en moi.

— Grands dieux, Zainal, bien sûr, dit Mitford avec force, abattant ses deux mains à plat sur la table. Et je crois que c'est valable pour tous ceux qui sont présents.

Ce vote de confiance fut immédiatement confirmé.

— Et ce serait formidable de savoir qu'on n'est plus coincés sur...

Il s'interrompit, surpris, puis éclata de rire.

— Vous savez, je ne suis plus aussi pressé de quitter Botany qu'au début.

Il chassa cette remarque naïve et reprit :

— Les emassis ne vont-ils pas se venger sur la Terre d'avoir perdu ici un vaisseau de reconnaissance et un de transport ?

— Je ne crois pas, dit Léon avec un sourire ironique. Pour les Cattenis que j'ai connus nous sommes à peine un peu plus que des aborigènes. Pour eux, nos révoltes et nos sabotages sont des ennuis mineurs qui cesseront quand tous nos chefs auront été arrêtés et largués ici.

— Ou ailleurs, dit Zainal (et ils furent tous déconcertés par cette remarque). Il y a d'autres planètes qu'il faut... tester en vue de la colonisation. Il y a quand même une chose qui m'inquiète, ajouta-t-il, regardant Worrell.

— Je suis presque content de l'apprendre, remarqua Mitford avec humour. Et c'est ?

— Que Lenvec, qui est venu me chercher dans le premier vaisseau de reconnaissance, dise à un supérieur que nous avons une technologie qu'ils ne nous ont pas fournie au départ, et que cette planète est occupée. Voilà une autre raison pour me capturer.

— A-t-il des chances d'y arriver ?

Zainal eut l'air dubitatif.

— Il peut être persuasif, mais, ajouta-t-il avec un grognement, beaucoup de Cattenis ne croient que ce qu'ils veulent bien croire.

— Exactement comme certains humains de ma connaissance, dit Léon d'un ton caustique.

— Comme ça, nous aurons quelque chose pour nous défendre si les Fermiers viennent voir ce qu'on fait, dit Worrell, l'air soulagé.

Zainal secoua la tête.

— Seuls les vaisseaux de reconnaissance sont armés. Mais deux, c'est mieux que rien, et il y a d'autres façons d'utiliser un appareil de reconnaissance.

— Nos missions d'exploration ? dit Mitford.

— Personnellement, j'aimerais bien savoir qui sont les propriétaires. Pas vous ? dit Zainal. En plus, nos vrais ennemis, ce ne sont pas les Cattenis. Ce sont les Eosis. Ceux qui cultivent cette planète, qui ont laissé ici cette tour de contrôle. Ils sont peut-être plus forts, plus sages et meilleurs que les Eosis.

Il se redressa, regarda l'expression de Mitford changer à mesure qu'il assimilait cette idée.

— Je ne veux plus que les Eosis contrôlent mon peuple. Ni le vôtre. C'est la première fois qu'on a une chance d'en finir avec les Eosis.

— Sapristi, murmura Mitford, dont les épaules s'affaissèrent de surprise à l'exposé de ce plan.

Il se mit à sourire, puis un grand éclat de rire remonta des profondeurs de son ventre, tandis que Léon hurlait son approbation et que Worrell le regardait, ravi et incrédule.

— Alors, c'est ça que tu mijotais en revenant la nuit dernière ? dit Kris, le lorgnant d'un air amusé.

— Est-ce que ce n'est pas avoir les yeux plus gros que le ventre ? demanda Mitford. Mais la lueur de ses yeux et son menton belliqueux marquaient son approbation.

— Si, dit Zainal en haussant les épaules. Mais pourquoi pas ?

Mitford tapa des mains sur la table dans un nouvel éclat de rire.

— Oui, pourquoi pas ?

— On peut *essayer*... dit Léon en se tapant sur la cuise. Bon sang, ce que ça me ferait plaisir !

— Vous croyez qu'on devrait ? demanda Worrell en remontant son pantalon. Je veux dire qu'ils sont peut-être déjà furax de ce qu'on a fait à leur belle entreprise agricole...

— Mais qui nous a largués ici, pour commencer ? dit Kris. Je voudrais seulement savoir pourquoi il faut laisser croire que le transport a explosé. Et pourquoi il faut faire attention en ramenant le vaisseau de reconnaissance sur Botany.

— Pour tromper le satellite.

— Le satellite ? s'écria anxieusement Worrell.

Zainal leva l'unité de communication.

— Ils en ont un pour relayer les messages. Un satellite est la procédure standard pour toutes les planètes coloniales. Il envoie des rapports. Alors, il faut le tromper pour qu'il envoie le bon...

— Explique-moi une chose, Zainal, demanda Mitford. Pourquoi ont-ils tellement besoin de toi pour ce devoir que tu refuses ?

Zainal ricana.

— Je suis un élu des Eosis. Maintenant, ils peuvent en élire un autre.

— Mais quel est ce devoir, au juste ? demanda carrément Mitford.

Le changement dans le visage et la posture de Zainal, bien que subtil, fit frissonner Kris, et Mitford eut un mouvement de recul.

— L'Eosi se sert de ton corps.

Puis, après un second changement imperceptible, par lequel Kris comprit qu'il ne voulait pas s'étendre sur le sujet, il poursuivit :

— Bon, on le prend, ce vaisseau de reconnaissance ?

Il reprit son air normal pour regarder tour à tour les visages reflétant l'espoir de Kris, Léon et Worrell, avant d'arrêter son regard sur Mitford.

— C'est possible, mais nous devons agir ce soir. Kris doit apprendre ce qu'elle dira. J'ai besoin de Bert et de la femme. C'est possible ?

— Oui, dit Mitford en prenant son portable en tapant le numéro de l'Échappée Belle.

— Joe Latore ? Envoie-moi Bert Put et Raisha Simonova au galop. Il y a du nouveau. On a besoin d'eux avant...

Du regard, il consulta Zainal, qui leva deux doigts.

— ... avant le lever de la deuxième lune. D'accord ?

Puis il fit une pause, réfléchissant rapidement.

— On va appeler ça « Phase Un », et on n'en parle à personne, d'accord ?

Les autres approuvèrent de la tête.

— On reparlera de la « Phase Deux » si la Un réussit.

— Elle réussira, dit Zainal avec une confiance totale.

— La « Phase Trois », poursuivit-il, pointant le doigt sur Zainal, demandera beaucoup plus de préparation.

Zainal était absolument d'accord.

— Bon sang, Sergent, dit Léon avec conviction, rien que de penser à la Phase Trois... ça me remonte le moral. Alors imagine ce que ça peut faire sur le moral général !

— Oui, grogna Mitford. C'est pour ça que je ne veux pas voir l'ombre d'un seul sourire béat sur vos visages quand vous sortirez d'ici. Pour le moment, on se débrouille bien, et même de mieux en mieux. Je ne veux pas m'encombrer de faux espoirs. Une chose après l'autre.

— Tu ne veux pas dire : une phase après l'autre ? dit Kris.

Elle avait envie de crier de joie, transportée d'espoir par le plan magistral de Zainal. Investir un premier vaisseau serait déjà un coup de maître. Pirater un transport prouverait à tous les colons de Botany qu'ils pouvaient tenir tête aux Cattenis. Elle n'était pas trop sûre de la Phase Trois, mais la possession de deux astronefs serait un avantage certain pour découvrir qui cultivait Botany. Un vaisseau de reconnaissance catteni serait-il capable de suivre les monstrueux leviathans qu'envoyaient les Fermiers pour collecter les récoltes de Botany ?

Attends d'abord d'avoir le vaisseau, tu rêveras après, se dit-elle. Et s'il s'agissait d'une espèce contrariée de voir sa planète-ravitaillement investie par une autre puissance spatiale, peut-être que la Phase Trois verrait le jour. Et la Terre et Catten seraient libérées de la domination des Eosis.

— Exact, répondit Mitford avec un sourire bizarre, pirater un vaisseau spatial c'est quand même mieux que de se croiser les bras en attendant le prochain largage.

Il croisa le regard de Zainal et se mit à énumérer ce qu'ils avaient à faire.

— Toi, tu apprends à Kris ce qu'elle aura à dire ?

Zainal hocha la tête.

— Donc, s'ils avalent ça, ils atterrissent, ils quittent le vaisseau... mais comment sauront-ils que tu es là pour être embarqué ? Je ne peux pas demander des volontaires pour traverser un champ, de nuit...

— Les véhicules sur coussin d'air n'attirent pas les charognards, lui rappela Zainal.

— Et pendant le trajet de retour, on a découvert que la lumière des lunes suffisait à recharger les batteries.

— Intéressant, dit Mitford. Donc, nous les attendons à l'autre bout du champ...

— Le véhicule se dirigera vers les Cattenis, dit Zainal, hochant la tête. Mais doucement, parce qu'il transporte un lourd chargement. Moi, ajouta-t-il en se frappant la poitrine.

— Parfait... Donc, les charognards auront le temps d'attaquer. Et si les Cattenis leur tirent dessus ? Cet emassi Lenvec a vu de quoi les charognards sont capables à son dernier voyage.

Zainal haussa les épaules.

— L'hiver, les charognards sont affamés, alors ils sont rapides. Ou alors, on peut être « humains », dit-il, souriant de leur réaction à ce mot, et les tuer avant les charognards. On a de bonnes armes silencieuses. Lances, frondes, arcs.

— Ils ne vont pas laisser un homme à bord ? demanda Mitford.

Zainal haussa les épaules.

— Je suis drogué. Il en faudra deux ou trois pour me porter. S'il y en a un à bord, dès qu'on aura ouvert l'écoutille, ce sera terminé pour lui, dit-il, tapotant son couteau à sa ceinture.

Mitford fit une grimace approbatrice.

— Parfait... le plan est au point. Bon, toi et ton équipe, disparaissez. Encore un petit détail. Kris est peut-être utile pour faire atterrir le vaisseau, mais si tu supprimes l'équipage, tu ne commencerais pas par tuer la femelle qui t'a drogué ?

Zainal hocha lentement la tête, suffisamment perspicace pour comprendre ce que Mitford sous-entendait.

— Léon parle le catteni. Moi, je ne peux pas parler parce qu'ils ont des enregistrements de ma voix. Léon transmettra le message final.

— Tu comprends, non ? dit Mitford à Kris.

Kris comprit, et ne chercha pas à dissimuler son amertume à cette suggestion.

— Tu iras dans l'espace une autre fois, lui dit Zainal.

— Non, pas si vite, Mitford, protesta Dane.

— Léon prononcera le message final avant de mourir, dit fermement Zainal, regardant Kris dans les yeux. Ça rassure.

— Il vaudrait mieux, dit Kris foudroyant Mitford.

Comment osait-il suggérer que Zainal et Kris seraient assez égoïstes pour s'approprier le vaisseau s'ils étaient tous les deux à bord ?

— Pourquoi as-tu besoin de Bert et de Raisha ? demanda Mitford.

— Ils prendront leur première leçon de pilotage d'un vaisseau de reconnaissance. Plus il y a de gens qui savent, mieux ça vaut. Et vite, ajouta-t-il avec un sourire bizarre.

— D'accord, dit Mitford, regardant n'importe quoi sauf Kris. Feu vert pour la Phase Un... et pas un mot à qui que ce soit. Sers-toi de ton équipe pour la conduite du véhicule et... les tâches à accomplir Slav et Fek voient bien dans le noir. Je t'envoie Bert et Raisha dès qu'ils arriveront.

Puis, changeant complètement de ton et de manières, il reprit :

— Au fait, vous avez trouvé quelque chose d'intéressant avant qu'on vous rappelle ?

Étonnée de ce brusque passage aux affaires courantes, même de la part de Mitford, Kris le foudroya du regard.

— Une vallée très intéressante, dit Zainal, se levant et fourrant l'unité dans sa poche avant de ramasser le sac de bottes.

Léon prit le matériel médical.

— Pour le débriefing, vois Joe et les autres. Et maintenant, tu vas apprendre à parler comme une femelle cattenie, dit-il, en tendant la main à Kris.

— Après tout ce que tu as fait, murmura Léon en sortant derrière eux, il ne peut pas douter de ton intégrité.

— T'inquiète pas, Léon.

— L'inquiétude, c'est mon rayon, dit Worrell ; mais il trouvait à l'évidence qu'empêcher Kris d'aller dans l'espace avec Zainal était une précaution inutile.

— Ne t'inquiète pas pour ce soir, dit Zainal à l'oreille de Kris, d'un ton beaucoup trop léger comparativement aux événements qu'il venait de déclencher.

Puis Kris se surprit à entendre l'écho de ce qu'il avait dit d'une voix blanche : « L'Éosi se sert de ton corps. » Pas étonnant qu'il veuille échapper à ce devoir. Elle savait avec certitude qu'il aurait détesté cette possession. Pourtant, son commentaire donnait l'impression que « ce devoir » était un honneur pour un emassi, et qu'ils l'accomplissaient avec fierté. Botany l'avait-elle transformé, ou simplement avait-il maintenant un moyen d'échapper à cet affreux avenir ? Elle se demanda aussi jusqu'où allait cette possession. Le corps était-il simplement utilisé comme véhicule par ces mystérieux Eosis ? Ou s'emparaient-ils de toute la personnalité, ne laissant rien de l'homme originel ? Ou... quoi ?

— N'y pense pas, dit doucement Zainal en lui touchant le coude quand ils arrivaient en bas de l'escalier. Je n'en veux pas à Mitford.

Puis il appela les autres membres de son équipe qui attendaient pour faire leur rapport.

— Vous pouvez monter. Il vous attend pour le débriefing.

— On est dans notre caverne habituelle, leur dit Sarah en suivant Joe dans l'escalier. On y a apporté vos affaires.

— Merci. On a un petit boulot à faire au lever de la deuxième lune. À tout à l'heure.

Kris savait que Sarah mourait d'envie de savoir pourquoi Worrell et Dane avaient assisté à un débriefing ordinaire.

— On nage d'abord ? demanda Zainal tandis qu'ils se dirigeaient vers leurs quartiers de Michelville.

— Et comment ! Je réfléchis mieux quand je suis propre, dit Kris.

De plus, non seulement l'immersion dans l'eau froide l'aiderait à maîtriser sa colère, mais elle serait contente d'avoir un moment d'intimité avec Zainal... s'ils avaient le lac pour eux seuls.

Ils l'eurent, et il y avait des combinaisons propres sur leurs lits. Zainal plaça soigneusement le communicateur et son portable dans sa combinaison propre avant d'aller se laver.

Zainal aussi semblait vouloir faire de ce bain quelque chose de spécial. Ils se savonnèrent mutuellement et longuement, puis ils firent d'exubérants allers-retours dans les eaux vives du lac, toujours à portée des cordes de sécurité, avant de sortir pour se sécher l'un l'autre. Ce qui leur permit de relâcher la tension. En des moments pareils, Kris se demandait jusqu'à quel point Zainal différait des autres Cattenis, et même des emassis. Elle savait que son association avec Zainal n'était pas universellement acceptée. Il y avait des incidents racistes à chaque largage ; mais cela changeait — à quelques rares exceptions près — quand les colons apprenaient tout ce qu'ils devaient à la présence de Zainal. Mitford, Easley ni aucun de ceux chargés de l'intégration des nouveaux n'encourageaient la xénophobie.

Ces agréables considérations furent interrompues sans ménagement à l'instant où ils s'engagaient dans l'escalier menant à leur caverne, et où Zainal lui aboya des sons gutturaux.

— On commence déjà ?

— La deuxième lune se lève bientôt. Tu dois te préparer.

— Il faut que je sache ce que ça veut dire, Zainal, gémit-elle.

— Arrive à le prononcer, et après, je te dirai ce que ça veut dire, dit-il, en répétant les quatre syllabes heurtées.

Elle fit de son mieux pour l'imiter, mais les combinaisons de fricatives faillirent l'étouffer. Elle avait déjà remarqué cette particularité de la langue cattenie. Un peu comme de l'allemand avec l'accent français... ou peut-être un français guttural avec un mauvais accent allemand assaisonné d'un peu de chinois.

Elle parvint à prononcer la première série de syllabes avec satisfaction le temps d'arriver à la caverne principale.

On servait le dîner, et ils firent la queue pour obtenir leur ration qu'ils emportèrent sur la corniche extérieure, loin des oreilles de ceux qui mangeaient dehors par cette soirée très douce. Le primaire de Botany n'était pas encore couché mais la première lune brillait déjà au-dessus des montagnes, pâle fantôme dans ce qui restait de soleil. Cela rappela à Kris que le facteur temps était capital.

Parce qu'elle avait toujours appris plus vite en s'aidant de sa mémoire visuelle, Kris prit un caillou tranchant et griffonna sur la roche une transcription phonétique approximative de ce que Zainal lui enseignait. Et au moment où elle trouvait que son accent était satisfaisant, Zainal secoua la tête.

— Qu'est-ce qui ne va pas ?

Il continua à branler du chef et lui tapota l'épaule.

— Le ton n'est pas... méchant.

— Méchant ?

Il gronda les mots dont elle savait maintenant qu'ils signifiaient : « Rapport. Zainal trouvé. Il a résisté. Deux morts. Il est drogué. Atterrissez même endroit que Lenvec. Tous feux éteints. Rendez-vous dans le champ. »

Elle répéta, d'une voix aussi grave qu'elle le put, consciente que ce n'était toujours pas parfait.

— Écoute, je vais essayer un grondement murmuré ; ça ira ?

— Peut-être.

Puis il leva la main.

— Qu'est-ce qu'il a fait, Léon, pour obtenir un son enroué ?

— Il s'est serré la gorge.

Ce qu'elle fit, répétant une fois de plus le message, en espérant ne pas s'étrangler par inadvertance.

— C'est bon, dit Zainal claquant des mains avec satisfaction. Maintenant, écoute...

Et il débita une phrase dont elle comprit trois mots : « rapport », « mort », et « atterrissez ».

Elle lui dit ce qu'elle avait saisi.

— On te posera peut-être des questions. Tu dois savoir quoi répondre.

— Et si je répondais : « Je ne sais pas » ?

— Il faut que tu aies l'air de tout savoir. Alors, dis d'abord : « *Chouma* » — « silence » — comme si quelqu'un pouvait t'entendre. Puis : « *Schkelk* »...

Et Kris se redressa, stupéfaite, parce qu'elle savait ce que cela voulait dire :

— « Écoute » ?

Zainal sourit, étonné, en hochant la tête.

— Dis ça aussi durement que tu pourras, parce que tu as affaire à un individu stupide.

— Je l'ai assez souvent entendu dire sur Barevi, dit Kris avec amertume, puis elle cracha le mot avec la méchanceté appropriée.

Zainal éclata de rire et lui pressa la main avec approbation.

— Prends ce ton-là avec tous les mots, et ils ne discuteront pas. Tu parles presque comme un emassi. Après « *schkelk* », répète le message originel, pour être sûre qu'ils t'ont bien entendue. Après, tu dis : « *Kotik ?* » d'un ton signifiant qu'ils ne doivent plus te questionner.

— Compris.

Il continua à la faire répéter et répéter jusqu'à ce qu'elle soit assez enrouée pour ne plus avoir besoin de s'étrangler. Quand il fut enfin satisfait, elle s'étonna de voir que la première lune était déjà haut dans le ciel.

Alors, il sortit l'unité de sa poche et la lui tendit.

— Vas-y !

— Maintenant ? Tu veux dire qu'on fait ça ce soir ?

Elle paniqua. Elle n'était pas prête.

— Mais Bert et Raisha...

— Ils sont là. Je les ai vus arriver. Je vais leur donner leurs instructions aussi. Alors on envoie le message maintenant. Pendant que tout est encore frais dans ta tête. Et dans ta gorge.

Il appuya sur une indentation et, bien trop vite au goût de Kris, une voix répondit. Kris déglutit et se mit à prononcer le message si longtemps répété, faisant taire une question du « *schkelk* » le plus féroce qu'elle eût jamais prononcé. Zainal la rassura d'un hochement de tête approbateur, agitant la main pour lui faire comprendre que l'interruption était sans conséquence. Elle dit : « *chouma* » aussi hargneusement qu'elle put, et répéta le message. À ce stade, elle était si terrorisée que son « *kotik ?* » final n'avait rien à envier au plus sauvage des gardes cattenis.

Un « *kotik* » presque humble, suivi de deux syllabes qu'elle ne comprit pas, lui répondit, et Zainal coupa la communication.

— Mon chou, tu as été formidable ! dit Zainal en lui ébouriffant les cheveux et pressant tendrement sa joue contre la sienne — la caresse qu'il ne réservait qu'à elle.

— Mais le dernier mot, qu'est-ce que c'était ?

— Ton nom. Tu es, ou étais, Arvonk.

Kris fit la grimace.

— Quel nom affreux.

— Mais bon à savoir

— Ils ont répondu drôlement vite.

Zainal réfléchit à cette remarque.

— Il leur tarde de me récupérer. Ils resteront ici jusqu'à ce qu'ils m'attrapent.

— Et ils te ramèneront dans un plus grand vaisseau ?

— Le vaisseau de reconnaissance suffit pour cette mission.

— Mais ils *ne t'attraperont pas !* dit-elle, se relevant d'un bond.

— Non, ils ne m'attraperont pas, acquiesça-t-il d'un ton égal.

Il la prit par la main et ils retournèrent au bureau de Mitford.

Mitford devait surveiller leur arrivée, parce qu'il congédia brusquement le groupe avec lequel il parlait, qui fut étonné de croiser Kris et Zainal dans l'escalier. Bert Put, les yeux brillants d'impatience, et Raisha Simonova traversèrent la gorge en courant pour les rattraper, mais ne les rejoignirent qu'au moment où ils entraient dans le bureau.

— Vous avez envoyé le message ? dit Mitford.

— Oui. Ils viendront. Kris parle comme un vrai emassi, dit Zainal avec fierté en lui tenant la porte.

— J'avais assez répété ! dit Kris, bourrue.

Plein de sollicitude, Mitford lui offrit immédiatement une tasse de l'infusion que tous avaient appris à aimer.

Bert et Raisha entrèrent et s'assirent, mais à leur air hésitant, Kris comprit qu'ils n'avaient aucune idée de la nature de la réunion.

— Tu as déjà parlé à ton équipe, Zainal ? demanda Mitford.

— Pas encore. Ils feront ce qu'ils ont à faire sans problème.

Mitford grogna en se grattant la nuque. Il n'osait toujours pas regarder Kris en face. Ce qui, en un sens, la tranquillisa.

— Je peux avoir du papier ? demanda Zainal.

Mitford lui passa vivement une feuille et un crayon. D'une main sûre comme d'habitude, Zainal dessina ce qui devait être l'intérieur du vaisseau. Les yeux de Bert se dilatèrent et s'arrondirent de stupéfaction, tandis que Raisha regardait, fascinée.

— L'intérieur d'un vaisseau de reconnaissance catteni ? demanda Bert, fixant Zainal d'un air incrédule. Comment ? demanda-t-il, tandis que Raisha s'avançait tout au bord de son siège.

— Tu ne leur as rien dit de la Phase Un, Sergent ? demanda Zainal, tout en continuant à dessiner.

Kris porta sa main à sa bouche pour dissimuler son sourire, parce que Zainal avait soudain parlé en pur emassi, et que Mitford avait réagi en se redressant, exactement comme l'aurait fait un subordonné. Il lança un regard cocasse mais respectueux à Zainal, avant de commencer son exposé.

— Bert, Raisha, nous avons l'intention de prendre un vaisseau de reconnaissance ce soir, dit-il, et tous deux restèrent bouche bée de stupeur. Il y a quelques jours, un vaisseau catteni a débarqué de nuit un commando de quatre personnes.

— Oh, oh ! fit Raisha en pâlissant.

— C'était leur première erreur, dit Bert, avec un sourire suffisant.

— La deuxième était de croire qu'il serait facile de trouver Zainal, dit Mitford. Heureusement, les charognards ont laissé leurs bottes et quelques articles d'équipement non comestibles. De sorte que nous pouvons faire atterrir le vaisseau quand nous voulons.

— Ce soir, par exemple ?

Raisha se pencha en avant, inspirant avec ravissement.

Kris ne put s'empêcher d'intervenir.

— Je leur ai dit d'atterrir en silence, tous feux éteints, pour embarquer un Zainal inconscient. Et que j'avais besoin d'aide pour le transporter parce qu'il avait tué deux personnes en essayant de s'échapper, avant que j'aie pu le droguer.

Raisha avait l'air un peu perdue.

— Une paire de bottes était beaucoup plus petite. Cherchez la femme.

— Oh, j'y suis, dit Raisha. Seulement, comment allons-nous échapper aux charognards, *nous* ?

Mitford leur exposa la Phase Un en détail, et ils applaudirent.

— Écoutez, j'ai suivi beaucoup d'entraînements, mais n'ai fait qu'un seul petit vol dans une navette, dit anxieusement Raisha.

— Moi, j'ai fait deux vols, dont un comme navigateur, dit Bert.

À l'évidence, tous deux mouraient d'envie de participer malgré leur inexpérience.

— Tout ira très bien, dit Zainal d'un ton si convaincu qu'ils se turent. Un vaisseau de reconnaissance peut transporter six personnes au maximum. Quatre ont été débarquées. Il doit en rester deux à bord. Tous les deux peuvent descendre à terre pour aider Arvonk, leur contact, dit-il en montrant Kris. Mais ils ne descendront peut-être pas. Alors, s'il faut investir l'astronef en vitesse, et tuer, voilà à quoi ressemble l'intérieur.

À l'aide des dessins qu'il avait faits il leur fit parcourir les étroites coursives, puis des tableaux de bord ; il leur montra la préparation au décollage et leur apprit la couleur des différentes manettes, puis il leur dessina les icônes surmontant les contrôles. Ils se concentraient si fort que Kris voyait presque les mots et les dessins s'imprimer dans leur cerveau.

— On emmène Léon qui parle le catteni, pour lancer le message annonçant le dernier tour de Zainal et après...

Il passa son doigt en travers de sa gorge et sourit.

— Je vous montrerai comment faire le tour de la lune et atterrir en vol plané.

Il se tourna vers Mitford et ajouta :

— On cachera le vaisseau, et après je vous ferai trimer pour apprendre à piloter un vaisseau catteni.

— Tu ferais ça ? dit Bert, les yeux presque exorbités, mais Raisha, emplie d'une totale assurance, poussa juste un petit soupir.

Zainal venait de faire deux heureux, sans conteste.

— Maintenant, planchez dur. Kris et moi, on va préparer notre équipe.

CHAPITRE 3

Pour un plan si hâtivement élaboré, il n'aurait pas pu se dérouler plus uniment. Kris se mit à trembler quand le communicateur bourdonna, mais Zainal lui avait fait répéter deux autres phrases.

— Arvonk, dit-elle en se serrant la gorge, ajoutant en

catteni hargneux : Je vous vois. Posez-vous en vol plané. *Chouma.*

Dernier mot qu'elle ajouta de son cru.

Ils distinguaient à peine le vaisseau à la faible clarté de la lune qui se levait. Un bref éclair lumineux s'éteignit quand l'écoutille se referma.

Zainal dans le rôle d'un de ses ravisseurs, et Kris dans celui de l'autre, soutenaient entre eux Dane, qui était grand, et s'appuyait sur Zainal comme s'il était inconscient. Joe Marley, le visage noirci, était cassé en deux sur les contrôles du véhicule de Mitford qui avançait lentement, au rythme de la marche.

Le premier coup de feu des Cattenis fut le signal pour Slav et Fek, jusque-là accroupis ; ils se relevèrent et expédièrent sans bruit les deux soldats avec leurs lances. Puis Joe accéléra et ils filèrent jusqu'au vaisseau à toute vitesse. Zainal débloqua l'ouverture, et Bert et Raisha se ruèrent à l'intérieur dès qu'ils eurent la place de passer. C'était au tour de Léon.

— *Stolix* Zainal ! cria-t-il, s'efforçant de prendre un ton triomphal, mais prêtant l'oreille au bruit qu'aurait pu faire le pilote.

Zainal entra en trombe, couteau au poing, et se rua vers le poste de pilotage, sans se soucier du bruit.

Ceux qui écoutaient dehors l'entendirent faire glisser un panneau.

— Ils n'étaient que deux ! leur cria-t-il.

— Permission de monter à bord, Commandant ? demanda Bert, facétieux.

— Permission accordée, dit Zainal, et Kris perçut du soulagement dans sa voix.

— Je veux juste jeter un coup d'œil, dit-elle, suivant Bert et Raisha dans la coursive.

Elle se demanda si les équipages de ces appareils étaient choisis parce qu'ils étaient assez petits pour manœuvrer dans ces espaces restreints. En tout cas, Zainal devait marcher sur la tranche.

Raisha était déjà assise dans le siège du copilote, tandis que Bert effleurait tel et tel panneau, comme pour vérifier ce que Zainal lui avait appris. Kris fut saisie par l'expression de son visage. Bert n'arrivait pas à croire qu'il allait retourner dans l'espace — et pas en passager inconscient, cette fois. Elle l'envia.

— Kris, un dernier message, dit Zainal, la mettant face aux contrôles. Dis : « Arvonk *icts, stolix* Zainal. *Escag. Klotnik.* »

Elle répéta les mots entre ses dents, puis Zainal lui montra du doigt la grille du haut-parleur et leva une manette. Elle faillit oublier de se serrer la gorge, mais elle sut articuler ces mots avec une autorité qui leur donna un certain ton de triomphe.

— Qu'est-ce que j'ai dit ?

Zainal lui ébouriffa les cheveux.

— « Ici Arvonk, j'ai Zainal. Rentrons. Terminé. »

— « Terminé » ressemble trop à « *kotik* », « accepté ».

— Pas pour un auditeur catteni. Maintenant, dehors. Le satellite doit enregistrer le décollage.

Il l'escorta dans la coursive et jusqu'à l'écoutille, une grande main sur son épaule. Puis il pressa sa joue très fort contre la sienne avant d'enfoncer le bouton d'ouverture.

Bien qu'étourdie par leur succès et par la perspective d'être loin de lui un ou deux jours, elle fit bien attention de ne pas rater la plate-forme du véhicule. Elle porta une main à sa joue, et elle sentit celle de Zainal contre la sienne. Joe démarra.

Il prenait de la vitesse quand Slav cria brusquement :

— Stop !

Surpris, Joe freina si court que ses passagers durent s'accrocher les uns aux autres pour ne pas tomber. Fek se pencha par-dessus le côté, pour regarder quelque chose que Kris se félicita de ne pas voir aussi bien qu'elle. D'un geste aussi rapide que Whitby quand il pêchait, Fek ramassa quelque chose qui cliqueta sur le fond du véhicule. Elle se pencha de nouveau, bras tendu et se retenant à Joe de l'autre, elle attrapa autre chose. Un rayon illumina un champ grouillant de tentacules, car c'était une torche électrique qu'elle venait de récupérer. Kris gémit et se détourna. Les charognards cognaient vainement leurs tentacules contre le plancher du véhicule.

— Tu vois, Slav ? dit-elle, avec son sourire triangulaire de Deskie, braquant sa torche sur l'autre victime, de l'autre côté du véhicule.

— Je vois. Je comprends.

Et Slav procéda à deux récupérations tout aussi rapides. Il tendit l'un des objets à Kris pour qu'elle le voie dans la lumière, et elle n'avait jamais vu un si grand sourire sur un visage de Rugarien.

— Tranquilliseur.

En un geste juvénile inattendu, il posa l'arme sur son bras et imita le son sifflant d'un tranquilliseur en action.

— On peut partir maintenant ? dit Joe avec irritation.

Il n'attendit pas la réponse et démarra, poussant la barre de contrôle au maximum.

— On aurait pu attendre le matin. Les charognards ne digèrent pas le métal.

— Je le veux ce soir, dit Fek avec une fermeté inhabituelle.

— Et arrête d'éclairer le sol, dit Joe avec humeur, traversant à toute vitesse un champ où des tentacules luisaient et se contorsionnaient.

Mitford les attendait au parking, comme s'il craignait qu'ils ne révèlent les activités de la nuit. Kris était très excitée par de fortes décharges d'adrénaline, et sa présence eut un effet calmant. Il leur fit signe de traverser le camp silencieux et de monter à son bureau. Il avait eu l'attention de leur préparer de la bière et des biscuits salés ressemblant à des bretzels. Les Rugariens et les Deskis aimaient la bière, mais ils avaient soin d'en boire rarement. Elle avait un certain effet sur leur métabolisme — ce n'était pas la gueule de bois, selon Léon, mais quelque chose d'approchant — qu'ils ne supportaient pas bien.

Kris but une longue rasade pour se remettre l'estomac en place, et remarqua que Joe faisait de même. Mitford attendit, sachant à leur expression que la mission avait réussi.

— À l'heure qu'il est, j'ai été tuée et Léon est mourant, commença-t-elle. Sinon, tout s'est déroulé selon le plan... avec une petite diversion due à Slav et Fek.

Elle frissonna quand ils posèrent les objets récupérés sur le bureau.

Il jeta un simple coup d'œil sur la torche, qui pourtant, pensa Kris, était plus utile que les tranquilliseurs. Mais bien sûr, les armes passent avant tout chez un militaire. Il prit le tranquilliseur, le tourna et retourna dans sa main, vérifia les contrôles et ferma quelque chose.

— C'est la sécurité — fermée maintenant. Mais vous ne pouviez pas savoir.

Il le caressa presque en le reposant sur le bureau, puis il prit le deuxième pour le rendre inoffensif.

— Pour Bert et Raisha, on aurait dit que c'était Noël, poursuivit-elle. J'ai jeté un coup d'œil quand Zainal a donné le feu vert.

Mitford hocha la tête.

— C'est petit. Heureusement que Léon n'est pas un pouce plus grand.

Mitford hocha de nouveau la tête.

— Ils vont revenir, tu sais.

Mitford hocha la tête une troisième fois.

Kris termina sa bière, prit une poignée de bretzels, et se leva.

— Je suis crevée, dit-elle. Bonne nuit. Et merci Joe, Slav, Fek. On est la meilleure équipe de Botany.

Mitford hocha la tête une fois de plus.

C'est quand elle se retourna dans son lit qu'elle s'aperçut seulement qu'elle avait encore le communicateur. Ça lui faisait une belle jambe, même si c'était un lien avec Zainal qui, dans le vaisseau de reconnaissance, exécutait la dernière étape de la Phase Un. Elle le posa sur son étagère, et s'abandonna au sommeil.

Mitford l'emmena avec l'unité sur le champ de largage le deuxième jour, où l'on pouvait attendre le retour de Zainal. Camp Rock bourdonnait de rumeurs bien que tous les participants à la Phase Un aient fait de leur mieux pour se comporter normalement. Pour être sûre qu'elle ne trahirait rien, Kris prétendit s'être foulé la cheville. Sarah s'affairait à aller lui chercher de l'eau froide pour réduire l'enflure. Joe, Slav et Fek révisaient leur grand véhicule d'exploration ou écrivaient leur rapport. On annonça que Léon était allé avec Zainal, Bert et Raisha au Camp Barricade pour une urgence quelconque. Mais les rumeurs persistaient.

— On va quand même les étonner, dit Mitford, arrêtant son petit véhicule contre une haie.

Ayant vu quelques prédateurs aviens en venant, il se mettait à couvert comme il pouvait.

— J'espère, ajouta-t-il.

— On est seuls, Sergent, alors je vais en profiter pour te dire ce que je pense du numéro que tu m'as fait...

Elle eut la satisfaction de le voir rougir d'embarras.

— Tu n'avais pas le droit d'insulter Zainal comme ça... et encore moins le droit de te servir de moi comme garantie. J'ai bien failli te frapper, dit-elle, brandissant le poing.

— Va au diable, Kris Bjornsen, grogna Mitford qui entre-temps s'était ressaisi. Il le fallait ! Je fais confiance à Zainal, sans doute plus que je n'ai jamais fait confiance à un autre être humain... et il est humain pour moi...

La réaction de Mitford était aussi fervente que celle de Kris, et ses yeux étincelaient.

— ... mais je ne peux prendre aucun risque. Avec lui ou avec toi.

Il émit un grognement et passa sa main sur ses cheveux en brosse, en un geste d'exaspération et, bizarrement, d'impuissance.

— J'ai trop besoin de lui. *Nous* — il voulait dire la colonie — avons trop besoin de lui.

Puis, en un de ses brusques changements d'humeur, il lui sourit, d'un sourire impudent et curieusement mélancolique.

— J'aurais aimé en être avec toi où il en est maintenant...

Il leva vivement les deux mains en un geste défensif.

— Ne va pas te méprendre, Kris. Tu es une femme formidable, et Zainal est le seul homme que je n'essayerai jamais d'éliminer de force.

Au tour de Kris d'être embarrassée. Elle avait vaguement eu l'impression de plaire à Mitford, mais après qu'il l'eut tout le temps envoyée en reconnaissance avec Zainal, elle s'était dit qu'elle l'avait imaginé.

— Désolée, Chuck, dit-elle, toute son agressivité envolée. C'est arrivé comme ça... et tu me jetais à sa tête. Plus ou moins.

— Plus, dit Mitford, son visage rude prenant une nuance ironique, parce qu'il m'était impossible d'aller avec lui. Et tu étais la seule à qui je pouvais me fier pour le garder en vie jusqu'à ce que les autres comprennent qu'il était plus intéressant pour nous vivant que mort.

— Je te dois beaucoup, Sergent, dit-elle, lui touchant légèrement le bras avec reconnaissance. Mais tu m'as quand même mise bien en colère hier.

Mitford éclata de rire, et posa ses jambes par-dessus le flanc du véhicule à l'arrêt.

— Ouais, il y a des jours où je dois faire ce que je dois faire, et je n'avais pas le temps de demander l'avis des galonnards qu'on a ici maintenant.

— Ha ! dit Kris, souriante à présent. Tu voulais mener ça tout seul, sans les galonnards. Mais je soupçonne que tu ferais quand même bien de les impliquer dans la Phase Deux...

— Et dans la Phase Trois, dit Mitford, tournant la tête pour observer le champ, à la végétation à présent couchée et écrasée par les fréquents atterrissages et les corps inconscients.

De nouveau il se gratta la tête, avant de se retourner vers elle.

— Ce serait stupide de ne pas faire participer les stratèges à la Phase Deux. Mais la première... Ça, dit-il, se frappant la poitrine du pouce, c'était pour moi. Et vous, ajouta-t-il, magnanime. En fait, je me mets progressivement sur la touche, comme qui dirait.

— Allons donc, Chuck...

— Non, je parle sérieusement, Kris. On est près de neuf mille ici maintenant. J'assumais sans problème tant qu'on était cinq cent quatre-vingt-deux, deux mille à la rigueur... mais bon sang, je veux aussi faire des découvertes, ne pas vous les laisser toutes, à toi et à Zainal, ou aux Doyle ou aux Scandinaves. Moi, Chuck Mitford, je veux participer aux réjouissances.

— Qui prendras-tu dans ton équipe ? demanda-t-elle, pour avoir le temps de se remettre du choc.

Elle savait très bien que la colonie avait des administrateurs comme Easley et Rastancil, et des gouverneurs comme Ayckburn et Chavell, mais Mitford avait su la faire *fonctionner.*

— Ce ne sera plus la même chose sans toi pour diriger. Plus du tout, dit-elle avec un profond regret.

Il lui toucha le bras en clignant de l'œil.

— Tu ne t'apercevras pas que je suis parti avant que je revienne. Franchement, Kris, pour la Phase Deux et la Phase Trois, j'aimerais autant laisser porter le chapeau à des gens qui ont l'habitude des grandes manœuvres. Mais tu peux être sûre que j'y participerai.

— Sinon tu ne serais plus toi-même.

— Quand j'ai pris le commandement au Jour Un, j'ai promis aux gars qu'un jour nous serions libres.

Il regarda au loin les champs enveloppés de la brume matinale.

— Libres, oui. Partir ? Je n'en suis plus si sûr.

Il regarda autour de lui la campagne qui ne lui semblait plus exotique ni irréelle.

— Je me posais la question, dit-elle, encourageante.

— Si on pouvait parvenir à un accord quelconque avec l'un ou l'autre de nos propriétaires, ou avec les deux, ce serait un endroit formidable pour construire une société sans que les minorités bousillent chacune leur petit coin de terrain. Ce serait un nouveau départ pour tout le monde.

— On en a déjà fait un, tu sais.

Il hocha la tête et se frictionna le nez.

— Oui. Mais libres. J'ai fait cette promesse, et maintenant on a une chance de la tenir.

— La Phase Trois signifie que nous devrons partir si les galonnards n'approuvent pas le maître plan de Zainal pour libérer la Terre et Catten des Eosis.

Les yeux étrécis, il lui jeta un regard de malice toute pure.

— Dis donc, ma fille, il y a encore au moins une guerre dans le Marine que je suis. Je ne sais pas quelles seront les armes et les zones de combat, mais tu peux être certaine, dit-il, brandissant l'index d'un air sévère, que je vais débriefer Zainal à fond, articles, paragraphes, et toutes les petites lettres. C'est fou ce qu'on ignore encore sur les Cattenis — sans parler des Eosis.

— Et de nos propriétaires, les Fermiers.

Ils entendirent un faible grondement au-dessus d'eux,

suivi de bruissements plus vigoureux : Slav, Fek, Joe, Sarah et Whitby passaient à travers leur haie.

Kris lança un regard stupéfait à Mitford, se demandant si leur conversation très privée avait été surprise. Il cligna de l'œil en lui montrant ses équipiers, qui haletaient comme s'ils couraient depuis un bon moment.

— Fek entendre, dit la Deskie en souriant. Vaisseau arrive.

Slav leva le doigt vers le ciel, et ils virent un point qui grandissait rapidement. Le bruit ne devint pas plus fort, mais plus net. Soudain, des aviens prédateurs, plus nombreux qu'ils n'en avaient jamais vu à la fois, entourèrent l'appareil : certains tombèrent comme des graines ailées, voltigeant et papillonnant vers le sol, d'autres tombèrent en pièces comme des pierres, tandis que les survivants se livraient à d'étonnantes manœuvres aériennes et s'envolaient à tire d'aile.

— C'est bon à savoir, dit Mitford avec un grognement approbateur, descendant du véhicule.

Bras croisés, yeux étrécis, il observa l'approche de l'astronef.

Était-ce Zainal qui pilotait, se demanda Kris, ou avait-il passé les commandes à Bert ? Que ce fût l'un ou l'autre, il effectua un atterrissage impeccable à une vingtaine de mètres des assistants, avec un dernier nuage de vapeur sortant de la tuyère bâbord. L'écoutille s'ouvrit, et Raisha sauta à terre avec un sourire radieux.

Elle salua Mitford, qui lui rendit son salut.

— Mission accomplie, Sergent. Effectifs au complet.

Puis elle leva le bras droit en l'air, et poussa un hurlement qui n'avait rien de militaire.

Kris se dirigea vers elle avec les autres, cherchant à apercevoir Zainal, et Bert.

— Ce Zainal... il a même laissé Bert atterrir, s'écria Raisha, serrant la main à chacun, même à Slav et Fek, maintenant habitués à cette bizarre coutume humaine. Tu devrais voir cette planète de l'espace, Sergent. C'est encore plus beau que la Terre. Je sais que ça a l'air d'une hérésie, mais c'est vrai ! Et nous savons où est le satellite, alors Zainal dit qu'il sera facile de l'éviter en sortant par différentes fenêtres, parce qu'il est géosynchrone pour ce secteur. Impossible de dire depuis quand il est là, alors il se peut qu'il n'ait pas vu les vaisseau des Fermiers, même s'il était géosynchrone avec ce terrain d'atterrissage.

Kris sourit à Raisha, comprenant son ivresse, mais sans cesser de chercher Zainal du regard.

— Oh, il est en train d'expliquer les subtilités du pilotage à Bert. Il va falloir les faire sortir de force, dit Raisha. Sergent, on a eu de beaux points de vue sur les autres continents pendant notre orbite d'approche. Un seul semble être cultivé aussi intensivement que celui-ci. Ce serait peut-être une bonne chose d'aller voir si on peut déménager sur un continent inoccupé, et remettre les fermes en l'état où elles étaient avant notre arrivée. Ce sont les Cattenis qui en feraient une tête !

— Du calme, Raisha, dit Mitford, souriant de sa loquacité.

— Oh ! dit-elle, regardant les autres. Je devrais faire mon rapport uniquement à toi ? Mais ils sont tous au courant de la Phase Un, non ? C'est...

Elle s'interrompit, prit une profonde aspiration, et essuya les larmes qui lui montaient aux yeux.

— C'est juste qu'après l'invasion des Cattenis je croyais ne plus jamais aller dans l'espace avec un vrai vaisseau.

Elle écrasa quelques nouvelles larmes, faisant un effort évident pour se contrôler.

— Bon, je fais une fichue astronaute.

— Vous avez été parfaite, ma'ame, dit Mitford d'un ton tout militaire, et cela suffit à la rasséréner.

— Merci, Sergent. Je suis heureuse d'avoir eu cet honneur d'aller...

— Là où aucun humain n'est allé avant, dit Kris, citant une phrase de *Star Trek*.

Mitford s'avança vers l'écoutille, mais Kris l'atteignit avant lui.

— Zainal ? cria-t-elle, se reprochant d'agir en femelle possessive.

— Sur la passerelle ! répondit-il avec exultation.

Comme l'avait dit Raisha, il continuait à expliquer à Bert la technique du roulis et du lacet, et les boutons et manettes à utiliser dans telle ou telle circonstance.

— Vous avez atterri dans un mouchoir de poche, dit Kris, les regardant à tour de rôle, mais ce fut Bert qui sourit avec fierté.

— Zainal a insisté. Bon sang, j'ai failli pisser dans mon pantalon, dit-il, et Kris éclata de rire. On dirait qu'il n'y a pas tellement de façons de disposer les panneaux et les boutons, alors ça n'a pas été très difficile. Et Zainal était prêt à me remplacer en cas de pépin...

Il montra la droite de la passerelle.

— Bon sang, ce qu'ils m'ont fait peur ces aviens qui me sont tombés dessus comme des F-88...

— Je crois qu'ils ne reviendront pas de sitôt, dit Kris. Enfin, ceux qui ont survécu.

— Pourtant ils n'apparaissent pas quand les transports atterrissent, dit Zainal, pensif.

— Le vaisseau de reconnaissance émet une sorte de sifflement... suggéra Kris, et il hocha la tête.

Elle aurait voulu faire autre chose que rester plantée là, bras ballants, pour montrer à Zainal qu'elle était très, très, très contente de le revoir. Elle regrettait que Bert ne soit pas n'importe où ailleurs que sur la passerelle.

Puis Zainal s'approcha, pressa sa joue contre la sienne et lui effleura l'oreille d'un baiser, avant de se redresser.

— Je vais faire mon rapport à Mitford.

Il se retourna vers Bert.

— Répète toutes les procédures. Il faut le mettre hors de vue avant de rentrer.

Puis il fit pivoter Kris et la poussa dans l'étroite coursive.

— Maintenant, on sait beaucoup de choses utiles sur Botany.

Kris pensait seulement qu'il était de retour, que la Phase Un était terminée, et que Mitford était d'accord pour passer à la Phase Deux. Descendant dans le champ où elle gisait, inconsciente et vulnérable, neuf mois plus tôt, elle eut du mal à croire à leur bonne fortune. Et tout ça parce qu'elle avait sauvé un Catteni fugitif.

Pendant que les curieux — et ils vinrent en foule de l'Échappée Belle — inspectaient le vaisseau, Zainal, dans son rapport à Mitford, mettait l'accent sur ce qu'il avait observé du reste de la planète pendant l'orbite d'atterrissage, plus que sur le voyage proprement dit. Il avait piloté au début, avec roulis et zigzags, en passant devant le satellite.

— Pour donner l'impression d'avoir perdu le contrôle, dit Zainal avec un grand sourire. Puis je suis passé derrière la lune et hors de portée du satellite.

De Bert et Raisha, il dit :

— Ils savent plus de choses qu'ils ne croient. Ils sont bien entraînés. Capables de piloter pendant que je regardais. Le vaisseau a fait des... croquis...

Il regarda Kris, qui lui souffla : « photos ».

— Oui, des photos instantanées, avec des détails des autres continents. On est passés très près au dernier passage, dit-il en souriant. Des photos bien meilleures que celles qu'on nous a données.

Et il fit une pause, un sourcil frémissant d'irritation au souvenir de ces dons récalcitrants.

— Raisha dit que seuls deux continents sont cultivés.

Zainal acquiesça de la tête.

— L'un est vide, mais vert. L'autre ne me dit rien. Mais je ne suis pas fermier.

— Tu penses qu'on devrait déménager ? dit Mitford, avec un geste indiquant qu'il parlait des camps occupés par les colons. Pour ne pas avoir de problèmes avec les vrais propriétaires ?

— Oui, il faut y penser. Une race qui a fait une prison de la vallée que nous avons découverte n'agit pas comme les Cattenis ou les Eosis. Ils y avaient enfermé quelque chose, ou empêchaient quelque chose d'y entrer. Ce n'est pas comme ça que travaillent les Cattenis et les Eosis.

— Et les humains non plus, si tu regardes notre histoire ; dit Mitford d'un ton cocasse en se croisant les bras.

Puis Zainal gratifia Mitford d'un long regard en coin.

— Phase Deux, Sergent ?

Mitford gloussa, et se claqua les mains sur les cuisses.

— Tu as trouvé des armes ?

— Assez pour réduire à l'impuissance des imbéciles de drassis, dit-il avec dédain.

— La vie devient de plus en plus intéressante, non ? dit Mitford, sans s'adresser à personne en particulier.

Quelqu'un s'éclaircit la gorge et, regardant par-dessus son épaule, Kris vit quelques hommes dont elle se souvenait vaguement qu'ils avaient été officiers supérieurs dans l'armée et la marine. Instantanément, elle s'inquiéta pour Mitford. Elle ne voulait pas qu'il soit sommairement remplacé par de nouveaux gradés s'imaginant plus qualifiés que lui pour gouverner ce monde. C'était Peter Easley qui avait toussoté.

— Sergent, quand tu auras le temps, tu pourras nous accorder un moment ?

— Plus d'un, même, et vous m'évitez de vous envoyer chercher, dit Mitford, quittant le siège du conducteur. Avez-vous été présentés à Emassi Zainal et Kris Bjornsen ?

S'ensuivit une cérémonieuse tournée de poignées de mains — de mains devenues calleuses et durcies par les travaux « civils », remarqua Kris. Elle remarqua aussi que tous étaient respectueux envers elle et Zainal, et se dit qu'une « prise de pouvoir hostile » n'était qu'un effet de son imagination. La cordialité des neuf hommes ne semblait pas forcée. Leurs commentaires allaient de « beau travail », à « formidable remontant pour le moral des colons ».

— À quel grade terrien correspond « emassi », Zainal ? demanda Mitford avec un clin d'œil à Kris.

— « Emassi » correspond à capitaine, l'informa Zainal, le regardant d'un air narquois. Capitaine est supérieur à sergent, ajouta-t-il avec un grand sourire.

— Je vous demande pardon ? dit Peter Easley, se penchant poliment, croyant que quelque chose lui avait échappé.

— Vieille blague entre nous, dit Mitford. Êtes-vous déjà montés à bord, messieurs ?

Ils opinèrent tous et les sourires s'élargirent.

— Est-ce qu'on pourrait avoir des détails ? demanda un homme aux cheveux argentés — l'un des généraux, se dit Kris.

Il regarda tour à tour Zainal, Kris et Mitford, pour arrêter son regard sur Easley.

— Les implications de cette capture sont renversantes. Rastancil, général de division, dit-il, ajoutant à regret : en retraite.

— Comme je vous l'ai dit, j'avais prévu de vous envoyer chercher dès que je pourrais annoncer la réussite de la Phase Un.

Il montra le vaisseau de la main, fronça légèrement les sourcils car il y avait une bousculade à l'écoutille. Mettant ses mains en porte-voix, il gueula de sa voix de parade :

— DU CALME ! PERSONNE N'ENTRE PLUS ! LATORE, DOYLE, FAITES-LES METTRE EN RANG ! Désolé, ajouta-t-il, se tournant vers les officiers. Bon, la Phase Un a réussi, et je crois qu'il est temps de confier les projets suivants à la Tactique ou à la Stratégie, ou au nom que vous voudrez donner à un corps compétent.

— Sergent, ayant fait ce que tu viens de faire, dit Rastancil, tu as plus que gagné le droit de participer à l'élaboration de la Phase Deux, si je ne me trompe pas sur ta pensée.

Mitford hocha vigoureusement la tête.

— Il y a une Phase Deux et une Phase Trois.

De nouveau, il montra Zainal.

— Oui, nous avons besoin d'en parler.

D'autres cris de protestation leur parvinrent du vaisseau.

— Laissez-moi d'abord m'occuper de ça, dit-il, et, se rasseyant dans le véhicule, l'air furibond, il contourna la foule pour arriver à l'écoutille.

— Qu'est-ce que tu as en tête exactement pour la Phase Deux, Emassi Zainal ? demanda l'un des officiers de marine.

Il avait un accent britannique prononcé : Kris se dit que ce devait être Geoffrey Ainger.

— Je suis Zainal maintenant, plus emassi. Je vais d'abord vous parler de la Phase Un.

— Pourquoi n'allez-vous pas parler à l'Echappée Belle ? suggéra Kris comme d'autres colons traversaient le champ pour admirer l'astronef. J'attendrai le sergent ici.

— Nous allons tous attendre le sergent, dit Easley, mais il montra, à l'autre bout du champ, une pente douce près d'une haie où ils pourraient s'asseoir, à l'écart du trafic camp-vaisseau.

Un ou deux officiers toussotèrent ou haussèrent des sourcils étonnés à cette suggestion faite avec autorité, mais Easley les manœuvra si habilement que tous acceptèrent. Arrivé à l'endroit indiqué, Zainal croisa les chevilles et s'assit avec grâce. Kris s'assit près de lui, et Easley de l'autre côté de Zainal, face aux autres qui s'installèrent le plus confortablement possible. Il fit un bref résumé de la Phase Un, commençant par le premier rapport de Coo et terminant par l'atterrissage. Kris était très fière de son anglais, pas parfaitement grammatical, mais concis. Quand il eut fini, un costaud chauve au visage buriné, balafré de la tempe à la joue, leva la main.

— Pourquoi as-tu été l'objet d'une tentative d'enlèvement si élaborée, Zainal ?

— Qu'est-ce que tu sais sur les Eosis ?

— Plus que je ne voudrais, mais pas assez pour comprendre cette chasse à l'homme, répondit-il. Tu es Bull Fetterman, le général américain ?

Un hochement de tête répondit à sa question, et Kris lui donna un bon point pour s'y retrouver si bien dans les noms et les grades. Zainal se tenait informé sur les nouveaux arrivants, et savait par Mitford qu'il y avait des officiers de l'armée de terre et de la marine dans le dernier largage.

— Alors, tu sais que les Eosis commandent les opérations des Cattenis.

Fetterman ne fut pas le seul à opiner.

— Ils prennent des emassis pour prolonger leurs vies.

— Quoi ? dit Fetterman, d'un air qui lui avait sans doute valu son surnom[1].

— Ils envahissent complètement le Catteni, dit Kris. Zainal serait devenu un zombie... ou pire... Il ne serait pas mort, mais il n'aurait plus de personnalité. Comme une marionnette.

— Et le premier vaisseau de reconnaissance est venu parce que tu étais un élu ? demanda Easley.

1. *Bull* = taureau. (*N.d.T.*)

Zainal acquiesça de la tête.

— J'ai entendu dire que c'était un honneur, dit Rastancil, bien qu'à son expression il eût l'air d'en douter.

— C'en est un. Mais j'ai été largué, dit Zainal avec un grand sourire. Je reste.

De sa grande main, il imita des ciseaux.

— J'ai été éliminé de la liste des honneurs.

Easley cligna des yeux, et sourit. Rastancil sourit aussi.

— Mais c'était un devoir ? dit Rastancil.

— Pas après être largué ici, dit Zainal, montrant le sol.

— Mais quelqu'un doit prendre ta place ? demanda un officier noir — proche de la cinquantaine, jugea Kris.

— Un autre mâle de ma famille. Il y en a plusieurs, dit Zainal, haussant les épaules.

— Et question représailles ? demanda un autre, dont Kris se dit que ce devait être Reidenbacker.

Elle avait repassé mentalement les noms et professions des listes de largués, et à présent elle mettait les noms sur les visages.

— Le dernier endroit où ils viendront me chercher, c'est ici, dit Zainal.

— Tu en es sûr ? demanda l'amiral Scott, à peine poli.

— Ça se défend, ce qu'il dit, Ray, remarqua Rastancil. Si tu désertais, le dernier endroit où on viendrait te chercher, c'est le lieu de ta désertion.

— Je n'ai pas déserté, dit Zainal, fronçant les sourcils. Largué je suis, largué je reste.

— Mais il s'agit d'un autre devoir ou d'une préférence personnelle ? s'enquit Scott.

— Zainal fait allusion à la règle selon laquelle toute personne débarquée sur une planète coloniale n'est jamais rembarquée. Botany est essentiellement une colonie pénitentiaire, tu comprends ? Zainal a *refusé* de partir parce que cela contrevenait à une autre règle fondamentale, uniquement pour l'agrément de ses supérieurs. S'il avait été libéré avant d'être largué ici, il en aurait été tout autrement. Mais ils l'ont déporté.

Kris donna ces précisions, vraies ou fausses, pour que Scott n'aille pas imaginer que Zainal était un déserteur, un lâche ou autre chose.

— Voilà qui règle la question, dit Rastancil en souriant.

— Donc, nous pouvons être sûrs que nous ne ferons pas l'objet de représailles parce que tu leur as enlevé le vaisseau de reconnaissance, dit Scott.

— Je crois que nous avons déjà établi que c'est très improbable, dit Easley, s'efforçant de conclure cette discussion, puisque Zainal a volontairement adopté au départ une trajectoire qui devait l'amener à sortir de ce système. Ah, voilà le sergent.

Mitford abandonna son air irrité en descendant de son véhicule.

— C'est ce maudit Aarens qui prétend avoir des droits... murmura-t-il à Kris en s'asseyant près d'elle. Vous en avez fini avec la Phase Un ?

— En fait, nous avons... commença Easley.

— Pourrions-nous avoir chacun un rapport écrit pour les archives ? demanda Scott.

— On a du papier juste pour un seul, dit Mitford sans s'excuser. Kris, tu peux t'en charger ? Bien, Zainal, peux-tu nous exposer la Phase Deux comme tu l'as fait pour moi il y a trois jours ?

Zainal se leva, et bien que les officiers fussent assis sur une butte, ils durent tous lever les yeux vers lui – beau mouvement stratégique, ou bien Kris ne s'y connaissait pas.

— Les transports font des largages de plus en plus fréquents. Votre planète donne du fil à retordre aux Cattenis, qui ne s'y attendaient pas. Les vaisseaux ne sont pas en très bon état. Nous avons des armes maintenant. Nous pouvons prendre un deuxième vaisseau.

Il leva une main pour prévenir les questions que provoquait cet objectif. Le geste avait tant d'autorité que même Scott se soumit, fronçant les sourcils.

— On prend le transport. Puis le vaisseau de reconnaissance prend un chargement de métal des Mécanos et le fait exploser dans l'espace... Le satellite est géo-synchrone, dit-il, détachant les syllabes comme pour être sûr qu'il les disait dans le bon ordre. Il ne peut voir que ce secteur. Il verra l'explosion.

De nouveau, il imita des ciseaux de sa main.

— Maintenant, ne viens pas me dire que les Cattenis laisseront passer ça sans une enquête quelconque ! dit

Scott, sans dissimuler sa désapprobation et son scepticisme.

— Pas si le dernier message de l'équipage les informe d'un... d'une panne des systèmes.

Zainal dut chercher ses mots mais il trouva ceux qu'il fallait.

— Deux derniers messages, et chaque fois un astronef disparaît ? dit Scott, ouvertement sarcastique.

— Il n'y a que des drassis sur les transports. Ce n'est pas une grande perte, dit froidement Zainal. Les Cattenis, dit-il, soulignant le mot avec force, ne se soucient pas des pertes mineures. Vaisseau ou drassi. Vous devriez le savoir depuis le temps.

— Est-ce que ça signifie que toi, un Catteni, tu accepterais que *nous* tuions tes compatriotes ? demanda Scott, étrécissant les yeux.

Zainal haussa les épaules.

— Il n'y a pas de guerre sans morts. Tu le sais. Je le sais. Ou alors, dit-il, avec un sourire ironique, fais comme les Cattenis. Laisse les Cattenis s'en aller librement ; enfin, ceux qui survivent. S'ils ne sont pas retrouvés dans les vingt-quatre heures, ils seront libres de se joindre à nous. Largués ils sont, largués ils restent.

Kris se couvrit vivement la bouche de la main, et examina les visages pour voir qui avait compris la plaisanterie de Zainal. La majorité avait compris. Ces types avaient l'esprit vif. Le seul critique sévère, c'était Scott.

— Tu connaissais cette règle des Cattenis, n'est-ce pas, Amiral ? demanda Mitford très poliment.

Scott hocha sèchement la tête.

— Sans vous offenser, messieurs, poursuivit le sergent, et au cas où vous ne le sauriez pas encore, Zainal a été déporté ici en contradiction avec cette règle. Juste au cas où vous vous demanderiez pourquoi il ne se sent pas obligé d'obéir à des ordres émanant des emassis.

— Merci de ces explications, Sergent, dit Easley. Cela devrait dissiper tous les doutes qui pourraient subsister sur le loyalisme de Zainal. Pour en revenir à la Phase Deux, à quoi pourra nous servir un transport qui ne sera peut-être pas opérationnel ? Même si Zainal pense que nous n'avons pas à nous inquiéter de représailles.

— Je pense aux Fermiers, dit Zainal, et de nouveau tous les yeux se braquèrent sur lui. Avec deux vaisseaux, on pourra en envoyer un pour suivre leur transport...

Scott écarta cette suggestion d'un grognement et détourna la tête.

— Pas si vite, Scott, dit Fetterman. Je ne vois pas où il veut en venir avec les Fermiers, ou Mécanos ou autre chose.

Il se retourna vers Zainal.

— Tu *veux* qu'ils sachent qu'on squatte sur leurs terres ?

— Squatte ? dit Zainal, perplexe, regardant Kris pour une explication.

— C'est de l'argot pour dire qu'on occupe une terre ou un lieu qui ne vous appartient pas, dit-elle vivement. En fait, ce serait plutôt la Phase Trois.

Avant qu'ils ne discutent de la Phase Deux, Kris voulait leur donner une idée de l'ampleur des plans de Zainal.

— Il s'agirait de s'allier avec les Fermiers contre les Eosis : parce qu'ils ont une technologie qui leur permet de cultiver une planète sans l'assistance d'aucun être sentient, ils ont sans doute aussi une technologie assez sophistiquée pour aider les Cattenis à se libérer de la domination des Eosis — pour que ceux-ci cessent de les transformer en zombies et de leur faire faire tout ce qu'ils ordonnent, comme d'envahir la Terre.

— Ouah, jeune fille ! dit Fetterman, mais il arborait un grand sourire, comme Rastancil, tandis que Scott semblait plus contrarié que jamais. Très ambitieux, si tu veux mon avis !

— Le voyage le plus long commence par le premier pas, dit-elle d'une voix ferme et claire. Par le numéro un, ajouta-t-elle, montrant l'astronef par-dessus son épaule.

— Le raisonnement de Kris se défend, dit Easley, prenant la direction de la discussion comme il savait si bien le faire. Jusqu'à ce matin, qui d'entre nous aurait seulement envisagé la possibilité de s'emparer d'un vaisseau catteni... ?

— Un vaisseau en mauvais état ne nous servira pas à grand-chose contre les Cattenis, les Eosis ou ces Fermiers, dit Scott en se levant.

— Mais il nous permettra de transporter des tas de colons sur les autres continents que les Fermiers n'utilisent pas, dit Mitford, sans dissimuler son irritation. Ce sera un autre pas vers l'indépendance, au lieu de rester une colonie des Cattenis qu'ils investiront quand elle sera assez développée. C'est ce qui se passe en général, n'est-ce pas, Zainal ?

Kris voyait que Mitford s'énervait, et elle regarda anxieusement Easley, mais il fixait avidement le sergent, attendant qu'il vide son sac.

— Un vaisseau de reconnaissance, c'est le début de notre Initiative de Défense de Botany, et je défendrai la Phase Deux avec tous les hommes et les femmes qui me suivent depuis neuf mois.

Puis Mitford se ressaisit et prit une profonde aspiration.

— Si nous réussissons, nous pourrons réévaluer la situation. Et nous n'avons pas à nous inquiéter seulement des Cattenis. Il y a les Fermiers, et leur réaction quand ils s'apercevront qu'on a été largués sur leurs terres sans leur demander leur avis. Maintenant, je vous ai informés que beaucoup d'entre nous commencent à penser que nous devrions ne plus toucher aux installations des Fermiers et construire les nôtres. C'est pour ça que j'envoie des équipes de reconnaissance sur tout le continent.

— Une minute, Sergent, dit Rastancil en se levant. Je croyais que vous aviez démantelé toutes ces installations pour attirer l'attention des Fermiers et qu'ils viennent voir qui vandalisait leur planète.

— C'était notre seule option *à l'époque.* Mais nous en avons déjà discuté, dit Mitford, montrant Easley, Fetterman et le Camp de l'Échappée Belle en haut de la colline.

Il fit une pause.

— Maintenant, je ne suis plus sûr d'avoir envie de partir. Et je sais qu'il y en a beaucoup dans le même cas. Mais ça, dit-il, montrant l'astronef, ça change tout. Ou... bon sang, vous le voyez aussi bien que moi, termina-t-il, les bras ballants, attendant les réactions.

— Effectivement, la situation a beaucoup changé, dit Easley, soulevant des murmures d'approbation.

Il semblait évaluer l'humeur des assistants.

— La Phase Deux paraît faisable, mais elle exigera une préparation minutieuse et une bonne synchronisation... même avec des armes à notre disposition. Je suggère de lever la séance et de commencer à discuter des applications pratiques.

— Il faut cacher l'astronef, dit Zainal, montrant l'Échappée Belle.

— Tu vas redécoller ? dit un homme à la moustache cavalière, se levant et époussetant le fond de sa combinaison. J'aimerais avoir la permission de monter à bord. J'étais contrôleur de mission pour le dernier vol de la navette. Formation de pilote d'essai. Gino Marrucci.

Zainal regarda Mitford qui acquiesça de la tête. Puis il dit à Scott :

— Tu viens aussi ?

Quelqu'un étouffa un gloussement, mais Scott, composant son visage, se leva.

— Avec plaisir.

— Il n'y a de la place que pour huit personnes au maximum, dit Kris, espérant bien en faire partie. Tu dois en être, Sergent.

— Alors, toi aussi, dit Mitford, avançant le menton.

— Encore un, dit Zainal. Un aviateur ?

— J'étais dans l'aviation, dit le général noir en se levant. John Beverly.

— Bon, voilà une question réglée, dit Easley. Est-ce que je ramène ton véhicule à l'Échappée Belle, Sergent ? En leur disant de préparer le garage... ou plutôt le hangar... ?

— Bonne idée, dit Mitford.

Zainal pivota sur lui-même et, sans regarder qui le suivait, traversa le champ en direction de l'astronef.

— J'ai toujours voulu aller voir l'exposition à Houston, mais je n'en ai jamais trouvé le temps, dit Mitford sans s'adresser à quelqu'un en particulier dans le groupe qui l'accompagnait au pas.

Il sourit en voyant Kris changer de pied pour se mettre à l'unisson des autres.

— C'est toujours comme ça avec nous autres, militaires.

— D'accord, d'accord, disait Joe Latore en voyant le groupe avancer sur l'astronef, et faisant signe à ceux qui faisaient la queue de dégager la voie.

Les grommellements de protestation cessèrent à la vue de Mitford, remplacés par des acclamations pour Zainal et le sergent.

— Maintenant, on va ramener ce bébé à l'Échappée Belle, dit Mitford. Vous aurez l'occasion de le visiter plus tard.

— Tu veux dire que les Cattenis vont le chercher ? demanda un homme d'un ton nerveux.

— Non, dit Bert, s'encadrant dans l'écoutille ouverte.

Il sourit à la vue de la délégation, et fit signe à ceux ayant participé à la dernière visite de descendre en vitesse.

— Pourquoi un Catteni dans son bon sens voudrait-il vivre sur Botany s'il pouvait faire autrement ?

— Messieurs, dit Bert, leur faisant signe de monter. Dois-je... commença-t-il à l'adresse de Zainal, s'attendant à être remplacé.

— Tu vas regarder ce que je fais, dit Zainal. Les autres aussi.

— Tu parles qu'ils vont regarder ! murmura-t-il, assez bas pour que seuls Kris et Zainal l'entendent en passant près de lui.

Kris monta la première, devant les officiers. On ne la laisserait pas en arrière, cette fois. Mitford laissa la préséance à Scott, Beverly et Gino Marrucci. Quand ils arrivèrent au poste de pilotage, Raisha, assise dans le siège du copilote, se leva précipitamment.

Zainal hocha la tête et fit signe à Bert de prendre sa place, tandis qu'il s'installait lui-même à la place du pilote.

— Ferme l'écoutille, Raisha, dit Zainal.

Puis il vérifia la disposition des passagers confinés dans cet espace restreint. Il hocha la tête et leur fit signe de rester où ils étaient.

Kris se rapprocha de Mitford, debout juste derrière Zainal.

— Tu regardes bien, dit Zainal à Bert.

Celui-ci acquiesça de la tête et observa Zainal qui déplaçait lentement les doigts sur les touches.

— Pigé ? fit le Catteni.

— Oui, oui...

Jetant un rapide regard autour d'elle, Kris s'aperçut que Bert n'était pas le seul à mémoriser la séquence. Beverly et le pilote d'essai étaient les plus passionnés, mais Scott lui-même semblait moins critique.

— Sans le moindre heurt, dit Beverly, le premier à prendre conscience du décollage à la verticale.

— C'est un appareil extrêmement manœuvrable, dit Zainal du ton d'un instructeur, deux doigts de la main droite sur le levier directionnel. C'est l'un de ses plus grands...

Il renversa la tête en arrière, vers Kris, pour qu'elle lui donne le mot adéquat.

— Avantages, proposa Kris.

— Dans l'espace aussi ? demanda Beverly.

— Encore plus dans l'espace, dit Zainal, enfonçant un bouton du tableau de bord qui amorça le retour à la verticale, juste au-dessus des têtes des colons retournant à l'Échapée Belle.

— Ce satellite ne va pas voir ce mouvement ? demanda Scott.

Kris se demanda si l'amiral allait jamais cesser de harceler Zainal.

— Pas ce type ; c'est un satellite géo-syn-chrone très rustique, répondit Zainal, haussant une épaule. Je me sers seulement du guide...

Il tourna la tête, cherchant l'aide de Kris.

— Guidage, proposa Beverly. Tuyères ? Ou roquettes ?

De sa main libre, Zainal fit le geste de repousser la terre sous lui.

— On appelle ça des tuyères, je crois. Est-ce que ça bouge ? dit Beverly, balançant la main pour indiquer différentes positions.

Zainal, jetant un coup d'œil sur son tableau de bord, hocha la tête. Il surveillait de près le paysage.

— Il reste beaucoup de carburant ? demanda le pilote d'essai, se penchant sur les jauges et les cadrans. Lequel ?

— Celui-là, dit Bert, le tapotant du doigt — un cheveu au-dessus de la moitié.

— Autre raison pour la Phase Deux, dit Zainal. Le transport aura du carburant.

— Ce qui reste, ça peut nous mener jusqu'où ?

Zainal haussa les épaules.

— Pas jusque sur votre Terre.

— C'est quel genre de carburant ? demanda le pilote d'essai.

Zainal débita quelques sons cattenis, puis fit un grand sourire au pilote.

— Impossible à faire ici.

Zainal procéda à une autre correction, actionna une manette, et le pilote le regarda, bouche bée.

— Tu vas atterrir en vol plané ?

— Inutile de gaspiller le carburant, dit Zainal, pointant le doigt sur l'entrée de l'Échappée Belle qui apparaissait sur la colline.

Maintenant, ils avaient une foule de spectateurs qui agitaient les bras et acclamaient, bouches ouvertes, bien qu'aucun son ne parvînt dans la cabine.

— Bon Dieu ! grommela Mitford, cherchant une prise où s'accrocher comme l'appareil piquait dans un couloir qui paraissait autrefois bien plus large.

— C'est du gâteau, Sergent, dit Beverly avec un sourire jusqu'aux oreilles tandis qu'ils se rapprochaient inexorablement des portes grandes ouvertes de la grange.

— Il va tenir là-dedans ? demanda Mitford, saisissant fermement la poignée qu'il avait trouvée au plafond.

— Sans problème, dit Bert.

Kris sympathisait avec Mitford. Elle s'efforça de ne pas retenir son souffle.

Les ailettes à l'arrière du fuselage devaient frôler les côtés de l'allée. Puis elle vit un homme qui encourageait le mouvement en faisant de grands gestes des bras et des mains, tout en reculant vers la grange. Zainal leva une main, attira l'attention de l'homme et lui fit signe de s'écarter. Actionnant les tuyères le plus délicatement possible, Zainal souleva l'appareil au-dessus de la falaise, puis, toujours aussi délicatement, le fit pivoter, descendit jusqu'à frôler le sol, et fit une marche arrière vers la grange.

L'homme sauta devant l'astronef, et fit le geste de pousser, se déplaçant sur le côté pour juger du moment où il devrait s'arrêter.

— Pas de rétroviseurs sur ces trucs, hein ? murmura Mitford à l'oreille de Kris, mais il avait retrouvé des couleurs maintenant qu'ils avaient presque fini de se parquer.

L'homme fit signe d'arrêter, et, après une dernière correction, ils sentirent le vaisseau se poser sur le sol.

À la surprise de Kris, tous les passagers applaudirent, même Scott.

— Tu aurais été un pilote transatlantique formidable, dit Marrucci.

Zainal se leva, se faufilant en force entre Kris et Mitford dans l'étroit espace.

— Bert, montre à Marrucci comment tout fermer.

— On peut regarder ? demanda Beverly.

Zainal haussa les épaules, consulta Mitford du regard.

— Bien sûr. Pourquoi pas ? dit le sergent, se dirigeant vers la coursive pour faire de la place aux autres.

Mais il regarda par-dessus son épaule et remarqua que Scott restait aussi.

— Tout s'est bien passé ? demanda Raisha, debout dans la coursive. Je n'ai rien vu avec tous ces corps devant moi, mais je nous ai sentis tourner.

Zainal ouvrit l'écoutille et descendit dans la grange, aidant ensuite Kris à descendre, puis Raisha.

— On peut le fermer à clé, Zainal ? demanda Mitford à voix basse, car l'homme qui avait fait le sémaphore arrivait en courant.

— Il y en a six comme ça, dit Zainal, lui montrant le petit rectangle brun grisâtre qu'il avait dans la main. J'en ai caché trois, et j'en ai donné un à Bert et un à Raisha. J'ai bien fait ?

Mitford avait l'air pensif, presque triste.

— Pour le moment, oui. Mais je crois que les aviateurs et les galonnards vont vouloir décider qui pilote ce bébé.

— Bébé ? dit Zainal, se tournant vers Kris.

— On appelle familièrement « bébé » un vaisseau spécial. Spécialement bon !

— Ça fait un gros bébé, dit Zainal, les yeux pétillants de malice en regardant le vaisseau sur toute sa longueur.

— Dis donc, Zainal, tu t'es débrouillé comme un chef, dit l'homme-sémaphore, courant vers lui, main tendue. J'était officier d'appontage sur le *George Washington*...

— Un porte-avions, expliqua Kris.

— Mon vieux, tu as parqué ce bébé dans le hangar comme si tu n'avais fait que ça toute ta vie !

Zainal eut un autre de ses haussements d'épaules.

— Il a bien fallu que j'apprenne. Et que je paye les pots cassés.

— Vraiment ? dit l'autre, l'air ravi. Si tu as besoin qu'on s'occupe de l'appareil, je suis ton homme. Je m'appelle Vic Yowell.

Il serra une fois de plus la main de Zainal puis se mit à rôder autour de l'astronef.

— Tous ces galonnards ne vont pas nous prendre le vaisseau, au moins ? dit Raisha à voix basse, les yeux anxieusement fixés sur Mitford.

— Écoutez, vous tous, dit Mitford d'un ton sévère. Ce vaisseau change tout. Je connais le général Rastancil de réputation — elle est bonne. J'ai entendu du bien sur le général Beverly... je ne sais pas pour la marine, mais ce que je sais, poursuivit-il, le doigt levé, c'est qu'il va y avoir des changements et que nous devons être flexibles. Alors, coulons avec le courant. D'accord ?

— Où tu coules, je vais, dit Zainal lui enfonçant un doigt dans l'épaule à chaque mot. D'accord ?

Mitford eut un bref éclat de rire, mais Kris savait que cette déclaration de loyalisme faisait plaisir au sergent.

— Je ne sais pas pour vous, mais moi, j'ai besoin de manger un morceau à cette heure de la journée, dit-il, sortant du hangar.

— Moi aussi, dit Raisha. Les rations des Cattenis ne m'ont pas plu. Elles avaient un goût d'ouate de carton.

— Mais c'est bon pour la santé, dit Zainal, prenant le bras de Kris pour suivre le mouvement.

— Est-ce qu'on passera à la Phase Deux ? demanda Raisha par-dessus son épaule.

— Rien que pour le carburant, il le faut, dit Zainal.

— Alors, si je peux apprendre à piloter sur le vaisseau de reconnaissance, j'aurai peut-être l'occasion de piloter le transport ?

— Tu sais déjà, dit Zainal, souriant de sa surprise. Les contrôles doivent être très simples pour les drassis.

— Dis donc, Zainal, combien de vaisseaux on pourra pirater avant qu'ils arrêtent d'atterrir ici ou qu'ils envoient leurs destroyers voir ce qui se passe ?

Zainal se contenta de sourire.

Ils finissaient de déjeuner quand ceux qui étaient restés avec Bébé — ainsi qu'ils avaient baptisé l'astronef sans trop se fatiguer l'imagination — les rejoignirent à leur table. Marrucci et Beverly regorgeaient de questions pour Zainal, sur les performances de l'appareil, son rayon d'action, la capacité de sa soute, son armement et sa maintenance. Kris traduisait les termes techniques de son mieux, avec l'aide de Bert et de Raisha, quand elle butait sur des mots dont elle ne savait pas le sens. Mitford envoya chercher du papier et des crayons.

— Est-ce que vous auriez un manuel ? demanda Ray Scott au bout d'un moment.

— À quoi nous servirait un manuel en catteni ? demanda Kris, presque sur la défensive, quoique l'attitude de Scott eût beaucoup changé depuis l'atterrissage.

— Les diagrammes, dit Scott, et Kris eut honte de ne pas y avoir pensé.

Zainal indiqua donc à Bert où trouver les manuels de maintenance au poste de pilotage. La journée fut consacrée à une session de terminologie et de traduction. On envoya chercher les ingénieurs pour déchiffrer les schémas, tandis que Zainal peinait pour donner les explications avec son vocabulaire technique rudimentaire. Pour Kris, c'était presque des devinettes, mais elle trouva le terme approprié plus souvent que les autres. Zainal connaissait les routines élémentaires de la maintenance et de la révision, car il avait souvent piloté ce genre d'appareil et avait dû effectuer des réparations.

Dans la journée, Worrell arriva et emmena Mitford avec lui. Reidenbacker s'en alla plus tard, accompagné de Fetterman, mais Kris était trop occupée par les termes d'avionique et d'espace pour remarquer que d'autres les avaient remplacés sur leurs sièges. Et tout le monde était d'accord pour dire que la capture de Bébé était la meilleure chose qui pouvait arriver à la colonie à ce stade.

Il faisait nuit noire quand Zainal se secoua soudain et se leva.

— Je ne peux pas parler davantage ce soir.

Alors, tout le monde lui manifesta sollicitude et gratitude, disant qu'il avait bien gagné le droit de se reposer.

— Vous aussi, dit-il à Raisha et à Bert. Vous n'avez pas dormi la nuit dernière. Ce n'est pas bon. L'esprit doit être reposé pour apprendre à piloter Bébé.

Il prit Kris d'une main, Raisha de l'autre, et fit signe à Bert de les suivre.

Les conversations s'interrompirent quelques instants quand ils se levèrent, mais le temps qu'ils arrivent à la porte, elles avaient déjà repris, et tous se passaient à la ronde les diagrammes méticuleux de Zainal et le manuel.

Accablés de fatigue, tous les quatre se dirigèrent vers l'une des granges les moins peuplées. L'espace avait été divisé en une entrée et trois compartiments, séparés par des rideaux de roseaux tressés, permettant une certaine intimité. Des paillasses bourrées de boules cotonneuses, des couvertures, une boîte pour ranger ses affaires et deux tabourets composaient l'ameublement du compartiment que s'approprièrent Kris et Zainal. Il rapprocha les deux paillasses. Kris ôta ses bottes, mit dans la boîte le communicateur et autres affaires qu'elle avait oubliés dans sa combinaison, et s'allongea. Zainal la couvrit d'une couverture avant d'enlever ses bottes et de s'allonger près d'elle ; il lui prit la main, respira à fond et s'endormit avant même d'avoir terminé son expiration. Elle le suivit de près.

Pas encore habituée aux jours et aux nuits plus longs de Botany même au bout de neuf mois, et malgré l'excitation et les fatigues de la nuit et du jour précédents, Kris se réveilla avant l'aube. Zainal, réveillé aussi, restait allongé, mains croisées sous la nuque.

— Qu'est-ce que tu as ? demanda-t-elle à voix basse.

Il libéra une main et lui caressa la joue.

— Je réfléchissais.

— Des pensées optimistes ?

Il hocha la tête.

— Je peux les partager ?

Il frotta ses phalanges contre sa joue, et elle vit ses dents luire en un sourire.

— Je dois penser mieux que les Cattenis.

Elle lui prit la main et la pressa sur son visage en se tournant vers lui, les lèvres tout contre son oreille.

— Alors il pourrait y avoir des problèmes avec le vaisseau de reconnaissance.

— Non, pas encore.

Elle sentit les muscles de ses joues se soulever dans son sourire qui s'élargissait.

— Lenvec ne sera peut-être pas... dupé. Ou est-ce « blagué », cette fois ?

— Dupé. Pourquoi ?

Elle s'efforça de ne pas se raidir d'inquiétude mais, très conscient maintenant de son langage corporel, il sentit son angoisse et lui caressa les cheveux, rassurant.

— Il n'a pas envie de faire le devoir pour les Eosis.

— C'est l'autre mâle dont tu parlais hier ?

Elle perçut le frémissement de l'épaule de Zainal et le grondement dans sa poitrine.

— Il est le suivant de la lignée, mais il ne sera peut-être pas élu.

Cela sembla l'amuser davantage encore.

— Il a déjà une compagne de vie et plusieurs enfants, ajouta Zainal, comme si c'était une consolation.

— Toi, tu n'en as pas ? s'entendit-elle demander.

— Aucun élu n'a une compagne de vie. Mais j'ai deux enfants mâles. Trop jeunes pour être élus.

— Alors, si Lenvec est élu, nous n'avons pas à nous inquiéter ?

— Il n'a pas dit quand l'élu devait se présenter. Si le temps est venu, peut-être. On lui commandera de chercher d'abord.

Puis Zainal fit une pause, et elle sentit qu'il se demandait s'il devait continuer. Il lui caressa doucement la tête.

— Peut-être qu'il mettra un meilleur satellite au-dessus de Botany.

— Plus high-tech ? Plus sophistiqué ?

Zainal hocha la tête.

— Mais ça aussi, ça prendra du temps.

Et elle le sentit rire. Et s'arrêter de rire.

— Il faut que je sois très prudent.

— On ne devrait pas en parler à Mitford ?

Zainal secoua la tête.

— Pas maintenant. Il a déjà assez de problèmes avec les... comment tu les appelles, déjà ? Les galonnards ? Beverly, Scott, Rastancil et les autres ?

— Ouais, ce sont tous des officies supérieurs, amiraux, généraux. Marrucci était colonel, je crois. Méfie-toi de Scott.

Zainal grogna son assentiment et la surprit en souriant.

— J'aime bien une bonne bagarre.

— Tu veux dire, convaincre Scott que tu es bien, pour un Catteni ? Ou passer à la Phase Deux et obtenir du carburant pour Bébé ?

— Les deux, dit-il en lui pressant la main. Ça devient intéressant.

— Ne commence pas à être suffisant, Emassi Zainal.

— Moi ? Jamais. Ce salaud de Catteni fait attention où il met les pieds.

— Zainal ! Où as-tu appris ça ?

— Ce n'est pas correct ?

Elle savait qu'il la taquinait et elle éclata de rire.

— Je suis drôlement contente que tu en saches autant, surtout en ce moment...

— À cause des têtes de galonnards.

Elle pouffa, enfouissant la tête dans sa poitrine pour étouffer le bruit.

— Têtes de galonnards — il fallait qu'elle se rappelle de le dire au sergent.

Sur l'insistance de Lenvec, qui commençait à l'agacer sérieusement à la fois en tant que patriarche et en tant que commandant, Perizec repassa la cassette audio et la vidéo du décollage, la trajectoire soudain erratique, qui se termina par un plongeon vers la deuxième lune de la planète, après quoi le vaisseau sortit du rayon visuel du satellite.

— Mais les analyses prouvent que ce *n'est pas* la voix de Zainal. Ni dans cette bande ni dans les autres. Qu'a dit le Service du Personnel sur Arvonk ?

C'était l'unique faille dans l'argumentation de Lenvec.

— Il n'y a pas d'enregistrement de la voix d'Arvonk, qui était une femme ordinaire, et pas au service des emassis. On s'est servi d'elle parce que Zainal l'avait choisie plusieurs fois pour des rapports sexuels.

— Il n'y a pas d'autre Catteni sur cette planète. Qui, à part un autre membre du commando, aurait pu répondre ?

— Certains Terriens ont appris notre langue.

Perizec émit un grognement dédaigneux.

— Mais pas à se servir d'un communicateur.

— Zainal aurait pu leur apprendre.

Lenvec parlait entre ses dents tant il était exaspéré — attitude malavisée devant un aîné et un père, mais il était absolument certain que Zainal avait échappé à ses ravisseurs, et qu'il avait sans doute piloté le vaisseau de reconnaissance au décollage de la planète. Et après, pour des raisons que Lenvec ne comprenait pas chez un emassi élu pour servir les Eosis, Zainal était retourné sur la planète. Il n'avait pu trouver refuge nulle part dans l'espace catteni, car partout il aurait été pourchassé ; il ne trouverait d'asile nulle part.

Le sarcasme de Zainal : « largué je suis, largué je reste », pulsait dans la tête de Lenvec. Quel avantage avait Zainal à retourner sur cette planète, quelle que fût la technologie qu'ils y aient trouvée ? Zainal pouvait-il connaître l'origine des premiers occupants de ce monde ? Était-ce pour cela qu'il avait piraté le vaisseau de reconnaissance ? Mais à quoi cela pouvait-il lui servir ?

— Il a dû se lier d'amitié avec les dissidents terriens, poursuivit Lenvec, désirant désespérément convaincre son père. Maintenant, il a un moyen de se déplacer. Il doit avoir un plan en tête.

Perizec écarta cette idée en se levant.

— Pour l'avantage qu'il en tirera !

— Père, pour l'honneur de la famille, demande un second satellite orbital. Un satellite géosynchrone n'a pas la capacité de surveiller ses prochains mouvements.

— Quels prochains mouvements ?

Perizec regarda son fils dans les yeux avec tant de malveillance que Lenvec eut du mal à réprimer un mouvement de recul.

— En tout cas, ton prochain mouvement *à toi,* c'est d'assister à la Présentation aux Eosis. Aucun nouveau délai n'est possible. Est-ce compris ?

— Les Eosis ne seront peut-être pas aussi aveugles, dit Lenvec d'un ton amer — et quand l'électromatraque parut dans la main de son père, il se raidit dans l'attente du coup.

Malgré cela, la souffrance le fit chanceler.

Sa partenaire de vie dut l'aider à regagner ses appartements, où elle désobéit au protocole exigeant que le coupable fasse l'objet d'un blocage nerveux après une flagellation. Clern resta près de lui jusqu'à ce que le remède agisse. Ce qui était davantage qu'elle n'aurait dû faire, mais qui n'apaisa pas suffisamment la rancœur virulente de Lenvec pour l'inciter à un dernier rapport sexuel, comme elle l'avait sans doute espéré. Il ne pensait qu'à ce dont il avait été privé parce que Zainal avait été l'élu de leur lignée. Aux promotions et privilèges dont avait joui Zainal parce qu'il avait été l'élu. Les Eosis aimaient que leurs « sujets » apportent avec eux une riche expérience de la vie dont ils profitaient, et qui guidait les manipulations exercées sur l'espèce à laquelle appartenait le « sujet ».

Lenvec avait dû se contenter d'une vie banale, apprenant à gérer les domaines familiaux et se satisfaisant de rétributions inférieures à celles de Zainal. Il avait même été obligé d'élever les enfants de Zainal, puisque le fait d'être un élu interdisait à Zainal de prendre une partenaire de vie. C'était le seul privilège de Lenvec que Zainal n'avait pas eu. Et maintenant, Clern devrait rester seule parce que Zainal s'était enfui.

Durant ses dernières longues heures d'individu autonome, Lenvec pensa au suicide, mais le déshonneur subséquent aurait privé Clern de protection et de richesse, et privé ses fils de leur héritage, qui serait considérable. S'il avait pu déshonorer son père en attentant à sa vie, Lenvec l'aurait sans doute fait.

Il était consumé par sa haine de Zainal, sa conviction

d'avoir été trahi, et son profond sentiment d'injustice, alors même qu'il se rendait, accompagné de Perizec, au vaste complexe réservé aux Eosis, soutenu par l'orgueil de sa lignée dont il ignorait être possédé à ce degré. Il entra avec trois autres jeunes Cattenis présentés par leurs pères, et la rancœur de Lenvec se raviva et s'approfondit : *eux*, ils avaient joui des mêmes privilèges que Zainal, qui lui avaient été refusés. Mais il avait tout autant de fierté que n'importe quel autre emassi, alors il entra avec les autres, bouillonnant de haine, et avec l'ambition désormais profondément ancrée en lui de se venger un jour de Zainal. Cela l'aida à garder la tête haute et les genoux fermes face au Mentat eosi qui allait l'engloutir, annihilant Lenvec en lui et devenant tout eosi. Cela l'empêcha aussi de hurler au moment de l'engloutissement, comme deux des autres, pourtant arrivés volontairement et pleins de fierté.

Il est certain que ses émotions intenses intriguèrent l'Eosi quand il s'installa dans le nouveau corps vigoureux, et que la cosse qu'il utilisait jusque-là tomba sur le parquet poli de la salle comme la chose morte qu'elle était depuis des siècles. Très inusité, en fait, se dit l'Eosi qui avait fréquemment procédé à ce genre de transfert, et fut ravi de cette nouvelle expérience, tandis que les derniers vestiges de la personne qui avait été Lenvec se dissolvaient dans le Mentat.

La cosse tomba en poussière, fut balayée dans un réceptacle et remise cérémonieusement à Perizec, qui attendait avec les autres pères pour recevoir les cosses rejetées. De tous, Perizec était le plus soulagé. Il avait craint que Lenvec ne fût pas jugé acceptable, et le déshonneur rejaillissant sur leur famille aurait été catastrophique. Mais l'honneur était sauf, et sa famille continuerait à fournir de jeunes hommes aux Eosis et à jouir de plus grands privilèges matériels que les familles moins favorisées.

Toutefois, Perizec devait découvrir où se cachait ce lâche de Zainal et s'assurer qu'il paye très cher sa défection. Perizec sourit à l'idée de son exécution. En famille, naturellement, mais qui ferait grand plaisir à Clern, privée à cause de lui de son compagnon de vie, et à laquelle assisteraient les fils de Zainal, qui devraient vivre avec ce déshonneur jusqu'à la mort.

Il emporta le réceptacle de la poussière de son arrière-grand-père dans la crypte familiale, et le plaça dans la niche qui lui était réservée. Il contempla la longue rangée de réceptacles des ancêtres qui avaient fait leur devoir. Puis il effectua une dernière tâche : ajouter d'abord Zainal, puis Lenvec à la liste des morts. Dommage qu'il ne pût pas punir publiquement les fils de Zainal, mais cela aurait révélé la raison pour laquelle Lenvec avait dû se substituer à son frère. Il existait des moyens plus subtils de leur faire payer la défection de leur père.

À une distance galactique considérable de la planète des Eosis et de leur sphère d'influence de plus en plus grande, la capsule d'alarme arriva dans la nacelle destinée à sa réception dans l'immense installation lunaire où ces engins étaient examinés. Comme elle ne contenait pas de message, elle fut envoyée à la révision pour détection de dysfonctionnements éventuels. Ces capsules d'alarme étaient rarement lancées sans raison. Aucun dysfonctionnement ne fut découvert. Ce modèle avait été soigneusement conçu et avait toujours fonctionné conformément aux paramètres qui l'avaient inspiré. L'absence de tout message était insolite. L'engin fut envoyé au Service des Analyses pour déterminer son point de lancement. Comme la planète n'était pas dangereuse ni même très importante, la capsule fut envoyée au service qui, de temps en temps, procédait à des enquêtes sur les anomalies. Ses coordonnées galactiques furent enregistrées en vue d'une enquête lors de la prochaine tournée d'inspection et de maintenance.

CHAPITRE 4

Si les participants à la Phase Un avaient dormi, Kris et Zainal s'aperçurent, quand ils sortirent de la grange à l'aube, que d'autres n'avaient pas fermé l'œil.

La cuisinière épuisée, chaise poussée contre le mur, la tête ballottant de droite à gauche, récupérait quelques instants de sommeil, tandis que des hommes et des femmes assis à une table murmuraient avec animation en se passant et repassant des papiers.

Kris et Zainal étaient entrés sans bruit dans le réfectoire, mais leur arrivée interrompit toutes les conversations. Toutes les têtes se tournèrent.

— Zainal ! Kris ! dit Peter Easley, se levant à moitié pour les accueillir. Trouvez-vous quelque chose à manger et à boire. Et rejoignez-nous.

La cuisinière dormait, avec un léger ronflement ; Kris et Zainal se servirent donc eux-mêmes de la tisane et de ce qui attendait dans les plats tenus au chaud.

Kris reconnut non seulement Scott et la plupart des officiers supérieurs de la veille, mais bien d'autres, manifestement convoqués des autres camps pour cette réunion de travail.

— Tu as mis quelque chose en branle, Zainal, dit Peter Easley, se levant et lui faisant signe de prendre sa place, tandis qu'il attrapait deux chaises à la table voisine pour Kris et pour lui-même.

— La Phase Deux ? dit-il, s'asseyant et lorgnant la masse de papiers, diagrammes et listes qui jonchaient la table.

Il but une gorgée d'infusion.

— Et comment ! dit Easley, tandis que les conversations interrompues reprenaient à l'autre bout de la table. J'ai envoyé Mitford se coucher au lever de la troisième lune. Ses yeux se fermaient tout seuls.

— Alors, comment fais-tu pour tenir le coup, *toi* ? demanda Kris.

— Oh, j'ai volé deux heures de sommeil avant la relève de la garde, dit Easley avec un clin d'œil complice.

Elle en fut quelque peu rassurée, bien qu'elle n'eût jamais considéré Easley comme un suppléant de Mitford, malgré l'aide qu'il lui apportait lors des largages.

— Nous avons découvert que beaucoup de largués ont eu un entraînement militaire dans leur propre pays, assorti chez certains d'une formation de commando, de sorte que nous aurons l'embarras du choix pour l'exécution de la

Phase Deux, expliqua Easley à voix basse. Ce qu'il nous faut maintenant, ce sont des informations sur...

— ... les armes qu'il y a dans le vaisseau de reconnaissance, l'interrompit Scott, une idée de la disposition intérieure d'un vaisseau de transport et des armes de l'équipage, afin de pouvoir entraîner correctement nos hommes.

Zainal but une gorgée de tisane et fit signe qu'on lui donne de quoi écrire.

— On déjeune d'abord ? dit Kris, levant une cuillerée de porridge. Je suis sûre que l'armée... et aussi la marine... fonctionnent mieux l'estomac plein.

— Miss Bjornsen... commença Scott avec une politesse cérémonieuse.

— Laisse tomber, dit Zainal à voix basse, mais il gratifia Scott d'un bref regard d'avertissement avant de se mettre à dessiner la longue coque d'un transport, tout en continuant à boire. Vingt hommes d'équipage. Seuls les drassis sont armés. Les autres ont des électromatraques... Tu connais les électromatraques ? demanda-t-il à Scott, attachant sur lui un regard pénétrant.

Scott hocha lentement la tête, et Kris réalisa avec une extrême satisfaction qu'il avait eu au moins un contact personnel avec ce moyen de persuasion.

— L'équipage porte son arme sur le dos, dit Zainal, faisant le geste de se passer une arme imaginaire en bandoulière. Les déportés sont inconscients, il n'y a pas de problème.

Il dessina la passerelle de commandement, les quartiers de l'équipage, où ils semblaient dormir aussi serrés que leurs passagers, puis indiqua la salle des machines, l'usine de recyclage de l'air et autres lieux essentiels d'un transport, y compris les soutes sans oxygène. Cela laissait vide toute la section centrale, dans laquelle Zainal traçait maintenant des lignes horizontales parallèles.

— Les dormeurs ne prennent pas beaucoup de place. On vide un pont, on remonte les rampes, on vide un deuxième pont...

— On était tassés comme des sardines, remarqua Easley en frissonnant. Qu'est-ce qu'ils utilisent pour nous maintenir en animation suspendue ?

— Endormis, murmura Kris, sachant que Zainal connaîtrait ce mot.

— C'est fait par les Eosis. Même les emassis ne connaissent pas les in-gré-dients, dit-il, avec un de ses haussements d'épaules indifférents.

— Alors, il faudrait éliminer les gardes, entrer en force pour investir la passerelle...

Kris ne reconnut pas la voix, ni ne put identifier le léger accent, et encore moins le long doigt bronzé qui avait montré les aires sur le croquis, et elle leva les yeux. L'homme était mince et s'était faufilé entre Scott et Fetterman. Il lui sourit, et porta la main à un képi imaginaire.

— Hassan Moussa, autrefois de l'armée israélienne.

— Non, dit Zainal, secouant la tête. D'abord ils déchargent les déportés, pour éviter les pertes en vies humaines. Ils ne s'attendront pas à une attaque. Et après le largage, ils sont fatigués. On tirera au tranquilliseur sur ceux qui seront dehors. Peut-être qu'ils seront tous dehors. *Alors* seulement, termina-t-il avec un grand sourire à Moussa, on investira la passerelle.

Moussa ne fut pas le seul à glousser à l'idée de laisser les Cattenis décharger.

— Je tiens de source relativement sûre que tous les déportés ne sont pas déchargés avec les précautions désirables, dit Ainger, le Britannique.

— Mais je serai là pour surveiller, dit Zainal.

— Dis donc, pas si vite, s'écria Kris, qui ne fut pas la seule à réaliser sa folle imprudence.

— Pas alors que les Cattenis ont essayé de te kidnapper... dit Rastancil, fronçant les sourcils.

— Les drassis ne le sauront pas, mais ils obéiront n'importe quand aux ordres d'un emassi.

Les représentants de ces deux avis contraires s'affrontèrent ouvertement et, au bout d'un moment, Zainal se mit à manger son porridge, ignorant la dispute.

— Il nous dit qu'il est la cible d'une tentative d'enlèvement...

— Un transport avait l'ordre de l'emmener la première fois, non ?

— Est-ce qu'on peut vraiment lui faire confiance ?

— Si c'est tellement facile de nous emparer d'un transport, pourquoi n'a-t-on pas essayé plus tôt ?

— Tu as déjà vu quelqu'un se battre à mains nues contre des électromatraques ?

— Mais si les drassis et les emassis ne se mélangent jamais, qui pourrait le reconnaître ?

— Et le risque dépasse les vingt-cinq pour cent de victimes.

Kris reconnut la voix de Léon Dane.

— Dans l'ombre, Léon peut parler comme un emassi, dit-elle, élevant la voix pour dominer les autres.

Cela fit taire tout le monde.

— C'est au ton qu'ils réagissent, pas à la personne.

— Bonne idée, dit Zainal en se léchant les lèvres. Sa voix sonne comme celle d'un emassi. Il pourrait me... duper, ajouta-t-il, avec un regard malicieux à Kris tout en continuant à déjeuner.

— On décidera plus tard si l'on adopte ce stratagème, dit Scott d'une voix ferme. Si tu as terminé, ajouta-t-il à l'adresse de Zainal qui finissait juste de vider son bol et sa tasse, revoyons la distribution des effectifs.

— Un capitaine drassi, énuméra docilement Zainal en comptant sur ses doigts, un navigateur drassi, un drassi aux communications, un ingénieur drassi, quatre autres pour le roulement, et douze pour décharger.

— Ce qui fait vingt en tout. Ils déchargent tous ?

Zainal acquiesça d'un signe de tête.

— Les officiers qui ne sont pas de service aident au déchargement. Ça fait seize. Les autres se reposent ici, dit-il, montrant la passerelle. Sécurité très lâche. D'ici, ajouta-t-il, posant un doigt sur la porte, on peut les mettre hors de combat avec un tranquilliseur.

— Hors de combat avec un tranquilliseur ? dit Scott, l'air vraiment comique.

— Pourquoi pas ? Tuer salit tout.

— Est-ce qu'on n'avait pas décidé de leur donner une chance de sauver leur peau ? dit Kris.

— Pourquoi ?

L'atmosphère devenait vengeresse.

— Parce que nous ne sommes pas comme les Cattenis,

dit John Beverly, élevant la voix pour dominer le brouhaha vengeur.

— Général, je ne crois pas que nos compagnons apprécieront la clémence, dit Bull Fetterman.

— Je ne vois pas pourquoi, dit Hassan Moussa avec un sourire rusé. Ce pourrait être du sport.

— Une minute, bon sang, dit Kris, sentant son estomac se nouer. Nous ne sommes pas des Cattenis. Nous sommes des êtres humains...

— On pourrait les juger comme criminels de guerre, dit Moussa, souriant toujours, et baissant les yeux sur Zainal pour voir sa réaction.

Mais Zainal ajoutait des détails à son croquis, apparemment indifférent à l'aspect moral du problème.

— Faisons voter tout le camp, proposa Yuri Palit, se levant au bout de la table.

— C'est déjà présumer que nous avons pris ce maudit transport pour commencer, dit Beverly.

— Une minute, Général...

— Beverly, si nous ne sommes pas capables de maîtriser vingt hommes...

— Un référendum !

— Tout le monde a besoin de savoir...

— Ces mecs ont assassiné...

— On n'est pas obligés de faire la même chose...

Kris emporta son assiette, sa tasse et celles de Zainal avant de vomir son déjeuner, écœurée par ces propos vengeurs. Pourtant, elle *comprenait* qu'ils veuillent se venger de leurs occupants, se dit-elle, se dirigeant vers l'évier, mais ce massacre ravalerait les humains au niveau des Cattenis. Cela polluerait leur nouveau monde et leur nouveau départ de toutes les vieilles haines et de tous les vieux préjugés qui restaient toujours à fleur de peau et pouvaient être sublimés en attaquant une nouvelle espèce-victime.

De rage, elle faillit jeter les assiettes au sol, mais apercevant la cuisinière endormie, elle se ravisa et les mit à tremper dans l'eau savonneuse de l'évier. Si elle y était forcée, elle pourrait peut-être tuer un Catteni de sang-froid. Elle n'avait pas eu d'états d'âme quand Slav et Fek avaient tué les ravisseurs mais, alors, son sang n'était pas froid — il était glacé de peur à l'idée que leur ruse fût découverte et Zainal kidnappé. Tous les arguments étaient spécieux. C'était le principe qui comptait. Et plus important ici sur Botany qu'à toute autre époque de sa vie... même à celle où elle avait failli être violée par un Catteni brutal sur Barevi.

— Kris !

Zainal n'avait pas élevé la voix, mais il était près de la porte et lui fit signe. Les « stratèges » étaient si absorbés à discuter des points d'honneur, de droit, de principe et d'intégrité qu'ils n'avaient pas remarqué son départ. Sauf Easley et Rastancil, qui se hâtèrent vers lui.

— Zainal ?

La voix d'Easley avait une nuance d'excuse, et l'expression de Rastancil était implorante.

— On va voir quelles armes et autres objets utiles il y a dans le vaisseau, dit Zainal. C'est l'étape suivante de la préparation pour la Phase Deux.

Il sortit, puis se retourna pour attendre Kris, Easley et Rastancil.

— Vous êtes des hommes raisonnables, leur dit-il.

Il se mit en marche à une telle vitesse que même Easley eut du mal à le suivre avec ses longues jambes. Brusquement, il s'arrêta, regardant devant lui dans la grisaille de l'aube la silhouette du hangar, qui, réalisa Kris, avait pris une découpe bizarre. Puis il émit un grognement et repartit.

— Qu'ont-ils fait à la grange ? demanda Kris, qui pensait connaître la réponse.

— Mitford a suggéré qu'on camoufle son contenu, dit Easley. Juste au cas où ils la passeraient au scanner. Tout ce qu'ils verront, c'est des tas de ferraille. Le toit peut supporter le poids. Les ingénieurs ont vérifié.

À l'instant où ils entrouvrirent la porte, ils furent arrêtés par la voix très reconnaissable de Vic Yowell, qui avait même une lance au poing.

— Qui va là ? dit-il.

— Zainal, Kris, Easley et Rastancil, répondit Zainal, prenant la question à la lettre.

— Oh ! fit Vic, soupirant de soulagement. C'est fou ce

qu'il y a de gens qui viennent fureter ici, gémit-il. Et je ne l'ai même pas vu atterrir...

Le ton changea de nouveau :

— Je veux une serrure sur cette maudite porte, ajouta-t-il.

— Mais personne ne peut entrer dans le vaisseau, Vic, dit Kris.

— C'est ce que je leur dis, mais ils veulent au moins le voir de dehors s'ils ne peuvent pas le voir de dedans.

— Va donc dormir un peu, Vic, suggéra Easley. On aura besoin de toi plus tard, et je suis content que tu montes la garde ici.

Vic ramassa sa paillasse et sa couverture et sourit en les croisant.

— Je ne pensais jamais avoir l'occasion de refaire atterrir un appareil. Je ne veux pas qu'ils le bousillent.

Rastancil lui donna une tape amicale sur l'épaule en passant, et quand Vic eut refermé la porte derrière lui, le hangar fut replongé dans le noir. Rastancil jura, mais Easley alluma une torche. Kris reconnut une de celles récupérées sur les corps des ravisseurs.

— Tu ne perds pas de temps, lui dit Kris en souriant.

— Les prises de guerre sont faites pour servir, dit-il.

Kris se demanda s'il lui arrivait jamais de craquer. Il était resté debout toute la nuit à discuter avec les galonnards et son égalité d'humeur n'en semblait pas affectée.

— Tu es toujours comme ça ?

— Comment, comme ça ?

Dans la pénombre, elle le vit sourire d'un air innocent.

— Toujours hors du coup, évitant de t'engager.

— Oh, je m'engage, miss Bjornsen, je m'engage, n'aie crainte.

L'écoutille s'ouvrit et les lumières intérieures s'allumèrent, arrachant une exclamation à Easley et Rastancil.

— *Ne leur laisse pas* enlever sa clé à Zainal, murmura Easley à l'oreille de Kris.

— Il n'a pas l'intention de se la laisser enlever, murmura-t-elle, à l'abri du bruit que faisait Rastancil en entrant dans le vaisseau.

Ainsi, Easley s'était engagé — et envers les personnes qu'il fallait —, pensa-t-elle, se hissant à l'intérieur de l'astronef. C'était plus facile à partir du véhicule sur coussin d'air.

Un bruit sourd se fit entendre, et Kris sentit un courant d'air frais caresser son visage.

— Tu peux ventiler vers l'extérieur ? demanda Rastancil.

— L'air est... vieux, dit Zainal.

De la main, il imita une lame qui tourne. Puis il leur fit signe d'aller vers la poupe plutôt que vers le poste de pilotage. Ils n'avaient fait qu'une demi-douzaine de pas quand il s'arrêta et tira une poignée encastrée dans la paroi.

Le placard qu'il venait d'ouvrir était plein de pièces d'artillerie, pour la plupart inconnues de Kris, mais Rastancil eut l'air aux anges et, après avoir consulté Zainal du regard, il prit une sorte de carabine à chargeur épais et canon court. Zainal désigna du doigt tous les boutons et manettes, les nommant au fur et à mesure.

— Sécurité ; chargé, c'est rouge ; blanc, c'est vide. Arrosage fin ou large de...

Il se tourna vers Kris.

— Balles ? dit-elle, rapprochant l'index et le pouce à quelques centimètres l'un de l'autre. Métal ?

Zainal réduisit à presque rien l'écart entre le pouce et l'index.

— Aiguilles ?

Il hocha la tête.

— Oh, j'en ai entendu parler sur la Terre. Ils ont commencé à utiliser des aiguilles toxiques juste avant mon arrestation. Dangereux, dit Rastancil, reposant doucement l'arme à sa place. Il y a de petites armes de poing genre revolver ?

Zainal fronça les sourcils. Kris imita un pistolet de sa main, et fit « pan ! ».

— Tranquilliseur, dit Zainal, touchant un râtelier qui en contenait huit.

Puis il posa la main sur leur voisine, arme à canon long et large.

— Sol-air.

Enfin, de la tête il montra la proue.

— Les trucs de l'espace sont à l'avant.

— Quel genre d'armement avez-vous ? demanda Rastancil avec convoitise.

— Espace, air-sol, petit satellite de marquage, dit Zainal en riant. Pas grand-chose. L'appareil est rapide et bouge bien.

— Ainsi, vous comptez sur sa vitesse et sa manœuvrabilité plus que sur son artillerie ?

Kris se demanda quels mots elle devait traduire, mais Zainal regardait Rastancil, et hocha brièvement la tête.

— Oui, vitesse et... l'autre mot...

Il regarda Kris, agitant la main et les doigts.

— Flexibilité, proposa-t-elle.

— Il y a des télépathes dans ta famille, Kris ? demanda Easley.

— Aucun, mais je fais équipe avec Zainal depuis notre largage, alors je sais quels mots il connaît... et il a un très bon vocabulaire, dit-elle avec force. Alors il s'agit moins de deviner que de trouver des synonymes.

Easley gloussa.

— Je soupçonne qu'il comprend bien plus d'anglais qu'on ne le croit.

— Je ne soupçonne pas, répondit Kris, en un avertissement implicite. Je sais.

— Je garderai cette remarque sous mon... mes cheveux, puisque ma garde-robe ne comporte pas de chapeau.

Qu'il dît ou non cela pour plaisanter, Kris sentit que Peter Easley était du côté de Zainal et voulait être considéré comme un ami.

Le temps que Zainal leur montre les autres trésors du vaisseau — comme des jumelles à fort grossissement, infrarouge et vision nocturne ; un assortiment d'unités-com, feux de détresse, signaux lumineux et cartes, sans compter les photos qu'il avait prises au retour ; des caméras portatives, des équipements d'exploration cattenis avec boussoles, cordes, sacs à dos, vêtements d'hiver et d'été, et combinaisons thermales, qui équiperaient enfin correctement des groupes de reconnaissance — Kris avait le vertige devant tant de richesses. Mitford allait en perdre la boule ! Il y avait même des équipements de plongée et deux petits bateaux, démontés pour le transport.

— À voile ou à vapeur ? demanda Easley, s'animant à leur apparition.

Il dessina une voile du geste, et fit « teuf-teuf » pour imiter le moteur.

Zainal sourit.

— Les deux.

— C'est Noël ! s'écria Kris, se retenant d'applaudir.

— Si on veut, dit Easley, mais il souriait. Vous avez tant fait avec si peu, il ne faudrait pas que tout ça étouffe votre ingéniosité. Chaque sorte d'équipement compte à peine huit exemplaires...

— C'est tout ce qu'il nous faut pour mener à bien la Phase Deux, dit Rastancil avec calme, lorgnant la cache d'armes.

Zainal hocha la tête, mais il s'intéressait davantage aux réactions de Kris devant les photos qu'il lui tendit. Elle ne savait pas trop pourquoi elle devait s'intéresser à des montagnes et des vallées, jusqu'au moment où Zainal posa le doigt sur un point, puis sur un autre.

— Des vallées closes, comme celle que nous avons découverte ?

Il acquiesça de la tête.

— Beaucoup.

— Toutes vides ? demanda-t-elle.

Zainal haussa une épaule et demanda en souriant :

— On va voir ?

— Quoi ? s'enquit Easley, regardant par-dessus son épaule.

— Notre projet d'exploration, dit Kris, ne voulant pas entrer dans les détails.

— Oh, des vallées closes comme celle que vous avez trouvée et dont Mitford m'a parlé ? dit Easley avec espoir, comme sollicitant leur confiance.

— Pour garder quelque chose dedans ? Ou dehors ? dit Zainal, accédant à son désir.

— Dehors, à mon avis, étant donné les horreurs nocturnes que recèle Botany, dit Easley en frissonnant.

— Tu les as vues ?

— Non, et ça ne me manque pas, dit Easley affichant une répugnance sans doute sincère. Mais il faut dire que je n'allais jamais voir les films d'horreur non plus.

Rastancil étira le cou et hocha la tête avec approbation devant les photos.

— Elles sont très nettes ! Quel genre de matériel photographique avez-vous à bord ?

— Les experts te le diront, gloussa Zainal. Baxter dit qu'il était cameraman dans les films... non, filums.

— Films, dit Kris, aussi clairement que possible.

Zainal sourit.

— Comme tu voudras. Moi, je pousse un bouton, et après, les photos sortent, dit-il, montrant une fente dans le mur. Montre-les à Mitford, Kris.

— On peut les lui montrer tous les deux.

Zainal secoua la tête.

— Aujourd'hui, mon devoir est ici. À faire visiter.

— Refais-moi faire le tour une ou deux fois, Zainal, et je t'apprendrai le nom de chaque chose, proposa Rastancil.

— Beaucoup voudront faire le grand tour, dit Zainal, les yeux si pétillants d'amusement que Rastancil le regarda, surpris. Et j'apprends beaucoup de Kris, ajouta-t-il, entourant ses épaules d'un bras possessif.

— Oui, c'est vrai, dit Rastancil, baissant la tête en ce qui se rapprochait le plus d'une manifestation d'embarras de la part d'un galonnard, se dit Kris. Il n'y a pas un inventaire de ce qui se trouve à bord de Bébé ? Je sais qu'il serait en catteni, mais nous avons ici plusieurs personnes qui savent lire votre langue.

— Viens, dit Zainal, faisant signe à Rastancil de le suivre au poste de pilotage. Regardez bien tout, Kris et Peter, ajouta-t-il, leur montrant les autres portes de la coursive. Pour vous familiariser.

Easley branla du chef d'un air respectueux en voyant Zainal suivre Rastancil.

— Quel homme ! Je n'aurais jamais cru qu'un Catteni pouvait avoir le sens de l'humour.

— Peut-être qu'ils n'ont pas l'occasion de le manifester, dit Kris, faisant glisser la première porte.

— Berk, ça a besoin d'être aéré ! Quels cochons !

Des vêtements sales jonchaient le sol et les couchettes, et les verres et les assiettes fixés à la table n'avaient pas été lavés. Il y avait un écran et une télécommande qu'Easley ramassa, examina, et reposa, car il ne comprenait pas les symboles. Les quatre couchettes, assez larges pour des Cattenis, étaient toutes défaites et en désordre.

Easley ouvrit le placard le plus proche, se boucha le nez et le referma. Mais il jeta aussi un coup d'œil dans les autres.

— Certaines choses peuvent être utiles. Surtout les uniformes, pour la Phase Deux. Après lavage.

Ils trouvèrent deux autres cabines, l'une avec trois couchettes, et une — celle du commandant, pensa Kris — avec une seule, qui contenait aussi du matériel de commandement. Un écran de visionnage, comme celui qu'utilisait l'intendant de son maître sur Barevi, et une boîte de disques à y insérer éveillèrent l'intérêt d'Easley. Ces choses lui étaient familières, alors il mit un disque dans l'appareil et alluma le visionneur. Une voix cattenie monotone ajoutait des commentaires aux glyphes imprimés.

— Très intéressant, j'en suis sûr, dit-il, éteignant l'appareil et remettant machinalement le disque à sa place. Maintenant — où est-ce qu'ils mangeaient et se lavaient ? S'ils se lavaient jamais.

Dans la cabine du commandant, une porte révéla ce qui devait être une cabine de douche, avec quelque chose ressemblant à un urinoir, et une autre ouverture bizarre. Normal, les Cattenis avaient pratiquement les mêmes besoins alimentaires que les humains. Easley, regardant par-dessus son épaule, émit un grognement.

Un peu plus loin dans le passage, il y avait une autre salle d'eau pour deux personnes. La cambuse était juste après, avant-dernière porte de la coursive.

— Pas mal, en plus, dit Kris, regardant la « cuisine » et son équipement.

Il y avait une table entourée de sièges rembourrés où, à l'évidence, les hommes prenaient leurs repas quand ils ne mangeaient pas dans leur cabine. Mais la pièce était propre et en ordre. Ah, mais Raisha avait dit qu'ils avaient mangé dans le vaisseau, alors elle avait sans doute fait le ménage.

— Je me demande quand même ce qu'il y a au fond, dit Easley, après un bref coup d'œil dans le salon, tournant son attention vers la dernière porte fermant la coursive dans toute sa largeur, et portant de grands glyphes cattenis peints en blanc.

— Si le blanc signifie « vide » sur les armes, est-ce que ça peut vouloir dire « prudence » sur les équipements ? dit Kris.

À l'instant où Easley posa la main sur les manettes d'ouverture, une alarme retentit.

— N'entrez pas, dit la voix de Zainal, sortant d'un interphone au-dessus de leurs têtes. Je vous en prie, ajouta-t-il.

— Il n'est pas totalement assimilé, hein ? remarqua Easley. Allons voir ce qu'ils mijotent. À moins que tu n'aies envie de vider ces placards. On aura sans doute besoin d'uniformes cattenis propres.

Kris le gratifia d'un regard sévère.

— On peut les laver, mais je crois que ce serait bon pour le moral de tous de leur montrer quels cochons peuvent être les Cattenis.

— Exact !

— Ce que j'ai vraiment envie de faire, c'est l'inventaire de tous ces merveilleux équipements dont j'espère bien que les éclaireurs auront la priorité de choix, dit-elle en se frottant les mains. Zut, je n'ai pas de papier.

— Voilà, dit Easley, sortant une liasse de petites feuilles de sa poche de cuisse, et un crayon de sa poche de poitrine.

— Tout le confort de la maison. Mitford non plus ne peut pas fonctionner sans papier et crayon.

— Où crois-tu que je les ai eus ?

Se souriant d'un air complice, ils se mirent à dresser des listes. Ils furent interrompus par un claquement métallique sur l'écoutille ouverte.

— Qui est à bord ? demanda une voix irritée.

— Scott ? cria Easley.

— Avec Fetterman, Reidenbacker et Marrucci.

Les quatre hommes montèrent à bord, encombrant le passage.

— Je ne t'ai pas vu partir, Easley.

Easley sourit, ignorant l'accusation implicite.

— On a décidé de faire l'inventaire de tout ce qu'il y a ici avant l'arrivée de la foule. Rastancil est à l'avant avec Zainal, en train d'imprimer des photos ou autre chose. Je n'ai que six de ce qui semble être des armatures de sac à dos, ajouta-t-il à l'adresse de Kris, remettant la première à sa place.

Quand ils entendirent les arrivants se diriger vers la proue, Easley sourit à Kris.

— Il leur a fallu du temps pour remarquer notre absence, hein ?

— Je me demande s'ils en ont tiré une conclusion, répondit-elle, lui rendant son sourire.

— Oh, pas avant d'avoir passé Bébé au peigne fin, sans doute. Et les Cattenis ne semblent pas stocker cet article, hein ? Pas plus d'ailleurs que le savon et les brosses à dents.

— J'ai trouvé quelque chose qui ressemble à du savon liquide, n'oublie pas.

— Ah oui, tiroir neuf.

Finalement, le temps passé à l'inventaire se révéla le moment le plus agréable de la journée.

CHAPITRE 5

Cela fait, Kris alla voir Mitford. Easley, qui était parti devant pour voir où en était Zainal, la rattrapa en courant à mi-chemin de la grange où le sergent avait installé son bureau à l'Échappée Belle.

— Tous ceux qui « ont-besoin-de-savoir » encombrent la passerelle. J'attendrai que ce soit plus calme, dit Easley.

Kris eut un grognement dédaigneux.

— Quoi qu'il leur explique, ils auront toujours besoin de lui pour piloter.

— J'espère bien, répondit-il d'un ton égal.

Les yeux de Mitford s'exorbitèrent à la vue des listes de

matériel disponible étalées sur son bureau. Et il resta sidéré devant les photos aériennes.

— Je n'ai jamais vu de photos de reconnaissance aussi nettes, dit-il, stupéfait, les prenant les unes après les autres pour les examiner.

— Regarde ici... ici... et ici, dit Kris, lui montrant des points sur différents clichés.

L'un de ces points était assez proche de l'Échappée Belle, bien que dans un secteur encore peu exploré.

— D'autres vallées cul-de-sac. Zainal pense qu'elles servaient à quelque chose.

— En tout cas, si elles n'ont pas servi avant, elles vont servir dorénavant. D'autant plus qu'on a maintenant assez de personnel — *et* du matériel —, dit Mitford, la voix vibrante de satisfaction, de sorte qu'une équipe pourrait y traîner assez longtemps pour voir ce qui se passe.

Il tapota du doigt la vallée proche.

— Si on peut investir celle-ci...

Il s'interrompit, les épaules secouées d'un frisson.

— Je veux qu'on évacue les terres des Fermiers. J'ai un pressentiment.

Il fit une pile des feuilles de l'inventaire, une autre des photos.

— Quelqu'un a déjà vu ça ?

— Non, dit Easley. C'est toi qui es chargé de l'exploration. Et si j'étais toi, je mettrais la main sur ce matériel pour tes équipes et je les enverrais en mission tout de suite.

Mitford eut un sourire matois.

— Merci du conseil, Peter.

Il se tourna vers Kris.

— Le reste de ton équipe prépare la Phase Deux, mais ils doivent avoir fini maintenant. Je vais chercher le pick-up et on chargera tout ça. Il y a des armes ?

— Quelques-unes, mais il vaut mieux les laisser où elles sont jusqu'à ce que Zainal nous apprenne à nous en servir, dit Peter. Je crois que certaines pourraient nous faire de vilains trous dans la peau. Tu sais, ajouta-t-il en se grattant la tête, et avec la grimace qui, avait remarqué Kris, préludait à une suggestion diplomatique, on pourrait emprunter une page au livre de l'administration coloniale des Cattenis, et larguer le prochain groupe de Turs dans une de ces vallées. Puis revenir voir quelques semaines après comment ils se sont débrouillés.

Il fit une pause et ajouta :

— Ou mieux encore, y larguer nos éventuels prisonniers cattenis. Comme ça, ils verraient ce que c'est.

Mitford le regarda, fronçant les sourcils.

— Tu deviens sentimental ou quoi ?

— En fait, l'idée est de Yuri Palit, répondit Easley, un peu décontenancé. Je lui avais parlé de la première vallée découverte. Je ne vois pas la nécessité de violences ou de massacres gratuits. On en a vu assez. Mieux vaut que les humains soient du côté des anges que des Eosis. Et ça refermerait le cercle, dit-il, faisant une cage de ses mains et les tournant l'une autour de l'autre. On leur rendrait la monnaie de leur pièce, et en plus, ils nous fourniraient des cobayes pour les dangers qui peuvent rôder dans ces vallées.

Mitford n'était pas convaincu.

— Ils veulent le référendum d'abord, non ?

— Tu auras du mal à faire accepter la clémence à tous ceux qui ont goûté de l'électromatraque, dit Kris.

— Je vois assez bien ça pour les Turs, concéda Mitford. Ça ne m'a jamais plu de les lâcher dans la nature. Ils sont dangereux, et s'ils deviennent assez nombreux, ils peuvent constituer une menace.

Il se frictionna la mâchoire.

— Oui, nous pourrions utiliser ces vallées comme centres de détention. Ce serait moins cruel que de les jeter la nuit aux charognards.

Puis il écarta l'idée en haussant les épaules et ramena son attention sur les photos et l'inventaire.

— Les clichés ne vont pas s'effacer, dit Kris en le tirant par la manche. Allons chercher le matériel avant que d'autres le réquisitionnent.

— Sacrément bien dit, dit Mitford, sur quoi Kris et Easley durent courir pour ne pas être distancés.

Vic Yowell avait repris son poste, fermement planté devant la porte jusqu'à ce que Mitford se penche par sa portière.

— Ouvre, s'il te plaît, Vic. Je viens réquisitionner du matériel pour mes éclaireurs.

Vic ne trouva rien à redire à ça et poussa la grande porte. Alors Mitford fit une marche arrière jusqu'à l'écoutille, le plateau du véhicule presque à son niveau. Avec Joe, Sarah, Withby et Leila, Mitford commença le déchargement, pendant que Kris rayait de son inventaire les articles qu'ils emportaient. Ils eurent bientôt vidé tous les placards de la coursive. Tandis que les autres rangeaient leurs dernières acquisitions, Mitford jeta un rapide coup d'œil sur l'arsenal, et referma vivement le placard.

Loin de moi, tentation ! pensa Kris.

À cet instant, Scott parut à l'autre bout de la coursive.

— Qu'est-ce que tu fais, Sergent ?

— Je regarde l'arsenal, Amiral. Ce pourrait être utile.

— Pete et moi, nous venons juste de finir l'inventaire des placards, Amiral, ajouta Kris, montrant ses feuilles.

— Bonne idée, Bjornsen. Continuez.

— Nous continuerons, Amiral, dit-elle d'un air effronté, et, réprimant un éclat de rire à l'idée de son menu mensonge, elle sortit avec Mitford.

— Tu as trouvé ce que tu voulais ? demanda Vic comme le véhicule sortait lentement du hangar.

— Je crois, dit Mitford, et il donna un coup de coude à Sarah pour que Vic ne l'entende pas rire.

Ils empilèrent soigneusement leur butin au fond du bureau de Mitford, et le dissimulèrent sous des couvertures cattenies. Toute l'équipe de Kris alla déjeuner, tandis que Mitford faisait venir Judy Blane, qui avait été cartographe — il voulait savoir à quoi correspondaient les photos sur la carte. Entre-temps, Mitford convoqua plusieurs équipes de reconnaissance, commanda des vivres de voyage à la cuisine, et était prêt à les équiper dès qu'elles se présenteraient.

— Avant que les galonnards découvrent que le matériel a disparu, dit Kris. Tu vas diriger une équipe cette fois, Sergent, pour ne pas être dans leurs pattes ?

Il secoua la tête en faisant la grimace.

— Non, pas cette fois. Il vaut mieux que je reste dans le coin.

— Je suis plutôt contente que tu restes, Chuck, dit-elle, penchant la tête vers le hangar et les galonnards qui l'occupaient. Mais tu mérites des vacances pour te changer les idées. Tu as fait plus que ta part. Tu as besoin d'un peu de loisir.

— J'irai quand la Phase Deux sera terminée. Et ne t'inquiète pas, Kris. Quoi qu'ils décident dans leurs conférences et leurs meetings de stratégie, ils ont besoin de Zainal plus qu'il n'a besoin d'eux. Ou de nous. À part toi, Bjornsen, termina-t-il avec un sourire insolent.

— Scott se méfie de lui, dit Kris, se perchant sur un coin du bureau.

— L'amiral se méfie de tout le monde, dit Mitford avec un grognement dédaigneux en croisant les bras. Pour commencer, il est échoué à terre, et ce n'est pas vraiment là qu'il fonctionne le mieux. Mais la méfiance n'est pas nécessairement un mauvais trait de caractère.

Un coup à la porte, qui s'ouvrit sans attendre la réponse, révéla la première des équipes convoquées, celle de Nonante Doyle. Les Scandinaves arrivèrent, haletants d'impatience, avant que Mitford ait fini d'exposer la situation à l'équipe de Nonante. Kris le quitta alors et sortit discrètement du bureau désormais bondé pour aller déjeuner.

Une partie du groupe originel stratégie-et-tactique s'affairait encore au fond de la salle, et ceux arrivant pour manger laissèrent une sorte de no man's land de tables inoccupées autour d'eux pour ne pas les déranger. Kris prit sa soupe et un morceau de pain, et alla rejoindre Sarah, Joe, Leila et Whitby à leur table.

— Est-ce qu'on va bientôt se servir de ce matériel formidable ? demanda Joe.

— On ne partira pas...

— ... avant que les galonnards ne croient Zainal, termina Sarah d'un ton sarcastique.

— Oh, je pense qu'ils le croiront, dit Kris.

— C'est la confiance qui manque, remarqua Whitby comme elle n'ajoutait rien.

— J'aimerais mieux attendre que Zainal vienne avec

nous, fit Leila de son ton tranquille mais ferme tout en mangeant sa soupe.

— De plus, je ne voudrais rater la Phase Deux pour rien au monde, ajouta Joe. Tu as du nouveau là-dessus, Kris ?

Elle secoua la tête avec un petit grognement, montrant du pouce par-dessus son épaule le groupe compact des stratèges au fond de la salle.

— Il faut d'abord qu'ils se décident.

— Qu'est-ce que vous pariez qu'ils finiront par faire ce que Zainal a proposé depuis le début ? demanda Joe, embrassant la tablée du regard.

— Espérons qu'ils se décideront avant l'arrivée du prochain transport, dit Sarah. D'après la fréquence des derniers largages, ce pourrait être n'importe quand maintenant.

— On dirait qu'ils préparent la Troisième Guerre mondiale, dit Whitby, se mêlant à la conversation, au lieu d'une petite action de commando.

Ils venaient de terminer leur repas quand un brouhaha de voix annonça l'arrivée de Scott, Fetterman, Rastancil, Beverly, Marrucci et Zainal. Zainal s'arrêta sur le seuil, inspecta la salle, repéra Kris et lui fit signe de les rejoindre à la table des stratèges.

— On me demande, dit-elle, s'essuyant les lèvres de deux doigts et époussetant les miettes de son corsage de l'autre main tout en se levant. Vous m'attendez ?

— Chez Mitford, ma chérie, dit Sarah en l'imitant. Je n'ai pas envie de me faire embarquer dans une corvée de cuisine juste parce qu'on est là en ayant l'air de ne rien faire.

— Ce qui est pourtant le cas, dit Joe, se levant également.

Et pendant que Kris rejoignait Zainal, ils quittèrent tous le réfectoire. Peter Easley les croisa en entrant de sa démarche nonchalante, s'arrêtant pour échanger quelques mots et plaisanteries avec eux.

Arrivant à la table des stratèges, il adressa un clin d'œil à Kris.

— Ah, te voilà, Easley, dit Scott. Quand pouvons-nous prévoir l'arrivée du prochain transport ?

— D'un jour à l'autre maintenant, répondit Easley avec indifférence.

Tous les yeux se braquèrent sur lui.

— À l'évidence, ils viennent quand l'astronef est plein, dit-il en regardant Zainal, qui haussa les épaules.

— Le dernier arrivage remonte à une semaine. Parfois, il s'écoule vingt et un jours entre les largages.

Il écarta l'objection d'une pichenette.

— Les Deskis ont l'ouïe fine, les Deskis se déploient. Ils entendent, ils préviennent, termina-t-il, passant la main à plat sur la grande carte déployée à un bout de la table.

— Et ils larguent toujours dans le même champ ? demanda Scott.

— Ces derniers temps, en tout cas, dit Easley, souriant à Zainal. Depuis que Zainal leur a dit deux mots.

— Peut-on faire confiance aux Deskis ? demanda Rastancil.

— À quel sujet ? demanda Kris. Pour entendre ou pour prévenir ?

— Est-ce qu'ils *savent* se servir des portables ? demanda Scott, ignorant la remarque.

— Même ta grand-mère saurait se servir des nôtres, rétorqua Kris. Sans vouloir offenser ta grand-mère, ajouta-t-elle avec un grand sourire devant la réaction indignée de Scott.

— Mais sont-ils capables de faire un rapport assez détaillé, demanda Beverly, d'un ton un peu plus respectueux. Je veux dire, je ne les ai jamais entendus prononcer plus d'un mot à la fois.

— C'est suffisant, dit Zainal : Entends vaisseau. Descend près. Descend loin. Descend vers vous, dit Zainal, imitant la bizarre tonalité d'une voix deskie, au grand amusement de Kris.

— C'est un Deski qui nous a prévenus de l'arrivée de Bébé, ajouta-t-elle. En indiquant à Worrell l'endroit exact de l'atterrissage.

— C'est juste, dit Beverly. Nous pouvons donc compter sur leurs oreilles...

— Et sur leurs yeux, ajouta Easley. Les Deskis et les Rugariens sont doués d'une vision nocturne extrêmement perçante.

— Envoyez un humain avec eux si ça peut calmer vos inquiétudes, suggéra Kris.

— Inutile, dit Zainal, sortant un paquet de sa combinaison — à l'évidence un second tirage des photos que Mitford était en train d'examiner dans son bureau.

Il les étala sur la table, sous les cris de surprise des tacticiens qui tendirent les mains vers elles, et il en sélectionna une.

— Voici la trajectoire que j'ai suivie.

Le cliché avait été pris à une altitude très supérieure à celle des falaises de l'Échappée Belle, mais montrait tous les champs conduisant à ce qu'ils appelaient maintenant le Champ de Largage. On y voyait aussi la troisième aire de largage, et les fondrières où Zainal, blessé par les épineux toxiques, avait attendu les secours.

— Ils ont aussi largué des prisonniers ici, dit-il, posant le doigt sur un petit champ.

— Mais tous les autres atterrissages ont eu lieu ici, dit Easley, montrant le Champ de Largage.

— Et les haies assurent une bonne couverture aux troupes, qu'on pourra encore améliorer, dit Fetterman, montrant trois côtés du champ.

— Et avancer quand suffisamment de caisses auront été débarquées, dit Rastancil, tapotant son crayon à l'endroit où se faisaient toujours les déchargements.

— Il y a quelques uniformes cattenis dans le vaisseau de reconnaissance... dit Kris. Il faudrait les laver, mais je les ai vus dans les placards. Comme ça, les plus costauds des nôtres pourraient monter à bord facilement.

— Les Cattenis parlent peu quand ils déchargent, dit Easley, qui avait souvent assisté à la scène dans sa fonction d'officier d'accueil. La plupart n'ont même pas d'électromatraque ou de tranquilliseur.

Toute la procédure fut alors répétée encore et encore, tant et si bien que Kris sentit son estomac se nouer. Elle détestait ces séances où l'on répétait à l'envi les évidences sans arriver à une conclusion. À un moment où elle remuait avec irritation, Zainal, assis près d'elle, pressa sa jambe contre la sienne, et elle patienta un peu plus longtemps.

Puis les équipes de Deskis — Easley, Rastancil et Beverly s'étant rangés à l'avis de Zainal, selon lequel aucun humain n'était nécessaire — reçurent l'ordre de se déployer en un vaste arc de cercle autour du camp, équipés de portables pour annoncer le premier son d'un transport en approche. Ils reçurent des rations et des couvertures supplémentaires, et Zainal leur traduisit leurs ordres en deski au cas où ils n'auraient pas compris ceux de Beverly. Ils avaient écouté le général noir avec de grands sourires, mais ils hoquetèrent d'amusement après les remarques de Zainal. Kris vit qu'il leur rendait leur sourire, mais il avait repris son sérieux quand il se retourna vers les galonnards.

— Maintenant, on attend, dit-il.

— Non. Maintenant, on entraîne les troupes d'assaut, dit Scott, sortant d'un pas décidé avec ceux qui l'assistaient dans cette tâche.

Les autres se dispersèrent lentement, après avoir rassemblé notes, cartes et papiers, et sortirent, sans doute pour aller se coucher.

— Vous avez mis le matériel en lieu sûr ? demanda Zainal à Kris, la pilotant vers le buffet pour prendre quelque chose à manger.

— Tout ce qui pouvait être utile — sauf les uniformes sales.

Elle demanda une tasse d'infusion et s'assit avec lui dans un coin libre, à l'extrémité opposée à l'aire de conférence. Jour et nuit, des colons venaient manger au réfectoire quand leur service le permettait. Kris repéra Aarens qui entrait, en discussion avec un homme qu'elle reconnut pour un designer. Aarens avait perdu une bonne partie de son arrogance mais il conservait la position unique que lui donnait sa faculté d'adapter astucieusement les matériaux des Fermiers en gadgets utiles.

— À cette heure, le sergent l'a sans doute déjà distribué aux équipes qu'il avait convoquées.

Zainal eut un petit sourire.

— Il est parti avec ?

Kris secoua la tête.

— Il a le droit de participer à la Phase Deux.

Zainal approuva de la tête.

— Oui, il en a le droit.

— La décision a été prise dans le vaisseau de reconnaissance ?

— Je crois.

Il y avait autre chose dans les discussions du matin qui amusait Zainal, qu'elle s'efforça de lui faire dire, mais il secoua la tête.

— Rien d'inquiétant, dit-il. Il est dans son bureau ?

— Sans doute.

Zainal se leva et elle l'imita. Quand ils eurent apporté leurs assiettes à la jeune femme qui était de vaisselle, ils se dirigèrent vers le bureau de Mitford.

Il lança un joyeux « entrez » quand ils frappèrent, mais il n'était pas seul. Un jeune homme à l'air zélé, dont le front commençait à se dégarnir, une tablette à la main taillée dans une caisse, prenait des notes aussi vite qu'il pouvait écrire. Jetant un coup d'œil au fond du bureau, Kris constata qu'il ne restait plus qu'une couche du matériel, qui arrivait presque au plafond quand ils avaient eu fini de le décharger le matin.

— Je suis chargé des éclaireurs, et je les ai tous envoyés en reconnaissance, correctement équipés pour la première fois. Tu diras à l'amiral Scott que nous n'avons rien pris d'autre.

Mitford montra d'un doigt indolent les listes d'inventaire de Kris.

— Toutes les sorties sont enregistrées. Rien qui puisse lui servir pour ses troupes d'assaut ou leur entraînement. Ah, Zainal, quoi de neuf ? Cet in-di-vi-du s'en allait. Pas vrai, fiston ?

— Comme je te l'ai déjà dit, *Sergent,* dit le jeune homme d'un ton glacial, soulignant lourdement le grade, j'étais l'ordonnance de l'amiral Scott dans la résistance...

— Et sans aucun doute une ordonnance admirable sur ce monde, dit Mitford. Mais, Lieutenant, nous sommes tous des largués sur Botany, n'est-ce pas, Zainal ?

— Largués on est. Largués on reste.

Zainal tint poliment la porte au lieutenant pour le laisser sortir.

Dès qu'il fut parti, Mitford reposa sa chaise sur ses quatre pieds et siffla entre ses dents.

— Fichu imbécile. Scott aussi. Il n'y a pas un truc qui lui servirait, et mes équipes en ont besoin.

— Bien joué, Sergent, gloussa Kris en s'asseyant sur un tabouret.

Zainal en approcha un plus près du bureau, et Kris le laissa raconter à Mitford ce qui s'était passé jusque-là.

Comme cela arrive parfois avec les plans les mieux préparés, et juste au moment où l'attente commençait à énerver tout le monde à l'Échappée Belle, une Deskie contacta le Poste de Commandement dans la grisaille de l'aube cinq jours plus tard. Il se trouva que Mitford était de garde.

— Arrive maintenant. Mauvais bruit. Mauvaise odeur, dit-elle. Bruit pas bon.

— Qu'est-ce qu'elle peut bien vouloir dire par là ? demanda Beverly.

Il avait sauté à bas de son lit de camp et se penchait sur le portable que Mitford inclinait courtoisement vers lui pour qu'il entende le rapport, que le sergent fit répéter à Tul.

— Demandons à Zainal.

Il se leva et secoua les messagers qui dormaient dans le bureau. Chacun de ces jeunes savait qui il devait réveiller et où il dormait. Puis il se tourna vers le diagramme mural indiquant la position de chaque Deski.

— Hum. Tul est ici, dit-il, posant le doigt sur un point. Si le transport arrivait normalement, c'est Fek qui aurait dû nous prévenir.

Il déplaça son doigt en ligne droite jusqu'au Champ de Largage.

— Erreur de trajectoire ?

Beverly traça une ligne droite à partir de la position de Tul, et aboutit à des klicks de l'aire habituelle.

— On ferait bien de préparer les véhicules.

Il était parti avant que Mitford ait pu lui rappeler qu'ils avaient largement le temps de se rendre à un endroit différent et de monter l'assaut envisagé.

L'Échappée Belle n'était pas le seul camp en alerte. La Deskie avait obéi à l'ordre de Zainal de prévenir d'abord l'Échappée Belle, puis les autres camps. Worrell appela pour demander des instructions. Même Bella Vista, loin dans la montagne, avait été inclus dans les plans d'intervention d'urgence élaborés par les galonnards. Cela avait occupé les gens en attendant le début de la Phase Deux. Et elle venait de commencer !

Le rapport de Fek arriva quelques instants avant Zainal, Kris et le reste de l'équipe.

— Il arrive. Bruyant, dit Fek.

— Vers quoi se dirige-t-il, Fek ? demanda Mitford.

— Vers toi, répondit-elle.

— Merci, Fek. Continue à écouter. Tul dit que le bruit n'est pas bon.

— Non, pas bon, acquiesça Fek, et Zainal hocha la tête pour indiquer qu'il avait entendu et compris.

— Kris, trouve Beverly et dis-lui que le transport vient vers nous, dit Mitford. Il doit être au garage principal. Pourquoi un transport ferait-il un bruit « pas bon », Zainal ?

Zainal pencha la tête.

— Je t'ai dit que les transports n'étaient pas en bon état. Il faut que j'entende le bruit pour deviner ce qui ne va pas. Je vais monter là-haut, dit-il, montrant le plafond.

Une échelle avait été fixée dans une allée entre deux granges, pour monter sur la falaise à laquelle elles s'adossaient.

Mitford jura, mais resta à son bureau pour recevoir d'autres rapports éventuels.

Deux autres Deskis le contactèrent, signalant également un bruit « pas bon ». Un messager revint et Mitford lui fit signe de prendre le portable pendant qu'il sortait pour écouter. Mais il renonça bientôt et rentra, tant il y avait de bruit maintenant avec les hommes et les femmes qui couraient dans tous les sens pour rejoindre le véhicule qui leur était assigné. La sonnerie du portable se déclencha de nouveau. Cette fois, c'était Zainal.

— J'entends un mauvais bruit aussi. Le vaisseau est en difficulté. La propulsion fonctionne mal.

— Bon sang, il nous faut un vaisseau opérationnel, dit Mitford, tous ses espoirs anéantis par la nouvelle.

— T'inquiète pas. Il faudra peut-être changer le plan d'attaque.

— Pas si Scott a son mot à dire, et *c'est lui* qui commande la Phase Deux.

— La Phase Deux est mon idée, dit Zainal et il coupa la communication.

Bientôt, tous entendirent le transport, qui émettait grondements, halètements et glapissements métalliques, feux d'atterrissage clignotants et toutes sirènes hurlantes.

Les troupes d'assaut arrivèrent au Champ de Largage et prirent les positions assignées avant que le transport en détresse n'arrive en vue, frôlant le faîte des arbres-charpentes et ne s'arrête d'une glissade plutôt qu'il n'atterrit. Malgré tous les atterrissages qu'avait vus Mitford, certains glissant jusqu'à l'arrêt, d'autres rebondissant plusieurs fois sur la piste, celui-là était le pire. Il préférait ne pas penser aux corps sans connaissance secoués dans les soutes.

Des jets de fumée sortaient de la base du vaisseau. L'écoutille principale s'ouvrit, et des Cattenis, toussant, éternuant et chancelant, sortirent en désordre. Tous. Mitford en compta vingt, ce qui, selon Zainal, était l'effectif habituel d'un équipage. Et ils couraient aussi vite qu'ils pouvaient pour s'éloigner du vaisseau.

Zainal se découvrit, agitant un tranquilliseur et aboyant des ordres. Il tendit le doigt vers le coureur le plus rapide.

— Attrapez-le ! cria-t-il en anglais, puis il rugit plus fort en catteni.

L'homme ne ralentit pas, et Zainal lui décocha un éclair tranquilliseur dans la tête — un coup mortel — et frappa les deux suivants aux jambes. Ils s'écroulèrent, grognant de frustration. Ce fut suffisant pour arrêter les autres, qui se retournèrent, mains en l'air. Il aboya un ordre, et ils revinrent sur leurs pas à contrecœur, dardant des regards terrorisés tour à tour sur Zainal et sur l'épave qu'ils étaient parvenus à poser.

Zainal cria une question. Il obtint une réponse et, aussitôt, il fit signe aux colons de sortir de leurs cachettes.

— Surcharge dans les circuits. Tout peut exploser. Il

faut sortir les prisonniers. Dane, Chavell, Rastancil, occupez-vous d'eux. Scott, j'ai besoin de tous tes hommes.

Il monta la rampe en courant, suivi de Kris et du reste de l'équipe. Il alla droit au panneau de contrôle, juste passé l'écoutille, et il en ouvrit le couvercle, qui était brûlant. Il marmonnait ou jurait en catteni.

— *Schkelk !*

Kris se raidit d'attention à ce « écoute » catteni.

— Ils ne pourront pas respirer, Kris. Pas d'air. Tu tires cette manette vers le bas, dit-il, joignant le geste à la parole, pour ouvrir l'écoutille. Tu la pousses vers le haut pour fermer. Celle-ci pour changer de pont. Compris ? Parfait ! BERT ! MARRUCCI ! YOWELL ! DOWDALL ! Suivez-moi à la passerelle. Il y a des choses à faire. Il me faut des ingénieurs, des mécaniciens, des pilotes. AARENS !

Regardant par-dessus son épaule, Kris vit les portes horizontales du pont s'ouvrir et les lumières s'allumer, révélant la pitoyable humanité ballottée lors de l'atterrissage. Les Cattenis de l'équipage étaient revenus, chacun encouragé à décharger les passagers par un colon braquant sur lui un tranquilliseur.

L'évacuation commença. Les Cattenis parvenaient à sortir deux ou trois corps à la fois, tandis que les colons n'en portaient qu'un seul sur leur dos. D'autres arrivèrent pour aider, tandis que le vaisseau frémissait et tremblait, émettant des bruits métalliques effrayants, et que de la vapeur s'échappait en sifflant des endroits les plus improbables. Un jet brûlant atteignit Kris à la main droite, juste derrière le panneau de contrôle. Gémissant de douleur, elle lécha la brûlure et souffla dessus.

— On les a tous sortis ! lui cria quelqu'un.

— Non ! hurla-t-elle en réponse, passant au pont suivant.

L'odeur qui s'en échappa était nauséabonde. Les sauveteurs entrèrent en toussant et hoquetant, mais continuèrent leur sinistre tâche.

Des hommes avec des boîtes à outils portant les marques de Bébé passèrent près d'elle. Puis un groupe courut vers l'arrière, Zainal lui hurlant des instructions sur les contrôles et les jauges. Bien qu'étant proche de l'extérieur, Kris avait du mal à supporter la chaleur et les odeurs, et elle avait des haut-le-cœur. Sa main lui faisait très mal. Elle se pencha par l'écoutille ouverte pour respirer une bouffée d'air frais. Et elle atténua la puanteur en ramenant sur son nez et sa bouche le devant de sa combinaison, ce qui lui imposa une posture inconfortable.

— On a sorti ce groupe, dit Yuri, s'arrêtant près d'elle, le visage crasseux, la combinaison pleine de sang. Il en reste beaucoup ?

— Encore deux ponts.

Elle actionna les manettes, mais avec le bruit de la machinerie, elle ne savait pas si le mécanisme avait fonctionné. La chaleur avait dû gauchir le métal. Pourtant, lentement, le pont trois devint accessible.

— Beaucoup ont survécu ?

— C'est les autres qui s'en occupent.

— On pourrait aussi sauver la cargaison, dit Kris.

— La cargaison ? Les humains d'abord.

Yuri écarta sa suggestion du geste et entra en courant sur le pont trois, se baissant pour passer sous l'écoutille à moitié ouverte.

Soudain, les bruits du vaisseau s'atténuèrent, et certains se turent. D'autres hommes et femmes passèrent en courant, certains vers l'avant, d'autres vers l'arrière, portant outils, tuyaux et autres équipements qu'ils avaient dû trouver dans le transport. Un violent jet de vapeur siffla entre deux plaques sous ses pieds, et elle se mit à sautiller, cherchant un endroit moins brûlant. Dès qu'elle eut actionné la manette donnant accès au dernier pont, elle s'élança pour aider à l'évacuation. La chaleur était presque insupportable. Depuis combien de temps ces malheureux inconscients supportaient-ils ces températures ? Mais les avaient-ils supportées ?

Passant un bras par-dessus son épaule, elle souleva un corps, celui d'une femme, et descendit la rampe en titubant.

— Par-là, dans l'autre champ, lui dit quelqu'un, lui montrant la direction de la main.

Le soleil était levé, et elle voyait au moins où elle allait. Il n'y avait que deux corps dans ce champ, un Catteni, un autre non identifiable, et tous les deux morts. Elle tituba de l'avant, plus consciente de sa main et de ses pieds très sensibles. On avait coupé la haie et posé des planches en travers du fossé d'irrigation. Ce champ était couvert de corps, dont beaucoup, constata-t-elle avec soulagement, remuaient et qu'on faisait boire. Ce n'était qu'une cacophonie de gémissements, traversée de sanglots. Elle tituba jusqu'à un endroit libre où elle déposa son fardeau. Puis, voyant l'affreuse rigidité du visage gris cendre, elle tâta le pouls sous la gorge et ne sentit rien ; alors, elle s'effondra en pleurant.

— Du calme, Kris, dit une voix familière.

Levant les yeux, elle vit Sandy Areson qui lui tendait un quart d'eau.

— Bois, dit-elle, ramenant doucement en arrière ses cheveux trempés de sueur et lui tapotant l'épaule. Nous en avons sauvé beaucoup. Grâce à Zainal.

Kris voulut se relever. Ils n'étaient peut-être pas tous morts sur le pont quatre. Mais la main de Sandy l'obligea à se rasseoir.

— Pas question, dit Sandy. Dis donc, qu'est-ce qui est arrivé à ta main ? Tu as une grosse cloque.

— Ah oui ? dit Kris, contemplant bêtement sa brûlure. C'est vrai, s'entendit-elle dire en perdant connaissance.

Il fallut plusieurs jours pour comprendre les événements de cette matinée mémorable. Des 728 survivants, beaucoup étaient blessés, les fractures étant le moindre problème des équipes médicales examinant chacun. Tous étaient déshydratés, et on s'affaira d'abord à les faire boire. Plus graves étaient les blessures internes et les commotions cérébrales dues à l'atterrissage en catastrophe qui avait ballotté les corps inertes, les empilant les uns sur les autres et blessant ceux qui se trouvaient dessous. La prostration due à la chaleur avait provoqué une vingtaine de crises cardiaques, bénignes ou graves, et elle avait probablement été la cause de la plupart des morts. Du pont inférieur, seuls quarante-cinq avaient survécu : quatre humains, neuf Deskis, douze Turs, six Ilginishs suintants de mucus vert, et quatorze Rugariens, dont presque tous les poils corporels étaient roussis.

Même ceux qui n'avaient pas subi de graves blessures avaient besoin de réconfort, de nourriture, enfin d'assistance psychologique pour se remettre de leurs épreuves. Le seul avantage des consolateurs, c'est qu'ils étaient déjà passés par là et comprenaient profondément ce qu'éprouvaient les derniers largués. Easley travaillait infatigablement à diriger ses équipes, ne demandant aux survivants que leur nom et leur pays d'origine avant de les confier à l'équipe de Yuri Palit chargée des affectations, évacuant le plus vite possible vers des endroits plus calmes les blessés capables de marcher.

Les blessés étaient transportés à l'Échappée Belle par véhicules sur coussin d'air pour traitements d'urgence.

— Parfait comme ambulances, remarqua Léon Dane. Pas de cahots, pas de secousses.

Démentant leur caractère, les Turs se montrèrent étonnamment dociles après cette affreuse expérience, et pathétiquement reconnaissants de l'eau et de la soupe qu'on leur donna. Tous ceux qui étaient indemnes — quarante en tout — furent sévèrement avertis par Zainal, dans leur propre langue, des dangers représentés par les prédateurs aviens et les charognards nocturnes, de sorte qu'ils se laissèrent conduire sans protester à leur nouvelle destination. Joe et Whitby dirigeaient l'expédition, avec un contingent bien armé. Le premier soir, Whitby leur fit une démonstration de ce que faisaient les charognards à une vache-leuh morte, ce qui les fit taire pendant le reste du voyage. Ils ne protestèrent même pas quand on les descendit dans la vallée, avec des quarts, des couteaux, des couvertures et une généreuse provision de rations cattenies.

Zainal remporta une seconde victoire, aidé et encouragé par Easley, Yuri Palit et, étonnamment, Mitford. Les dix-neuf survivants cattenis de l'équipage furent séquestrés dans la vallée fermée la plus proche, que l'équipe de Nonante Doyle avait explorée. Eux aussi durent assister à une démonstration avant leur départ. Zainal les força à regarder les charognards ingérer les cadavres de ceux qui n'avaient pas survécu au voyage. Il avait aussi demandé à Scott, Fetterman, Rastancil et Reidenbacker d'y assister. Ce fut une leçon salutaire pour les deux groupes.

— Ils s'attendaient qu'on les jette dans le champ hier soir, non ? demanda Doyle à Zainal, quand le plus grand véhicule sur coussin d'air ne fit plus fonction d'ambulance et qu'on y fit monter les Cattenis.

— Ils s'attendaient à mourir, dit Zainal. Ils ne s'attendaient pas à voir un emassi commander.

— Les Cattenis feraient bien d'apprendre à ne pas nous sous-estimer, dit Doyle, agitant son tranquilliseur pour activer le mouvement.

Les deux Cattenis que Zainal avait frappés aux jambes ne tenaient pas encore très bien sur leurs pieds, mais aucun de leurs camarades ne leur prêta assistance.

— C'est des vrais salauds, même entre eux, non ?

— C'est l'un de leurs charmes, dit Zainal d'un ton étrangement facétieux, et Doyle faillit ne pas noter le sarcasme.

Comme le véhicule s'éloignait en silence, le capitaine drassi décocha à Zainal un regard où il y avait à la fois de la haine, de la peur et de l'indignation de voir un compatriote responsable de cette totale humiliation.

— Il voulait écorcher Zainal, dit Sarah à Kris, secouant les épaules pour se débarrasser de ce souvenir. Espérons que nous n'aurons pas à regretter notre clémence.

— Non, nous ne vaudrions pas mieux qu'eux en leur rendant la monnaie de leur pièce, répondit Kris, puis la douleur lui coupa le souffle.

Sarah était en train d'examiner sa brûlure, mais elle n'avait rien pour la soigner, ni pour adoucir la plante de ses pieds très sensibles. Les semelles de ses bottes cattenies avaient fondu sur les plaques d'acier brûlant du pont, et si elle y était restée plus longtemps, les dommages auraient été plus graves. Léon avait vu ses blessures, regrettant de n'avoir rien trouvé pour les soulager, même dans la pharmacie de Bébé.

— Je crois que tu n'auras pas de séquelles, Kris, dit-il, lui remettant doucement la main dans son attelle. Dès que la plus grosse cloque sera percée, la douleur diminuera et ton corps entamera le processus de cicatrisation. On a bien ce baume que concocte Patti Sue et dont les cuisinières disent merveille, pour conserver sa souplesse à la peau. Il pourrait peut-être te soulager les pieds.

— Je ne me plains pas, dit-elle. Sarah a fait trop de zèle, en t'enlevant à ceux qui ont vraiment besoin de toi.

— Ne t'inquiète pas, ma chérie. Nous avons toute une liste de spécialistes maintenant, tu sais. Et une bonne provision du gaz soporifique des Cattenis qui fait un très bon anesthésique.

Il frissonna.

— Dieu merci. Sans ça, certaines interventions auraient été barbares.

Kris avait refusé de retourner au Rock, désirant rester au cœur des activité et près de Zainal, et mourant d'envie d'apprendre comment il avait empêché l'explosion du transport. Sarah et Leila la tenaient informée, et l'aidaient à aller au réfectoire, où elle pouvait entendre les « bulletins horaires », comme les appelait Sarah, mettant chacun au courant des activités des autres.

Zainal et les ingénieurs étaient parvenus à bricoler le tableau de bord pour empêcher l'explosion. Une pompe avait été trouvée, déconnectée du vaisseau et plongée dans le cours d'eau le plus proche. En combinant tous les flexibles du transport catteni, ils avaient empêché les réservoirs de carburant d'exploser, et la baisse de température avait empêché d'autres systèmes de réagir à la chaleur intense.

— S'ils n'avaient pas réussi, l'explosion aurait considérablement altéré le paysage, poursuivit Sarah, pour distraire Kris des soins qu'elle donnait à la plante à vif de son pied droit. Mais le carburant a été sauvé, et maintenant, on en a plein pour Bébé.

— Alors, c'est pour ça que les Cattenis s'enfuyaient à toutes jambes, dit Kris, serrant les dents. Le vaisseau était très endommagé à l'intérieur ? Il y a quelque chose d'utilisable ?

Elle n'avait vu que les ponts des déportés, avec canalisations et tuyaux éventrés, et plaques de sol brûlantes, mais il devait sûrement y avoir des choses récupérables.

Sarah lui adressa un grand sourire, levant les yeux du pied qu'elle pansait, intercalant une couche protectrice de houppes cotonneuses entre la peau et le bandage.

— Et comment ! Toute la passerelle !

— Pas possible !

Sarah eut un gloussement malicieux.

— Enfin, ce qui en restait. Quiconque a déjà piloté quoi que ce soit n'arrive pas à comprendre comment ce sabot a pu rester en l'air, et encore moins voyager dans l'espace. Mais Scott la voulait en un endroit où l'on puisse s'en servir, alors, bien qu'elle continue à empester, on démonte tout pour remonter dans le hangar. Même les transmissions fonctionnent, avec panneaux solaires sur le toit pour les alimenter en courant.

« Les gens grouillent comme des fourmis sur le véhicule, pour le désosser. Ce n'est plus qu'une coquille maintenant — qui empeste toujours. Les ingénieurs et les mécaniciens s'en donnent à cœur joie avec leurs nouveaux trésors, même s'ils sont d'occasion et un peu endommagés. Mais c'est plus qu'ils n'ont jamais eu pour travailler.

« Et tout le monde est en compétition, à qui saura le plus de catteni. Il y a plus de gens qu'on croyait qui ont appris la langue.

— Je suppose que cette connaissance ne vous rendait pas très populaires sur la Terre, dit pensivement Kris. Mais pourquoi y a-t-il compétition ? Tu as dit que l'équipage était enfermé dans une vallée.

Kris s'efforçait de se concentrer sur ce que disait Sarah, plutôt que sur les soins douloureux qu'elle donnait à ses pieds.

— Excuse-moi, ma chérie, j'oubliais que tu n'avais pas assisté à tous les briefings. Le capitaine drassi avait envoyé un SOS, ou ce que les Cattenis appellent une urgence, à un autre vaisseau, qui a répondu, je cite, qu'ils viendraient chercher l'équipage avant de rentrer à leur base. Enfin, s'ils survivaient à l'atterrissage de détresse.

— Alors, c'est pour ça que Scott voulait une passerelle opérationnelle ?

Kris se prit à sourire, car il était facile de deviner quelle serait la prochaine action.

— Ils ont donc annoncé qu'ils avaient survécu ?

Sarah hocha la tête, souriant jusqu'aux oreilles.

— C'est Léon qui s'en est chargé. Il est encore le meilleur, mais plus pour longtemps.

— Quand attend-on le vaisseau de sauvetage ?

Sarah haussa les épaules.

— D'après ce que Zainal a appris en interrogeant l'équipage — le capitaine a refusé de lui dire un mot —, c'est un vaisseau plus grand et plus moderne, avec un plus grand rayon d'action. On n'a plus qu'à attendre le message annonçant son arrivée. On a donc tout le temps de se préparer et de s'entraîner pour l'accueillir.

— Un vaisseau plus grand et plus moderne, répéta Kris, gloussant à l'idée de l'amiral Scott commandant les opérations à partir de sa passerelle dans le hangar. Et alors, on aura trois vaisseaux !

Elle était si fière de Zainal qu'elle se trémoussa dans son lit.

— Scott a même l'air de trouver que Zainal n'est pas si mauvais que ça, après tout, dit Sarah. Et il a constitué un comité chargé de découvrir quelque chose qui donne un ton gris à la peau humaine. Les uniformes de Bébé cacheront ce qu'il y a dedans, mais ils doivent avoir le visage gris. Léon meurt d'envie de participer, mais il est vraiment trop grand pour passer pour un drassi.

— Zainal aussi.

Kris se sentit à nouveau inquiète. Zainal prenait trop de risques. Un vaisseau plus grand et plus moderne aurait un capitaine et un équipage plus compétents. Mais ils avaient toujours l'avantage de la surprise.

Les pansements terminés, elle regarda ses pieds d'un air furibond. Ils feraient bien de cicatriser en vitesse. Elle ne voulait pas manquer le deuxième acte de la Phase Deux.

CHAPITRE 6

Quand Zainal eut expliqué aux ingénieurs et aux mécaniciens à quoi avait servi le matériel récupéré, ils comprirent mieux comment l'adapter à leurs besoins. Et dès que la passerelle fut remontée et opérationnelle, Scott le réquisitionna pour traduire le journal de bord du transport.

— Presque tout est de la routine, dit Zainal, faisant rapidement défiler les entrées.

— Mais nous avons besoin de savoir d'où ils viennent, le temps que ça leur a pris, le protocole qu'ils utilisent... dit Scott, fronçant les sourcils.

— Je crois avoir trouvé quelqu'un du dernier largage capable de traduire les rapports de routine, dit Easley, intervenant une fois de plus avec diplomatie. En fait, plusieurs personnes qui ont une bonne connaissance des glyphes. Ils ont appris à déchiffrer les documents cattenis saisis au cours des raids.

Beth Isbell était la seule indemne des trois personnes convoquées. Sally Stoffers, une petite brune au visage d'une innocence juvénile, arriva sur des béquilles à cause d'une jambe cassée, tandis que François Chavell avait le bras gauche en écharpe. Scott insista pour les interroger lui-même sur leurs activités terrestres puis il les confia à Zainal, qui testa leurs capacités en leur faisant lire à voix haute des passages du journal de bord.

— Ils lisent bien le catteni, dit-il, les recevant tous les trois à l'examen.

Par la suite, Easley lui demanda s'il avait dit vrai, ou s'il voulait juste se débarrasser d'une tâche ennuyeuse.

— J'ai dit vrai. Ils peuvent copier ce qu'ils ne comprennent pas, et je traduirai... si je peux, ajouta-t-il, regardant tour à tour Easley et Kris avec un grand sourire.

Ensuite, Scott lui fit interroger tous les mâles s'étant prévalus de comprendre et parler un peu le catteni dans l'interview consécutive à leur sauvetage. Avec l'aide de Kris, il établit une liste de soixante-dix hommes, par ordre décroissant de connaissances linguistiques. Scott n'eut donc que l'embarras du choix pour sélectionner ceux qui participeraient au commando qu'il entraînait en vue de se faire passer pour l'équipage échoué.

— Tu es certain qu'ils vont venir chercher l'équipage ? demanda Beverly à Zainal au début de cette nouvelle aventure.

— C'était le message, avait répondu Zainal, haussant les épaules. Mais ils ne se presseront pas. Ils penseront qu'ils sont en sécurité dans le vaisseau, et loin des largués.

Scott doutait que l'altruisme des Cattenis les pousse

secourir l'équipage échoué, tout en souhaitant leur venue pour avoir un vaisseau opérationnel à la place de la coquille vide maintenant plantée au milieu du Champ de Largage.

Zainal fit pour Kris une liste des ordres les plus fréquents, qu'elle nota avec la transcription phonétique, pour que tous puissent les apprendre et apprendre la réponse aux ordres des drassis et des hommes de troupe. Le grade avait ses privilèges.

— Les équipages cattenis ne parlent pas beaucoup, dit Zainal. Ils obéissent, c'est tout.

— Ils doivent quand même savoir ce qui est dit pour pouvoir prendre des initiatives si c'est nécessaire, remarqua Scott.

— Pas les Cattenis, dit Zainal, secouant la tête.

— Tant que les vrais Cattenis obéiront, nous n'aurons pas de problème, dit Scott, l'air résolu.

— La surprise sera d'autant plus grande, dit Easley, souriant à Scott, et cela jouera à notre avantage.

Scott répondit d'un « oui » grinçant, puis retourna au diagramme dessiné par Zainal, d'après ce qu'il pensait être la disposition intérieure du vaisseau attendu. Il n'avait pas eu l'occasion d'en inspecter un lui-même.

— Il est conçu pour transporter plus de gens avec moins de morts, résuma-t-il. C'est déjà un progrès qu'il soit plus récent.

Les ingénieurs et mécaniciens présents acquiescèrent à cette remarque.

— Certains circuits étaient montés en parallèle, et je ne sais pas comment ils faisaient fonctionner les propulseurs, dit Peter Snyder.

Il avait travaillé sur les moteurs à réaction, et était fasciné par les propulseurs cattenis, et surtout par leur capacité à fonctionner dans l'état où ils étaient. En utilisant les croquis des manuels, lui et tous ceux qui avaient travaillé sur les avions et les navettes spatiales s'efforçaient de reconstruire un propulseur opérationnel à partir des quatre endommagés.

— Surtout pour savoir comment ça fonctionne, avait ajouté Snyder.

C'était un homme sympathique, de taille et de carrure moyennes, qui, pendant la reconstruction du moteur, ne cessait de siffloter ou de fredonner — juste.

— On se trouve dans une sorte de no man's land, avec des pièces et des morceaux dont nous savons qu'ils fonctionnaient dans une société high-tech, et qu'ils devraient fonctionner si nous les remontons comme il faut, mais nous travaillons avec l'équivalent d'outils de l'Âge du Fer. Aarens fait des miracles — si on lui dit de quels outils on a besoin, il se débrouille pour nous les bricoler. Le problème, c'est de savoir quel outil il nous faudra et combien de temps il mettra à le concocter.

Kris, sautillant sur des béquilles, les pieds soigneusement pansés et la main bandée, accompagnait Zainal à toutes les réunions de travail. Elle continuait à faire pour lui fonction de dictionnaire. La moitié du temps, elle pataugeait plus que lui dans le jargon technique, mais elle n'avait pas l'intention d'avouer cette faiblesse à quiconque. Easley s'en doutait probablement, mais il était de leur côté. Kris serait bien contente quand, avec Zainal et le reste de l'équipe, elle retournerait à ce qu'ils faisaient le mieux : l'exploration.

Parfois, il lui semblait que Scott en voulait à Zainal d'ignorer ce qu'il n'avait eu aucune raison d'apprendre — comme la conception des propulseurs cattenis —, mais il était obligé de l'inclure dans toutes les réunions parce qu'il savait lui-même très peu de chose, et que Zainal pouvait les renseigner sur d'autres sujets.

— Scott a un esprit incroyable pour les détails, murmura Easley à Kris au cours d'une longue séance nocturne.

— Moi, je le trouve plutôt ultra-méfiant et faux-jeton, murmura-t-elle en réponse.

— La méfiance fait aussi partie de l'attention au détail... Et il se trouve que je sais Scott impressionné par Zainal.

— Tu parles ! répliqua Kris, regardant d'un air furibond l'autre bout de la table où Scott, Rastancil, Ainger, Marrucci et Beverly, têtes rapprochées, se concertaient en un conciliabule inaudible.

— Mais si, dit Easley, la voix vibrante de sincérité.

Il sait reconnaître un homme intègre quand il en voit un, et c'est ainsi qu'il considère Zainal. Peu d'entre nous connaissaient le rôle joué par les Eosis dans ce que font les Cattenis. Alors il ne hait plus les Cattenis pour ce qu'ils ont fait sur la Terre, et il a pardonné à moitié à l'outil ce qu'il a été contraint de faire. Zainal est responsable de ce changement, qu'il a provoqué sans perdre respect ni dignité aux yeux de Scott.

Kris rumina ces remarques, un peu moins fâchée contre Scott qui semblait persécuter son amant. Mais juste un peu moins.

Une fois de plus, l'ouïe ultrafine des sentinelles deskies perçut les premiers sons du vaisseau en approche, et elles alertèrent le camp avant qu'il n'annonce son arrivée imminente à l'équipage échoué.

La « passerelle » accepta le message avec le flegme typiquement catteni auquel Zainal les avait exercés, confirmant les coordonnées de l'astronef désemparé. Léon avait préparé un rapport sur ce qui avait provoqué les avaries, mais on ne le lui demanda pas. Zainal l'avait prévenu que ça n'intéresserait personne, mais il l'avait quand même aidé à apprendre le vocabulaire.

Les camps se trouvant sur la trajectoire de descente du transport — Bella Vista, Ayres Rock et Barricade — firent disparaître toute trace de vie organisée. Tous les véhicules sur coussin d'air furent parqués hors de vue, et s'inquiétèrent des chasseurs et éclaireurs qui pouvaient être repérés en altitude. L'Échappée Belle, surtout, devait paraître désert vu du ciel.

— Les capteurs de chaleur leur apprendront la présence d'êtres vivants, avait dit Zainal, mais pas ce qu'ils font ni où ils vivent. Il n'est pas mauvais qu'ils voient des hommes dehors en train de chasser.

— Tu veux dire qu'ils vont nous compter un par un ? avait demandé quelqu'un.

Zainal avait ri à cette idée.

— Non, ils vont simplement noter la présence de signes de vie suggérant qu'il y a des survivants.

— Pour qu'ils nous en envoient encore plus ? demanda Mitford, acide.

— À ce stade, plus on est de fous, plus on s'amuse, avait répondu Easley, avec un sourire si contagieux que même Mitford y avait répondu.

Maintenant, les instruments de la passerelle du hangar fonctionnaient avec une efficacité qui leur avait manqué depuis bien des voyages, et ils estimèrent facilement le temps de descente du vaisseau de sauvetage. Le groupe d'assaut, qui avait pris position dès la première alarme des Deskis, traînait autour de la coque vide : certains étaient dehors, d'autres assis sur la rampe, tandis que les « drassis » ne se montreraient pas avant que leurs analogues ne les appellent.

Cachés en positions stratégiques dans les haies et les arbres, des tireurs d'élite attendaient, arcs et lances au poing. Zainal ne savait rien des effectifs des nouveaux transports. Les « Cattenis » à évacuer étaient armés de tranquilliseurs, qui suffiraient sans doute. La surprise jouerait en leur faveur.

La prise du transport fut encore plus facile que celle de Bébé. Le capitaine du vaisseau de secours, un drassi plein de morgue, était si pressé de se moquer du capitaine échoué qu'il descendit la rampe le premier, suivi des autres drassis, tandis que l'équipage commençait à décharger les passagers qui restaient. Ils bavardaient et riaient, contents d'arriver à la dernière étape du voyage et de rentrer chez eux. Et ils avaient bien l'intention de faire travailler ceux qu'ils venaient récupérer, pendant qu'eux-mêmes se croiseraient les bras.

À plat ventre dans le champ d'à côté, Zainal gloussant doucement près d'elle, Kris regarda les drassis s'avancer avec arrogance vers le vaisseau désemparé. Les faux Cattenis, naturellement, s'étaient mis au garde-à-vous, criant — avec un excellent accent, se dit fièrement Kris — à ceux de l'intérieur que le capitaine drassi allait monter à bord. Ils le suivirent à distance respectueuse, et l'un resta près de l'écoutille ouverte, attendant que les sauveteurs aient déchargé le dernier déporté inconscient. Ils n'avaient pas plus tôt fini qu'ils furent rappelés à bord de l'épave.

— Qu'est-ce qu'on va faire maintenant ? demanda un Catteni à un autre en traversant le champ, traduisit Zainal pour Kris.

— On va sûrement nous faire démonter les équipements pour que les bêtes ne s'en servent pas, répondit l'autre.

— Les bêtes ? marmonna Joe, couché de l'autre côté de Zainal. Je vais t'en faire voir des bêtes, moi !

Zainal traduisit le début de la réponse suivante :

— « Espérons que ça prendra pas trop longtemps. J'ai besoin de... »

Il refusa de traduire pour Kris le reste de la longue phrase et étant donné les gloussements lubriques des deux Cattenis, elle s'en félicita. Après que les observateurs eurent attendu ce qui leur parut une éternité, le faux capitaine drassi — en fait, Vic Yowell, qui non seulement avait la bonne taille, mais savait aussi assez de catteni pour soutenir la conversation avec le vrai — apparut et, suivi de ses hommes, traversa le champ d'un pas résolu jusqu'au nouveau transport, et monta la rampe.

Il reparut peu après, agitant sa casquette, et révélant la différence entre son maquillage gris et la couleur originelle de sa peau.

— Il est à nous !

Tous les humains surgirent des haies, dansant et acclamant le succès de ce second assaut de la Phase Deux, puis ils allèrent s'occuper des derniers largués, 114 en tout, tous originaires de la Terre, et en bien meilleur état que les derniers arrivés. On envoya les prisonniers cattenis rejoindre leurs compatriotes dans la vallée.

Yuri Palit, autre faux Catteni dont la peau avait retrouvé sa vraie couleur, commandait les gardes accompagnant les prisonniers. En chemin, on leur donna un exemple de l'activité nocturne des charognards, et on les avertit des autres dangers de Botany de si expressive façon qu'ils étaient tout tremblants à l'arrivée.

Le temps de finir l'inspection du nouveau vaisseau,

Scott souriait à tout le monde. D'après le journal de bord, c'était le premier voyage du KDL, et il avait encore l'aspect et l'odeur du neuf. Zainal, Kris, Bert Put, Peter Snyder, Rastancil et Beverly passèrent la nuit à traduire les manuels et à comprendre les améliorations apportées à ses systèmes. La plus belle surprise, et de loin, fut la découverte de deux petits vaisseaux, capables de courts vols planétaires, et d'un grand véhicule terrestre tout terrain très bien équipé, à la carrosserie traitée pour résister à la plupart des atmosphères corrosives. Inspectant son tableau de bord, Zainal avait dit qu'il était sans doute aussi « allant dans l'eau ».

— Amphibie, avait murmuré Kris, et ils s'étaient regardés en souriant.

Ils n'auraient pas à risquer de prendre Bébé et d'être vus pour se rendre sur les autres continents. Ce véhicule pouvait transporter douze passagers et trois hommes d'équipage, et pourrait les amener sans danger au moins sur la masse continentale la plus proche. Ils feraient bien de choisir un jour où les eaux seraient calmes, car elle n'avait pas envie d'avoir le mal de mer dans un espace si restreint.

Mais ce genre d'exploration n'était pas pour tout de suite. La prochaine mission du transport flambant neuf serait de décoller en direction de Barevi, sa base.

Tous ceux qui pouvaient y tenir montèrent à bord du KDL 45 A — traduction du hiéroglyphe peint sur sa coque — et cela comprenait tous ceux qui, quel que fût leur pays, avaient travaillé à la NASA ou dans l'aviation. La hauteur des ponts pouvait être modifiée suivant la cargaison et les passagers, éveillés ou inconscients. Ingénieux dispositifs, approuvèrent Marrucci et Beverly quand Zainal leur montra les diverses combinaisons possibles. Ainsi, le KDL put accueillir tous ceux qui avaient quelque raison, ou prétention, à être du voyage. Certains attendaient l'occasion d'aller dans l'espace, d'autres devaient apprendre à piloter l'appareil, et tous aideraient à disperser les traces de la disparition soudaine et totale d'un astronef tout neuf. Dans le journal de bord, Zainal avait trouvé des références à quelques incidents mineurs ayant affecté la propulsion au cours du voyage aller, dont l'un assez grave pour que le capitaine fasse couper les moteurs et envoie une équipe à l'extérieur afin de dégager les tuyères. L'incident avait été communiqué à la base, car il avait retardé leur atterrissage sur Botany.

Pete Snyder dirigeait l'équipe nommée pour réfléchir aux dysfonctionnements qui pourraient provoquer un accident fatal. Ils avaient tous les vestiges qu'ils voulaient du transport endommagé — heureusement, tous les composants étaient faits des mêmes alliages. Avec un peu d'ingéniosité dans leurs messages à la base, chacun faisant état d'un nouveau problème... suivis d'une explosion à action retardée, et il resterait assez de détritus dans l'espace pour convaincre quiconque s'intéresserait à les examiner que le KDL avait effectivement explosé dans l'espace sur le chemin du retour. Ils avaient démonté un panneau extérieur du vieux vaisseau, et ils avaient trouvé de la peinture dans les réserves du nouveau, pour y reproduire ses glyphes. Le voyage de retour bidon devait prendre une semaine, car Zainal voulait dépasser l'héliopause du système, au-delà de la portée du satellite, pour procéder à l'explosion.

Kris resterait en arrière, sa main encore trop mal cicatrisée pour qu'elle se rende utile... surtout quand tant de gens, comme Raisha et d'autres femmes pilotes, méritaient de profiter de l'occasion. Et à dire vrai, elle était fatiguée des longues sessions de traduction et des nuits blanches. De plus, Mitford avait demandé, et obtenu, le véhicule tout terrain pour ses équipes d'exploration. Elle serait bien plus utile en se familiarisant avec cette machine qu'en étant surnuméraire sur un vol spatial.

— Ils devraient être de retour maintenant, non ? demanda-t-elle à Mitford tandis qu'ils rangeaient leur matériel dans le véhicule tout terrain surnommé le Rafiot.

Au retour de Zainal, Mitford envisageait un voyage, qu'il dirigerait, pour traverser le bras de mer les séparant du continent le plus proche. Il combinait deux équipes pour ce projet, et il était plus heureux que Kris ne l'avait vu depuis qu'il s'était débarrassé sur Easley du débriefing des nouveaux largués.

— Ouais. En fait, ils devraient être rentrés depuis trois jours. Mais l'explosion s'est bien passée. Tu le sais.

Les communications entre le KDL et la passerelle du vieux vaisseau étaient ouvertes, et l'hystérie grandissante, les ordres et contrordres provoqués par la « défaillance » du système de propulsion avaient été suivis par tous ceux restés au sol... y compris le bang final. Cette partie du voyage s'était donc passée comme prévu.

Les Deskis avaient reçu l'ordre d'ouvrir leurs oreilles toutes grandes, car on avait bien plus confiance en leurs sens qu'en le système de détection obsolète et erratique de la passerelle du hangar.

Kris accompagna Mitford lors d'une visite à la vallée-prison, et ils trouvèrent les Cattenis vivants, mais ne faisant aucun effort pour « s'installer ».

— Aucune initiative, grommela Mitford. Exactement comme le dit Zainal. Pas même de la part de cette paire de capitaines drassis.

Les deux capitaines semblaient se concentrer sur un petit carré de terre devant eux, mais ils ne faisaient pas un mouvement.

— Ils jouent aux échecs ? demanda Kris, leur trouvant le genre de concentration qu'exige ce jeu.

— Jouer aux échecs ? dit Mitford, la regardant d'un air étonné. Ils ne sont même pas assez malins pour jouer aux dames, et encore moins aux échecs.

— Il y en a quand même un qui essaye de pêcher, dit Kris, montrant un homme posté près du ruisseau, une lance à la main.

— Et alors ? Même les Cattenis se fatiguent des rations militaires, dit-il en tournant les talons.

Yuri Palit, en sa capacité de chef des affectations, était allé voir les Turs et avait annoncé au retour qu'ils avaient déjà construit quelques abris en abattant des arbres-charpentes. Il avait aussi vu des blessés couchés au soleil — jambes et bras cassés, et un individu avec une blessure ouverte au côté.

— Ils essayent de grimper pour s'échapper ? demanda Astrid.

— Jusqu'où peut aller l'entêtement d'un Tur ? demanda Yuri Palit à Mitford.

Mitford haussa les épaules.
— Très loin. Laisse-les tranquilles.
— Pour les laisser détruire cette magnifique vallée ? demanda Kris.
De la tête, Mitford montra les photos exposées au fond de son bureau, celles montrant les vallées que Zainal avait découvertes lors de son dernier vol.
— Il y en a d'autres, comme il y a d'autres continents.
— À propos, quand est-ce qu'on y va ?
Mitford leva une main, souriant à la grande et séduisante Suédoise.
— Il faut attendre Zainal pour qu'il nous apprenne à manœuvrer le véhicule amphibie.
Ce qui rappela à tous que le KDL avait maintenant six jours de retard. Kris s'efforça de prendre l'air insouciant, mais les scénarios de désastres possibles l'empêchaient de dormir.
— Qu'est-ce qui a pu se passer ? lui demanda Astrid au matin du septième jour. Ils devraient bien être rentrés, non ?
— L'explosion était simulée, dit Mitford, évitant de regarder Kris, mais parlant avec autant d'assurance que s'il avait une foi inébranlable en le retour de Zainal.
— Il y a une bonne raison à ce retard, j'en suis sûre, dit Kris, d'un ton si ferme que Mitford la regarda à la dérobée.
— Ouais, sûrement, mon petit, mais je ne vois pas quoi.
— Des astéroïdes, une difficulté technique, un problème opérationnel, il y a des douzaines de bonnes raisons.
— Ouais.
— Et il ne peut pas nous contacter pour nous prévenir, parce que le vaisseau a explosé et que ce maudit satellite intercepterait tous les messages.
— Tu as raison sur ce point, dit Mitford, qui passa à autre chose.
— Nouveau satellite, dit Zainal, dès que l'écoutille s'ouvrit devant la foule qui attendait anxieusement. On a fait... ajouta-t-il, décrivant un cercle de la main.
Il chercha Kris du regard, la trouva au pied de l'écoutille.

— C'est un coup de Lenvec.

Il sauta près d'elle, lui effleurant la joue, tandis que ses compagnons de voyage sortaient avec des cris de joie au comité d'accueil. Le plus grand sourire se voyait sur le visage de Scott quand il descendit la rampe, suivi de près par Beverly, Rastancil, et tous ceux qu'on appelait maintenant le Haut Commandement.

— Mitford, Easley ! cria Scott, ajoutant quelques noms, réunion ce soir à dix-neuf heures trente à l'Échappée Belle. Beggs !

L'officieux lieutenant, que Kris détestait tant, arriva en courant, tablette en main.

— Je veux que tous ces hommes et ces femmes assistent à la réunion dans la mesure du possible...

Et il continua à donner des ordres, tout en se dirigeant vers le véhicule le plus proche et lui faisant signe de l'emmener au camp.

Zainal prit Kris par le bras et la pilota à l'écart de la jubilation générale entourant l'écoutille.

— Lenvec leur a fait lancer un satellite-espion plus puissant ? demanda-t-elle.

— Quelqu'un l'a fait. On a dû calculer son orbite pour rentrer discrètement. Le KDL est très bon en vol plané.

— Vous êtes rentrés en vol plané ? À partir d'où ?

Son étonnement fit sourire Zainal.

— Pas difficile. Vos navettes spatiales le faisaient. Les Cattenis sont encore plus à la redresse dans l'espace.

— À la redresse ?

Kris n'appréciait guère qu'il augmente son vocabulaire argotique en dehors d'elle, dut-elle s'avouer — mais elle contrôla fermement sa réaction.

— Bert a posé l'appareil. Il est très bien, Bert. Maintenant, où peut-on le cacher ? ajouta-t-il, fronçant les sourcils devant ce problème.

Kris regarda l'épave toujours au milieu du champ.

— Mets-le là. Ils savent qu'il y a une épave à cet endroit. Quels détails pourra relever le satellite ? Les marques de la coque ?

Zainal se mit à glousser.

— Pourquoi pas ? Le KDL est un peu plus volumineux, mais pas tellement plus.

— Cacher quelque chose en pleine vue désoriente toujours celui qui cherche, dit Kris.

— Scott sera d'accord ?

Kris haussa les épaules.

— Cet appareil est trop gros pour tenir dans aucun garage — sauf peut-être celui du bord de mer dans lequel on n'a pas pu entrer. Et qui viendra le chercher ici ? On était tous excités à entendre l'hystérie à bord, les ordres et les contrordres...

Zainal gloussa plus fort, sa joie se reflétant dans ses yeux jaunes de façon fort peu cattenie.

— Et si vous avez évité l'œil du satellite en rentrant, la supercherie a sûrement réussi.

— Un de vos sages a dit un jour — et il renversa la tête en arrière, cherchant la citation exacte qu'il énonça lentement — qu'on peut duper la plupart des gens de temps en temps, mais qu'on ne peut pas duper tout le monde tout le temps.

Elle ne put s'empêcher de sourire, tant il semblait fier de se souvenir de cet adage. Et elle était si contente de le revoir sain et sauf !

— Tu crois que Lenvec est vindicatif à ce point ?

— Je ne crois pas. Je sais. Quand j'ai été choisi...

Il fit une courte pause, puis reprit :

— J'ai joui des privilèges accordés aux élus. Lenvec était... jaloux. S'il doit maintenant prendre ma place, il aura l'impression d'avoir été entubé.

Il lui jeta un regard en coin pour voir comment elle réagissait à ce mot d'argot. Elle lui sourit. Son accent devenait moins guttural. Bientôt, il parlerait l'anglais comme si c'était sa langue maternelle.

— Hum, oui, s'il est du genre vindicatif, il se sentira entubé. Mais peut-être qu'il a déjà été... choisi. Qu'est-ce qui restera de lui dans l'Eosi ?

Zainal hocha lentement la tête à cette remarque.

— Je ne sais pas. Heureusement, dit-il, la serrant contre lui et pressant sa joue contre la sienne. Largué je suis, largué je reste.

Kris ne fut pas la seule à penser qu'il fallait laisser le KDL à l'air libre. Un glyphe artistement calciné remplaça le KDL 45 tout neuf, mais en fait, il n'y avait pas d'autre solution, même s'ils trouvaient une installation des Fermiers assez grande pour le contenir. Ce vaisseau n'était pas un trophée, destiné à accumuler la poussière, même si l'on n'avait pas encore décidé comment l'utiliser. Scott avait approuvé la Phase Deux, mais qui savait si l'amiral, qui semblait s'être réservé l'aspect militaire du Haut Commandement, jugerait qu'ils pouvaient tenter la Phase Trois ?

Le KDL se posa sur la coque vide, la comprimant sous son poids. Les Deskis les préviendraient suffisamment à l'avance de tout nouvel atterrissage... si on leur envoyait d'autres transports... pour qu'ils aient le temps de transférer le KDL à quelques champs de là et de le camoufler à des regards non prévenus. Les Cattenis observaient rarement leur entourage pendant le déchargement des déportés et des quelques fournitures qu'ils leur laissaient. Cela comportait un certain risque, mais Scott était maintenant d'accord avec le jugement de Zainal sur les drassis — travailler aussi peu que possible et rentrer à la base.

— Quelqu'un va peut-être trouver bizarre l'explosion de trois vaisseaux dans ce secteur, remarqua Léon Dane à la fin du dernier débriefing. Et nous laisser tranquilles, décidant que ce n'est pas la peine de venir dans cette région du vaste empire eosi-catteni.

— J'en doute, dit Easley, avec un sourire plein de tristesse. D'après les derniers arrivés, la résistance de la Terre se durcit, et les Cattenis enferment toujours quiconque est soupçonné d'être un saboteur ou un meneur. Il y avait une troupe de Scouts Maritimes dans le dernier largage, et on les avait arrêtés parce qu'ils tenaient leur réunion mensuelle. Il finira peut-être par y avoir plus de Terriens ici... et sur les autres planètes où on les largue... que sur la bonne vieille Terre.

— J'espère seulement qu'on pourra conserver l'esprit du Nouveau Départ, et abandonner les attitudes qui ont provoqué tant de troubles sur cette bonne vieille Terre, dit Mitford.

Mais il avait de sérieuses raisons de douter de la capacité des gens à oublier intolérance et préjugés invétérés.

En ce moment même, trois hommes et une femme étaient condamnés au pilori pour avoir réveillé un ancien préjugé au cours d'une bagarre qui avait duré une heure. Les blessés purgeraient leur peine quand ils seraient suffisamment remis.

— Plus il nous arrive de monde, plus il nous arrive de problèmes.

— Nous disposons de quatre continents... enfin, de deux, si nous laissons les leurs aux Fermiers, dit Léon. Il y a assez de place pour tout le monde, non ?

— Pour certaines natures, il n'y a jamais assez de place, remarqua Sarah.

— Exact, malheureusement, fit Dane avec un soupir de lassitude.

CHAPITRE 7

Une fois calmée l'excitation provoquée par la prise et le camouflage du vaisseau, Scott et les autres membres du Haut Commandement, branche militaire, consacrèrent des heures au débriefing des derniers Terriens débarqués, s'efforçant de reconstituer les événements mondiaux à partir de récits individuels fragmentaires. Il n'y avait plus beaucoup de bulletins d'informations dans un monde où l'on diffusait autrefois les nouvelles vingt-quatre heures sur vingt-quatre.

— Catastrophes à toutes les heures du jour et de la nuit, avait résumé Kris.

— Est-ce qu'ils font la même chose sur Catten et Barevi ? avait demandé Sarah à Zainal, alors qu'ils bavardaient à leur table, après le repas du soir à l'Echappée Belle.

— Est-ce qu'ils disent tout à tout le monde ? Non, répondit Zainal, gloussant à cette idée.

Ses cheveux gris étaient maintenant si longs qu'il se faisait une queue de cheval, style qui lui seyait mieux qu'à la plupart. Kris lui avait proposé de les natter, à la façon des Amérindiens, comme elle le faisait maintenant pour les siens qui avaient beaucoup poussé, mais il avait refusé.

— Seulement ce qu'il y a d'indispensable, dit-il. Et des soirées entières de mensonges sur les nouveaux mondes et les vaillants Cattenis, ajouta-t-il, haussant les épaules.

— Pour le recrutement ?

Zainal réfléchit au mot, pressant la main de Kris pour lui indiquer qu'il allait trouver tout seul.

— Oui, pour s'engager dans l'armée spatiale.

Tous levèrent le pouce pour le féliciter de sa précision — aussi bien ceux de leur équipe d'exploration que les six composant celle de Sarah. Ils passaient beaucoup de temps ensemble, à se familiariser avec le véhicule amphibie pour que tous puissent le conduire à tour de rôle. Les mécaniciens, eux aussi, l'avaient examiné à fond, passant en revue ses équipements, ses moteurs, ses transmissions et ses systèmes de survie. Mitford présidait maintenant le Comité du Haut Commandement, qui gouvernait les colons, mais il était tenu de solliciter l'autorisation d'utiliser une machine aussi précieuse, et il devait avoir l'accord de Scott pour emmener Zainal.

— Ils font tout et n'importe quoi pour nous empêcher de fonctionner comme une équipe opérationnelle, avait râlé Mitford la veille. Les deux passerelles fonctionnent à l'énergie solaire, et les Deskis continuent à monter la garde autour du camp. Pratiquement rien ne peut entrer sans qu'on le sache. Et s'ils avaient vraiment besoin de Zainal, Marrucci pourrait toujours venir le chercher dans l'un des deux petits avions atmosphériques, maintenant qu'il a appris à ne pas se tuer en les pilotant. Et ces appareils ne laissent pas de traces détectables par le satellite.

Cela, Zainal n'en était pas certain, car il ignorait le degré de sophistication du satellite, et savait seulement qu'il était en orbite globale, balayant la planète toutes les trente heures. Les véhicules des Fermiers ne seraient pas repérés par le satellite, car ils fonctionnaient à l'énergie solaire. Le véhicule amphibie serait peut-être visible — bien que censément détruit au cours de l'explosion ;

Zainal avait donc établi son itinéraire de façon à avancer uniquement quand le satellite serait de l'autre côté du globe de Botany. Ils mettraient un peu plus longtemps à atteindre la côte, mais une fois dans la mer, pensait-il, le Rafiot serait indétectable, car l'eau non seulement refroidirait l'extérieur, mais masquerait aussi ses émissions.

La main de Kris était encore un peu rouge, mais ses pieds étaient guéris, même si elle les protégeait toujours par une couche de houppes cotonneuses. Il lui tardait de quitter l'Echappée Belle, dans l'intérêt de Mitford aussi bien que de Zainal. Elle tentait de se convaincre que c'était l'attrait de l'aventure, se croyant imperméable à toute prémonition, mais elle avait vraiment envie de partir. Pour explorer le continent voisin.

Maintenant parfaitement habitué à sa nouvelle forme, le Mentat eosi Ix s'ennuyait. Il avait retrouvé les plaisirs dont l'avait privé la faiblesse de son ancienne forme, mais cela ne suffisait plus à sa soif d'expériences hors du commun. Les capacités de la nouvelle forme avaient été relativement limitées, n'ayant pas bénéficié de l'entraînement du jeune homme choisi dans cette lignée.

C'est alors qu'il se rappela l'animosité et l'amertume de l'esprit du Catteni au moment de l'absorption. Il accéda à ces souvenirs. Un bref examen lui permettrait de découvrir si les soupçons de l'entité étaient valides. Ix apprit avec stupéfaction qu'un satellite plus puissant avait été mis en orbite autour de la planète en cause. Les vestiges de l'entité s'alarmèrent dans l'esprit du Mentat quand il glana le rapport le plus récent dans l'esprit de ceux qui étaient de service.

Le vaisseau de reconnaissance avait disparu sans laisser de trace où que ce soit dans l'espace eosi. Il ne s'était pas ravitaillé en carburant dans aucune station, planétaire ou spatiale. Et le satellite ne découvrait pas sa forme sur la planète en cause. L'accident de l'astronef fut résolu par l'échange de communications entre le KDL et l'épave. Le KDL, vaisseau le plus récent de la flotte de transport, avait décollé après avoir déchargé sa cargaison, et avait été suivi hors de ce système solaire. Par les deux satellites. Et ses derniers instants et son explosion avaient été enregistrés sur vidéo.

Ix revisionna attentivement la bande, les détails des derniers moments de l'astronef, et les efforts de l'équipage pour remédier au vice de construction. Ix examina aussi ce défaut à la lumière des vaisseaux frères du KDL qu'il fit défiler, et découvrit qu'une telle surtension dans la propulsion était effectivement possible, quoique très improbable.

Le Mentat eosi ordonna de rechercher le journal du KDL, qu'on devrait retrouver dans les débris spatiaux. Il le fut. Dans une minuscule fraction du grand esprit d'Ix, un hurlement infime lui répéta avec insistance que de tels événements étaient très suspects.

Ix éplucha les enregistrements du satellite, et ne trouva que l'épave laissée au sol après l'atterrissage. Puis le Mentat eosi Ix fut convoqué à une réunion de ses pairs, pour décider des mesures à prendre face aux problèmes croissants que rencontraient les forces d'occupation cattenies sur la dernière planète asservie. Cette résistance obstinée était unique, et même bizarre, et Ix consacra toute son attention sur les dispositions à prendre pour régler définitivement ce problème. Pourtant, tous les Eosis furent fascinés par l'ampleur et l'originalité de cette opposition à leur gouvernement bienveillant.

La sphère de maintenance atteignit la planète cible, et constata que son espace proche était occupé par deux articles technologiques : l'un orbitant la planète toutes les trente heures, l'autre géosynchrone. Ces objets furent examinés à fond avant que la sphère ne descende à un niveau où elle pourrait déterminer pourquoi une capsule d'alarme avait été lancée sans message du poste de commandement. La sphère découvrit que des formes vivantes vivaient dans le bâtiment, dans un but qu'elle n'était pas programmée pour découvrir, mais leur présence fut notée. Puis elle commença l'inspection méthodique des installations agricoles réparties sur le continent le plus fertile, et découvrit des anomalies intéressant une vaste région, et suggérant des dysfonctionnements dans l'équipement indigène à une échelle sans précédent. Vérifiant l'inventaire par rapport aux machines qui auraient dû être au repos pendant la croissance des cultures, elle découvrit une partie de ces équipements, mais pas sous leur forme habituelle. Cette anomalie fut dûment notée. Les formes de vie semblaient plus nombreuses que ne le justifiait la propagation naturelle des espèces indigènes. Il était impossible que cette race bovine endommage, et encore moins modifie, les machines chargées de veiller sur elle. La sphère était programmée uniquement pour les engins mécaniques, l'inventaire et les fournitures ; elle n'examinait pas les formes de vie. C'était un autre département.

La sphère effectua les circuits nécessaires à l'altitude programmée pour une efficacité maximale des enquêtes requises, envoya ses résultats à son monde d'origine, et continua sa tournée de maintenance.

Les Deskis se couvrirent les yeux en tremblant, mais parvinrent quand même à communiquer à leurs bases que l'air résonnait d'un bruit effrayant. Les deux passerelles annoncèrent la présence d'un objet spatial, voyageant à une rapidité stupéfiante, tournant autour de Botany à une vitesse sacrément proche de celle de la lumière, bredouilla Marrucci. Il se manifesta sur le radar sous forme d'une ligne continue englobant Botany.

— Alors, ce ne peut pas être un objet catteni, dit Rastancil, regardant par-dessus son épaule. Ils n'ont pas cette capacité...

— Pour le moment, ajouta Marrucci, *soto voce.*

L'équipe présente au poste de commandement annonça qu'elle avait vécu des instants terribles.

— J'avais l'impression d'être scanné par E.T., annonça, d'une voix qui tremblait notablement, le colonel Salvinato, pourtant généralement optimiste.

— Tu n'es pas tout seul. Quelque chose vient de nous examiner à fond, dit Rastancil, espérant rassurer le colonel.

Son corps vibrait encore de ce qui, quoi que ce fût, l'avait touché.

Salvinato annonça plus tard qu'il y avait maintenant

deux capsules d'alarme là où il n'y en avait qu'une encore récemment.

— Transfert de matière ? dit Rastancil d'un ton condescendant.

— Téléportation, Scotty, comme ils disaient dans *Star Trek*, dit Marrucci, et cette fois, il ne baissa pas la voix. Les Cattenis n'ont rien qui puisse faire ça.

— Cela expliquerait comment les astronefs des Fermiers peuvent charger si vite la production agricole, dit Mitford, quand on l'appela pour donner son interprétation de ce curieux incident. Moi aussi, j'ai eu l'impression d'être traversé par un faible courant électrique. Les Fermiers ont fini par remarquer notre présence, termina-t-il en souriant.

— Est-ce que c'est vraiment ce qu'on veut ?

Mitford réfléchit un long moment à la question, puis haussa les épaules.

— Mystère et boule de gomme, Général, dit-il.

Les généraux lui avaient enlevé le commandement de Botany, mais il se sentait toujours des responsabilités.

— C'était la seule option que nous avions à l'époque. Et je continue à la trouver bonne. Sauf que personne n'est resté le temps de nous parler. Alors, qu'est-ce qui va se passer maintenant ?

Scott convoqua immédiatement tous ceux de Camp Rock qui avaient assisté au survol de l'astronef des Fermiers/Mécanos. Des rumeurs circulaient et, à chaque passage du scanner, elles devenaient deux fois plus improbables, stupides et effrayées. Maintenant, on disait que la sphère avait injecté à tous un virus mortel qui tuerait toute la population dans les vingt-quatre heures. D'autres rumeurs affirmaient que les Fermiers les avaient comptés, et qu'ils reviendraient bientôt pour les rassembler, les transformer à l'abattoir et les renvoyer sur leur monde sous forme de charcuteries. Ou alors, ils étaient maintenant tous « marqués », et ils seraient asservis ou transformés en vaches-leuh à six pattes ou en charognards.

En tout cas, l'atmosphère était tendue quand les premiers largués se réunirent dans le réfectoire de l'Échappée Belle en fin d'après-midi. Des bancs (composés de vieilles pièces de machines, où ils s'assirent en dernier) et des tabourets furent disposés en demi-cercle autour d'une table à laquelle prirent place Jim Rastancil, Geoffrey Ainger, Bull Fetterman, Bob Reidenbacker, John Beverly, Pete Easley, Yuri Palit et l'ancien juge Iri Bempechat, récemment chargé des actions disciplinaires visant à punir les tire-au-flanc et les paresseux. Ray Scott, accompagné de son insupportable ordonnance, Beggs, qui prenait des notes et comptait les présences, se leva dès qu'il fut évident que tous ceux qui avaient l'intention d'assister au meeting étaient là.

— J'espère qu'aucun de vous n'a souffert des répercutions des rumeurs ridicules provoquées par la récente incursion de nos visiteurs, commença Scott d'un ton lugubre.

Il regarda en face Chuck Mitford, encadré par Zainal à sa droite, Kris à sa gauche, et aussi Dowdall, Cumber, Esker, Murphy et Tesco — ses assistants lors de la retraite ayant suivi le Premier Largage — assis à la première rangée, défenseurs qui s'étaient assurés qu'aucun hystérique ne serait près du sergent. D'autres Premiers Largués occupaient la deuxième rangée, l'assurant de leur soutien indéfectible : Patti Sue juste derrière lui avec Jay Greene, Sandy Areson, Bart, Coo, Pess, Slav, Bass, Matt Su et Mack Dargle. D'autres Premiers Largués étaient disséminés dans l'assistance : Janet, Anna Bollinger et son fils, les Doyle, Joe Latore et Dick Aarens.

Mitford se croisa les bras.

— Toi et moi, nous savons ce qu'il en est des rumeurs, Amiral. Et ce n'est pas elles qui vont m'impressionner, scanné ou pas. Et d'autant moins que chacun se réveillera demain exactement comme il s'était endormi.

— Oui, cela réglera ce problème, mais pas les autres, plus importants, que nous devons maintenant considérer, dit Scott. Je suppose que cette démonstration phénoménale ne devait rien aux Eosis ni aux Cattenis ? ajouta-t-il en regardant Zainal.

— Absolument rien. Les rapports des satellites vont faire sensation, j'en suis certain, répondit Zainal. Les Eosis ne vont pas aimer du tout. Ils vont s'inquiéter. Enfin.

— Tu étais éclaireur, n'est-ce pas, Zainal ? As-tu

jamais rencontré une trace de cette espèce dans la galaxie ?

Zainal secoua la tête.

— Ce système solaire est nouveau pour les Eosis et les Cattenis. Et c'est pourquoi *nous* le colonisons, dit-il, soulignant le pronom pluriel. Ce que je sais, c'est que leur technologie est très supérieure à celle des Eosis. Et que je ne les crains pas alors que je crains les Eosis.

— Tu ne les crains pas ?

Scott ne fut pas le seul étonné de cette affirmation.

— Comment arrives-tu à cette conclusion, étant donné ce qui vient de se passer ?

— À cause de ce qui vient de se passer, dit Zainal du ton de l'évidence. Personne n'a été blessé par le scanner. La capsule d'alarme a été remplacée. Non, je ne crains pas les Fermiers. Je le sens dans... — il posa la main à plat sur son ventre — dans mes tripes.

— Est-ce que tout le monde ressent la même chose dans... ses tripes ? demanda Scott, plus amusé que condescendant.

— Après avoir vu la vallée fermée, j'ai tendance à être d'accord, dit Kris.

Il y avait quelque chose dans l'ambiance de cette vallée que toute l'équipe avait senti : la tranquillité, soigneusement préservée par les entrées bloquées.

— Ce ne sont pas des tueurs comme les Eosis. Ils entretiennent soigneusement cette planète.

— Alors, j'aimerais bien savoir pourquoi ils ne se sont pas débarrassés des charognards, dit Dowdall, acide.

— Ils sont très efficaces pour éliminer les ordures, dit Kris.

— Ils font des endroits sûrs pour empêcher quelque chose d'entrer ou de sortir. Les Eosis ne font pas ça. Les Fermiers sont très différents des Eosis... et des Cattenis.

Lenny Doyle leva la main avec un grand sourire.

— Je le croirais plus facilement si les Méca... les Fermiers... n'avaient pas failli nous transformer en bidoche. Mais Zainal nous a libérés avant que ça arrive, et les machines n'étaient pas programmées pour faire la différence entre nous et les vaches-leuh.

Dick Aarens le désavoua à voix basse.

— Devons-nous en conclure que les Fermiers ne sont pas des bipèdes ? demanda Scott.

— Non, nous devons en conclure que les machines des Fermiers n'étaient pas programmées pour faire la différence entre diverses espèces à sang chaud, dit Kris.

— Se pourrait-il que les machines aient été faites à l'image de leurs créateurs ? dit Janet, regardant autour d'elle pour se rassurer.

Lenny s'esclaffa à cette idée, mais se ressaisit en réalisant à quel point il offensait Janet.

— Allons, Janet, épargne-nous ces conneries religieuses ! dit grossièrement Aarens. Faites à l'image de leurs créateurs ? Non, merde ! Toutes les machines de cette planète sont des chefs-d'œuvre de conception, utilisant une énergie renouvelable, et capables de s'entretenir et de s'autoréparer. Personne n'a été capable d'analyser les alliages dont elles sont faites, mais elles sont pratiquement indestructibles.

— Jusqu'à ce que tu arrives, rétorqua Janet avec colère, furieuse du ton dédaigneux d'Aarens.

— Toutefois, intervint vivement Scott, leur faisant signe de se rasseoir, cela ne nous dit pas ce que décideront les Fermiers quand leur sphère ultra-rapide leur apprendra que toute la machinerie d'une bonne partie de leurs terres n'est plus opérationnelle.

Kris porta la main à sa bouche pour dissimuler son sourire. Elle n'attendait pas cette remarque ironique de la part de l'amiral.

— Ne nous perdons pas dans des spéculations oiseuses, dit Scott. Les Eosis vont-ils prendre des mesures concernant Botany pendant qu'ils étudieront les rapports ? Par exemple, instaurer un blocus ?

— Ou au moins cesser de larguer d'autres colons ? demanda Pete Easley d'un ton plaintif.

— C'est plus probable, dit Zainal.

— Je pensais davantage à l'envoi d'une commission d'enquête sur une planète qui a été la dernière escale d'un vaisseau de reconnaissance et de deux transports.

— Et s'ils mettaient la disparition de ces vaisseaux sur le compte des E.T. ? demanda Lenny Doyle.

— Ce serait trop demander, dit Jim Rastancil, l'air pourtant pensif.

— Les Eosis se fichent de ce qui se passe sur une colonie comme la nôtre, dit Zainal. Mais ils n'aimeront pas ce qui est arrivé aujourd'hui quand ils verront les rapports. Les Eosis croient que leur technologie est la meilleure.

— Et ils auront du mal à digérer qu'elle ne le soit pas, dit Rastancil, assez satisfait du tour pris par les événements.

— Ainsi, ce sont les Eosis les inventeurs ? demanda Ainger.

— Oui. Ils fournissent les plans. Les Cattenis construisent.

— Tu es sûr qu'ils ne vont pas venir sur Botany parce qu'elle a attiré cette...

Il fit une pause, cherchant le terme juste.

— ... cette visitation stellaire ?

Zainal réfléchit.

— Bon sang, comment veux-tu que Zainal réponde, Général ? demanda Mitford avec quelque acrimonie. Jusque-là, les Eosis ont dominé l'espace. Au moins à entendre les Cattenis, et j'ai eu tout le temps d'entendre ce qu'ils racontaient quand j'étais coincé sur Barevi.

— Il y aura beaucoup d'inquiétude et beaucoup de réunions, dit Zainal, manifestement ravi de la consternation des Eosis. Vous n'imaginez pas, ajouta-t-il, montrant ceux assis à la table, dont la plupart étaient arrivés récemment sur Botany, le peu d'estime que leurs grands esprits ont pour les Cattenis. Ils vont consacrer beaucoup de temps et d'efforts à découvrir qui a envoyé cette machine si rapide. *Non* pour savoir pourquoi elle est apparue autour d'une colonie pénale.

— C'est un soulagement, murmura Anna Bollinger derrière lui.

— Pour le moment, nous n'avons donc pas à nous inquiéter de la réaction des Eosis, qui sera lente, dit Scott. Mais je doute que nous puissions ignorer la réaction des Fermiers.

— Il croit qu'en leur donnant le nom de « Fermiers » ils nous feront moins peur, dit Janet à Anna.

Kris lui sourit par-dessus son épaule, mais Janet sifflait dans le noir pour se rassurer : elle avait les yeux dilatés de frayeur et son menton tremblait. Anna Bollinger semblait encore plus effrayée.

— J'espérais attirer leur attention, Amiral, seule chance que je voyais alors de quitter cette planète et de rentrer chez moi. Le meilleur scénario consistait à *leur* faire remarquer la présence du combiné eosi-catteni, dit Mitford.

— C'était un peu naïf, non, Sergent ? dit Geoffrey Ainger.

— Pas si vite, Ainger, dit Kris, se redressant avec colère devant sa condescendance.

Easley se pencha pour dire quelque chose à l'officier de marine britannique, mais ça ne la calma pas.

— Mes excuses, miss Bjornsen. J'oubliais votre grand dénuement du départ, dit Ainger, décollant son derrière de son siège. Pardonne-moi, Sergent Mitford.

— C'est tout pardonné, dit Mitford d'un ton égal, acceptant l'excuse en agitant la main, qui descendit se poser sur le genou de Kris, pour lui rappeler qu'il était assez grand pour se défendre tout seul.

— C'était le moins qu'un sous-officier pouvait faire, dit Bull Fetterman. Trouver le moyen de rejoindre son régiment.

— Bon sang, nous avons fait bien plus que ça, fulmina Dick Aarens, se levant d'un bond. Nous avons fait un sacré bon boulot en convertissant les machines des Mécanos aux besoins des humains. Vous pourriez le reconnaître, merde.

— Nous le reconnaissons, Aarens, et les nombreuses améliorations que tu as apportées... commença Reidenbacker.

— Arrêtons de nous congratuler, intervint Mitford. Je te demande pardon, Reidenbacker, mais j'aimerais entendre ce que l'amiral Scott a en tête.

À voir son expression, Scott n'avait manifestement rien en tête, se dit Kris.

— Je voudrais que vous me répétiez... mes amis, dit Scott, qui eut dû mal à trouver un terme inoffensif, vos impressions à l'arrivée du léviathan venu ramasser les récoltes.

— Si c'est pour savoir si nous avons été scannés alors, c'est non, dit Kris.

— Amiral, le vaisseau ne savait même pas que nous étions là, dit Jay Greene. Il nous a juste survolés comme une sorte de... dinosaure monstrueux, termina-t-il, agitant la main au-dessus de sa tête.

— Il n'a pas atterri ?

— Pas à notre connaissance, dit Mitford.

— Zainal a remmené un groupe là-bas, parce que nous pensions que c'était là qu'il avait atterri, dit Nonante Doyle. Nous n'étions pas très loin quand il est reparti. Il ne restait pas une seule des milliers de caisses qu'on avait dû escalader pour sortir.

— Il n'avait donc rien de la vitesse et de la flexibilité de ce qui nous a scannés ? demanda Beverly.

— Non, dit Nonante, secouant vigoureusement la tête. C'était absolument différent.

— On a pensé à l'époque que le vaisseau était programmé pour ce travail, dit Jay Greene. Qu'il n'y avait aucune forme de vie à bord.

Rastancil siffla, impressionné.

— Totalement automatisé ?

— Et appartenant à une culture qui a manifestement inventé le transfert de matière... dit Scott, s'éclaircissant la gorge.

— C'est la seule façon d'expliquer qu'il ait chargé toutes ces caisses pendant le temps qu'il a plané, acquiesça Nonante. Exactement comme dans *Star Trek*.

— Il est donc très vraisemblable que le scanner d'aujourd'hui ait été entièrement automatisé, dit Easley.

— Nous n'avons pas pu nous faire une idée de la masse du scanner, dit Rastancil. J'étais sur la passerelle quand il a commencé son orbite, mais les détecteurs du transport ne sont pas très sophistiqués...

Il regarda Marrucci qui était dans le vaisseau de reconnaissance.

Le pilote secoua la tête en levant les mains.

— Je ne savais pas quoi activer sur le tableau de bord.

Il regarda Zainal.

— Bébé ne peut pas suivre un objet à une telle vitesse, dit le Catteni.

— Nous devons donc attendre que cet appareil envoie son rapport aux Fermiers, dit Scott, puis attendre encore leur réaction.

— Il n'y a pas quelque chose à *faire* pour nous sauver ? demanda Anna Bollinger d'un ton légèrement hystérique.

— On ne peut pas rester là à se croiser les bras, renchérit Janet.

Une expression légèrement dédaigneuse passa sur le visage de l'amiral Scott, et Kris, qui commençait à l'apprécier, changea d'avis une fois de plus.

— S'il lui demande ce que nous devrions faire à son avis... murmura-t-elle à Mitford, qui de nouveau lui serra le genou pour la calmer, tout en se tournant vers Janet.

— Nous pouvons faire beaucoup de choses, Janet, et c'est pour ça que nous sommes là. Nous nous sommes assez bien débrouillés jusque-là, non ? dit-il, et il attendit qu'elle hoche la tête à contrecœur. Alors, tenons le coup encore un peu, d'accord ?

Puis il se retourna vers la table.

— Supposition raisonnable : le scanner a vu que nous avons modifié les machines censément entreposées dans les garages et les granges que nous occupons. Alors, pourquoi ne pas commencer par les évacuer ? Je conseille aussi l'exploration du continent le plus proche en vue de nous y établir... enfin, si les Fermiers n'y ont pas déjà ouvert boutique.

Scott acquiesçait de la tête à ces propositions, et même Ainger avait l'air moins rébarbatif.

— Il y a toutes ces vallées closes sur ce continent, fermées pour empêcher quelque chose d'y entrer ou d'en sortir. Combien en avons-nous découvert, Zainal ? dit Mitford, se tournant sur sa droite.

— Plusieurs douzaines. Il faut demander les détails à Sheila, la femme des cartes.

— Les grottes sont à nous, dit fermement Patti Sue, dernière personne que Kris s'attendait à voir prendre la parole à un tel meeting. Nous les avons rendues habitables.

— Mais c'est une violation de la propriété d'autrui, lui dit Janet.

Kris n'osa pas se retourner vers Janet : ce qu'elle disait semblait étrange de la part d'une femme généralement considérée comme raisonnable. Peut-être que le scanner avait déséquilibré certains, après tout. Elle frissonna. Elle n'allait pas se mettre à croire ces rumeurs stupides, produits de l'insécurité et du manque d'assurance.

— Si nous rendons ce qu'on a pris... poursuivit-elle, puis, entendant le grognement dédaigneux d'Aarens, elle se retourna avec colère, pointant le doigt sur lui. C'est toi qui as commencé à démonter leurs machines...

— Janet !

Une fois de plus, Mitford la rappela à l'ordre, se tournant face à elle.

— Tu ne penses pas ce que tu dis et tu n'es pas idiote. Tu as toujours été une force pour ceux qui étaient désorientés ou effrayés.

Sandy Areson, qui s'était discrètement déplacée pour venir s'asseoir près de Janet, lui entoura les épaules d'un bras réconfortant, faisant signe de la tête à Mitford qu'elle prenait la relève.

— Ce qui est fait est fait, et je doute que le plus grand de nos génies mécaniques puisse remonter les machines, dit Scott d'un ton conciliant. Non que ce soit envisageable, vu que nous aurons besoin de tout ce que nous avons construit à partir de leur machinerie pour évacuer ce continent. Si nous en avons la possibilité.

— La retraite en face d'une force immensément supérieure est généralement considérée comme une décision raisonnable, dit Bull Fetterman, pince-sans-rire.

Quelques rires récompensèrent cette tentative pour diminuer la tension.

— De plus, nous pourrons préparer une place pour chacun, s'il faut en croire ce que nous avons vu de certaines de ces vallées, dit Beverly avec un grand sourire.

— L'autre continent est une meilleure idée, Général, dit Mitford en se levant. Surtout que nous disposons maintenant du Rafiot pour faire nos reconnaissances. Que j'envisageais de faire de toute façon.

— L'action positive est toujours admirable, Sergent, dit

Scott, et je suggère que tu complètes tes plans et que tu les exécutes dès que possible.

— Le groupe de Yuri commencera-t-il immédiatement les évacuations ?

Mitford se retourna à moitié, montrant Janet.

— Tu peux en être sûr.

C'était Reidenbacker qui avait répondu, avec un sourire encourageant à Janet. Elle émit un petit bruit de gorge pathétique, mais parvint à lui adresser un bref sourire, tout en continuant à se tordre nerveusement les mains sur ses genoux.

— Ils feraient bien de se dire qu'il y aura beaucoup de nouveaux à réagir comme Janet, murmura Kris à Mitford, qui hocha la tête.

— On ne devrait pas évacuer toutes les choses qu'on a faites ? demanda Aarens. Nous aurons besoin de tout si nous voulons continuer à fonctionner. Et Bébé ? Où pourrons-nous le cacher si nous devons vider les granges ?

Scott leva les mains.

— Donne-nous quelques heures, dit-il, montrant les spécialistes assis derrière lui, pour établir les plans nécessaires et constituer les équipes qui les exécuteront. Maintenant, je sais que certains d'entre vous ont été retournés par le scanner de ce matin... Mais nous ne voulons pas que ceux qui ne se sentent pas encore en sécurité sur Botany inventent une autre série de rumeurs. Soyons prudents dans notre façon de parler de cette réunion à l'extérieur, d'accord ? Je vous demande, au nom de tout ce qui vous est sacré, de ne pas provoquer une seconde vague de rumeurs ridicules. Nous ferons tout ce qui est humainement possible pour racheter nos détournements de logements et de matériel. Notre première priorité sera d'évacuer les bâtiments de nos propriétaires et d'installer les nôtres dans des lieux plus sûrs, comme les vallées. Il sera tout aussi important de conserver le matériel dont nous aurons besoin pour effectuer une évacuation en bon ordre.

Chuck Mitford se tourna vers ceux assis derrière lui.

— N'oubliez pas, mes amis, qu'il a fallu aux Fermiers plus de neuf mois pour s'apercevoir de notre présence. À mon avis, nous avons tout le temps de déménager et de nettoyer les granges et les garages avant de partir. D'accord, Janet ? Anna ?

— On le fera, dit Patti Sue, d'un ton si résolu que Kris, repensant à la jeune fille craintive qu'elle avait été, eut envie d'applaudir à ce vote de confiance.

— Bien sûr, dit Patti Sue avec candeur, ils ne viendront peut-être pas avant la saison des semailles, et nous ne savons même pas quand l'hiver se termine, si toutefois on est en ce moment en hiver.

Zainal se leva.

— J'aime l'idée de nous installer sur l'autre continent si c'est possible, dit-il. Je trouve qu'on devrait y aller bientôt. Les avions peuvent survoler l'autre masse continentale. Il n'est peut-être pas aussi stérile qu'il en a l'air depuis l'espace. Et s'il l'est, ils peuvent nous aider à l'explorer.

Nonante se leva dès que Zainal se rassit.

— Il y a beaucoup de ces vallées closes que les Fermiers n'utilisent manifestement pas. On pourrait peut-être y loger des gens.

Au bruit des protestations, il ajouta :

— Avec des escaliers pour en sortir quand il le faudra. Il y a des arbres et des buissons dans ces vallées. On pourrait y transférer toutes nos provisions. D'ailleurs, les Turs et les Cattenis essuient les plâtres pour nous, non ?

Il eut un grand sourire, avec un regard taquin à Zainal.

Mitford se leva.

— Je donne mon accord à Zainal. Pour ce qu'il vaut, ajouta-t-il, avec une touche d'humilité inusitée.

— Sergent, tu as eu la seule idée réalisable à l'époque. Alors, laisse les remords au placard, dit fermement Kris, approuvée par une grande partie de l'assistance.

— Et nous t'avons tous prêté main forte, dit Joe Latore.

Se retournant vers Aarens, il le regarda dans les yeux et ajouta :

— Pas vrai ?

Aarens l'ignora avec ostentation.

— Oui, mais qu'est-ce qui se passera si nous déménageons sur l'autre continent ? dit Anna Bollinger, le visage déformé par la peur, et s'ils viennent nous chercher ici ?

Aussitôt, Janet lui entoura les épaules de son bras, foudroyant l'assemblée.

— Au diable, mesdames ! dit Nonante. Il y a des grottes sur toute la planète, où on ne vous trouvera jamais. Et sans doute aussi de l'autre côté du bras de mer, tu ne crois pas, Zainal ?

Kris se retourna, posant la main sur un genou d'Anna.

— Nous savons que c'est pour ton fils que tu t'inquiètes, mais pourquoi anticiper sur les événements ?

— Ce qui m'amène à la contribution des Cattenis à notre crise actuelle, dit Scott. Zainal, comment réagira ton Grand Eosi quand les satellites lui montreront la sphère ?

— Inquiétude, répondit Zainal, laconique, ses yeux jaunes pétillants de malice.

Scott se permit un petit sourire devant son air facétieux.

— Reviendront-ils inspecter Botany ? Enverront-ils des vaisseaux de guerre faire le blocus de la planète, ou autre chose ?

— Un, ils discuteront. Deux, ils vérifieront si ce qu'ils voient ne vient pas d'un défaut des satellites. Trois, ils enverront peut-être quelqu'un voir ce qui s'est passé.

— Et quatre : qu'est-ce qu'il se passera s'ils nous envoient d'autres colons ? demanda Sandy Areson.

Zainal réfléchit à la question, baissant la tête.

— Ils n'enverront pas d'autres colons avant un bon moment, je crois, Sandy.

— D'autant plus que l'atterrissage sur cette planète s'est révélé malsain pour eux, gloussa Aarens.

Zainal poursuivit, ignorant la remarque malicieuse d'Aarens.

— Ils ne croiront pas la vitesse de la sphère.

— Et ils sauront qu'elle n'est pas originaire de ce système solaire ? demanda Scott.

Zainal acquiesça de la tête.

— Ils réfléchiront longtemps avant d'agir.

— Parfait, dit Scott en se frottant les mains. Cela nous donnera le temps de déménager. Et si j'ai bien compris la politique coloniale des Cattenis, il se peut qu'ils abandonnent complètement la planète. Exact ?

Zainal hocha la tête.

— Alors, on sera tranquilles après tout ? dit Anna Bollinger, son visage s'éclairant à travers ses larmes.

— C'est tout à fait possible, dit Scott avec aplomb et sincérité.

La discussion se termina, non par un référendum comme prévu, mais par l'organisation d'équipes d'éclaireurs, qui devraient explorer ce que Nonante Doyle appelait les « vallées solitaires ». De petits groupes y résideraient, pour découvrir si elles abritaient des résidents indésirables, quoique aucun n'ait été signalé dans les deux qui étaient déjà occupées. Après avoir jeté les bases de ces explorations, Mitford laissa à Easley une liste de ses instructions, baptisée « le manuel », puis réveilla les membres des deux équipes qu'il avait combinées. Ils partirent avant le lever de la deuxième lune, car le véhicule amphibie avait des phares.

Et aussi une excellente suspension. Mitford eut ses six heures de sommeil rituelles, pendant que Zainal conduisait sur des surfaces planes ou accidentées.

Le conducteur était assis au centre du véhicule, avec deux passagers de chaque côté, et le tableau de bord devant lui. Zainal fit une démonstration à ses chauffeurs adjoints, Joe Marley et Astrid, leur expliquant le potentiel du Rafiot, le rôle de chaque bouton, et le sens de toutes les icônes, en une leçon continue.

— On a un périscope ? demanda Joe Marley avec espièglerie.

— Troisième bouton sur la droite, icône soleil, dit Zainal.

— J'aurais dû le deviner !

— On peut plonger profond, mais on ne peut pas utiliser le périscope, dit le manuel, répondit Zainal.

— Et en plus, il lit les manuels ! dit Sarah, avec un soupir exagérément respectueux.

Joe tapota légèrement le « verre » de l'étroite fenêtre près de lui.

— À combien de pression ça peut résister ?

— Assez. On ne plongera pas profond. C'est plutôt prévu pour résister à des atmosphères cor-ro-si-ves, ajouta

Zainal. Quel bouton pour fermer toutes les ouvertures, Astrid ? demanda-t-il, testant ses connaissances et sa mémoire du tableau de bord.

— Celui-là, dit-elle vivement en le montrant.

— Du premier coup, dit Zainal, et Kris gloussa derrière lui. J'en apprends tous les jours, hein ? dit-il, se penchant en arrière.

— Moi aussi, dit fièrement Astrid.

— Et comment, Astrid, répondit Joe en lui souriant.

Le point vers lequel ils se dirigeaient était à près de huit cents kilomètres de l'Échappée Belle, et ils avaient l'intention de l'atteindre au plus vite, avec seulement de brèves haltes pour faire circuler l'air dans le Rafiot. L'appareil tout neuf sentait encore la peinture, l'huile et autres odeurs puissantes, et il fallait renouveler son atmosphère, surtout avant de plonger. Ils s'arrêtaient donc de temps en temps, et en profitaient pour se faire une infusion et se soulager.

Le lendemain au milieu de la matinée, ils virent la mer scintiller devant eux et, visible à l'œil nu, la côte bleutée du continent voisin. L'eau était calme, et clapotait doucement sur la plage.

— C'est plus loin que de Douvres à Calais, dit Astrid, qui avait beaucoup voyagé en Europe pendant ses études.

Zainal dit quelque chose en catteni, puis leva la main gauche quand il ne trouva pas le nombre qu'il cherchait.

— Six ou sept plus sept dizaines, dit-il.

— Soixante-seize, dit Kris. Et à quelle vitesse on ira sous l'eau ?

— Moins vite que sur terre, répondit-il. Moitié moins.

— C'est quand même assez rapide, dit Joe, impressionné. Profond ou pas ? ajouta-t-il, scrutant le rivage.

— On le saura bientôt, dit Mitford. Bon, tout le monde à bord.

Et il rappela Astrid, Bjorn et Jan qui cherchaient des palourdes sur la plage.

Ils n'avaient pas plus tôt atteint la ligne de flottaison qu'un « ping » aigu sortit du tableau de bord devant Joe.

— Sonar ? demanda-t-il, puis il vit le voyant qui s'était allumé. Oh, quelque chose comme ça. Tu prends les commandes, Capitaine ?

Zainal secoua la tête.

— Distance du fond, dit-il.

Maintenant l'eau arrivait jusqu'aux deux tiers des fenêtres, et ils la voyaient bouger doucement.

— J'ai oublié de vous demander, dit Mitford, si quelqu'un a le mal de mer... à part moi ?

— Tu ne peux pas nous faire ça, Sergent ! s'écria Kris, feignant l'inquiétude.

Leila, toujours prévenante, alla à l'arrière chercher une bassine qu'elle lui présenta. Mitford lui lança un regard si écœuré qu'elle s'excusa.

— Je voulais seulement te rendre service.

— Il te taquine, Leila, dit Kris.

— Peut-être pas, dit Mitford, baissant les yeux sur la bassine.

— Es-tu claustrophobe ? murmura Kris.

Il hocha la tête.

— Oh ! dit-elle, avec autant de sympathie qu'elle put.

Pas étonnant qu'il n'ait pas été très chaud pour le vol de Bébé.

— À la vitesse où on va, Sergent, on aura traversé en un rien de temps ! En un rien de temps !

— Et comme tu es le premier à franchir ce canal, ou détroit, ou autre chose, on pourrait lui donner ton nom ! dit Kris.

— Euh ? fit le sergent, la regardant avec stupéfaction.

Puis il réalisa qu'elle cherchait à le distraire et il se força à sourire.

— Je crois que ça va aller. On voit encore un peu le plancher des vaches...

À cet instant, les vagues recouvrirent complètement les fenêtres, et il détourna vivement les yeux.

La traversée prit un peu moins de deux heures cattenies, selon la pendule du tableau de bord. Le Rafiot émergea sur une plage, semée des mêmes arbustes qu'en face.

— Et il y a aussi des palourdes, dit Astrid, montrant des trous d'air dans le sable comme ils descendaient du véhicule et l'aéraient une fois de plus. On en ramasse ? demanda-t-elle à Mitford.

— On aura tout le temps, dit-il, la main en visière sur le front pour scruter la pente menant vers l'intérieur.

Puis il baissa les yeux sur la carte qu'il avait à la main et la déplia.

— On est à peu près ici, dit-il, posant le doigt sur un point, puis le déplaçant plein ouest. Le terrain devrait s'élever par là-bas. Zainal, Kris, Astrid, Bjorn, Whitby, on va faire une petite reconnaissance, dit-il en démarrant. Joe, je te confie le Rafiot, ajouta-t-il.

Quand ils arrivèrent au sommet de la première hauteur, ils virent de la verdure dans toutes les directions, et jusqu'aux lointaines montagnes.

— Comme les pâtures des vaches-leuh, dit Bjorn, s'arrêtant pour enfoncer un orteil dans la végétation jusqu'à sentir la terre s'écraser.

De petites créatures multipattes s'y enfoncèrent plus profond, fuyant l'air.

— C'est de la bonne terre, dit-il, en prenant une poignée qu'il laissa couler entre ses doigts.

Puis il replaça soigneusement la motte qu'il avait déterrée.

— Si on leur fauchait quelques taureaux, vous croyez que les Fermiers s'en apercevraient ? demanda Kris, se demandant quoi d'autre se cachait dans ce sol.

— Il n'y a pas d'insectes comme ça dans les pâtures des vaches-leuh, dit Bjorn. Il n'y a peut-être pas de charognards non plus.

Kris regarda autour d'elle.

— On n'aura pas cette chance.

Elle s'efforça de se rappeler ses souvenirs géologiques.

— Le paysage est exactement comme là-bas, dit-elle, montrant le continent qu'ils venaient de quitter. Y a-t-il eu un affaissement de terrain pour séparer les deux masses continentales ? Ou peut-être que le fossé ne s'est pas comblé comme ça s'est passé sur la Terre aux époques reculées. Les continents n'ont pas toujours été comme ils sont maintenant. Nous sommes peut-être sur un continent jeune...

— Non, la planète est vieille, dit Whitby. Aucun volcan ne paraît sur les cartes aériennes, et beaucoup de sommets sont usés. Mais cet endroit ressemble exactement à celui que nous venons de quitter.

— Alors, pourquoi n'est-il pas cultivé ? demanda Astrid, son front généralement serein barré d'une ride soucieuse.

Mitford haussa les épaules et s'éclaircit la gorge.

— Qui sait ? En tout cas, n'oublions pas que si les deux continents ont l'air identiques, ils pourraient bien l'être en réalité, et donc on pourrait trouver des charognards ici. Ce soir, on couchera dans le Rafiot.

Puis il balança son bras en un vaste arc de cercle.

— Allons voir si on trouve un bon coin pour se garer.

Au cours des quatre heures qui suivirent, ils aperçurent deux petites créatures aériennes, mais aucun râblé.

— On ne peut pas en trouver ici où il n'y a pas de rocs pour se chauffer, dit Mitford, quand leur absence commença à inquiéter Astrid. Et pas d'arbres non plus pour les aviens. Juste des arbustes. On va se diviser en deux groupes. Zainal, pars vers le nord avec Kris, Coo et Bjorn. Moi, j'irai vers le sud avec Slav et les autres.

Bjorn s'arrêta plusieurs fois pour examiner le sol. C'était de la bonne terre, noire et humide, mais pas trop, pleine de petites créatures qui l'aéraient.

— Très bon pour la culture.

— Alors pourquoi les Fermiers ne sont-ils pas ici ? demanda Kris, presque chagrine.

— On finira bien par trouver la raison, dit Zainal pour la rassurer, lui effleurant le coude.

— Ils récoltent assez sur l'autre continent. Ils n'ont pas besoin de celui-là, dit Bjorn, d'un ton pourtant pas très convaincu.

— Et les vallées closes ? dit Kris. Elles sont encore plus énigmatiques.

— Ils s'en servent peut-être pour parquer les animaux, dit Bjorn, choisissant ses paroles avec soin. Pour les protéger des charognards.

— Alors, où sont les animaux ? demanda Kris.

— Mangés ? suggéra Bjorn, les yeux pétillants.

— On posera aussi cette question, dit Zainal.

Ils étaient partis vers le nord et décrivirent un grand arc de cercle pour revenir au Rafiot. Zainal avait repéré des contreforts boisés à un jour de marche plus au nord, mais il ne poussait que des herbes et des arbustes dans la plaine côtière où ils se trouvaient. La brise du soir leur apporta des odeurs appétissantes quand ils approchèrent de leur véhicule.

Sans perdre de temps, Joe avait pêché des palourdes, Leila et Oskar avaient pris plusieurs variétés de poissons qui, testées dans le petit laboratoire du Rafiot, s'étaient révélées comestibles. La contribution de Sarah consistait en certaines feuilles et racines familières cueillies près d'un ruisseau. Parmi les fournitures du véhicule figuraient plusieurs petits réchauds, occupés par des marmites de palourdes. Les poissons cuisaient sur un grill posé sur deux pierres, ils avaient apporté du pain de l'Échappée Belle, et lorsque Mitford ouvrit la bière, ils étaient tous de joyeuse humeur.

Le rapport sur la sphère insolite fut envoyé au Mentat eosi Ix, qui avait manifesté de l'intérêt pour tout ce qui concernait la planète coloniale.

Ix grondait chaque fois qu'il revisionnait l'objet, car sa seule vitesse attestait d'une technologie dangereusement plus avancée que celle des Eosis. Ix demanda tous les rapports, spécialement ceux établis par sa nouvelle entité, car l'esprit de l'entité, qui s'effaçait de plus en plus, gardait encore des souvenirs d'une visite à cette planète. Ix parvint à en extraire tous les faits qui l'intéressaient, y compris la présence du Catteni choisi dans la lignée de son entité actuelle qui n'avait pas été sélectionnée. Il examina ce que l'entité avait négligé, le gadget qu'on lui avait présenté comme preuve que la planète avait peut-être été, ou était encore, occupée par une autre espèce.

Ix se tourmenta au sujet de tous ces petits souvenirs, les repassant encore et encore pour en examiner tous les détails. Le Mentat se félicita que les Cattenis aient mis un deuxième satellite, plus flexible, en orbite autour de la planète. Malheureusement, ce satellite ne faisait que souligner la vitesse incroyable de l'inspection effectuée par la sphère, et la fureur d'Ix s'accrut à l'idée d'une race ayant une technologie supérieure à celle des Eosis.

La logique suggérait que les découvreurs originels de la planète se livraient à une réévaluation de ce monde. Mais ils avaient programmé la sphère pour chercher quoi ? Et pourquoi cet objet, lui aussi, avait-il disparu juste au-delà de l'héliopause de ce système solaire ?

Ix convoqua une réunion de ses camarades Mentats suffisamment pénétrés de leurs responsabilités pour l'aider à adopter un plan d'action. Après des échanges d'informations fulgurants — aussi rapides par rapport à leurs lentes communications avec leurs sujets cattenis que la sphère l'était par rapport à leurs propres satellites —, il fut décidé que le problème ferait l'objet d'une enquête plus approfondie. Tous les largages furent suspendus, et les nombreux résistants terriens seraient expédiés sur une planète coloniale secondaire.

Comme l'idée de l'enquête venait du Mentat Ix, ses pairs décidèrent que c'était à lui d'entreprendre le pénible voyage, renonçant à ses routines et plaisirs habituels. Heureusement, il pouvait éviter l'ennui en faisant le trajet en animation suspendue, mais il fallut apporter quelques modifications à l'astronef catteni le plus récent et le plus rapide pour qu'il puisse jouir de cet avantage. Ce délai ne fit que contrarier davantage Ix, qui se consola en imaginant mille façons de punir ces individus, responsables de ces incommodités.

Le commandant de ce bijou de la flotte cattenie venait à peine de réveiller le Mentat Ix que les alarmes de proximité carillonnèrent furieusement dans tout le vaisseau, qui se mit aussitôt en mode d'attaque. La masse approchant du vaisseau était si grande qu'elle ne tenait pas dans l'écran de détection. Soudain, des ondes de choc secouèrent l'XZ comme une coquille de noix dans une mare. Ix, en une réaction peut conforme à sa taille et à sa dignité, dut se soutenir pour ne pas tomber jusqu'à ce que la turbulence se calme.

— Au rapport ! hurla-t-il, avec une rage froide.

— Très Grand Eosi, un vaisseau inconnu est apparu...

— Personne ne monte la garde ?

— Il est apparu sur l'écran juste comme nous passions

l'héliopause, dit le commandant, sans oser lever les yeux sur l'immense Eosi, à l'endroit où l'on a vu disparaître d'autres appareils.

Le commandant avait été informé en détail des problèmes associés à cette planète coloniale, et aussi du fait extraordinaire que le Mentat n'avait pas reçu l'entité choisie mais une autre de la même lignée.

— Qu'est-ce que c'est ? demanda Ix. Peux-tu me le montrer ?

Sur l'écran le plus proche, le commandant se hâta d'appeler l'image qui avait stupéfié toute la passerelle. Le monstrueux vaisseau était dix fois plus grand que l'AA1, lui-même trois fois plus grand que le plus grand transport de la flotte cattenie. À l'évidence, l'immense astronef se dirigeait vers la planète, et à une vitesse qui l'amènerait à destination trente unités de temps avant l'AA1, malgré sa propulsion améliorée et sa vitesse tant vantée.

— Peux-tu attacher un traceur à sa coque avant qu'il ne soit hors de portée ?

Mais alors même qu'il parlait, Ix réalisa que l'astronef était sans doute déjà trop loin.

— Il est déjà hors de portée, Grand Eosi.

Ix fulmina contre le commandant qui perdait son temps à énoncer l'évidence. Comment une autre espèce *avait-elle pu* développer une telle technologie sans que les Eosis s'en aperçoivent ? Ces derniers temps, les Eosis s'étaient contentés d'améliorer la propulsion et le rayon d'action de leurs vaisseaux, leur flotte leur paraissant adéquate pour ce qu'elle avait à faire. Cette suffisance béate n'était plus de mise.

— Observez-le et enregistre tout. Ta vigilance ne doit pas se relâcher un instant.

— Non, Très Grand Eosi, pas un instant.

Et le commandant, soulagé de s'en tirer avec la vie sauve, sortit aussi vite que le permettait la politesse pour retrouver la sécurité relative de sa passerelle.

Personne ne commenta son retour ni ne détourna les yeux de sa tâche.

Quelques heures plus tard, le commandant fut réveillé d'une sieste malencontreuse par une excitation et une agitation palpables dans la passerelle.

— Commandant, le vaisseau est...

Bien réveillé et les yeux braqués sur l'écran de détection, le commandant vit, bouche bée, l'étrange astronef, grossi bien des fois pour rester visible sur les écrans du vaisseau catteni beaucoup plus lent, plonger brièvement dans l'atmosphère de la planète cible, puis resurgir presque immédiatement et continuer vers l'autre côté du système solaire. Où, en atteignant l'héliopause, il disparut sans que les instruments les plus sensibles ne puissent relever sa trace.

Le commandant fit son rapport à l'Eosi, installé dans un immense fauteuil de la soute, modifiée pour lui procurer le confort maximum. L'immense fauteuil faisait face à un grand écran qui avait déjà montré à Ix tout ce que le commandant venait lui apprendre.

— La planète n'a aucune importance part rapport à ça.

L'Eosi fit une pause.

— Nous retournons à Catten. À la vitesse maximale, dit-il avec tout le dédain possible pour la lenteur de leur appareil, maintenant qu'il avait connaissance d'une vélocité transcendant celle des meilleurs astronefs cattenis. Ce fait doit être publié — et combattu.

Comme l'AA1 passait l'héliopause du système, un léger choc, comme une faible décharge électrique, fut ressenti par ceux qui ne dormaient pas. Sur la passerelle, un « blip » d'une nanoseconde enregistra le choc, qu'on attribua à une anomalie.

Les oreilles des Deskis perçurent le bruit dans l'air bien avant que l'immense vaisseau ne devînt visible. Mais, tandis que les colons paniqués couraient se réfugier dans les grottes qu'ils occupaient encore et dans les vallées qu'ils exploraient, le bruit n'augmenta pas. Ceux qui avaient des jumelles le virent comme un losange scintillant très haut dans le ciel. Sur les écrans des passerelles, le monstre sembla raser l'extrême limite de la stratosphère, rebondissant comme un galet à la surface d'un étang calme, avant d'altérer sa trajectoire pour repartir dans l'espace, emportant avec lui son bruit assourdissant.

Scott cligna des yeux, s'éclaircit la gorge, et parvint à desserrer les poings. Il était sur la passerelle du KDL, les yeux rivés sur l'incroyable événement astronautique apparu sur l'écran de détection.

Aucun ne se soucia de rompre le silence, car aucun ne comprenait ce qu'il venait de voir, jusqu'au moment où une unité-com bippa, bruit presque impudent étant donné l'énormité de ce qu'ils venaient de voir.

— C'est à peu près la même taille que le premier, Amiral, dit Su. Je crois qu'on a de la chance qu'il ait été si haut... Qu'est-ce qu'il y a ? Excuse-moi, Amiral...

La communication fut coupée.

Dick Aarens enfila ventre à terre la coursive menant à la passerelle, se retenant au chambranle pour s'arrêter, le visage gris cendre et empreint de toute la terreur révérencielle qu'il était capable d'éprouver.

— Ils l'ont fait, Scott. Ils l'ont fait. Ils ont remplacé toutes ces putains de...

— Aarens, surveille ton langage sur ma passerelle, dit Scott, assez remis pour le réprimander. Qu'est-ce qu'ils ont remplacé ?

— Tous les Mécanos, toutes les machines agricoles qu'on a démontées. Tout est revenu. À l'abattoir et partout...

Peter Easley, aussi abasourdi que tous les assistants, assimila la nouvelle avant Ray Scott et John Beverly.

— Alors, heureusement qu'on avait évacué le garage principal, non ?

— Dans le cas contraire, ça aurait fait des dégâts, remarqua Beverly, puis il éclata de rire, imité par Easley.

— Oui, mais est-ce qu'ils ont repris les pièces détachées ? dit Scott.

— Les pièces détachées ? dit Aarens, sans comprendre.

— Je ne crois pas, Ray, dit Beverly, lui montrant le portable attaché à sa ceinture.

Aarens courut à l'écoutille, mais revint en se prélassant, avec un sourire suffisant.

— Le véhicule sur coussin d'air est toujours là. Peut-être que les Fermiers n'ont pas reconnu ce que j'ai fait à leur matériel.

Le nouveau tableau de bord du KDL s'éclaira, annonçant

des appels des camps Barricade et Bella Vista, et de trois garages récemment évacués. Puis des grottes et des vallées maintenant habitées par des humains.

— Ils ne savent donc pas qu'on est là, dit Worrell.

— Et ils s'en moquent, dit Jay Greene. J'espère que le satellite a enregistré leur visite !

— Ah oui ?

Et Worry commença à s'inquiéter des répercutions que cela pourrait avoir sur Catten, Barevi, et partout où régnaient les Eosis.

Les machines étaient revenues, nouveaux modèles de celles démontées par les colons, flambant neuves et rangées en bon ordre dans tous les bâtiments, garages et granges. Les panneaux solaires, enlevés et remontés ailleurs pour les besoins des camps, avaient été remplacés et semblaient opérationnels.

— Pourquoi est-ce qu'aucune machine ne bouge ?

— Ce n'est pas encore le printemps. Elles n'ont rien à faire.

— Pas de messages dans les paquets ?

— Comme si on aurait pu les lire !

— Est-ce que Kilroy[1] est passé par ici ? Ou son analogue E.T. ?

— C'est pas le tout, qu'est-ce qu'on va faire maintenant ?

Sur le chemin du retour à l'Échappée Belle, Chuck Mitford put donner une réponse à cette question quand il appela du Rafiot pour faire son rapport à Beverly et qu'il apprit le remplacement des machines.

— Allez tout de suite dans les garages retirer les fléchettes anesthésiques des lanceurs avant que les engins ne soient complètement chargés.

— Cette interférence ne risque-t-elle pas d'être remarquée ? demanda Beverly.

— J'espère bien que non. On a enlevé les premières

1. Kilroy : Petit personnage que les soldats américains ont pris l'habitude de dessiner partout où ils passent depuis la Première Guerre mondiale. (*N.d.T.*)

quand les engins étaient déchargés, mais vous, vous devez le faire avant qu'ils ne deviennent opérationnels. Remplacez l'anesthésique par de l'eau dans les réservoirs. Ces fléchettes ont bien failli en tuer plusieurs du Premier Largage. Demandez à Lenny Doyle et à Pess de vous montrer comment il faut s'y prendre. Ils l'ont déjà fait.

— D'autres suggestions, Sergent ? demanda Beverly d'un ton respectueux.

— Surveillez les prédateurs aviens. Ces machines les préviennent chaque fois qu'elles voient remuer quelque chose qui ne le devrait pas.

— Autre chose ?

— Si ça me revient, je te préviendrai. Mais consulte Cumber, Esker, les frères Doyle, Matt Su et tous ceux qui ont fait des reconnaissances pour moi.

Mitford avait transmis des rapports quotidiens sur leurs explorations. Maintenant, il se tourna vers son équipe.

— Je croyais bien qu'on aurait au moins trois semaines avant qu'il se passe quelque chose, dit-il, trahissant son inquiétude en se grattant la tête. On peut augmenter la vitesse, Sarah ? demanda-t-il, car c'était elle qui conduisait.

— Bien sûr, mais ce sera cahoteux.

— On n'est plus très loin maintenant, dit Zainal, regardant par le pare-brise.

— Il faudra combien de temps aux Eosis pour faire quelque chose, Zainal ? demanda Mitford, tambourinant nerveusement d'une main sur son genou tout en se retenant de l'autre à une poignée de sécurité.

Zainal haussa les épaules.

— Plus de temps qu'aux Fermiers. Les Eosis ne sont pas automatisés. Et ils ne connaissent pas le transfert de matière.

— J'espère que ça va les faire crever de rage, dit Mitford avec un grand sourire. J'espère qu'ils vont en claquer de jalousie.

— Le principal, c'est qu'ils nous laissent tranquilles, dit Kris.

Malgré les assurances de Zainal, elle savait n'être pas la seule à s'inquiéter de représailles possibles de la part des Eosis. Il était mieux placé qu'elle pour savoir, bien sûr, mais ça ne l'empêchait pas de se tracasser. Elle n'osait même pas *penser* à la façon dont les Fermiers réagiraient en cas de confrontation directe avec leurs locataires involontaires, même si le raisonnement de Zainal sur les vallées closes était rassurant — pour autant qu'on pouvait le prévoir dans le cas d'une espèce inconnue.

Le nouveau Camp de l'Échappée Belle était situé dans une vallée close, au sud et à l'est du premier installé dans une falaise, vallée assez étroite mais plus longue que la plupart. L'accès en avait été dégagé en faisant simplement sauter la barrière avec des explosifs trouvés dans Bébé. Il y en avait de plusieurs sortes dans ses placards, et Zainal avait appris la puissance explosive de chacun à des mineurs et à un ancien officier d'ordonnance. Au départ, ils pensaient utiliser ces explosifs pour des opérations minières, vu que les Fermiers dédaignaient apparemment les ressources en minerais de la planète. À l'intérieur de la longue et étroite vallée, ils avaient parqué côte à côte le KDL et Bébé, qui, bien que beaucoup plus petit, avait l'air beaucoup plus dangereux avec ses lignes profilées. Des pièces de l'épave avaient servi à construire un hangar de bonne taille à côté, et les explorateurs n'eurent aucun mal à repérer le nouveau camp grâce aux foules de colons qui entraient et sortaient.

L'autre rive du cours d'eau sillonnant la vallée était couverte de petites tentes en cuir de vaches-leuh, et la carcasse de l'une d'elles rôtissait à la broche au-dessus d'une fosse. Les gravats de la barrière avaient été traînés à l'intérieur pour construire des maisons. Certains murs arrivaient déjà à hauteur de fenêtre, entourés de maçons affairés. Une bâtisse beaucoup plus grande était déjà en service, de gros piliers de pierre soutenant un toit d'ardoise à auvent pour protéger de la pluie, tandis que les parois de rondins à mi-hauteur lui donnaient l'aspect d'un hangar forestier. Des tables, des bancs, des tabourets, quelques chaises et une pile de couvertures indiquaient que, bien qu'inachevée, elle servait déjà à des usages multiples.

Tandis que les explorateurs de dirigeaient vers le parking puis descendaient de leur véhicule, ils furent salués et acclamés par tous, mais personne ne cessa son travail plus de quelques instants.

— Je me demande où ils ont caché les avions et tous les véhicules sur coussin d'air, dit Kris, remarquant leur absence.

— Ce n'est sûrement pas la seule vallée habitée maintenant, dit Mitford, se dégourdissant les jambes. Bon, Kris, Zainal, Bjorn, Whitby, Coo, on va faire le premier rapport. Tu as les cartes, Whitby ? Oui...

— J'ai des photos, dit Zainal, levant un paquet de clichés dans sa grande main.

— J'ai des échantillons de sol, dit Bjorn, montrant la petite caisse qu'il avait fabriquée pour les conserver.

— J'ai une copie du journal de bord, dit Kris, se demandant pourquoi Mitford était si anxieux, tout d'un coup.

— Sarah, dit Mitford, se tournant vers elle et Joe, vois ce qui se passe ici. Astrid, cherche-nous quelque chose à manger. Slav, mets de l'eau dans le radiateur. Oskar, Jan, Leila, aérez le Rafiot et lavez-le à fond, ajouta-t-il, montrant le cours d'eau.

Si les raffinements du nouveau poste de commandement laissaient beaucoup à désirer, les principaux appareils — y compris la passerelle reconstruite de l'épave — étaient en bon ordre de marche. Il y avait même des « bureaux », petites cellules aux parois de séquoia, assurant un minimum de tranquillité à leurs occupants. Des pièces des Mécanos servaient toujours de tabourets, placards, étagères et bancs.

— Tu crois que les Fermiers n'ont pas *reconnu* leur matériel ? murmura Kris à Zainal.

— Amène ton groupe par ici, Sergent, cria Scott, sur le seuil de la plus grande cellule, de l'autre côté de la passerelle.

— Il y a même un mess des officiers, murmura Kris, à Mitford cette fois.

— Vous devenez trop impudente, madame, répondit Mitford, qui pourtant examinait aussi les installations.

Du temps des Cattenis, leurs premiers possesseurs, la passerelle n'avait jamais été en aussi bon ordre.

— Mitford, Zainal, Kris, Bjorn, Whitby...

À leur entrée, Scott leur serrait solennellement la main à chacun.

— On vous a vus arriver, ajouta-t-il, alors John, Bull et Jim ont demandé à assister au débriefing.

Il s'assit à un bureau — guère plus que quelques planches poncées pour éviter les échardes — sur lequel reposaient deux corbeilles. Pour le courrier *in* et *out*, pensa Kris, irrévérencieuse ; mais leur présence était curieusement réconfortante. La vie continuait. Les autres galonnards prirent place près de Scott.

— Ce sera un endroit formidable pour transférer une grande partie de nos colons, sinon tous, Amiral, dit Mitford, approchant un tabouret.

Whitby dépliait la carte indiquant l'étendue de leurs explorations tandis que Zainal étalait les photos des sites qui leur semblaient convenir à l'occupation.

— Quoique l'installation ici semble en bonne voie, ajouta-t-il.

— Merci, Sergent. C'est effectivement un endroit agréable, et nous n'avons pas relevé la présence d'éléments indésirables dans aucune des vallées que nous occupons.

Scott avait pris une photo, et Kris poussa Zainal du coude, car elle avait parié avec lui que ce serait celle qui attirerait d'abord l'attention de l'amiral.

— C'est un site magnifique, dit-il, passant le cliché à John Beverly sur sa droite.

— On pensait bien que la vue du port te plairait, dit Kris. Il est assez profond pour accueillir un porte-avions.

— Alors là, qu'est-ce que tu peux savoir des tirants d'eau, Kris ? demanda Scott, mais de bonne humeur.

— L'eau est très sombre, répondit-elle en souriant. Dommage qu'on n'ait pas de gros bateaux. Pour le moment.

De la tête, Mitford fit signe à Bjorn de faire son rapport.

— Le sol est très fertile, bien qu'il n'ait pas été cultivé depuis des années.

— Veux-tu dire qu'il l'a été à une époque ?

Scott s'avança sur son siège, lâchant la deuxième photo.

Mitford sortit la photo révélatrice de sous la pile.

— Les Fermiers ont toujours établi leurs installations sur des terres non cultivables, terrains rocheux, sableux, ou sans terre arable. Regardez la façon dont cette falaise a été évidée. On pourrait presque y cacher le KDL, et en tout cas Bébé et tous nos autres équipements y tiendraient facilement. Il y a des signes d'occupation dans toute cette région. Et, le long de cette crête, nous avons trouvé des vestiges qui m'ont rappelé l'abattoir.

Les quatre officiers supérieurs se penchèrent sur les photos, manifestement d'accord avec lui.

— Un peu plus haut, nous avons découvert deux bâtiments ressemblant aux garages, dit Mitford, montrant leur position sur la carte. Nous n'en avons pas cherché d'autres, parce qu'à l'évidence ils étaient vacants depuis longtemps.

— Nous pensons avoir repéré quelques autres bons sites de l'autre côté de la baie, dit Whitby, mais la pente était trop raide pour le Rafiot, alors nous n'avons pas fait la traversée.

— Est-il possible que les Fermiers aient laissé ces terres en friche parce qu'ils en ont assez ici ? demanda Scott.

— Elles sont en friche depuis de très longues années, dit Bjorn. Mais le sol est riche et produira tout ce qu'il nous faut. Surtout si nous utilisons les terres avec autant de sagesse que les Fermiers, ajouta-t-il d'un ton sévère.

— Tout ce qu'il nous faut, c'est une autre livraison de machines, dit Beverly avec un grand sourire.

— Bon sang, Général, on a mis de côté tout ce qui ne nous a pas servi jusqu'ici, dit Mitford en souriant, alors on a encore des charrues et autres trucs agricoles. Il paraît que les pièces détachées n'ont pas été aspirées, transférées, ou autre chose, alors on n'aura qu'à remonter les socs sur les véhicules sur coussin d'air et les remettre en service. Pas de problème !

— C'est vrai, mais certains ne voudront pas renoncer à leurs véhicules pour labourer, dit-il, avec un clin d'œil à Mitford. Et les charognards ?

— Pas trace, dit Mitford.

— C'est un mystère, dit Whitby. Tous les soirs, on

laissait nos ordures dehors, et on les retrouvait tous les matins. Pourtant le terrain est très semblable à celui d'ici.

— Ainsi, pas de charognards sur ce continent ?

— Aucun à notre connaissance, dit Mitford. Mais on a trouvé des râblés — des colonies entières dans les collines, et tous aussi bêtes que ceux d'ici. Il y avait des aviens dans les forêts d'arbres-charpentes. Peut-être que ces saloperies de charognards sont morts de faim. On pourra toujours jeter quelques cadavres de vaches-leuh d'ici, ajouta-t-il en souriant. On verra bien ce qui se passera. En tout cas, on n'en a pas vu.

— Il y a là-bas les mêmes légumes, racines et baies qu'ici, et le reste de la végétation est identique, intervint Bjorn, rayonnant de satisfaction. Les poissons et les coquillages...

— Du maïs grillé les aurait bien accompagnés... dit Kris. Excusez-moi, soupira-t-elle.

Scott la gratifia d'un regard compréhensif, et eut un petit sourire.

— Tu n'es pas toute seule, dit-il.

— Nous finirons peut-être par trouver quelque chose de similaire, dit Bjorn, désireux de lui faire plaisir. Nous sommes loin d'avoir catalogué toute la flore indigène.

— Au fait, Mitford, nous avons désarmé les lanceurs de fléchettes comme tu l'as conseillé, dit Beverly. C'est un puissant anesthésique.

— Je comprends ! dirent en chœur Kris et Zainal.

— C'est vrai, dit Scott, se tournant vers eux. Vous en avez pâti, et vous vous en êtes servis pour sauver un autre groupe plus chanceux.

Il fit une pause, et reprit :

— S'il n'y a vraiment pas de charognards... il y aurait beaucoup de bonnes raisons pour transférer nos opérations sur ce continent.

Mitford se pencha, traçant un cercle du doigt autour de la région explorée.

— C'est un pays extraordinaire, Amiral. Il faudrait pas mal de voyages pour nous y transporter, mais ce serait la décision la plus sensée depuis notre largage.

— Si nous pouvions être certains que les Eosis ne nous observent pas... murmura Scott, regardant Zainal.

— Ils sont encore en train de « réfléchir », dit Zainal, répondant à la question implicite. Les Eosis réfléchissent longtemps et profondément avant d'agir. Ici, on pourra utiliser le Rafiot à des moments où le satellite ne le verra pas — en allant par petites étapes. Si on utilise les tuyères avec prudence, par courtes décharges, le satellite géosynchrone n'enregistrera pas assez de données pour qu'elles soient interprétables.

— De plus, dit Mitford avec une satisfaction non dissimulée, ils ne savent même pas qu'on possède tous ces appareils. Et s'ils ont la moindre jugeote, après avoir vu les photos du monstre, ils ne se frotteront plus à Botany d'un bon moment.

Tous les yeux se braquèrent sur Zainal, qui embrassa la table du regard, puis haussa les épaules.

Toutes les vallées maintenant habitées ne disposaient pas d'autant d'abris et d'aménagements que le quartier général. Malgré tout, l'idée de se déraciner une fois de plus pour s'installer ailleurs rencontra une certaine résistance, surtout de la part des ingénieurs et techniciens qui envisageaient avec horreur un nouveau déménagement. Ils avaient différents projets en chantier et n'avaient pas envie d'abandonner leurs outils — même ceux qu'ils fabriquaient. Pourtant, l'existence d'immenses cavernes, alors qu'ils étaient obligés de construire des abris primitifs, les fit réfléchir. Et, tout d'un coup, ils désirèrent être les premiers à être transférés.

Les mineurs étaient les moins contents, surtout Walter Duxie, l'ingénieur minier en charge des opérations, car ils avaient déjà découvert un bon gisement de fer et désiraient continuer à l'exploiter. Les cartes aériennes des Cattenis montraient bien des gisements de minerais sur l'autre continent, mais ils répugnaient à abandonner celui qui produisait déjà. Il fut donc décidé qu'ils resteraient où ils étaient : ils avaient assez de main-d'œuvre pour chasser et ramasser des végétaux par roulement, et les cavernes voisines étaient déjà habitables. L'usage judicieux du KDL permettrait d'apporter les minerais là où ils seraient traités et utilisés.

— Qu'en est-il du carburant ? demanda Beverly à Zainal lors d'une réunion. Qu'est-ce qui se passera s'il s'épuise ? Nous n'avons pas la technologie pour en fabriquer, même si nous trouvons la matière première.

Zainal eut un grand sourire.

— Je sais où se trouvent les dépôts. Avec les vaisseaux capturés, un voyage à Barevi ne sera pas trop difficile.

— Espèce de pirate ! dit Beverly en riant, puis il dut lui expliquer le terme.

— Je ferai un très bon pirate, dit Zainal, ravi de la définition. Et je ne serai pas le seul, en plus.

— Alors, qu'est-ce que vous pourriez faucher en même temps ? demanda Su.

Il dirigeait un groupe d'ingénieurs qui devaient constamment inventer des outils autrefois toujours disponibles.

— Tout dépend de ce qu'il vous faut, dit Zainal.

— Dis donc, je peux venir avec toi pour voir ce qu'il y a en stock au magasin ? demanda Su.

Zainal montra Beverly du doigt.

— Demande-lui. On n'ira pas tout de suite. Il ne faut pas beaucoup de carburant pour les petites étapes.

Malgré tout, Zainal surveilla attentivement la jauge lors du premier voyage et, ayant utilisé une quantité minimale pour une trajectoire sans danger, il s'efforça de réduire le temps d'utilisation des jets pour en économiser le plus possible.

Mitford avait pris un plein chargement de passagers dans le Rafiot pour transfert sur le nouveau continent, laissant Zainal et Kris en arrière pour décider qui et quoi serait transféré dans le KDL. La communauté agricole voulait faire partie de la prochaine vague, puisqu'il était capital de semer dès que les risques de gel seraient écartés. Jusque-là, l'« hiver » de Botany avait consisté en de nombreux jours froids et humides, en alternance avec des jours froids et ensoleillés, et beaucoup de gelées matinales. Pas de véritables tempêtes, pas de neige, même quand les nuages faisaient craindre un blizzard comparable à ceux des climats froids. De temps en temps, la température baissait brusquement, empêchant de travailler à l'extérieur, mais il y avait toujours à faire à l'intérieur, dans les abris disponibles. Ceux qui souffraient, c'étaient les colons habitués aux climats tropicaux, et on leur donnait toujours des vêtements supplémentaires et la priorité quand de longues vestes et des couvertures en peau de râblés étaient disponibles.

Peu après le départ de Mitford pour le premier de nombreux voyages dans le Rafiot, Sandy Areson, qui dirigeait le Camp du Quartier Général, vint trouver Kris qui déjeunait dans le Grand Hangar.

— J'essaie de te parler seule à seule depuis ton retour du continent, dit Sandy.

— Seule à seule ? Ça ne me dit rien qui vaille... dit Kris.

— Voilà, dit Sandy, je suis d'accord avec la logique de base consistant à répartir équitablement les richesses.

— Quelles richesses ? demanda Kris, perplexe.

Sur Botany, la richesse consistait en heures de travail supplémentaires pour les rares « extra » disponibles en dehors des besoins essentiels comme l'abri et la nourriture, et même Zainal et elle étaient parfois de corvée de cuisine.

Elles étaient seules à la longue table, mais Sandy se pencha d'un air de conspirateur.

— Il s'agit de nous, dit-elle se frappant la poitrine de l'index.

— De nous ?

Puis Kris comprit et branla du chef.

— De nous... les femmes en âge de procréer ?

— Tu as tout compris, dit Sandy, se renversant sur son siège avec un sourire ironique. Il y a plus d'hommes que de femmes sur Botany, et comme il n'y a pas eu un largage depuis quatre semaines, il y a peu de chances qu'il en vienne d'autres. Si donc nous voulons conserver un bon capital génétique...

— Tu pars du principe qu'on ne quittera jamais Botany ?

Sandy la regarda, étonnée.

— Largués on est, largués on reste, dit-elle. Tu n'écoutes donc pas ce que dit Zainal ?

Kris déglutit avec effort.

— J'ai été naïve, je suppose... Je veux dire, nous avons maintenant le KDL. Nous pourrions partir...

— Et retourner sur la Terre ? fit Sandy, écœurée. Tu

ne passes pas assez de temps au camp, ma fille, et trop avec ton costaud de Catteni. Non que je t'en blâme, ajouta-t-elle vivement, prévenant les objections de la main. Jusque-là, je ne savais pas que la variété « sympa » existait chez eux.

— Alors, les gens le considèrent comme « sympa » ?

— Épargne-moi le sarcasme, Kris Bjornsen, et, oui, beaucoup de gens bornés et intolérants ont fini par réaliser que Zainal est bien plus botanien que catteni à l'heure actuelle. « Largué je suis, largué je reste », imita-t-elle, amusée. Surtout les galonnards. Mais vous ne pouvez pas procréer tous les deux, tu le sais. Et tu es en âge de le faire.

Kris fut totalement rebutée par ce qui allait suivre, elle le savait, et elle s'écarta de Sandy. Elle ne pouvait pas, absolument pas, aller vers un autre, même pour accroître la diversité génétique d'une colonie pour laquelle elle travaillait très dur.

— Ne t'emballe pas bêtement, dit Sandy. Nous avons maintenant assez de docteurs pour t'inséminer artificiellement au moment favorable de ton cycle. Je l'ai fait. J'ai été l'une des premières, dit-elle en se tapotant l'abdomen. Et j'ai choisi le père.

Kris déglutit une fois de plus, un peu dégoûtée à cette perspective.

— Anna Bollinger est enceinte, elle aussi, mais avant elle s'est officiellement fiancée avec Matt. Janet est trop vieille. Patti Sue l'a fait à l'ancienne mode, mais je voulais te prévenir que tu es sur la liste. Ce n'est pas comme si tu devais être infidèle à Zainal.

— Ce n'est pas mon problème, dit-elle d'une voix défaillante. Mais pourquoi veux-tu que je commence une grossesse avant qu'on soit tous transférés, et avant de savoir ce que vont faire les Eosis et les Fermiers ? Qu'est-ce qui se passera si...

— Calme-toi, Kris, dit Sandy, saisissant l'une des mains qu'elle agitait et l'emprisonnant fermement entre les siennes. Tu es l'une des dernières sur la liste parce que tes capacités sont plus utiles ailleurs qu'à la pouponnière.

Kris ne put quand même réprimer son agitation. Elle n'avait pas envisagé d'avoir des enfants avant des années !

Elle avait à peine vingt-deux ans, ou à peu près, car elle avait perdu beaucoup de temps subjectif pendant le voyage vers Botany, et elle ne savait pas en quelle année, quel mois, ni quel jour, elle était. D'ailleurs, elle ne pensait pas qu'elle ferait une bonne mère. Elle n'avait jamais aimé garder des enfants quand elle était au lycée ou à l'université, sauf si les enfants dormaient. Quand ils se réveillaient et se mettaient à hurler, elle refusait tout simplement de continuer à les garder. Elle se pensait dépourvue de tout instinct maternel.

— D'ailleurs, on va créer des crèches avec des puéricultrices qui aiment pouponner, de sorte que quand le bébé sera là, tu pourras l'ignorer complètement si la maternité te déplaît.

— C'est exactement ce que je ressens, répondit-elle, piégée. Quand avez-vous décidé ça ? C'est la première fois que j'en entends parler.

Maintenant, elle sentait la colère monter. Quelles que soient les corvées dont on l'avait chargée sur cette planète étrangère, elle ne s'était jamais dérobée ni plainte. Elle avait même accueilli avec plaisir toutes ces occasions de montrer sa flexibilité et sa vigueur, et de développer des capacités qu'elle n'aurait jamais utilisées sur la Terre.

Sandy continuait à lui sourire.

— Au cas où ça t'intéresserait, tu passes par les mêmes stades que les autres — Astrid comprise — avant d'accepter l'inévitable.

Cela lui fit un choc. Elle détestait réagir de façon prévisible. Sandy gloussa et lui tapota l'épaule.

— Ce ne sera pas pour tout de suite, et ce ne sera pas aussi affreux que tu le crains. Mais je trouve que tu devais être au courant. Tu as été si souvent absente en exploration que tu as raté le grand débat sur la question, et personne n'avait le courage de t'en parler.

— Qui t'a collé cette corvée ? Est-ce que Mitford est au courant ?

— Je me suis portée volontaire. Mitford s'est défilé, dit Sandy en souriant. Considère les choses sous cet angle : nous avons fait de Botany notre bien et nous le garderons, ce qui signifie qu'il faut des enfants qui hériteront de nos durs travaux. J'aime cette planète...

— Maintenant ! lui rappela Kris avec ironie, un peu honteuse de sa réaction.

Sandy secoua la tête.

— Non, elle m'a plu dès le départ, parce que je pouvais y être moi-même, et que mes connaissances y étaient sacrément utiles. Sur la Terre, dit-elle balançant un pouce par-dessus son épaule, on me considérait comme « marginale », « bizarre », « antisociale », non conformiste et absolument excentrique. Ici, je commande à des amiraux et des généraux en ma fonction de gestionnaire du camp. C'est drôlement mieux que d'être « tolérée ». Et je ne suis pas la seule à avoir trouvé ma vraie place sur Botany. Je crois que c'est aussi ton cas, même si ça te demande de sacrifier neuf mois pour produire un rejeton.

— Je n'avais jamais vu les choses comme ça... je veux dire, ta situation. Enfin, ce que tu faisais là-bas par opposition à tout ce que tu as fait ici, je veux dire. Pourtant, il y a un point qui n'a pas été pris en considération, ajouta Kris. Les Fermiers.

— Ouais, dit Sandy, étirant pensivement le mot. Mais il sera toujours temps de s'en inquiéter le moment venu. Pour l'instant... Aïe !

Et elle se baissa, regardant en direction de l'entrée.

Zainal était sur le seuil, cherchant Kris du regard. Il la repéra et Sandy se leva.

— Bonne chance, dit-elle, souriant avec un clin d'œil en s'éloignant.

Kris n'était pas sûre d'avoir envie de voir Zainal à ce moment-là. Les révélations de Sandy l'avaient vraiment secouée. Il faudrait qu'elle mette de l'ordre dans ses idées. Mis à part le problème inconnu et irrésolu que constituaient les Fermiers, elle devait reconnaître qu'avoir des enfants sur Botany donnerait de la stabilité à la colonie, sans parler du bien que ça ferait à leur moral. Et elle s'étonnait qu'une fille qui avait été aussi molestée que Patti Sue pût songer à être enceinte.

Elle trouvait peu de consolation dans la possibilité de l'insémination artificielle ; elle pensait que c'était une lâcheté, sinon une duperie, qui priverait un homme de... pouvait-elle dire « de prendre du bon temps » ? Isolée du peu de « société » qu'il y avait sur Botany par ses constantes expéditions, elle avait eu peu de contacts avec les autres hommes. La plupart du temps, elle et Zainal avaient travaillé avec d'autres couples, comme Sarah et Joe, et Whitby qui s'était attaché à Leila, même s'ils formaient un drôle de couple.

Elle avait vaguement su que le Sixième Largage avait amené des femmes que celles des camps où elles avaient été assignées avaient d'abord totalement ostracisées. Elle l'avait remarqué et en avait parlé à Sarah, qui s'était fait un plaisir de lui apprendre qu'il s'agissait de « belles de nuit » ramassées dans une ville allemande, siège actuel de nombreuses manifestations. Apparemment, les Allemands toléraient les bordels, à la condition que les pensionnaires subissent des examens médicaux réguliers pour éviter la transmission des maladies vénériennes, et ces femmes étaient donc « saines ». Étant donné que le nombre des hommes dépassait largement celui des femmes sur Botany, elles étaient assaillies d'innombrables requêtes de faveurs sexuelles, en n'importe quels termes. Dont certains valaient à l'offenseur d'être mis au pilori le temps de se calmer. L'arrivée de professionnelles avait été accueillie avec un intérêt considérable par les organisateurs des camps. Ces femmes avaient donc eu le choix de continuer à exercer leur profession. Et quand on les avait assurées que leurs activités seraient considérées comme des « heures de travail » pour la communauté, toutes, sauf deux, avaient décidé de continuer. On stipula qu'elles devraient quand même participer aux activités moins fascinantes, comme les corvées de latrines et de cuisine. Toutefois, elles étaient exemptées de celle de monter la garde. De leur côté, elles avaient établi des règles strictes concernant la façon dont elles voulaient être traitées par les clients, et le nombre qu'elles accepteraient quotidiennement. Elles voulaient avant tout être respectées — des femmes aussi bien que des hommes.

Les puritaines de Botany refusaient d'admettre que le plus vieux métier du monde avait sa place dans la colonie. Mais elles devaient reconnaître que beaucoup d'hommes étaient de bien meilleure humeur et lançaient moins de vannes aux prudes. Il y avait quelques intolérantes — comme Janet et Anna Bollinger, qui les évitaient avec ostentation —, mais les autres avaient accepté leur requête et les traitaient avec civilité.

— Tu as l'air soucieuse, Kris, dit Zainal, enjambant le banc pour s'asseoir près d'elle. La soupe n'est pas bonne aujourd'hui ? ajouta-t-il, remarquant que son bol n'était pas vide.

— Si, elle est bonne, dit-elle reprenant vivement sa cuillère.

Mais maintenant, le potage était tiède.

— C'est ce que t'a dit Sandy qui te tracasse ? demanda-t-il, l'air inquiet.

— Des trucs de femmes, dit-elle, esquivant une explication.

— Mitford dit que tu devras porter un enfant pour la colonie. Peut-être deux.

— Quoi !

Sa cuillère retomba, soulevant une gerbe de soupe, que, furieuse de cette maladresse, elle épongea vivement avec des houppes cotonneuses.

Zainal attachait sur elle un regard tranquille, les lèvres frémissantes. Il se pencha vers elle.

— C'est de ça que Sandy te parlait ?

Elle enfouit son visage dans ses mains.

— Ainsi, Mitford a eu le courage de te parler. Et pas à moi ?

— Des trucs d'hommes, dit Zainal, et, du coin de l'œil, elle vit qu'il lui souriait. Tu sais que tu ne peux pas avoir d'enfant avec moi. C'est pour ça que tu restes avec moi ? Pour ne pas avoir d'enfant ?

Elle lui lança un regard furibond.

— Je reste avec toi parce que je suis amoureuse de toi, espèce de... de... de galonnard, répliqua-t-elle d'une voix basse et vibrante.

Il couvrit rapidement sa main de la sienne, lui pressant les doigts.

— Tu es jeune et vigoureuse. Tu feras une bonne mère.

Kris ravala sa salive.

— Non, pas question. Je ne suis pas du tout maternelle ! bredouilla-t-elle, le défiant de la contredire. Je ferai une mauvaise mère. Je ne suis pas prête. Je suis trop jeune.

Il la regarda avec insistance.

— Ce n'est pas une chose que font toutes les Terriennes ? Avoir des bébés ?

— Loin de là, dit-elle sombrement.

— Je vois, dit-il lentement. Ce n'est pas parce que tu ne veux pas m'offenser ?

— Je suis du genre fidèle. Je ne veux pas d'autre homme que toi. Même si tu ne peux pas avoir d'enfants, répliqua-t-elle d'une voix tendue, baissant les yeux sur sa soupe, maintenant recouverte d'une mince pellicule de graisse figée.

— Tu n'as pas besoin de coucher avec un autre homme. Mitford me l'a expliqué.

— C'est encore pire, dit-elle, serrant les dents et levant les yeux au ciel.

— J'aimerais avoir un enfant de toi. Choisis Mitford. Tu l'aimes bien !

— QUOI !

Elle bondit à moitié de son banc, et les gens assis près du foyer les regardèrent. Elle se rassit, cachant son visage dans ses mains. Elle était plus proche des larmes qu'à aucun moment depuis son arrivée sur Botany. Le problème, c'est qu'elle aimait beaucoup Chuck Mitford, et que si elle n'était pas tombée si désespérément amoureuse de Zainal, elle aurait sans doute fait des avances au sergent. Elle ne l'avait pas fait une seule fois, et Mitford non plus. Peut-être qu'elle ne se trompait pas en pensant que Mitford se serait intéressé à elle s'il n'y avait pas eu Zainal. Mais il l'avait si constamment envoyée en mission avec Zainal qu'un attrait sexuel était inévitable.

Zainal la prit par les épaules.

— Ne te frappe pas comme ça, Kris. Ce n'est pas grand-chose.

— Pas grand-chose ?

Elle pivota vers lui, repoussant son bras, et elle eut la satisfaction de lui voir un mouvement de recul devant son expression.

— Pas grand-chose !

Elle voulut se lever, mais il la força à se rasseoir, avec plus de force qu'il n'en avait jamais utilisé avec elle.

— Tu n'es pas idiote, Kris Bjornsen. Le moment venu, tu auras un enfant, et je t'aiderai. N'en fais pas tant d'histoire.

Puis il se leva, et elle en fut si troublée qu'elle le rattrapa par la main. Avait-elle perdu la face à ses yeux parce qu'elle se comportait effectivement en idiote ? Si ça ne lui faisait rien, pourquoi se mettait-elle martel en tête ?

— Ta soupe est froide. Je vais t'en chercher de la chaude.

Le soulagement qu'elle ressentit faillit lui donner le vertige, et elle accepta sa prévenance d'un hochement de tête. Elle était soulagée aussi d'être seule quelques instants, pour mettre de l'ordre dans ses réactions incohérentes et ses émotions irrationnelles. Elle porta ses mains à son visage, et s'aperçut qu'elles étaient glacées. Mais c'étaient peut-être ses joues qui étaient brûlantes d'indignation et d'embarras ? Que ce fût l'un ou l'autre, elle décida de se calmer et de cesser ses sottises. Elle reprit la conversation au moment où Zainal avait dit qu'il ne voyait pas d'inconvénient à ce qu'elle ait des rapports sexuels avec un autre homme. Il désirait même qu'elle ait un enfant. Est-ce que toutes les femmes cattenies avaient des enfants, que ça leur plaise ou non ? Puis elle réfléchit au choix qu'il avait fait pour elle de l'homme qu'elle respectait plus que tous les autres. Cela indiquait chez le grand Catteni une sensibilité très rare chez son espèce. Mais l'humanité était peut-être contagieuse ? Elle savait que, *lui aussi,* il admirait Mitford. À moins que lui et Mitford n'aient discuté d'un père putatif pour l'enfant obligatoire de Kris ? Ce dont elle doutait. Ce n'était pas le genre de Mitford. Et elle ne voyait pas vraiment Zainal et Mitford échanger des « trucs d'hommes ».

Il revint avec un bol de soupe fumante, attentif, et, curieusement, il y avait beaucoup de sympathie dans ses yeux jaunes.

— Merci, Zainal, dit-elle, soufflant sur une cuillerée de soupe. Je suis trop montée sur mes grands chevaux, je crois.

— Je t'aime, tu sais, dit-il, avec une désinvolture qui

aurait excité ses nerfs déjà éprouvés si un reste de bon sens ne lui avait pas fait comprendre qu'un tel aveu était très peu catteni.

Il couvrit sa main libre de la sienne et ajouta :

— Ce n'est pas une émotion que j'aurais cru pouvoir jamais éprouver en tant qu'homme.

Cela lui fit un choc, comme un coup de poing au plexus. Elle laissa tomber sa tête sur son épaule et se mit à pleurer sans bruit. Elle savait qu'il avait deux enfants ; même les élus avaient le droit de procréer pour leur lignée. Il n'avait jamais dit un mot de la mère (ou des mères ?) qui les avait mis au monde. S'était-il refusé le droit d'aimer ? Parce qu'il savait qu'il était un élu et qu'il ne vivrait pas longtemps « en tant qu'homme » ?

— Pourquoi pleures-tu... maintenant ? dit-il, au comble de la perplexité.

— Pour toi. Parce que tu peux m'aimer.

— Ce n'est pas difficile.

Elle perçut l'amusement dans le frémissement de sa voix et, essuyant vivement ses larmes, elle leva les yeux sur lui avec son plus beau sourire.

— Mange ta soupe. Il va bientôt falloir se remettre au travail, dit-il avec une infinie douceur, et elle ne l'en aima que davantage.

CHAPITRE 8

Les Mentats eosis avaient délibéré, examinant les rapports des deux satellites avec une attention méticuleuse aux détails. Et chaque fois qu'ils les visionnaient, leur agitation croissait. Deux sujets d'inquiétude furent identifiés : un, le fait que les Eosis n'étaient pas, comme ils le supposaient jusqu'alors, l'unique espèce intelligente de la galaxie, et la raison pour laquelle ils n'avaient jamais rencontré les Autres alors qu'ils avaient minutieusement exploré ce bras galactique. Deux : comment les Autres disposaient-ils d'une technologie de très loin supérieure à la leur, et quand les Eosis pourraient-ils la rattraper ou la surpasser ?

Le Mentat Ix attira leur attention sur le bref aperçu que son hôte avait eu d'une unité de communication portable. Logiquement, une enquête s'imposait, pour déterminer l'importance de la machinerie de la planète coloniale et comprendre la construction et le fonctionnement de ces machines.

Cette mission fut assignée au Mentat Ix, assisté de deux jeunes Mentats choisis pour leurs connaissances technologiques et leur inventivité dans l'inspection et l'analyse des installations. Le vaisseau de guerre AA1 les amènerait sur les lieux, et il emporterait également des gardes pour réprimer tout soulèvement éventuel des populations, qu'on savait instables.

Comme le superbe croiseur flambant neuf atteignait la ionosphère de la planète cible, un défaut se manifesta dans le nouveau système de propulsion, simple bizarrerie en fait, mais qui provoqua une onde de choc traversant le vaisseau de la proue à la poupe. Les jauges du système de détection sortirent de leur cadre pendant une nanoseconde, puis revinrent à leur position initiale, et les moteurs se remirent à fonctionner comme si rien ne s'était passé. L'analyse des systèmes et l'évaluation des dégâts furent entreprises, mais aucune anomalie ne fut détectée dans le fonctionnement de tous les secteurs. Même le Mentat Ix en resta confondu. Cela ne lui plaisait pas plus que les autres chocs qu'il avait subis du fait de ce système arriéré.

Le capitaine activa toutes les sécurités disponibles sur cette dernière merveille de la technologie eosie-cattenie, et entra dans l'atmosphère de la troisième planète. Il ne détecta pas davantage de formes de vie qu'il devait y en avoir, compte tenu du nombre de prisonniers qu'ils y avaient débarqués, et le nombre de créatures inférieures précédemment évalué restait stable. Il y avait 2 003 humains de moins qu'il n'y avait de déportés au départ, mais il avait dû y avoir des pertes, à la fois pendant le transport et depuis l'atterrissage. L'Eosi avait stipulé qu'ils devaient atterrir à l'endroit où la plupart des largages avaient lieu, facilement identifiable grâce à l'épave du transport.

Des équipes de gardes sortirent au petit trot pour une brève reconnaissance des environs immédiats et de l'épave. Ils arrivaient au milieu du champ quand ils furent attaqués par des créatures aériennes. Elles furent abattues avec la précision pour laquelle ces troupes d'élite étaient célèbres. Et identifiées comme des formes de vie indigènes, précédemment signalées par les premiers explorateurs.

Arrivés à l'épave, ils firent état de signes de chaleur intense et de dégâts provoqués par le feu dans la section de la propulsion. Bien sûr, cela concordait avec les rapports des deux commandants drassis et des sauveteurs qui avaient perdu la vie dans le second accident.

— Le troisième, rectifia le Mentat.

— Seigneur ? demanda nerveusement le commandant.

— Le vaisseau de reconnaissance a également disparu après avoir atterri sur cette planète.

— Excusez-moi. Je n'avais pas connaissance de cet incident, Seigneur.

— *Moi,* si.

Et il n'y avait pas à discuter.

— Curieux que trois... commença le jeune Mentat Co, qui s'interrompit, pensif.

— Oui, trois, c'est curieux.

De la tête, le Mentat Ix indiqua au commandant de continuer ses investigations.

Le chef des gardes ajouta alors qu'il ne restait de l'épave que la coque. Elle avait été cannibalisée.

Le Mentat Ix observa avec irritation que la procédure normale n'avait pas été respectée en cette occurrence : on aurait dû faire sauter le transport, pour que rien n'en soit récupérable. Il était regrettable que les deux commandants drassis aient perdu la vie dans l'explosion ultérieure du KDL.

— Il ne devait pas rester grand-chose d'utilisable, remarqua-t-il finalement, écartant le problème.

— Il y a une concentration de métaux non loin d'ici, dit le commandant, ce rapport lui ayant été transmis en toute hâte.

Ix hocha la tête et, d'un doigt, informa le commandant qu'il devait envoyer des éclaireurs pour enquêter.

Ils revinrent avec des photos, prouvant qu'il y avait de grandes installations : granges, abris, piles de rectangles qui semblaient être des caisses démontées. Et beaucoup de machines différentes.

— Des machines agricoles, dit le commandant, car il avait quelques connaissances en agriculture.

— Quelle saison est-ce ici ? demanda le Mentat Se.

— Il fait froid, mais pas trop. L'hiver, peut-être, proposa Co.

— Les machines agricoles restent dormantes en hiver, remarqua le commandant.

— Apportez-en une ici.

— Peut-être le Mentat préférerait-il les voir dans... euh... leur environnement normal ? suggéra le commandant.

Cela était plus logique que déplacer de grosses machines encombrantes.

— L'air est pur ?

— Oui, Seigneur, dit le commandant.

Il espérait en profiter pour en respirer lui-même quelques bonnes goulées. Car s'il parvenait à faire sortir les Mentats de l'AA1, il avait ordonné à l'équipage d'aérer le vaisseau.

Les Mentats furent transportés sans effort dans la vedette du commandant, assez spacieuse pour trois Mentats et l'équipage nécessaire. Ils ne virent rien d'impressionnant dans les installations creusées dans la falaise. Ni dans les machines qui attendaient docilement la reprise de leurs activités préprogrammées. En fait, la machinerie était d'une simplicité déprimante dans sa conception et ses fonctions, comparée à l'immense vaisseau orbital qui avait tellement stupéfié Ix lors de son premier voyage dans ce système solaire.

— Rien de tout ça ne fait notre affaire ni ne nous donne aucune idée de la mentalité des concepteurs, dit le Mentat Ix, sans toutefois rien trouver à redire au soleil et à la pureté de l'air. Quand la colonie sera développée, il est même possible que je prenne le contrôle de cette planète.

Les Mentats Co et Se échangèrent discrètement un regard, puis retournèrent au vaisseau derrière leur aîné. Bien que n'ayant rien trouvé de technologiquement significatif, Ix ne donna pas immédiatement des ordres, mais se retira dans sa suite pour méditer.

Pour parer à toute éventualité, il finit par ordonner au commandant de préparer la vedette pour une seconde exploration. Il emmena les deux autres Mentats avec lui. Ix montra au pilote où il souhaitait atterrir. Il lui demanda aussi de planer au-dessus d'une colline où il remarqua des glyphes.

— Le message est en catteni, dit le Mentat Co.

— Oui, le traître Zainal est ici.

Le Mentat Ix fit grincer les dents de son hôte de la plus curieuse façon, puis, d'un geste péremptoire, fit atterrir la vedette à l'endroit où, quand il était encore Lenvec, il s'était posé pour rappeler son devoir à son frère.

Sur le site, il y avait d'autres champs entourés de haies, mais certainement rien qui pût justifier la défection de l'élu. Et des traces presque effacées de l'atterrissage du vaisseau de reconnaissance. Le Mentat Ix tourna la tête dans la direction d'où Zainal et les humains étaient venus.

— Emmène-nous là-bas ! dit-il, tendant le bras.

La vedette décolla et arriva bientôt au-dessus d'une profonde ravine, qui, observée à basse altitude, révéla non seulement des signes d'occupation humaine, mais aussi un nombre considérable de formes de vie dans le dédale des cavernes. Les détecteurs de la vedette enregistrèrent aussi la présence d'unités de communication, mais fonctionnant sur une fréquence qu'ils ne purent pas relever avant que le signal ne se taise brusquement.

— Ils possèdent d'autres de ces unités portables, dit Ix d'un air pincé.

— Le Mentat désire-t-il atterrir et parler aux humains ? demanda le pilote comme certains émergeaient des cavernes.

— Je ne m'intéresse pas à la vermine.

Ix avait observé la signature de la présence humaine plus attentivement que les autres ne le réalisaient. Mais ce qu'il cherchait, c'était la signature d'une vie cattenie, qui n'était visible nulle part, à l'intérieur ou à l'extérieur des grottes. Tout au fond de l'esprit du Mentat, un gémissement pathétique tremblota.

— Les humains semblent s'être déplacés beaucoup, dit le Mentat Co, si ces ondes sont émises par des humains, termina-t-il, les montrant d'un long ongle effilé à différents endroits de la carte.

Le Mentat Ix regarda Co avec quelque intérêt.

— Déplacés où ?

— Sur le petit continent adjacent à celui-ci. On a enregistré beaucoup de signes de présence humaine quand on l'a survolé.

— Rentrons, dit le Mentat Ix, en se rasseyant, impatient de retrouver le vaisseau pour aller sur l'autre continent.

Il trouverait peut-être la signature cattenie dans les autres concentrations d'humains.

L'AA1 décolla, le poids de sa visite laissant une déclivité considérable à travers le champ, et le Mentat Ix se rendit sur la passerelle et se posta derrière l'officier chargé de détecter les formes de vie.

— Cherche la signature cattenie, dit Ix, tapotant ses longs ongles les uns contre les autres, en un *staccato* qui fit grimacer l'officier.

L'AA1 décrivait une courbe ascendante et n'avait pas encore atteint l'altitude désirée quand un point lumineux surgit sur son écran — annonçant la présence d'un Catteni. Mais si bref que l'officier se demanda si le signal était valide. Le Mentat, voulant en avoir le cœur net, ordonna au vaisseau de tourner au-dessus du site, une langue de terre s'avançant dans le bras de mer séparant les deux continents. Mais rien ne s'afficha plus sur l'écran.

— Une anomalie, peut-être, suggéra Co d'un ton suave, quand ils eurent plané pendant assez longtemps pour orbiter plusieurs fois cette misérable planète.

— Peut-être, dit Ix avec irritation, et il fit signe de traverser la mer.

La plus grande concentration de signatures humaines fut relevée autour de la baie du nord.

— Ils ont infesté l'endroit, remarqua Co, tandis que l'officier cherchait une signature cattenie au milieu de la confusion.

Ix rumina un long moment, tandis que l'AA1 maintenait sa position, brûlant de grandes quantités de carburant. Puis, d'un geste impérieux, le Mentat Ix ordonna au commandant de retourner sur Catten à la vitesse maximale.

Le capitaine ne demandait pas mieux, pressé de se débarrasser de ses passagers eosis, et il donna les ordres nécessaires.

Il fut presque éjecté de son fauteuil de commandement quand le mouvement fut brusquement stoppé. Les moteurs continuaient à tourner, leurs vibrations montant dans l'aigu jusqu'à un gémissement de frustration, arrêtés par un obstacle impénétrable.

— Il y a une barrière, Commandant, dit le timonier, scrutant l'opacité qui les maintenait immobiles. Elle entoure toute la planète.

— Détruisez-la, dit Ix, agitant nerveusement son long bras.

Le commandant ordonna un tir de barrage à toutes les armes de poupe, certain que sa puissance de feu suffirait à la tâche. Le vaisseau tangua follement, et tout l'équipage se couvrit les yeux devant les éclairs.

— Je distingue un affaiblissement de l'opacité juste devant nous, dit le navigateur, s'efforçant de ne pas penser à la performance décevante du nouveau système d'arme tant vanté.

Le commandant ordonna de renforcer le feu et le vaisseau avança lentement, très lentement, poussant contre la barrière qu'il avait été incapable de détruire. Puis, tout d'un coup, l'astronef plongea de l'avant à travers l'obstacle, renversant tous ceux qui se tenaient alors debout, y compris les trois Mentats. Plusieurs officiers se ruèrent pour les aider, mais les Mentats les écartèrent d'un grondement, et se relevèrent lentement, regardant autour d'eux d'un air furibond.

— Stop ! ordonna Ix au commandant. Je veux savoir ce que c'est que cette barrière, et comment elle a pu arrêter ce vaisseau.

Le commandant ordonna à l'équipe des communications d'activer l'écran de poupe. Rien ne se passa.

— J'ai demandé la vue à l'arrière, rugit-il, mais tandis que l'officier des communications se recroquevillait devant la fureur du commandant, toutes ses tentatives d'activer l'écran arrière se soldèrent par des échecs.

— Pas de réaction, dit-il.

— L'évaluation des dommages, dit un officier ingénieur, fait état de problèmes avec les antennes, Commandant. C'est un problème externe.

— Réparez ! dit le commandant, abattant les poings sur ses accoudoirs.

Des ordres furent donnés, et Ix recommença à entrechoquer ses longs ongles avec beaucoup plus d'irritation que le commandant n'osait en manifester.

— Eh bien, fais demi-tour pour que les écrans de proue puissent nous éclairer. Je dois examiner cet obstacle, dit Ix, décrivant du doigt un petit cercle.

En se libérant, la puissance de ses moteurs avait entraîné l'AA1 à une distance considérable avant la fin de la manœuvre. Le commandant grommela entre ses dents en réalisant à quelle distance ils étaient de cette misérable Bulle, et un silence gêné tomba sur la passerelle jusqu'au moment où ils se retrouvèrent assez près du phénomène pour l'étudier. Pendant ce temps, l'évaluation des dommages établit que toute les protubérances dépassant vingt centimètres et toutes les fragiles antennes avaient été arrachées. Et effectivement, quand ils furent assez près de la Bulle, l'écran avant leur montra que toutes les pièces manquantes étaient piquées dans la Bulle, dessinant les contours de l'AA1 plus résistant. Et la Bulle entourait complètement la planète, à courte distance des deux satellites, qui continuaient leurs orbites programmées, mais qui n'enregistraient plus rien, qu'une vue continue de la Bulle.

— Elle laisse passer la lumière, dit l'officier des sciences, soulagé d'avoir quelque chose de positif à rapporter, car il dut ajouter que sa composition demeurait un mystère.

— Examine-la à fond, dit Ix, dominant le technicien de toute sa hauteur, et exigeant des réponses.

Le Catteni, l'un des meilleurs dans sa branche, utilisa toutes les techniques disponibles à son poste de travail, censé avoir bénéficié de tous les derniers perfectionnements, et ne trouva rien de plus à communiquer. Finalement, il ouvrit les mains en un geste d'impuissance, concédant sa défaite. Il n'osa pas lever les yeux sur le

Mentat, de sorte qu'il ne vit pas venir le coup qui lui fit éclater la tête comme un melon.

Ix quitta la passerelle en fureur, suivi de ses cadets, et le commandant dit au timonier de reprendre la trajectoire originelle les ramenant à Catten. Puis il fit signe d'enlever le cadavre du poste science.

— Bon sang, je ne sais pas ce que c'était, dit Marrucci aux autres, rassemblés sur la passerelle du KDL. Je n'ai jamais rien vu de pareil — ça a poussé toutes les jauges hors de leur cadre, et pendant une seconde... — il fit une pause — c'était comme si l'espace s'illuminait.

— Allons, ne nous emballons pas, dit Scott, puis il se tut brusquement.

Beverly siffla entre ses dents.

— Je *sais* que ce n'est pas possible technologiquement, commença-t-il lentement. Mais ces temps-ci, il s'est passé tant de choses normalement attribuables à la science-fiction que nous pouvons faire un pas de plus et penser qu'il est possible de placer une barrière autour de toute une planète.

— En tout cas, il y a quelque chose là-haut qui n'y était pas avant, dit Scott, se penchant sur le scanner de la passerelle pour regarder. Même si ça n'apparaît que comme une brume, un voile, ou une opacité.

— Quand j'étais petit, j'ai vu un épisode de *Star Trek* appelé « Le Piège des Tholiens », remarqua Marrucci d'un ton d'excuse, dans lequel on construisait un filet autour de l'*Entreprise* pour l'empêcher de sortir.

— Et comment l'*Entreprise* s'était-il libéré ? demanda Beverly sans la moindre ironie.

Marrucci réfléchit un bon moment, puis haussa les épaules.

— Je ne me rappelle pas. Mais je revois encore le filet qu'on enroulait autour du vaisseau, et ils savaient que le temps leur était compté...

Sa voix mourut.

— Alors, est-ce que les Fermiers veulent nous empêcher de partir ? Et pourquoi ont-ils laissé le vaisseau des Eosis entrer, puis ressortir ?

— Il a percé un trou dans le filet pour s'échapper ? demanda Marrucci, regardant autour de lui pour voir si quelqu'un proposait une autre hypothèse. Ce qui expliquerait les éclairs, les Eosis pulvérisant l'obstacle.

— Pourtant, il n'y a pas de trou maintenant, dit Scott en se levant, mais sans quitter l'écran des yeux. Et d'abord, que venaient faire ici les Eosis ?

— Nous observer ? suggéra Fetterman.

Ils avaient tous été alertés à la Baie de la Retraite par les sentinelles deskies quand l'astronef les avait survolées. Puis le groupe de l'ancienne Échappée Belle les avait informés que le vaisseau avait atterri dans le Champ de Largage. Observant discrètement, ils avaient ensuite rapporté tous ses mouvements, y compris l'arrivée à l'abattoir, et la détérioration du champ près de Camp Rock. Worrell rapporta également le survol de Camp Rock. Et, en détail, ce qu'il avait vu *à l'intérieur* de la vedette.

— Dans la vedette, j'ai vu trois... géants, dit Worry d'une voix tremblotante. Ils nous regardaient d'en haut, et je n'ai jamais fait un tel cauchemar. Ils étaient comme... des sortes de Cattenis, mais il n'y a aucun Catteni si gros et si féroce. Les têtes étaient affreusement déformées, et les traits étaient comme des caricatures de Cattenis. Même les Cattenis ne méritent pas un sort pareil. Je suis content que Zainal ait échappé à ça, si c'est ce qui l'attendait !

— Je confirme ce que dit Worry, dit Léon Dane. Je n'ai jamais rien vu de pareil, ni à Sydney, ni dans tous les documents que nous avons raflés pendant nos opérations en Australie. Il existe une maladie — l'éléphantiasis — qui donne un aspect comparable. Mais l'énorme dilatation de la tête n'a rien à voir avec une anomalie encéphalique... Pas étonnant que les Cattenis ordinaires soient terrifiés par les Eosis. J'ai eu tellement peur que ça m'a donné la courante.

Peu après ce rapport, le vaisseau fut observé en train de planer au-dessus du bras de mer, au-dessus duquel il tourna en rond un bon moment. Assez longtemps pour qu'à la Baie de la Retraite ils aient le temps de compléter le camouflage du KDL et de Bébé, maintenant abrités dans la grande caverne.

— Vous croyez qu'ils cherchaient Zainal ? demanda Mitford. Il devait être à peu près là, dit-il, montrant le point qui avait attiré l'attention du vaisseau. Dans le Rafiot.

— Quel effet peuvent avoir plusieurs brasses d'eau sur les scanners de détection des Cattenis ? demanda Marrucci aux assistants.

— Zainal le sait peut-être, mais il vaut mieux ne pas le contacter pour le moment, d'accord ? dit Mitford.

Personne ne l'aurait pu de toute façon, car c'est à cet instant que l'astronef des Eosis se heurta à l'obstacle immuable, et qu'ils commencèrent à se demander avec inquiétude s'ils étaient scellés à l'intérieur, ou les autres scellés à l'extérieur.

Ayant terminé sa tâche programmée, le drone de la Bulle passa en mode observation, et enregistra l'arrivée d'un petit vaisseau qui venait de décoller de la planète cible. Bien sûr, il avait observé l'arrivée et l'atterrissage de l'appareil quelque temps plus tôt, mais à ce stade, n'étant pas encore programmé pour agir, il avait continué à se consacrer à sa mission première, à savoir éjecter un matériau qui formerait la barrière protectrice.

Toutefois, quand le vaisseau chercha à vaincre la résistance de la barrière, il accéda à ses instructions de crise. Pendant le bref moment que cela lui prit, le vaisseau lança des forces qui furent rapidement disséminées à travers la barrière pour en diffuser l'effet. Les efforts subséquents du vaisseau pour franchir l'obstacle affaiblirent la barrière. Puis les instructions furent disponibles, et la Bulle aida à l'expulsion du bâtiment hostile. La substance de la barrière accrocha et retint les protubérances et les parties saillantes de la coque. Mais dans l'ensemble, la Bulle demeura intacte, la planète étant désormais à l'abri des dangers extérieurs, parmi lesquels on pouvait à présent ranger le vaisseau.

Puisqu'il y avait eu une attaque, le mécanisme orbitant accéda à son segment messager, s'identifia, et entra un rapport complet de l'incident. Quand le segment messager atteignit le point à partir duquel sa propulsion hyperespace pouvait fonctionner sans qu'aucun choc en retour n'endommage le système solaire, il parvint rapidement à sa base.

Cette fois, sa teneur fut aussitôt examinée par des entités capables de traiter le problème.

Quand Zainal et Kris émergèrent du bras de mer à la Baie de la Retraite, ils remarquèrent que tous ceux qu'ils croisaient étaient très excités, et leur faisaient de grands signes tandis qu'ils se dirigeaient vers le quartier général installé dans la grande caverne. C'est alors qu'ils trouvèrent Mitford, qui venait les chercher dans son petit véhicule sur coussin d'air.

— Tout le monde pense qu'ils te cherchaient, dit-il à Zainal. Montez, tous les deux. Laissez les autres décharger le Rafiot.

— On plongeait juste dans le bras de mer quand le vaisseau est passé au-dessus de nous, dit Kris en s'asseyant. On n'en était pas loin quand on a appris l'atterrissage dans le Champ de Largage, et Zainal — elle lui fit un petit sourire — a mis l'accélérateur au plancher, et a foncé vers le bras de mer aussi vite que le Rafiot pouvait filer. Il n'aurait pas fallu qu'ils le repèrent, alors qu'il est censé n'être plus qu'un tas de ferraille dans l'espace avec le reste du KDL.

Elle ne lui avait pas parlé de son autre crainte, que Mitford venait d'exprimer, à savoir qu'ils le cherchaient. Du moins, pas avant d'apprendre que le vaisseau avait atterri au même endroit que Lenvec, endroit où ils s'étaient également emparés du vaisseau de reconnaissance. C'est alors que Zainal avait commencé à conduire plus vite qu'il n'était prudent sur le terrain inégal. Il filait à toute vitesse vers la mer, pour plonger aussi profond qu'il était possible. Elle avait su alors que Zainal était vraiment soucieux. Maintenant, il semblait amusé par l'incident, et sourit aux paroles de Mitford.

— Worry a vu trois Eosis ? demanda Zainal, une lueur presque démoniaque dans les yeux.

— Ouais, et lui et Léon ont eu une peur bleue.

Le sourire de Zainal s'élargit, teinté d'ironie.

— Ils sont terrifiants. J'ai dû faire un gros effort pour ne pas déshonorer mon père et toute ma lignée en mouillant mon pantalon. Mais seulement la première fois, ajouta-t-il, avec son haussement d'épaules caractéristique.

— C'est ça que tu serais devenu si tu étais parti ? demanda Mitford, sans oser rencontrer son regard.

Le Catteni hocha lentement la tête.

— Ainsi, ils sont venus ? Ils ont inspecté la machinerie à l'Échappée Belle et à Camp Rock, et ils n'ont pas trouvé de signature cattenie. Mais ils sont partis. Il n'y avait rien sur l'écran quand on est sortis de la mer. Qu'est-ce qui s'est passé ? Je veux en savoir plus.

— Et il y a des tas de choses à savoir, que tu ne pouvais pas voir sous l'eau. Les galonnards vous attendent, dit Mitford avec un grand sourire, arrêtant son véhicule au pied des marches menant au sas ouvert du KDL.

Ils montèrent et entrèrent.

— Ce sont de bonnes nouvelles, Sergent ? demanda Kris, se remémorant les derniers klicks avant la plongée.

Zainal avait l'air si sombre, si... effrayé ? Elle n'aimait pas penser que quoi que ce soit pouvait effrayer Zainal, tout en sachant qu'il avait peur des Eosis. Se doutait-il que le vaisseau le cherchait peut-être... encore ? Comme s'en doutaient les autres. Son frère Lenvec pouvait-il être encore assez conscient pour faire partir un Eosi à sa recherche afin de se venger ?

— Bonnes, si on veut, dit Mitford, avec un sourire bizarre. Dis donc, Zainal, est-ce que le scanner de ce vaisseau pouvait voir sous l'eau ?

— J'espère que non, dit Zainal.

Et Kris, qui l'observait de près, vit ses mâchoires se crisper.

— Si ça peut te réconforter, je crois que non, parce que dans le cas contraire ils t'auraient trouvé si c'était toi qu'ils cherchaient, dit Mitford. Ils ont passé pas mal de temps à survoler le bras de mer à l'endroit où vous avez dû plonger.

— On est passés à un cheveu de la catastrophe, dit Kris, les yeux fixés sur Zainal.

— Mais ils sont partis, dit Zainal, hochant la tête avec satisfaction.

— Ils sont partis. Et avec un big bang ! dit Mitford.

Kris et Zainal n'eurent pas le temps de le questionner davantage, parce qu'ils étaient arrivés à la passerelle où Scott, Beverly et Marrucci les attendaient.

— Content que vous soyez rentrés sans encombres, dit Scott en leur faisant signe de le rejoindre devant l'écran. Gino, repasse le départ du vaisseau catteni, tu veux ?

Marrucci, souriant jusqu'aux oreilles, tapa les instructions nécessaires comme s'il s'était servi du matériel catteni toute sa vie. Kris poussa un cri étouffé auquel Zainal fit écho en voyant le point du vaisseau catteni stoppé net.

— Comment a-t-il pu heurter un mur dans l'espace ? demanda-t-elle.

Alors seulement elle remarqua la peau à peine visible de la Bulle.

— Qu'est-ce qui l'a arrêté ?

Elle se tourna d'abord vers Beverly, puis vers Scott et Marrucci, enfin vers Zainal.

Il branlait du chef, les yeux brillant d'une intense satisfaction.

— Cette chose encercle toute la planète ? demanda-t-il.

— Nous avons des raisons de le croire. Mais regardez, dit Scott, levant une main, doigts écartés pour protéger un peu ses yeux de l'éclair.

— Ouah ! s'écria Kris, battant des paupières pour se débarrasser de la rémanence rétinienne. Qu'est-ce que c'était ?

— Les armes de poupe tirant toutes en même temps, dit Zainal d'un ton très bizarre. Et ça n'a pas suffi ?

Il continua à observer, un demi-sourire aux lèvres, puis il finit par glousser. Bras croisés et toujours gloussant, il observa le vaisseau qui poussait lentement l'obstacle et disparaissait.

— Ah ! fit-il, décroisant les bras. C'est effectivement très intéressant, ajouta-t-il en se tournant vers Scott.

— Oui, c'est aussi notre avis, dit Scott, s'asseyant au bord du panneau de contrôle. Nous pensons qu'ils te cherchaient...

— Je le leur ai déjà dit, dit Mitford, s'asseyant au poste de travail voisin.

Scott regarda Zainal en coin.

— Est-ce possible ?

— Dans quel but ? demanda Zainal, haussant une épaule avec désinvolture. J'ai poussé le Rafiot pour qu'ils ne le voient pas à découvert. Ils auraient pu le repérer si leurs scanners avaient regardé dans la bonne direction. S'ils sont venus, c'est pour voir ce que leurs satellites ont vu. Il était en place à l'apparition de la sphère, et aussi quand le grand vaisseau a remplacé les machines. Les Eosis sont allés les inspecter, non ?

Mitford eut l'air soulagé, et Scott regarda Zainal avec une expression embarrassée.

— Ils viennent pour voir ce qu'il y a de nouveau sur Botany, répéta Zainal, découvrant les dents en un immense sourire. Pas pour moi.

Kris se permit de se détendre un peu. Elle avait oublié que les satellites cattenis devaient avoir envoyé leurs rapports. Bien sûr ! C'est ça qu'ils étaient venus voir. Largué il était, largué il restait.

— Tu crois que ce sont les Fermiers qui ont installé cette barrière spatiale ? demanda Scott, les yeux fixés sur Zainal.

— Qui d'autre ? Puisque le vaisseau de guerre a dû faire feu pour sortir, dit Zainal. Nous n'avons pas détecté quelque chose arrivant dans l'espace ?

— Juste que le satellite catteni semble avoir une ombre, dit Marrucci. J'étais de quart quand l'astronef est arrivé. À ce moment-là, il n'y avait rien.

— L'ombre accompagne-t-elle toujours le satellite ?

Marrucci eut un grand sourire.

— On ne peut plus voir si loin.

Mais il appela la séquence montrant une ombre minuscule derrière le satellite.

— Si c'est ce gadget qui a installé la barrière, il aurait dû se presser un peu plus, grommela Mitford. Pour empêcher les Eosis d'entrer.

— Il a sans doute fallu du temps pour la déployer, suggéra Beverly.

Puis, se tournant vers Marrucci, il ajouta :

— Dans « Le Piège des Tholiens », il a aussi fallu du temps pour tendre le filet autour de l'*Entreprise,* non ?

— L'*Entreprise* ! s'exclama Kris, étonnée. « Le Piège des Tholiens » ? Je me rappelle cet épisode.

— Tu te rappelles comment l'*Entreprise* s'est libéré ? demanda Marrucci avec espoir.

— Non, répondit-elle, penaude.

— On est bien avancés !

— Assez, dit Scott, interrompant leur badinage d'un geste péremptoire. L'épisode actuel finit mal. La planète est maintenant enfermée.

— Pour nous empêcher d'en partir ? demanda Kris à voix basse, sachant que les autres se posaient la même question. Ils veulent peut-être s'assurer que leur machinerie restera intacte. Même s'ils ne font pas de différence entre nous et les vaches-leuh, un vaisseau de cette taille devrait les inquiéter.

— Mais les vaisseaux cattenis entraient et sortaient comme des yo-yo, dit Mitford.

— C'est que les Fermiers ignoraient le changement de... locataires, dirons-nous, dit Scott avec un sourire sans joie, jusqu'au lancement de cette capsule d'alarme...

— Au fait, qui a eu cette brillante idée ? demanda Beverly, fronçant les sourcils.

— Elle a provoqué une réaction, et c'est ce que nous voulions, dit Mitford, refusant de citer un nom.

En quoi, se dit Kris, il montrait plus d'indulgence que n'en méritait Aarens.

— Et il a fallu... combien de mois avant l'arrivée de la sphère ? demanda Beverly.

— Sept, dit Zainal, et après, seulement trois semaines jusqu'au remplacement des machines par le grand vaisseau.

— Ce que je ne comprends pas, dit Kris, c'est que leur scanner n'ait pas relevé la présence d'un nouveau type d'êtres vivants sur la planète. Les vaches-leuh ont six pattes, et nous n'en avons que deux. Ce détail a bien dû être enregistré quelque part ?

Elle leva les deux mains, perplexe.

— Et la barrière a laissé passer le vaisseau catteni, dit Beverly, tout aussi perplexe.

— Ce dont, j'en suis certaine, Zainal est très reconnaissant, dit Kris à voix basse.

Beverly lui adressa un sourire compréhensif, son regard se posant brièvement sur Zainal, près d'elle.

— Effectivement, dit Scott, s'éclaircissant nerveusement la gorge.

— Très reconnaissant, dit Zainal avec ferveur, étirant ses longues jambes et se renversant sur son siège avec un soupir de soulagement.

— Mais pourquoi ? demanda Scott, continuant à analyser l'énigme.

— Parce que le vaisseau a fait feu sur la Bulle ? proposa Zainal.

— C'est une possibilité, bien sûr, si les Fermiers sont de nature pacifique, répondit Scott. Mais nous n'en sommes pas sûrs, n'est-ce pas ?

— Nous le savons par les vallées, dit Zainal, fermées pour garder quelque chose dedans, ou dehors. Mais pas pour tuer le quelque chose. Et maintenant, la Bulle nous garde à l'intérieur, et garde le danger à l'extérieur.

Il montra l'écran qui repassait la séquence de départ du vaisseau catteni.

— Je crois que ça va donner à réfléchir aux Eosis.

— Oui, mais qu'est-ce que ça nous apprend sur nos rapports avec les Fermiers ? dit Scott, regardant tour à tour chacun des assistants.

— On a tous eu l'impression d'être passés au scanner, vous vous rappelez ? commença Mitford, s'assurant qu'il avait l'attention de tous. Bon. La sphère a fait un inventaire et le vaisseau de ravitaillement a remplacé les machines manquantes. Disons donc que, comme tous les trucs des Fermiers, il était programmé pour enregistrer la présence de formes de vie attendues, et qu'il a relevé l'existence de beaucoup de formes de vie non identifiables. C'est peut-être pour ça qu'il y a cette Bulle autour de nous, jusqu'à ce que les Fermiers viennent jeter un coup d'œil sur ce qui n'était pas programmé.

— Tu espères que c'est le cas, c'est tout, Mitford, dit Scott. Cela justifierait tes objectifs : attirer leur attention et susciter leur aide.

Mitford acquiesça de la tête, et Scott poursuivit :

— Sauf que tes plans ont capoté.

— Pas tellement, Amiral. Pas encore, en tout cas.

— Ils auront échoué si les Fermiers décident que nous sommes un genre de vermine qui a infesté leur planète.

Kris le foudroya, furieuse qu'il ait pu dire une chose pareille. Puis elle réfléchit et se ravisa : il venait de dire ce que, sans doute, tous redoutaient.

Scott s'était exprimé avec une franchise brutale qu'il ne semblait pas regretter.

— Non, dit Zainal, dans le silence atterré qui suivit cette observation. Non, répéta-t-il avec plus de force, se penchant en avant, les mains sur les genoux pour renforcer sa pensée. Les Fermiers sont des cultivateurs, une race qui protège. Pour moi, les vallées le prouvent. Le scanner aurait pu tuer une forme de vie nuisible, mais il ne l'a pas fait. La barrière aurait pu détruire le vaisseau de guerre. Elle ne l'a pas fait. Elle l'a laissé passer. Nous leur prouverons que nous sommes aussi des cultivateurs, des protecteurs, des sauveteurs. Quand les Fermiers viendront...

— Parce que tu crois qu'ils viendront ? demanda Marrucci, haussant ses épais sourcils en l'espoir d'une réponse négative.

— Je crois qu'ils viendront, mais je n'attendrai pas qu'ils viennent, dit Zainal avec un sourire ironique. Je ne me ferai pas de souci avant qu'ils soient là. Je continuerai à vivre bien jusque-là.

— Je suis d'accord avec toi là-dessus, Zainal, dit Beverly.

— Moi aussi, dit Marrucci.

— J'ai mes réserves, Zainal, dit Scott, mais je trouve aussi qu'il est inutile de s'inquiéter, surtout en présence d'une force immensément supérieure, termina-t-il, levant les bras en un geste résigné.

— Cette planète a un grand potentiel, dit Beverly d'un ton convaincu. Mettons-le à profit, en espérant que les Fermiers verront en nous des cultivateurs et, peut-être, des locataires utiles.

— Amen, dit Marrucci en se signant.

Kris baissa respectueusement la tête en prenant la main de Zainal. Il ne parla pas de la Phase Trois, mais à la façon dont il pressa ses doigts, elle sut qu'il ne l'avait pas oubliée.

CHAPITRE 9

Pendant que les galonnards, accompagnés de Peter Easley, Yuri Palit et Chuck Mitford, visitaient les différents réfectoires installés autour de la Baie de la Retraite et un peu plus loin dans l'intérieur, pour contrer les rumeurs et expliquer ce qui s'était passé, Zainal et les aviateurs discutaient de la possibilité d'une rapide sortie avec Bébé pour aller examiner la Bulle. Bert Put, Marrucci, Raisha, Beverly et Vic Yowell mouraient d'envie de voir le phénomène. Ils partaient du principe que, si les satellites ne pouvaient plus voir ce qu'ils faisaient à la surface, ils pouvaient maintenant utiliser les appareils aériens pour leurs explorations. Et la première chose à explorer, c'était la Bulle.

— D'aussi près que possible.

— Ou même entrer dedans, avait dit Kris, se tenant à l'écart, mais bien décidée à faire partie du voyage pour diverses raisons.

Elle avait appris tout ce qu'il y avait à savoir sur les nouveaux équipements, et elle avait conduit le Rafiot assez souvent pour s'être habituée aux contrôles digitaux des tableaux de bord, prévus pour les grandes mains des Cattenis. Elle n'apprendrait peut-être jamais à piloter, mais il y a toujours bien d'autres choses à faire pendant un vol, pour lesquelles elle se trouvait tout à fait qualifiée.

Elle avait aussi l'impression que Zainal n'avait pas renoncé à son plan de « faire de l'auto-stop » sur le prochain véhicule des Fermiers qui paraîtrait dans le ciel de Botany. Comment réaliserait-il cet objectif ? Elle n'en avait aucune idée et il ne lui en disait rien mais, par moments, il regardait dans le vide, le regard vague, et elle le connaissait assez pour savoir qu'il ruminait les moyens d'y parvenir. Pourtant, étant donné la rapidité avec laquelle le vaisseau de ravitaillement avait effectué ses livraisons, aurait-il le temps d'arriver jusqu'à lui avant qu'il ne reparte à sa vitesse incroyable ? Bébé était équipé d'un rayon tracteur, et elle soupçonnait que c'est ce qu'il voulait utiliser pour s'attacher à la coque. Mais que se passerait-il s'il était délogé quand le vaisseau accentuerait son accélération, ou activerait ce qu'il utilisait pour couvrir les immenses distances qu'il traversait, ils en étaient maintenant convaincus ?

Elle espérait bien faire partie de ses plans. Malgré tous les amis qu'elle avait maintenant, elle ne voulait pas rester sans lui sur Botany. Surtout que la présence de Zainal la protégeait des importunités. Elle avait déjà eu plusieurs conversations pénibles avec des hommes qui voulaient figurer sur sa liste de « paternité ». Ils s'affirmaient prêts à renoncer à une conception naturelle, mais ils désiraient qu'elle porte leur enfant.

Elle les avait remerciés de l'intérêt qu'ils lui portaient — alors qu'elle avait envie de les assommer — et avait répondu qu'elle réfléchirait à leur proposition. Et elle ne quittait pas Zainal d'une semelle, même si ça l'obligeait à interrompre le travail de la maison qu'ils construisaient. Elle fit ce qu'elle put sans son aide — jusqu'au moment où des mâles se présentèrent avec des offres d'assistance... et des requêtes de paternité.

Puis Raisha découvrit qu'elle était enceinte, et se retira en faveur de quiconque voudrait prendre sa place.

— J'ai déjà volé, et c'était merveilleux, dit-elle, les yeux brillants à ce souvenir, mais je n'ai pas envie de batifoler en apesanteur, merci.

De plus en plus de femmes étaient dans la même situation. Astrid, Sarah et les trois femmes qui avaient décodé les textes cattenis annoncèrent leur grossesse. Kris ne quittait pas Zainal dans la mesure du possible, et assistait même à toutes les séances d'instruction sur la passerelle de Bébé, pour éviter la « contagion ». Pas étonnant qu'on construisît tant de maisons individuelles dans la baie.

Le remplacement de Raisha ne posa pas de problème, et Bert, magnanime, proposa également de céder sa place. Beverly et Marrucci passèrent en revue les compétences de tous ceux qui se portèrent volontaires pour le vol, et sélectionnèrent Antonio Gedes pour le poste de Raisha. Mais Zainal insista pour que Bert fasse partie du voyage, car il avait quelque expérience de l'appareil et de l'espace, et deux autres pilotes, Alejandro Balenquah et Sidi Ahmed, furent ajoutés à la liste des participants.

— Non qu'on ait de grandes chances d'aller très loin, dit sombrement Balenquah.

Il était basané, avec des yeux noirs profondément enfoncés dans les orbites, qui regardaient le monde avec réserve. Kris n'était pas sûre d'apprécier son attitude indifférente alors qu'on lui offrait ce pour quoi une demi-douzaine d'hommes moins qualifiés auraient été capables de tuer. Enfin, peut-être pas de tuer, mais ce vol était excessivement convoité.

— Dis-toi bien qu'on ne sait jamais, mon vieux, dit Bert Put, contrarié lui aussi par son attitude. Est-ce que tu aurais jamais pensé retourner dans l'espace ? Eh bien, tu vas pourtant y retourner, ici et maintenant !

— Je suppose que tu as raison, dit Balenquah, qui changea d'attitude.

En fait, il fut le plus rapide des trois à se familiariser avec les équipements cattenis et les touches des panneaux de contrôle.

Le vol avait été organisé, en dépit des graves réserves de Reidenbacker et Ainger. C'étaient des rampants, avait remarqué Marrucci à l'adresse de Kris, et ils se méfiaient des manœuvres aériennes et spatiales. Si les satellites n'étaient plus visibles sur les écrans du KDL, alors, il y avait gros à parier qu'ils ne voyaient rien à l'intérieur de la Bulle. Il était donc non seulement sans danger, mais prudent, d'aller voir de près à quoi elle ressemblait.

— Sans parler du fait que tu meurs d'envie de reprendre l'air, dit Kris, et il sourit, plus juvénile que jamais bien qu'il eût atteint le grade de colonel dans l'armée de l'air.

— Tu en sais trop, Bjornsen, dit-il, faisant semblant de la viser de sa main en forme de pistolet.

Il avait l'habitude de faire craquer ses phalanges quand il était nerveux, chose qui fascinait Zainal car il en était incapable, au grand soulagement de Kris. Une personne affligée de ce tic dans l'espace confiné d'une cabine de pilotage, ça suffisait.

Zainal voulait voir également s'il pouvait localiser le satellite des Fermiers, ou ce qui contrôlait la Bulle.

— S'ils nous épient, c'est bien. Ils veulent en savoir plus avant de venir.

— Alors ça, c'est *ton* interprétation, dit Kris.

Il la regarda, un petit sourire aux lèvres.

— Et la tienne ?

Elle réfléchit un moment puis éclata de rire.

— Oui, ce pourrait bien être un parcours de souris.

— Un quoi ? demanda Zainal, perplexe.

Elle proposa alors une pause dans la construction de leur maison, pour lui parler des souris de laboratoire et des labyrinthes testant leur intelligence et leurs capacités d'apprentissage.

— Pour ajouter à ce que leur scanner a découvert sur nous.

— Mais on fait ce qu'on veut, dit Zainal, toujours perplexe.

— Ce n'est peut-être qu'une impression, dit-elle, pensant seulement à cette possibilité.

— Scott n'aimerait pas l'idée qu'un autre le commande, gloussa-t-il en se relevant pour prendre une autre brique.

— Il n'aimerait pas, c'est sûr et certain, acquiesça Kris en riant. On a juste assez de mortier préparé pour une autre rangée, dit-elle, en en prenant sur sa truelle. Je commence à avoir la main.

Puis elle repensa à ce que Sandy Areson avait dit, à savoir que construire un mur c'était la même chose qu'allaiter un bébé, et qu'elle s'y habituerait quand elle en aurait un à elle. Elle tapa sur sa prochaine brique pour la mettre en place, avec une telle force qu'elle la cassa en deux.

— C'est la quatrième ce soir, dit-elle avec irritation. Il faudrait peut-être les cuire un peu plus longtemps, non ?

Mais c'était Sandy qui cuisait les briques, alors Kris savait que ça ne venait pas de la fabrication. Cette activité faisait partie des corvées auxquelles tous participaient. Pourtant, il y avait quelque chose d'apaisant dans le fait de remplir les moules de glaise, en sachant qu'on allait construire sa maison à partir de rien, dédaignant les écorchures vous couvrant les bras, les mains et les jambes.

Quand même, ce serait une belle maison, quand elle serait finie. Zainal et elle avaient choisi le site ensemble, lors de la première exploration. Ils avaient une vue splendide sur la baie, avec assez de terrain autour pour planter des légumes et des arbustes à baies, et, derrière, une rangée de « jeunes » arbres-charpentes. Après des mois de vie communautaire, tous aspiraient à un peu d'intimité, luxe que la baie leur permettait.

Le réfectoire de la Vallée Étroite avait été démonté, chargé à bord du KDL et réassemblé sur une hauteur dominant la baie, entouré de « bureaux » plus petits construits sur des terrasses, au-dessus et au-dessous. L'hôpital était le seul autre bâtiment d'importance, et Léon Dane annonça que le personnel médical n'avait pas le temps de construire une maternité. Cependant, il formait des sages-femmes pour les naissances à la maison, car il était certain que tous les bébés décideraient d'arriver en même temps.

Les logements individuels se répandirent dans toutes les directions, d'abord construits en bois d'arbres-charpentes, avant que la production de briques n'atteigne un niveau suffisant. Les bûcherons firent une découverte intéressante — même les plus petits des arbres-charpentes qu'ils abattaient avaient au moins mille ans.

— Ils ont des anneaux, exactement comme sur la Terre, dit Vigdin Elsasdochter, la spécialiste de l'environnement chargée de réglementer les coupes, toute prête à montrer la rondelle qu'elle portait. Et des anneaux serrés, indiquant que le climat n'a guère changé au cours du millénaire : pas de sécheresses, pas d'hivers rigoureux, pas d'étés caniculaires. Certains des plus gros arbres doivent avoir dix mille ans.

Une fois de plus, la question resurgit : depuis quand les Fermiers possédaient-ils la planète ? Car la « jeune » forêt de « jeunes » arbres avait été semée par les plus vieux. Même Worrell refusa de s'inquiéter à ce sujet.

— J'ai des soucis plus importants, dit-il un soir au réfectoire. Comme l'allocation du verre aux gens qui veulent avoir de grandes fenêtres et des cabines de douche ! Comme si on n'avait pas une grande baignoire devant nous, ajouta-t-il, montrant la baie.

Ceux qui travaillaient dans la construction sur la Terre, comme les frères Doyle, s'affairaient à donner des conseils, à montrer aux novices comment faire ce qu'eux avaient appris, comme disait Lenny, « sur les genoux de mon papa, pour ainsi dire ». Certains Asiatiques eurent des difficultés, car ils étaient habitués à des matériaux de construction différents. Les corvées communautaires terminées, et à mesure que les jours s'allongeaient, tous travaillaient à leur maison et donnaient un coup de main aux voisins pour les travaux exigeant une équipe.

Certains des galonnards vivaient dans le hangar de la falaise et dormaient dans leur bureau sur une paillasse, mais ils avaient tous choisi un site. Pourtant, l'administration de près de dix mille humains et extraterrestres occupait presque tout leur temps.

— Il faut bien que quelqu'un s'en charge, dit Mitford, quand Kris se plaignit que Scott semblait être le chef non élu de tout. Bon sang, Kris, je suis capable de commander un bataillon, et j'ai pu nous organiser plus ou moins au début, mais lui, il commandait un porte-avions avec dix mille hommes. Il est habitué à ce genre de nombre. Pas moi. Je n'étais que trop heureux de lui passer le chapeau, crois-moi.

Mitford resta chef de l'exploration et de la cartographie, s'efforçant de compléter les cartes aériennes par les détails nécessaires à l'expansion des cultures et de l'élevage.

— Si l'on peut appeler les vaches-leuh des animaux d'élevage.

Sachant que le sergent était vraiment heureux de partir en reconnaissance dans le Rafiot, Kris décida de ne pas garder rancune à Ray Scott. Incontestablement, il travaillait toutes les heures que Dieu avait données au jour de Botany. Et certains jours, il semblait presque aimable, comme si la planète avait mûri son caractère. D'autres fois, elle avait l'impression qu'il n'aimait pas Zainal, qu'il se méfiait de lui, et d'elle, par association avec l'ancien emassi. Il oscillait entre l'extrême cordialité quand il se ralliait aux connaissances de Zainal en certaines matières, et l'indifférence totale à ses avis. Quand même, il permettait aux autres de le contredire, ce qui adoucissait un peu Kris, et comme il avait commandé un porte-avions, elle supposait qu'il avait l'expérience nécessaire. Parfois, elle se félicitait que Scott donne les ordres, et non

Geoffrey Ainger, qu'elle n'aimait pas du tout. Il était tellement *british* qu'il en était presque la caricature d'un officier supérieur, et elle savait qu'il trouvait Zainal dangereux. Elle s'entendait bien avec Rastancil, Fetterman et Reidenbacker ; Beverly était le plus sympathique du lot, parce qu'il la regardait toujours en face quand il posait une question ou y répondait. Et Easley — qui portait bien son nom[1] — était facile à vivre. Toutes les réunions étaient plus détendues et productives quand il était là. Il avait le chic pour réduire les tensions et faire des suggestions qui relançaient les discussions pour un tour de table, au lieu de s'arrêter tout le temps à Ray Scott.

Ce qui la ramena au présent, et à la réunion à laquelle Scott et Rastancil les avaient convoqués. Ils voulaient que Zainal survole les régions montagneuses qu'il n'avait pas explorées lors du premier vol. Le petit tour pour aller voir la Bulle s'était transformé en cinq jours de circumnavigation autour de la planète.

— Vois s'il y a aussi des vallées closes sur notre continent, ou des gisements de minerais. On pourrait utiliser plus de cuivre, de zinc et d'étain s'il y en a.

— Je crois qu'il y en a, dit Zainal. Le mineur, Walter Duxie, a des copies des cartes aériennes du survol originel.

— Duxie ? Est-ce que je le connais ? demanda Scott par-dessus son épaule à son omniprésente ordonnance.

— Oui. Il a accepté de quitter l'autre continent et de superviser les mines ici, murmura Beggs. Trapu. Début de calvitie. La quarantaine. Britannique.

— Ah, oui. Dis-lui de m'apporter ces cartes, dit Scott, qui revint à Zainal et Kris.

Kris se demanda quelle description Beggs ferait de Zainal — et d'elle-même. Puis elle décida qu'elle préférait ne pas le savoir.

Deux jours plus tard, satisfait des progrès de ceux qui l'accompagneraient dans la Mission de la Bulle, comme l'appelaient ses participants, Zainal décida qu'il était

1. *Easy* : facile, simple... (*N.d.T.*)

temps de mettre la théorie en pratique. Il annonça un décollage à l'aube, et leur donna quartier libre pour la soirée, leur recommandant de se détendre. Non qu'il eût l'intention de suivre son propre conseil, car ils étaient prêts à poser la toiture sur les deux pièces de leur maison. Kris décida qu'elle devrait être morte de fatigue pour s'endormir, parce que la mission l'excitait beaucoup plus qu'elle ne voulait bien le dire.

Zainal venait de disposer les piles de bardeaux et dressait l'échelle contre le mur quand arrivèrent Mitford, Worry, Tesco, Sandy Areson, Sally Stoffers et les deux Doyle, marteaux en main et munis d'une deuxième échelle.

— Il ne faudrait pas que tu te casses les abattis juste avant la Mission de la Bulle, dit Mitford, bourru.

Kris sourit avec gratitude. Zainal avait appris les rudiments de la construction, mais elle avait peur qu'il ne tombe au milieu des chevrons, ou qu'il les casse, et il ne voulait pas la laisser monter sur le toit pour clouer les bardeaux.

— Vous ne pouvez pas aider, dit carrément Kris aux deux femmes.

— J'ai entendu parler de l'usage décoratif que tu avais fait de mes briques ocre clair, dit Sandy.

Elle haletait un peu après la montée, et elle avait apporté un tabouret. Elle le posa face à la maison et hocha la tête d'un air approbateur.

— Je n'avais pas réalisé qu'il y avait tant de nuances de couleur... Ça vient peut-être des novices qui mélangent tous la glaise à leur façon.

— J'aime les ocre clair, alors j'en ai ajouté aux rouges, dit Kris, considérant l'effet d'un œil objectif.

Ils avaient disposé les briques les plus sombres autour de la porte, des fenêtres, de la cheminée et aux coins de la maison. Il y avait une deuxième porte derrière, dans la plus petite pièce, pour accéder plus facilement aux latrines. Et une mezzanine pour dormir, idée devenue très populaire, surtout parmi ceux dont la famille allait s'agrandir.

— Je trouve que c'est très joli.

— C'est vrai. Je peux passer les clous. Et j'ai apporté mon tablier de travail, dit-elle, le lui donnant en riant.

Kris le noua à sa taille, tandis que Sandy en remplissait de clous les trois grandes poches.

— Est-ce que Zainal va s'en remplir la bouche ?

Kris gloussa.

— Non. Lenny l'a averti du danger d'avaler des clous. Même des intestins de Catteni ne pourraient pas en supporter une pleine bouche. Il a un seau.

Zainal avait fini de dresser l'échelle, et avant qu'il n'ait pu ramasser son seau, elle s'élança, s'aidant d'une main pour monter, et tenant de l'autre des bardeaux et un marteau.

— Dis donc ! protesta Zainal.

— On ne croirait jamais que c'est un Catteni si on ne le voyait pas, dit Sandy à Sally.

Sally pouffa, tandis que Zainal montait l'échelle aussi gracieusement que Kris. Mitford et Lenny Doyle parurent de l'autre côté du toit, et les coups de marteau commencèrent, résonnant en écho dans le petit vallon, et repris par les tap-tap-tap des autres marteaux sur les autres toits.

Avec tant d'aides pour tendre les bardeaux et les clous aux « couvreurs », le toit était terminé au coucher du soleil. Alors Zainal fit circuler de la bière à la ronde, et Kris servit la tisane qu'elle avait gardée au chaud dans la cheminée.

— La pièce paraît plus grande avec le toit, remarqua Kris, regardant la charpente et humant avec plaisir l'odeur des bardeaux.

Ils auraient pu avoir des ardoises, mais Mitford trouvait que les bardeaux étaient plus jolis et plus faciles à poser.

Ils se prélassèrent dehors jusqu'au lever de la lune, puis leurs amis s'en allèrent.

— On ferait mieux d'aller au hangar pour dormir dans Bébé, dit Kris, se dirigeant vers le trou de l'entrée.

Ils n'avaient pas encore de porte.

Zainal l'arrêta.

— Je veux rester sous mon propre toit, que j'ai construit...

— Aidé à construire, dit-elle, taquine.

— ... ce soir, termina-t-il, montrant la pile de couvertures que, dans l'impatience de terminer le toit, elle n'avait pas remarquées.

— Cela finirait bien la soirée.

— Pas tout à fait, dit Zainal, la prenant dans ses bras. C'est bon d'avoir une maison à soi. Très bon.

La nuit aurait dû être idyllique. Sauf que quand elle se leva pour aller aux latrines entre deux lunes, elle ne voulut pas réveiller Zainal en faisant de la lumière, et en revenant, elle trébucha sur une pile de bardeaux qui restaient et se cassa le bras droit.

Elle était furieuse de sa maladresse, de perdre aussi la chance de participer à la mission.

— Je n'aurais pas pu me casser le bras gauche ? Je suis droitière, dit-elle, pleurant davantage de déception que de souffrance, tandis que Zainal la portait dans le véhicule le plus proche et la conduisait à l'hôpital. Les deux os étaient cassés, mais Léon la consola en affirmant que ce n'était pas une fracture multiple, ce qui aurait posé des problèmes étant donné leurs moyens limités.

Puis il lui donna une bonne rasade de l'alcool de grain couramment utilisé comme analgésique. Le goût n'était pas encore au point, mais elle ne se plaignit pas.

— C'est assez dur, dit-elle, Zainal la serrant contre lui tandis que Léon remettait les os en place.

Elle s'évanouit après, non pendant, et reprit connaissance au moment où Léon fixait le dernier bandage autour de l'attelle.

— J'aurais préféré te plâtrer, mais on n'a pas encore le plâtre qu'il faut, dit Léon.

Il lui redonna une dose d'alcool, plus petite, « pour t'aider à t'endormir », dit-il.

Puis il accompagna Zainal, qui la portait, dans une salle vide. Il l'allongea doucement près de la fenêtre, puis approcha un lit contre le sien.

— N'en faisons pas une habitude, dit Léon, mi-sévère, mi-amusé, à la vue des arrangements de Zainal.

Mais il alluma la lampe solaire et referma silencieusement la porte derrière lui.

Kris aurait presque souhaité que Zainal la laisse souffrir

toute seule, mais le whisky avait atténué la douleur, et la chaleur, la gentillesse de Zainal la réconfortèrent si bien qu'elle s'endormit facilement.

Au matin, quand le décollage de Bébé la réveilla, il était parti. Le lit avait été rangé. L'aube pointait, et il avait décollé à l'heure. Elle se demanda qui avait pris sa place, puis se dit qu'elle ne voulait pas le savoir. Elle essaya de se rendormir, mais la douleur l'en empêcha, alors elle se leva et, drapée dans une couverture, partit à la recherche de quelqu'un qui l'aiderait à faire une infusion. Peut-être que ça atténuerait sa douleur au bras.

Ce qui l'atténua, ce fut une bonne rasade d'alcool dans la tisane.

— Je ne peux pas passer les semaines qui viennent soûle comme une grive, dit-elle à l'infirmière dans la cuisine.

— Ah, la douleur passera peu à peu, dit Mavis, l'infirmière de garde, avec un grand sourire. Ce tord-boyaux est bien utile. Maintenant, laisse-moi te ramener dans ta chambre et je t'aiderai à t'habiller. Je pourrai te rapporter la combinaison chez toi quand elle sera lavée ? Et visiter la maison ? Cumber et moi, on en construit une, et j'aimerais avoir une idée de ce que les autres ont fait. Vous avez utilisé des briques ou du bois ?

Mavis l'aida adroitement à s'habiller, et s'efforça de la distraire de sa souffrance par son bavardage.

— Arrête-toi à la pharmacie et on te donnera une bouteille — à usage médical, dit-elle en souriant et en lui montrant la porte de l'officine. Je vais appeler un véhicule, mais tu devras peut-être attendre...

— Je peux parfaitement marcher...

— Tu ne peux parfaitement pas, dit Pete Easley, qui arrivait à l'hôpital à cet instant. J'ai promis à Léon de venir te chercher. Tu as ta bouteille médicinale ? Assieds-toi pendant que je vais la chercher. Je sais où ils les mettent.

Il fit l'aller-retour avant que Kris ait eu le temps de s'asseoir. Puis, la prenant par son coude valide, il l'escorta jusqu'au véhicule.

— Mitford te l'a prêté ?

— Pour toi, pauvre invalide, Mitford est prêt à faire n'importe quoi. De plus, ajouta Easley avec un sourire diabolique, il a promis à Zainal de veiller sur toi.

— Hum, quelle charmante attention, dit-elle d'un ton acide, sachant à quoi Zainal avait pensé en demandant ce service à Mitford.

— Tu pourrais rester un jour de plus à l'hôpital, tu sais, dit Easley, la regardant avec insistance.

— Je ne suis pas malade, dit-elle, irritée, le dépassant pour monter dans le véhicule.

La banquette n'était pas très large, pourtant, généralement, deux personnes pouvaient y prendre place sans problème. Mais pas si l'une avait une attelle encombrante et une bouteille de tord-boyaux. Easley dut donc s'asseoir de biais, pour éviter de la cogner par inadvertance. Elle se sentait gauche et absolument pas dans son assiette. Ce qu'elle avait bu la veille ne pouvait pas lui avoir donné la gueule de bois, mais elle aurait donné n'importe quoi pour une aspirine.

— Il est bien parti ? demanda-t-elle.

— À l'heure pile. Laughrey a pris ta place.

— Laughrey, l'ancien pilote de Concorde ?

Elle retrouva sa bonne humeur. Elle aimait bien Laughrey, et il devait être au septième ciel, au propre et au figuré.

— Au moins, ce n'est pas le petit nullard de Scott...

Elle n'aurait pas aimé que ce soit lui qui la remplace.

Pete Easley éclata de rire.

— Il fait bien son travail, mais Scott le tolère uniquement parce que ça l'empêche d'empoisonner les autres. Il n'a pas beaucoup d'initiative, mais il a une mémoire photographique.

Les lève-tôt leur firent bonjour de la main, certains montrant l'attelle en faisant signe « pas de chance ». Ne sachant comment répondre à ces marques de sympathie, elle répondit à leurs saluts en souriant. Elle leva les yeux vers le ciel, sachant que Bébé devait être maintenant au-dessus de cet hémisphère.

— Tu crois que je pourrais me faufiler sur l'une ou l'autre passerelle ?

— Seulement quand tu auras déjeuné. Tu es pâle comme un linge, dit-il, s'arrêtant devant le réfectoire.

Elle prit donc son petit déjeuner, que Pete Easley lui apporta à la table où il l'avait assise, invisible de la porte.

— Je crois que tu n'as pas besoin de condoléances pour le moment, dit-il, la cachant aux regards éventuels.

— La nouvelle de mon accident s'est déjà répandue partout ? demanda-t-elle, retrouvant sa contrariété.

— Il a bien fallu donner des explications quand Zainal est arrivé avec Laughrey. Nous savons tous que tu mourais d'envie de participer à cette mission, dit-il. Et tu sais à quelle vitesse les nouvelles circulent à la Retraite.

— Oui, je le sais.

Elle grimaça, car même à ses propres oreilles elle trouva son ton grincheux.

— Ne t'inquiète pas de ça, Kris, dit Pete. À ta place, je serais encore plus de mauvaise humeur.

Et il l'escorta jusqu'au véhicule, sans que trop de monde ne s'apitoie sur elle.

— Je crois que je vais te ramener chez toi, Kris, dit-il, tournant vers sa maison au lieu de tourner vers le hangar. Tu n'es toujours pas toi-même.

— C'est vrai, acquiesça-t-elle. Absolument pas moi-même.

Mais elle ne voulait pas non plus aller dans une maison d'où Zainal était absent. Elle essaya de récapituler ce qu'elle pouvait faire d'une seule main, et ne trouva pas grand-chose. Même la vaisselle en exigeait deux.

— Écoute, Kris, ils n'atteindront pas la Bulle avant deux bonnes heures. Je te propose de te laisser chez toi et de venir te rechercher à temps pour assister à l'événement. D'accord ?

— Oui, ça me paraît bien, dit-elle comme il s'arrêtait devant la maison.

Elle descendait du véhicule quand elle réalisa que l'entrée n'était plus vide.

— Dis donc, comment est-elle arrivée là ? dit-elle, montrant la porte toute neuve.

— Lenny Doyle l'a posée au point du jour, dit Pete avec un grand sourire. Il a pensé que tu aimerais mieux être malheureuse en privé.

Ravie de cette surprise, elle se mit à tripoter le loquet.

— Si tu tires le cordon à l'intérieur, ça ferme comme une clé, dit-il, lui faisant une démonstration.

— Comme les pionniers d'autrefois, sourit-elle, manœuvrant le cordon pour ouvrir et fermer.

— Va te reposer maintenant. Je reviendrai te chercher, dit Pete, la poussant doucement dans la maison.

Il ferma la porte, et elle tira le cordon à l'intérieur.

— Merci, Pete.

Elle entendit son joyeux « pas de quoi », puis le murmure du véhicule sur coussin d'air qui s'éloignait.

Quelqu'un avait aussi fait le lit et ajouté des houppes cotonneuses au matelas. Elle bénit celui ou celle qui avait eu cette attention. Elle poussa du pied un tabouret sur les galets du sol, jusqu'à son lit, le renversa, le redressa de même, posa dessus sa bouteille pour l'avoir à portée de la main, puis s'assit sur le matelas pour ôter ses bottes. Elle ne dormirait pas, elle le savait, mais elle but une rasade au goulot avant de s'allonger.

Des coups vigoureux frappés à la porte et quelqu'un criant son nom la réveillèrent, et elle s'assit, se cognant douloureusement le bras.

— J'arrive, j'arrive ! cria-t-elle, puis elle découvrit que ce n'était pas si facile de se remettre sur ses pieds avec un bras en écharpe.

Quand elle ouvrit, Pete Easley s'appuyait au chambranle, un grand sourire aux lèvres.

— Tu as dormi, et tu as cent pour cent meilleure mine, dit-il, mais il sortit un peigne de poche en os de vacheleuh, et le lui passa dans les cheveux. Voilà, c'est mieux. Bon, viens. On a juste le temps d'aller au hangar avant qu'ils n'arrivent à la Bulle.

La passerelle du KDL grouillait d'un public avide, mais Scott, d'un geste péremptoire, fit signe de la laisser passer puis l'installa sur un siège.

— Il vous intéressera de savoir, disait Beverly, du cockpit de Bébé, que la Bulle ne s'inscrit sur aucun de nos écrans ou de nos appareils de détection. Mais elle est visible... comme vous pouvez le voir.

Et ils la virent, comme s'ils étaient dans Bébé. Ils virent aussi Bébé sur l'écran du KDL, à peine à dix mètres de la barrière.

— Nous allons la chatouiller, dit la voix de Zainal, et Bébé poussa doucement du nez sur l'opacité de la Bulle, et rebondit lentement en arrière.

— Attends que j'ajuste un peu l'écran pour qu'ils voient ce que le vaisseau catteni a laissé en arrière, dit Marrucci d'un ton rieur.

— Il faut reculer un peu, ils verront mieux.

C'était le baryton amusé de Laughrey. Il gloussa ouvertement tandis que Bébé se tournait lentement vers tribord, puis faisait doucement marche arrière.

— Vous voyez ce qu'on veut dire ? demanda Bert Put, et Kris imagina facilement le grand sourire de l'Australien. Ils ont perdu toutes leurs antennes et tous leurs équipements extérieurs.

— À jamais silhouetté dans la Bulle, dit Balenquah. *Madre de Dios,* ils font des trucs astucieux, ces Fermiers !

— Vous pouvez en faire l'analyse ? demanda Scott.

— Non, si les capteurs ne captent rien, dit Bert Put. Pas à moins de sortir pour voir si on peut en couper un bout.

— Non, dit Zainal. Si vous voulez, quelqu'un va faire une sortie, mais sans prendre d'échantillon.

— D'accord pour éviter les déprédations, Zainal, dit Scott. Mais j'aimerais une EVA pour l'inspecter.

— Je vais y aller, dit Zainal, soulevant immédiatement les protestations des observateurs de Bébé et du KDL.

Kris couvrit sa bouche de sa main gauche, pour éviter d'ajouter ses protestations aux autres. Puis elle domina sa peur.

— C'est lui qui doit y aller, Ray, dit-elle avec fermeté. Il connaît le vaisseau et les équipements. Personne ne s'est entraîné à des sorties dans l'espace, non ?

— Si, moi, dit Bert Put, mais pas avec le matériel catteni. Zainal sera en sûreté, Kris. Il est déjà en train d'enfiler la combinaison.

La combinaison EVA de Zainal avait sa propre caméra, aussi, après une attente fiévreuse, la vue fut transférée dans l'œil de son casque, et ils virent le voile scintillant de la Bulle quand il en fut tout près. Ils le virent tendre les mains pour la tâter doucement, et la réaction de la Bulle à ce léger contact, car il flotta doucement en arrière.

— Peux-tu mettre ta caméra tout contre elle, Zainal ? demanda Scott, à la requête des ingénieurs présents qui lui avaient passé une note.

Lentement, la Bulle emplit l'écran de la caméra, puis le contact s'établit. On ne pouvait rien voir du noir de l'espace au-delà du matériau, qui était absolument lisse.

— Comme une membrane de ballon, dit Kris entre ses dents.

— C'est exactement mon avis, dit Scott.

Puis Zainal recula.

— Il n'y a pas de déchirures, même autour des débris du vaisseau catteni.

— Tu pourrais aller jusque-là ? demanda Scott.

— Il est au bout du câble, Ray, dit Beverly. On a des photos pour l'examen de ces débris. Inutile de risquer la vie de Zainal pour ça.

— D'accord, dit Scott avec indifférence. Merci Zainal.

— Pas de problème, dit la voix grave de Zainal tandis que son casque se tournait et montrait la proue de Bébé et les hublots du cockpit.

La bouche de Kris se dessécha. Il était loin du vaisseau, même s'il y retournait lentement. Elle sentit une main rassurante lui serrer l'épaule, et elle leva les yeux sur Pete Easley. Elle poussa un soupir et contrôla les soubresauts de son estomac. Sa fracture recommença à l'élancer, mais elle décida de l'ignorer : la douleur n'existait pas. Elle n'avait pas de temps à lui consacrer.

Zainal rentra enfin dans le vaisseau et éteignit la caméra. Elle poussa un soupir de soulagement, imitée par tous les assistants. Puis elle réalisa qu'il y avait trop de monde à son goût, et elle se leva, lançant un regard suppliant à Pete.

— Merci, Amiral, dit-elle, saluant de la tête ceux qu'elle connaissait sur la passerelle.

Les assistants s'écartèrent devant elle et Easley, qui la guida hors de la passerelle, puis du KDL. Ses genoux faillirent se dérober sous elle quand elle posa les pieds sur le sol, se soutenant de la main gauche à l'échelle. Et son bras la faisait souffrir, malgré ses efforts pour ignorer la douleur.

— Il y a des sandwichs et de la tisane, dit Pete, montrant une planche posée sur des tréteaux. Et je sais où ils rangent le tord-boyaux du hangar.

— Cela ne me ressemble pas, dit-elle, irritée une fois de plus.

— Non, pas du tout, dit Pete d'un ton égal. Mais tu as le droit. Assieds-toi, je reviens tout de suite.

Il noya libéralement sa tisane de tord-boyaux et rapporta plus de sandwichs qu'elle ne trouvait normal, mais elle en avala deux et deux tasses d'infusion fortifiée au whisky. Les élancements dans ses os s'atténuèrent.

— Tu veux retourner sur la passerelle pour le prochain spectacle ? demanda Easley.

Il était vraiment très serviable, pensa-t-elle, mais elle secoua la tête.

— Alors, je te raccompagne chez toi, dit-il, la prenant par le coude pour la ramener au véhicule pourtant garé tout près.

Il était vraiment très gentil, se dit-elle, se demandant qui lui mettrait le grappin dessus pour en faire le père d'un enfant ou de plusieurs. Il la dépassait d'une bonne tête, et était plus athlétique que ne le laissait penser la pose indolente qu'il affectait généralement. Et il n'était pas mal, non plus. Ce n'était pas la beauté de magazine de Dick Aarens. Ou de Yuri Palit, avec le charme slave de ses hautes pommettes et de ses grands yeux noirs. Mais ni l'un ni l'autre n'arrivait à la cheville de Zainal.

Le portable bourdonna, et Pete répondit.

— Oh, vraiment ? Épatant... Je ramène Kris à la maison. Elle a besoin de repos. D'accord ?... Parfait. À tout à l'heure... Non, ils ne savent pas en quoi la Bulle est faite, sauf que c'est le plus gros ballon qu'on ait jamais fabriqué. Terminé.

— Oui, pouffa-t-elle, c'est le plus gros ballon qu'on ait jamais fabriqué, et personne ne sait qui l'a gonflé.

Pete lui sourit ; elle savait qu'elle se comportait comme une idiote, mais c'était mieux que d'être grincheuse.

— J'adore cette porte, dit-elle quand ils s'arrêtèrent devant la maison. C'est la plus belle porte que j'aie jamais vue. Zainal sera drôlement content. Dis donc, quelle dose de tord-boyaux as-tu mis dans ma tisane ?

— Juste assez pour arrêter les élancements. Et ils ont cessé, non ?

Elle baissa les yeux sur son attelle.

— Tu le sais bien.

Pete poussa la porte, et elle ne fit qu'un pas avant de réaliser qu'il y avait quelque chose de changé.

— Mon Dieu, qu'est-ce qui se passe quand j'ai le dos tourné ? dit-elle, avançant vers Pete en chancelant.

Il la prit par le bras gauche et la conduisit à l'intérieur.

— On voulait attendre le retour de Zainal pour le grand chambardement, mais comme tu es hors de combat, Sandy, Lenny, Nonante, Chuck, Sarah, Whitby et Leila se sont dit que c'était le bon moment pour t'apporter les trucs.

— Les trucs ?

Elle cligna des yeux, s'efforçant de voir nettement d'abord la table, avec six verres, de facture presque symétrique, un service de poterie — qui semblait signé Sandy —, deux marmites, une grande et une petite, et une sauteuse en fonte. Il y avait des bancs autour de la table et, à un bout, un grand fauteuil pour Zainal. Stupéfaite, elle porta la main à sa bouche. Mais quand son regard ahuri se porta dans la chambre, et qu'elle vit le lit à colonnes sculptées couvert d'un énorme matelas rebondi, elle éclata en sanglots.

— Allons, allons, Kris, dit Pete, l'attirant contre sa poitrine et lui caressant les cheveux d'une main apaisante, en murmurant des tas de choses qu'elle n'entendit pas, parce que la générosité de ses amis et de son équipe la confondait.

Il porta un verre à ses lèvres en l'encourageant à boire. Elle s'exécuta, parce qu'elle avait horreur de se comporter en gamine alors que tout le monde était si gentil avec elle. Puis ses genoux se dérobèrent, et Pete la souleva dans ses bras — aussi aisément que Zainal l'aurait fait — et la déposa sur le lit, arrangeant les oreillers sous sa tête et la pressant de finir son verre.

— Le lit... il est si merveilleux... et ils savent tous que j'avais envie d'un matelas très, très, très épais...

Et elle s'accrocha fermement à Pete, seul objet stable dans un monde qui se mettait à tournoyer.

Elle sentit des bras qui l'étreignaient et, par habitude, parce qu'elle avait oublié que Zainal n'était pas là, elle leva le visage pour qu'il l'embrasse. Ce qu'il fit. Et il continua à embrasser ses joues, son cou, exactement où elle aimait, et elle embrassait le visage masculin au chaume un peu piquant, ce qui l'étonna parce que Zainal n'avait pas de barbe, mais elle avait besoin de réconfort. Ces baisers lui faisaient du bien, elle ne pouvait s'empêcher de les rendre... et elle ne protesta pas, avec son bras droit qui lui semblait si lourd et pas tout à fait à elle, quand il fit glisser sa combinaison et qu'elle sentit la peau tiède tout contre la sienne. C'était en quelque sorte inévitable et, finalement, tout à fait agréable.

Elle se réveilla avec une gueule de bois terrible, et découvrit, en se cognant le bras droit, qu'il était toujours dans son attelle, bien que les élancements se soient calmés. Ses efforts pour simplement s'asseoir aggravèrent ses maux de tête.

Elle se rappela le KDL, son retour, les merveilleux cadeaux qui l'avaient fait pleurer ; elle se rappela aussi qu'elle s'était assise sur le lit. Et Pete Easley.

Elle se redressa brusquement, et s'effondra aussitôt sur ses oreillers à cause de sa migraine, tout en essayant de rappeler d'autres souvenirs. Et réalisa qu'elle se souvenait d'autre chose. Ce n'est pas avec Zainal qu'elle avait fait l'amour la veille, mais avec Pete Easley ! Et elle avait apprécié beaucoup plus qu'elle n'aurait dû. En fait elle aurait presque — presque, mais pas tout à fait — regretté que ses scrupules l'obligent à honorer le lien qui s'était créé entre elle et Zainal comme si c'était un lien légal. Et cela signifiait ne pas sauter au lit avec n'importe qui. Enfin, elle avait des circonstances atténuantes qui ne se reproduiraient plus. De plus, elle ne toucherait plus à cet alcool « médicinal » qui détruisait les inhibitions. Autant à cause de la migraine que parce qu'il lui enlevait son self-control.

Enfin, se dit-elle avec philosophie, et elle gloussa. Au moins, elle se rappelait qu'elle avait apprécié. Puis elle soupira. Elle espérait que cela n'introduirait pas de gêne dans leurs rapports. Ou qu'elle n'aurait pas à annoncer à Pete qu'il n'y aurait pas de suite ! Elle ne tromperait pas Zainal. Même avec un amant aussi expérimenté que Pete. Celle qu'il choisirait aurait de la chance ! Elle fit un nouveau mouvement imprudent et pensa avec nostalgie à une compresse froide sur le front, et peut-être sur la nuque.

Peut-être un rince-cochon, aussi ? Elle repoussa ses couvertures et s'aperçut que Pete avait soigneusement plié sa combinaison à portée de sa main, ses bottes juste à côté.

Oui, l'alcool médicinal était sur la table, avec le verre où elle avait bu, qui contenait encore un pouce de tord-boyaux. En avait-il bu avant de partir ? Mais à quelle heure ? Et elle eut une inquiétude passagère, se demandant si quelqu'un l'avait vu sortir. Enfin, si on l'avait vu, tant pis. Elle prit le verre et le vida d'un trait, et le goût la fit frissonner. C'était étonnant qu'elle ait pu en boire autant.

Elle s'approcha lentement de la cheminée, sans bouger la tête, et se baissa, raide comme la justice, pour allumer le feu tout préparé. Nouvelle attention de M. Easley. Et la bouilloire était pleine d'eau.

Un de ces jours, il y aurait l'eau courante dans toutes les maisons, mais ce n'était pas pour demain.

Elle retourna vers la table, pour examiner les cadeaux qu'elle se rappelait vaguement avoir vus la veille, et maintenant éclairés par le soleil entrant par la petite fenêtre de la chambre. La surface légèrement ondulée de la vitre projetait un arc-en-ciel de couleurs sur la table. Puis elle réalisa que la fenêtre donnait à l'est. Car la façade regardait le sud ! Dieu du ciel ! Elle avait dormi tout l'après-midi de la veille et toute une nuit de Botany ? Pas étonnant que son bras lui fît moins mal !

Le temps que l'eau se mette à bouillir, sa migraine s'était un peu atténuée. Elle prit des herbes dans le petit pot posé sur le manteau et se fit une tasse de tisane qu'elle alla boire dans le fauteuil de Zainal. C'était un siège confortable, et elle s'y installa avec plaisir. Il faudrait un ou deux coussins... Non, elle ne voyait pas Zainal assis sur des coussins, et quand elle caressa le bois de la main gauche, elle s'aperçut qu'il avait été poli, puis frotté d'huile végétale, presque inodore, pour lui donner du luisant. Elle se demanda qui l'avait fait.

Puis elle observa avec attention la facture de la table — plaque d'ardoise de trois pouces d'épaisseur extraite non loin de là, posée sur des pieds en bois d'arbre-charpente, qui allaient en s'amincissant depuis le sol, et encastrés aux coins dans des encoches de l'ardoise pour maintenir le plateau fermement en place.

Un coup hésitant fut frappé à la porte.

— Entrez, dit-elle, puis elle s'aperçut que le cordon était à l'intérieur.

Elle devait s'être levée le temps de fermer quand Pete était parti. Elle ouvrit à Mavis Belton, l'infirmière, une combinaison propre sur le bras.

— Entre donc, dit Kris. L'eau commence juste à bouillir. Je buvais une tisane pour soigner ma gueule de bois.

— Comment va ton bras ? dit Mavis avec un grand sourire.

— Mieux qu'hier, c'est sûr. Entre, entre.

Mavis entra, mais seulement après avoir embrassé du regard la pièce principale. Elle vit les meubles, et poussa des cris d'admiration, passant le doigt sur l'ardoise de la table et s'extasiant sur les pieds en bois d'arbre-charpente, capables de supporter un tel poids.

— Pas facile à déplacer, remarqua-t-elle, caressant un banc puis le fauteuil de Zainal. Il est assez grand, même pour lui.

— Il sera ravi. Il a toujours l'air si emprunté sur un tabouret, avec les genoux sous le menton, comme Arnie Schwarzenegger sur une chaise de jardin d'enfants. Tiens, voilà ton infusion. Et moi, je vais chiper le fauteuil de Zainal. Je peux poser mon attelle sur l'accoudoir.

— Je viens de finir mon service, mais j'ai pensé que ça te ferait plaisir de savoir que Bébé orbite la planète sans problème.

— Je les ai vus arriver à la Bulle, et j'ai aussi assisté à

la sortie spatiale de Zainal, dit Kris. C'était avant que Pete Easley me fasse tellement boire que j'ai dû m'évanouir.

— Il va falloir qu'on modifie la recette, je crois. Le degré d'alcool est le double de la normale. J'ai dit à Léon et Mayock qu'ils devraient le couper davantage.

— Ils devraient, dit-elle, se frictionnant la nuque. J'ai une gueule de bois carabinée.

— Assieds-toi au soleil. Il fait beau, dit Mavis en se levant. Je peux visiter la maison ? Dedans et dehors ?

— Bien sûr, mais fais attention à la pile de bardeaux sur le chemin des latrines, tu veux ?

À l'heure du dîner, quand Mitford vint la chercher dans son véhicule pour l'emmener au réfectoire, elle était complètement remise. Mais elle le gronda et lui demanda qui avait fait les meubles qu'elle avait trouvés dans la maisonnette à son retour du hangar.

— Qui a eu l'idée de la table ? Même Zainal ne pourrait pas la retourner ! Alors, comment l'avez-vous apportée jusqu'ici ?

— On voulait tout installer pendant que vous seriez dans l'espace, pour vous faire la surprise au retour, dit Mitford avec un sourire madré. Mais comme tu étais portée pâle, on s'est dit que ce serait une bonne idée d'installer le lit... mais qu'est-ce qu'un lit sans une table et des sièges ?

— Vous pouvez être sûrs que j'ai apprécié ! Surtout cet énorme matelas dans ce grand lit ! J'avais beau être soûle comme une grive, j'ai remarqué !

Puis elle vit que Mitford la regardait d'un air bizarre.

— Ah oui, au cas où tu entendrais des rumeurs, Pete Easley m'a soûlée à mort. J'ai dormi toute une nuit de Botany sans bouger pieds ni pattes. Mavis est venue ce matin, et elle m'a dit qu'ils allaient couper la prochaine cuvée. J'ai dit qu'ils feraient bien... c'était presque mortel. Qui a fabriqué le lit ?

— Les Doyle et moi. J'ai coupé le bois, Lenny a fait les colonnes et m'a montré comment faire les joints et tout. Lui et Nonante ont fait la table et le fauteuil. Ils ont dit qu'ils ne pouvaient pas faire moins pour le mec qui les avait empêchés d'être transformés en biftecks dans un congélo des Fermiers. Joe et Sarah ont fait le matelas et les oreillers, Sandy Areson la poterie et les verres, naturellement, et Whitby les bancs. Coo s'est chargé des marmites et de la sauteuse. Pas grand-chose, quand on y pense.

— Pas grand-chose ? s'exclama-t-elle, et un reste de gueule de bois lui fit pulser la tête tant elle avait crié fort. Vous meublez notre maison, et ce n'est pas grand-chose ? Pour moi, c'est beaucoup.

Elle se pencha et embrassa le sergent sur la joue sans penser à ce qu'elle faisait.

— Là. Et ne rougis pas comme ça, Chuck Mitford. J'apprécie vraiment ce que tu as fait, et d'abord, personne ne m'a vue t'embrasser.

Elle pouffa quand le sergent leva à moitié sa main vers sa joue, puis la laissa vivement retomber sur ses genoux. Il était toujours cramoisi.

— Vous avez terminé votre maison les premiers. Vous aurez l'occasion d'aider les autres à meubler les leurs quand elles seront finies, dit-il d'un ton bourru. Au fait, j'ai fait un tour au KDL, et la mission se déroule parfaitement. Jusque-là, pas un faux pli sur le ballon. Pas la moindre couture. Toutes nos petites têtes de techniciens se grattent le crâne en se demandant comment c'est fait.

— Quel est le sentiment général ? À moins que ce ne soit trop loin pour intéresser les claustrophobes ? demanda-t-elle, s'efforçant de ne pas regretter son absence... et celle de Zainal.

— Je crois que tout le monde est content. Les Deskis ont passé la nuit à danser et à chanter... si on peut appeler chant leurs chevrotements... et Coo dit que des géants nous protègent.

— Il a vu les Eosis ?

— Non, dit Mitford, secouant la tête. Et franchement, je suis bien content de ne pas les avoir vus non plus. Worry en fait encore des cauchemars, et je crois que c'est pour ça que Léon a fait son dernier tord-boyaux si fort.

Il siffla entre ses dents et ajouta :

— C'est à eux que tu dois reprocher ta cuite, pas à Pete Easley. Ce qui me rappelle qu'officiellement tu es sur la liste des malades, Kris Bjornsen. Alors n'espère pas faire quoi que ce soit avec ton aile cassée tant que Léon ne sera pas d'accord. Compris ?

— Oui, Sergent, oui, Sergent, dit-elle, saluant de la main gauche.

Les fabricants et donateurs de l'ameublement leur avaient réservé une place à leur table. Kris les complimenta et les remercia tous avec effusion pour avoir transformé la maisonnette en un véritable foyer, promettant de leur rendre la pareille le moment venu. Puis la conversation revint sur la mission, et Mitford, sirotant ce qu'il assura à Kris être du whisky fortement dilué, les mit tous au courant.

Le moniteur suivit le petit vaisseau dans son exploration, spécialement dans l'examen de la Bulle, et enregistra sa trajectoire jusqu'à son atterrissage sur le continent occidental.

CHAPITRE 10

Bébé revint indemne, et avec une masse d'informations suffisante pour occuper un bon moment tous les galonnards, ingénieurs, mineurs et militaires. Les participants à la mission mirent plus longtemps à revenir sur terre, tant ils étaient aux anges. La trajectoire de Zainal avait brûlé le minimum de carburant, ce qui lui valut les applaudissements de tous les ingénieurs et astronautes. Il avait enseigné à tous à piloter Bébé, et chacun avait passé quelque temps aux commandes.

— On n'a peut-être pas de simulateurs de vol, dit Balenquah, mais qu'est-ce que c'est, comparé à un vol authentique ? Dommage qu'on ne puisse aller nulle part avec le KDL. Zainal dit qu'il est bien plus facile à piloter — chose obligatoire vu que ce sont des drassis qui pilotent cette série. On a perdu notre temps à capturer le KDL.

— Non, dit Bert Put, qui, à l'évidence en avait assez de l'attitude négative de Balenquah. On en a tiré du carburant supplémentaire, une nouvelle console, et des tas d'équipements qu'on n'aurait pas eus sans ça.

— C'est vrai, j'oubliais, répondit Balenquah. Et si on devait redéménager, ce serait commode.

— On volera dans le KDL, dit Marrucci. Peut-être juste pour transporter des céréales ou des minerais. Mais les sorties ne nous sont pas absolument interdites.

— Je parlais d'un *vrai* travail dans l'espace, répondit Balenquah, morose.

Zainal se leva alors, marmonnant qu'il devait aller voir l'amiral, et emmena Kris avec lui. Jetant un coup d'œil en arrière au moment de sortir du réfectoire, elle vit que les autres se dispersaient, laissant Balenquah tout seul.

Zainal était resté muet de stupeur en voyant la maison. La porte — qu'il admira avant même de l'ouvrir, avec Kris qui avait du mal à contenir son excitation à l'idée de ce qu'il y avait derrière — avait attiré son attention, et il s'était extasié devant le loquet, s'amusant beaucoup à en tirer le cordon pour ouvrir et fermer.

Puis il entra dans la pièce, vit la table, le fauteuil, la poterie et les verres, que Kris avait posés sur le manteau de la cheminée, n'ayant aucun autre endroit pour les ranger — pour le moment. Lenny promit de lui apprendre à faire les assemblages en queue-d'aronde, pour qu'elle puisse se fabriquer des commodes et des tiroirs. Mais Zainal s'arrêta, pied levé, en voyant la table, sans pouvoir en détacher les yeux, émettant des sons inarticulés pour demander qui avait fait ces choses, où et comment.

Pendant qu'elle répondait, pouffant à l'idée de la surprise qui l'attendait encore, il examinait tout, essayant même de soulever la table. Il s'assit dans le fauteuil, se releva, le retourna pour voir comment les pieds étaient ajustés, puis le remit debout et se rassit, caressant les accoudoirs de ses grandes mains.

Les Cattenis n'avaient peut-être pas de canaux lacrymaux ou ne pleuraient jamais, mais les yeux de Zainal s'étaient certainement embués et, malgré ses efforts pour parler, il secouait la tête, sans voix.

— J'ai gardé le meilleur pour la fin, dit-elle, et, lui prenant la main pour le tirer à grand-peine hors de ce fauteuil conçu spécialement pour lui, elle l'entraîna vers la chambre.

Il eut une réaction immédiate : les yeux luisant d'une ardeur malicieuse, il la souleva dans ses bras et la porta comme John Wayne portait Maureen O'Hara dans *L'Homme tranquille,* et il lui démontra qu'il était bien plus performant sur une surface élastique.

Mitford la raya de la liste des malades quand il voulut partir avec son équipe à la recherche d'un col dans les montagnes occidentales, pour accéder à la mer de l'autre côté du continent ; il décida de l'emmener avec eux. Il valait mieux pour elle s'occuper à marquer les klicks, ce qu'elle pouvait faire de la main gauche, que rester à la Retraite à se ronger parce qu'elle était inutile.

Pendant qu'il organisait le voyage, elle passa un certain temps à confectionner des briques, car elle pouvait remplir les moules de la main gauche. Elle avait une dette envers Sarah et Joe pour la part qu'ils avaient prise dans la grande surprise de l'ameublement. Quand des bûcherons furent blessés — dont deux grièvement —, elle resta à leur chevet, prenant leur température et leur pouls. Ils n'avaient pas de thermomètres, ni d'appareil pour prendre la tension, alors tout se faisait à la main. Elle allait aussi à l'hôpital faire manger Boris Slavinkovin, qui avait eu les deux bras et la plupart des côtes cassés quand un tronc avait pris un raccourci passant sur son corps. Il était moins embarrassé d'être nourri par quelqu'un qui n'avait qu'une main, lui dit-il, parce que ça n'immobilisait pas un humain valide qui avait mieux à faire. Puis il lui demanda si elle pouvait l'aider à améliorer son anglais, vu qu'il était coincé au lit et qu'il n'avait rien d'autre à faire.

Les ex-enseignants avaient uni leurs forces à celles d'un ex-dessinateur de B.D. et composé un manuel pour ceux qui voulaient apprendre l'anglais. Ils en avaient imprimé cinquante exemplaires, grâce aux fournitures du KDL; et ils étaient tous bien cornés quand Kris finit par mettre la main sur l'un d'eux.

Léon et Mayock diluèrent leur whisky, qui laissait dans la bouche le goût agréable d'une noix indigène, et ne provoquait plus des ivresses fulgurantes.

Zainal était le seul dont le métabolisme supportait l'ancienne version, alors, plutôt que de le couper (Léon trouvait que c'était un crime), ils lui donnèrent le dernier tonnelet. La première fois qu'il le goûta, Kris lui dit que Pete Easley l'avait soûlée avec juste deux verres, et qu'elle avait eu une gueule de bois terrible le lendemain. Ce qui lui rappela qu'elle n'avait pas vu Pete Easley aussi souvent que d'habitude. Mais elle ne s'attarda pas sur cette pensée, et continua à travailler à l'hôpital et à l'atelier de briques.

Puis ils furent prêts pour leur exploration, et toute l'équipe fut contente d'être réunie et de partir à l'aventure.

— Il ne faut pas s'amollir dans le confort de la maison, annonça Sarah, prenant place dans le grand véhicule sur coussin d'air. Mais je regrette de ne pas avoir commencé la maison avant de partir. Et encore merci, Kris, pour toutes ces briques. Worry s'est inscrit pour cent, et Jay Greene aussi. On devrait en avoir assez au retour.

— On te remercie également de celles que tu as faites pour nous, dit Leila de sa voix habituelle, presque inaudible.

Elle tenait Whitby par la main et, de l'autre, elle s'accrochait à une poignée de sécurité.

Elle était un peu pâle, remarqua Kris, se demandant si elle aussi était enceinte. Sarah l'était, et en était très fière, prenant la chose avec naturel, en femme moderne.

— Pas de quoi, Leila. Cela m'a empêchée de faire des bêtises.

Et cela avait aussi éloigné d'elle les bêtises, car tous les importuns qui désiraient la charmer se retrouvaient en train de faire des briques, si c'était là qu'ils la rejoignaient, ou bien de faire manger un manchot, ce qui était un contexte peu romantique pour la proposition qu'ils envisageaient.

Boris Slavinkovin tenta aussi sa chance, et elle dut le menacer de ne plus venir aux heures des repas s'il continuait.

— Tu seras bien obligée un jour ou l'autre, dit carrément Sarah.

— J'y viendrai, j'y viendrai, dit Kris avec désinvolture, et évita le regard de Zainal quand il tourna la tête vers elle. Ah, ça fait un autre klick, non ? On a encore fait mille plegs.

Elle ajouta un bâton sur sa feuille.

Ils trouvèrent un passage à travers la montagne, par des ravins sinueux mais communicants, séparés par des pentes que le véhicule montait et descendait facilement. Ils notèrent les accès les plus faciles d'un « O » à la peinture bleue presque lumineuse, qui était une récente innovation. (Ils avaient déjà obtenu du jaune et du rouge à partir de végétaux indigènes.) Les culs-de-sac étaient marqués d'un « X ». Pour une raison inconnue, Zainal trouva ce procédé très amusant, mais sans vouloir dire pourquoi. Ils ne trouvèrent pas de vallées closes ni de charognards, mais ils découvrirent une nouvelle variété de râblés et différents aviens presque aussi bons que du poulet, bien que certains attrapés près de la mer, laissaient un arrière-goût de poisson dans la bouche.

Ils descendirent la côte jusqu'à ce que le terrain rocheux devienne infranchissable, même pour ce véhicule remarquablement manœuvrable. Deux semaines plus tard, ils étaient sur le chemin du retour, longeant la côte est, quand Kris commença à souffrir de nausées au réveil. Pendant deux jours, elle les attribua aux fruits mûrs qui poussaient en abondance dans le climat presque tropical du Sud. Elle ignora ce léger désagrément jusqu'à un certain matin où Joe rajustait son attelle et refaisait son pansement. Les bandages étaient découpés dans les jambes et les manches de combinaisons catteniens, et assouplis par l'usure et de nombreux lavages, qui les rendaient propres à cet usage. Son bras transpirait tellement dans la chaleur qu'elle était bien contente que Joe refasse son pansement avec des bandes qu'il avait dans sa trousse.

— Le bras cicatrise bien, dit-il, palpant délicatement la fracture. Je sens la grosseur à l'endroit où les os se sont ressoudés.

— Et ça ne me fait plus mal non plus, dit-elle, bien que soupirant quand il remit l'attelle et les bandages.

Il la regarda en coin d'un air bizarre.

— Le grand air te fait du bien. Tu étais un peu pâlotte avant de partir.

— À propos... est-ce que quelqu'un d'autre a des problèmes pour digérer les fruits rouges qu'on a mangés hier soir ?

Joe n'était pas seulement médecin, mais aussi botaniste.

— Non, mais on ne s'en est pas gorgés non plus. Pourquoi ? Tu as la courante ?

— Non, seulement une légère indigestion, je suppose, et elle haussa les épaules.

Mais Sarah avait entendu sa question et les rejoignit, lui scrutant le visage avec un sourire excessivement dérangeant.

— Alors ? demanda Kris, comme Sarah ne disait rien.

— Tu as les seins douloureux ? Tu as eu tes règles ? Depuis quand as-tu des nausées ?

Sur la défensive, Kris croisa les bras et, comme si la question de Sarah avait été une malédiction, ses seins étaient sensibles. Elle n'osa pas décroiser les bras, mais son esprit s'élança vers la conclusion à laquelle, à l'évidence, Sarah était arrivée.

— Je ne peux pas être enceinte, dit-elle, relevant le menton. Je n'ai jamais...

— Jamais quoi ? demanda Sarah, l'air malicieux.

Kris ferma les yeux, repensant au tord-boyaux qu'elle avait pris pour son bras, Pete Easley lui en faisant boire encore et encore, tellement qu'elle avait...

— Je le tuerai, dit-elle avec ferveur et sincérité.

Pas étonnant qu'il se soit tenu à l'écart. Mais il ne perdait rien pour attendre. Quand elle arriverait à la Retraite, elle allait...

— Le bras de Kris, ça ne va pas ? demanda Zainal, et Kris aurait voulu disparaître sous terre comme un charognard.

— Mon bras n'a absolument rien, dit-elle, se levant d'un bond en foudroyant Joe et Sarah.

— Non, mais elle est enceinte, dit Sarah avec allégresse.

Kris leva le bras gauche pour frapper Sarah, mais Zainal la saisit par la taille.

— Tu étais forcée de le crier sur tous les toits ! cria-t-elle, essayant d'atteindre Sarah qui avait agilement esquissé un pas de danse pour se mettre hors de sa portée, tandis que Joe, le visage hilare, protégeait sa compagne de son corps et tendait les mains en un geste d'apaisement.

— Ne t'emballe pas, Kris, dit-il, comme Leila et Whitby accouraient voir ce qui se passait.

— Kris est enceinte aussi, exulta Sarah.

Puis Zainal la serra si étroitement contre sa poitrine, les pieds ballant au-dessus du sol, qu'elle dut se cramponner à lui.

— Merci, Kris, lui murmura-t-il à l'oreille, et toute son agressivité retomba.

Elle s'abandonna contre lui, tandis que son étreinte devenait plus douce, plus aimante. Il ne devait pas y avoir beaucoup de compagnons au monde qui remerciaient leur femme d'être enceinte d'un autre homme.

— Il n'y a pas de quoi, je pense, dit-elle, gigotant pour qu'il la lâche.

Quand il la reposa par terre, elle s'excusa auprès de Sarah et Joe d'aussi bonne grâce qu'elle le put.

— Je voulais être sûre, mentit-elle. Cela aurait pu être les fruits.

— Alors, dis-nous maintenant qui est l'heureux élu, demanda Joe, avec la familiarité d'un vieil ami.

Kris gloussa, décidant d'une autre attitude : elle ne pouvait pas courir après un charmeur comme Pete Easley, mais elle ne confirmerait rien, ni à lui ni à personne...

À moins que le nouveau-né ne donne des indices sur sa paternité. Abuser d'une fille dans son état... et pourtant... Elle réprima tout souvenir de cet incident qui se solderait pourtant par une preuve permanente.

— Moi, je le sais, et toi, tu devines, dit-elle, ravie de faire la nique à Sarah, qui avait révélé ce qu'elle aurait voulu garder secret.

Tout bien considéré, le voyage de retour le long de la côte est se passa bien. Tout le monde s'habitua à sa grossesse. Le soir, Zainal la serrait contre lui avec une tendresse inattendue qui lui donnait envie de pleurer et lui faisait regretter que les barrières biologiques de l'espèce lui interdisent d'avoir un enfant de lui.

Le temps qu'ils arrivent à la Baie de la Retraite, elle se sentait plus en forme qu'elle ne l'avait jamais été de sa vie. Elle alla voir Léon pour son bras, et il fut satisfait des progrès de la cicatrisation. Il lui demanda pourtant de conserver son attelle, puisqu'elle insistait pour travailler, mais elle pouvait maintenant se servir de sa main droite. Il confirma également sa grossesse, mais il eut le tact de ne pas poser de questions.

— En fait, tu as de la chance d'être sur Botany. C'est moins long, dit Léon, avec un sourire ironique.

— Qu'est-ce que tu veux dire, moins long ?

— Une grossesse dure en moyenne deux cent soixante à deux cent quatre-vingts jours. Mais sur Botany, la gestation ne prendra que deux cent douze jours virgule huit.

Confuse, elle cligna des yeux, et il ajouta en souriant :

— Les jours de trente-quatre heures ne changent rien au développement du fœtus, mais ils changent le nombre de *jours* de la grossesse.

— Oh !

— La plupart de mes patientes en obstétrique trouvent ça réconfortant.

— Je ne l'oublierai pas.

La nouvelle de sa grossesse se répandit, et elle trouva un réconfort supplémentaire dans le fait que ses « admirateurs » allèrent porter leurs hommages ailleurs. Et un soir qu'elle vit Pete Easley à l'autre bout du réfectoire, elle lui fit joyeusement bonjour de la main, et le laissa dans l'expectative. Elle l'aimait bien, malgré le tour qu'il lui avait joué. Et ce fameux jour, il avait bu lui aussi. Peut-être attribuait-elle sa sollicitude à des motifs extérieurs, car il avait bu autant qu'elle. Comment lui reprocher de s'être enivré et d'avoir agi de façon bien naturelle ? La grossesse mûrissait son caractère.

Le temps se réchauffait, et les buissons étaient en fleurs, exhaltant des odeurs entêtantes que la brise de terre répandait dans la baie. Les équipes agricoles avaient labouré pendant leur absence, et semé les graines rapportées par le KDL de l'ancien Camp Bella Vista. Comme aucun astronef gigantesque n'était venu chercher ce qui restait des céréales, le KDL avait tout récupéré, car les provisions apportées lors de la traversée du bras de mer commençaient à s'épuiser.

Les silos furent balayés en vue de la récolte de l'année en cours.

Sur le continent évacué, les machines avaient labouré elles aussi, et beaucoup de champs étaient déjà ensemencés. Un plaisantin parmi les Agros organisa un concours, unilatéral, sur la vigueur et la santé de leurs plantes comparées à celles des Fermiers, et sur le rendement à l'hectare. Les Agros avaient déjà décidé de séparer les terres en champs de la même grandeur que ceux des Fermiers, puisque les terres arables semblaient se diviser naturellement selon ce modèle : nouvel indice que ce continent avait sans doute été cultivé autrefois. Les vaches-leuh paissaient sur les moins bonnes terres et dans les collines.

À peu près à l'époque où les cultures avaient six bons pouces de haut, ils firent une découverte très désagréable : les charognards étaient de retour. Peu nombreux, mais c'était suffisant pour leur faire savoir qu'il y avait résurgence du danger.

Astrid émit une théorie selon laquelle les excréments des vaches-leuh contenaient un parasite qui se recyclait en charognard. Rares étaient ceux qui pensaient comme elle, mais cela donnait lieu à des discussions intéressantes pendant les soirées. Les colons qui avaient mis du parquet dans leurs maisonnettes le remplacèrent par des galets ou de l'ardoise, et ceux qui n'avaient pas encore choisi l'emplacement de leur maison se rapprochèrent des endroits les plus habités. Personne ne marchait la nuit dans aucun champ, et les postes des sentinelles étaient en pierre ou surélevés sur des poteaux.

Toutefois, c'était un inconvénient mineur. Les tas de compost furent précipitamment transférés dans des auges de pierre, et la décharge des ordures ne posa plus de problème. Non que personne eût envie de trouver un charognard dans ses latrines. Comme on ne pouvait plus en creuser, cela devint une punition que d'évacuer les déjections tard le soir, assez loin de la communauté en expansion rapide pour réduire le risque d'infestation dans les parties habitées.

Le printemps dura des mois, et le beau temps assura aux Agros d'excellentes récoltes, aussi abondantes et parfois plus, que celles des Fermiers. Des variétés de tubercules et de légumineuses occupaient la moitié de l'espace consacré aux céréales, et ils trouvèrent des cavernes pour entreposer les récoltes au lieu d'aller toujours plus loin chercher les provisions. Les charognards ne s'en prenaient pas aux végétaux, sauf s'ils étaient souillés de sang, de sorte que ces réserves ne furent pas touchées. L'enclos des râblés prospéra, et ils découvrirent que les jeunes avaient une texture et un goût beaucoup plus fins que les adultes.

Des cours du soir d'artisanats divers furent instaurés. Les soirs où l'amiral Ray Scott tourna son premier pichet, où Bull Fetterman termina une série de six chaises, et où Marrucci parvint à assembler un tiroir en queue-d'aronde pour sa commode marquèrent des points décisifs dans la transformation d'anciens officiers supérieurs en authentiques Botaniens.

Il y eut des échecs, comme disait Mitford : ceux qui refusaient de faire leur part de travail, ou qui se jugeaient exploités par les « autorités » qui leur imposaient les corvées les plus rebutantes. Le juge Bempechat donnait à chacun trois chances de se racheter aux yeux de la communauté. Les impénitents se voyaient offrir un voyage en aller simple sur l'ancien continent, où ils devraient se débrouiller tout seuls, avec une couverture, un couteau, un quart et une hache. Après l'expulsion de la première douzaine, le taux de délinquance baissa remarquablement.

Une fois par mois, les deux vallées-prisons étaient visitées. Les Turs disparurent un par un jusqu'au moment où la vallée fut vide. Les Cattenis finirent par construire des abris, et quand ils demandèrent des fournitures, comme des clous, ou de la viande pour les changer du poisson, on leur en donna. Mais on ne leur fournit rien pouvant les aider à s'évader. D'ailleurs, Zainal doutait qu'ils essaient.

— Ce sont des drassis et des tudos. Ils ont assez à manger, un endroit pour dormir, et ça leur suffit.

— Je n'arrive pas à imaginer quelqu'un qui ne désire pas améliorer son sort, avait dit Marrucci, car il pilotait souvent l'un des deux petits avions qui se rendaient sur les lieux. Je veux dire, si on pense qu'on approche de la taille d'une ville, avec notre propre distillerie...

Marrucci espérait ajouter la production de vin à celle de ses alcools, et il était déjà allé dans le Sud chercher des fruits roses comme base de son « cordial ».

— La vie qu'ils mènent maintenant leur plaît, dit Zainal, haussant les épaules.

— Vous croyez que les Turs se sont évadés ? demanda Marrucci.

— Qui s'en soucie ?

— Tu as raison.

Le Rafiot se rendait régulièrement dans les mines, pour apporter des fournitures aux hommes et aux femmes qui y travaillaient, pour assurer la rotation du personnel et rapporter des minerais. Le juge condamnait souvent les délinquants à un mois de travaux forcés, et un seul trouva le travail de la mine à son goût ; il y resta.

Pour animer les soirées, ceux qui avaient un talent quelconque montaient des spectacles, à partir de fragments de comédies musicales ou de pièces de théâtre qu'ils se rappelaient, et en présentaient des versions abrégées, ou encore ajoutaient des dialogues et des péripéties de leur cru à leurs souvenirs. Des jeux de cartes furent fabriqués à partir des épais emballages des fournitures trouvées dans Bébé et le KDL. Elles glissaient moins bien et étaient plus difficiles à battre que les authentiques, mais cela n'empêchait pas les joueurs de parier une heure de travail ou des babioles pour donner de l'intérêt à la partie.

Ils avaient trouvé de l'or, mais il avait été décidé, non sans débats passionnés, que le troc était un meilleur système pour une petite communauté comme la leur, où chacun devait faire sa part de travail communautaire, et non payer pour s'en exempter. Parmi les nombreux métiers représentés, il y avait plusieurs bijoutiers. Ils passaient des contrats avec ceux qui trouvaient de l'or, et même quelques pierres précieuses, afin de confectionner des bijoux, décidant entre eux de leur juste rétribution en grammes du métal.

Iri Bempechat avait maintenant plusieurs assistants comme conseillers juridiques dans les litiges, dont la plupart se réglaient à l'amiable. L'ex-personnel militaire avait institué un tribunal inférieur, mais on pouvait faire appel de ses verdicts, laissant la décision finale au juge Bempechat.

— Nous n'avons pas besoin d'un gouvernement en bonne et due forme, avait dit Beverly, un soir où la question avait refait surface au réfectoire, particulièrement comble à cause d'une violente averse. (C'était le début de nombreuses précipitations semblables, toujours nocturnes.) Pourquoi compliquer ce qui fonctionne bien jusque-là ?

— Si c'est pas cassé, n'y touchez pas, cria Mitford.

Ce bon vieil axiome militaire fut salué par des éclats de rire.

— Nous avons déjà une forme de gouvernement, quoique la plupart d'entre vous ne le réalisent pas. Simplement, nous n'avons pas de représentants élus, ni un chef d'État officiel. Et je crois que nous n'en avons pas besoin, dit Iri, sa voix chaude et bien posée portant jusqu'au fond de la salle. Ceux d'entre nous qui ont une connaissance du commandement se sont chargés des tâches qui maintiennent l'ordre et la paix. Les services publics sont assurés par les heures de travail communautaire, et chacun travaille là où il est le plus utile, dans son ancien métier pour la plupart, avec les limitations imposées par la contrainte des fournitures. Nous devrions remercier notre bonne étoile que tant de métiers soient représentés parmi nous. Nos partenaires extrahumains, poursuivit-il, montrant les Rugariens, regroupés ensemble comme à leur habitude, et les Deskis, qui se mêlaient davantage aux humains, ont comblé nos lacunes de bien des façons ingénieuses. Certains d'entre nous doivent rire en comparant ce qu'ils faisaient autrefois à ce qu'ils font maintenant, mais franchement, je crois que l'expérience nous a été bénéfique autant qu'instructive. Nous avons bien travaillé. Et nous pouvons, pour la plupart, faire ce que nous faisons comme ça nous plaît. Sans interférences bureaucratiques, et sans paperasserie. Vous ne pouvez pas savoir comme j'en suis heureux.

Des rires bon enfant accueillirent cette saillie.

— Pourquoi devrions-nous réparer quelque chose qui n'est pas cassé ? ajouta-t-il, levant les mains pour les prendre à témoin.

— Oui, mais que deviendra ton rêve utopique quand les Fermiers arriveront ? demanda Balenquah, regardant autour de lui.

— C'est bien de Balenquah, lança une voix masculine anonyme.

— Qu'est-ce que ça veut dire, *ça* ? dit le pilote en se levant, embrassant la salle du regard pour découvrir la source de la remarque.

— Si tu veux le savoir, dit Marrucci, tendant la main et le forçant à se rasseoir, ça veut dire que tu es à côté de la plaque, que tu perds le nord, et que tu recommences à faire l'emmerdeur. Tu es vivant, tu es en pleine forme, et même tu pilotes, et si tu ne trouves pas ça mieux que de crever de faim dans une geôle cattenie pour avoir fait sauter leur transport, c'est que tu as un écrou dévissé.

— Ne dis pas un mot de plus, intervint Beverly d'une table voisine, si tu veux avoir d'autres chances de voler.

— C'est bien ce que je disais, dit Balenquah. Il nous faut un gouvernement en règle, pour savoir qui a le droit de donner des ordres.

— Assez, Balenquah, dit Scott, secondant l'admonestation de Beverly.

— Ici, tu n'es plus amiral de rien du tout, Scott, dit Balenquah.

— Quel raaaaseur ! grasseya l'une des « belles de nuit » à deux tables de là.

Elle bâilla avec ostentation, et ses compagnes se tordirent de rire.

— Tu es vraiment raseur avec tes prédictions de catastrophes, dit Marrucci, branlant du chef en considérant Balenquah qui avait rougi sous le ridicule. Et je ne suis manifestement pas le seul à le penser, ajouta-t-il, se tournant vers ces dames.

Balenquah se leva, brandissant le poing, mais avant que Marrucci ne se lève pour se défendre, Scott avait fait signe à son voisin, et ensemble, ils se saisirent de Balenquah et le firent sortir du réfectoire et sous la pluie.

— Ajoutons « videur » à la liste de mes nouvelles occupations sur ce monde, dit Scott à Beverly en retournant s'asseoir.

Assise à leur table, Kris réalisa qu'elle partageait dans une certaine mesure le pessimisme de Balenquah. Le problème, c'est que chacun pensait aux Fermiers, tout en continuant à vaquer à ses activités comme si cette menace n'était pas suspendue au-dessus de leurs têtes. Zainal affirmait que les Fermiers étaient bienveillants, sans donner d'autre raison que la façon dont cette planète était cultivée depuis des millénaires, s'il fallait en juger par la nouvelle forêt d'arbres-charpentes.

— Et il y a des mois qu'ils ont installé la Bulle, lui rappela-t-il, comme ils retournaient vers leur maison après la fin de l'orage.

Presque tous les chemins avaient été revêtus de galets, pour se protéger contre les charognards, mais ils continuaient, machinalement, à taper du pied tous les trois pas. Kris laissait Zainal taper des pieds pour elle, car elle répugnait à secouer le bébé qui commençait à bouger en elle, ce qui était normal à cinq mois. Sarah se plaignait tout le temps que son petit chéri shootait comme une star du football, mais elle en était à son huitième mois. Maintenant, presque toutes les femelles en âge d'enfanter, y compris les Rugariennes et les Deskies, étaient enceintes, ce qui signifiait que la Baie de la Retraite verrait bientôt un baby boom de 2 103 nouvelles âmes. Anna avait été la première à accoucher sur Botany mais, depuis, il y avait eu trente-quatre autres naissances, venant de femmes capturées enceintes. Maintenant, la nouvelle récolte — semée sur Botany, comme quelqu'un l'avait bibliquement remarqué — arrivait à maturité. Patti Sue fut la première, très fière de donner un fils à Jay Greene.

Kris ne savait pas trop ce qu'elle voulait, sauf que l'enfant ne ressemble pas trop à son père. Elle n'osait pas demander à Zainal s'il préférait un garçon ou une fille, et pourtant il servirait de père au bébé.

La plupart des femmes enceintes continuaient à travailler aussi longtemps que possible, et Kris, Sarah et Leila ne faisaient pas exception. En fait, elles se disputaient avec le sergent, l'accusant de se limiter à des explorations « faciles ». C'est ainsi qu'il convainquit Zainal de partir à la découverte du continent le plus petit — en fait, davantage grande île que masse continentale — dont seule la côte était verte.

— On dirait un peu le bush australien, remarqua Sarah, comme Zainal dirigeait Bébé vers l'intérieur. Pas d'arbres. Rien sur des klicks ! Pas même du maquis... rien que du sable et des cailloux, ajouta-t-elle, écœurée.

— Hum, oui, je vois, dit Joe, sans expliquer cette remarque énigmatique, regardant dehors par le hublot de tribord. Des vrais rochers !

Il montrait maintenant une crête rocheuse courant sous eux à l'oblique, pleine de creux et d'arêtes.

— Des os de dinosaures.

— Hum, ça y ressemble, dit Kris.

Whitby insista pour qu'ils atterrissent et passent la nuit au pied de cette chaîne, où les cartes spatiales indiquaient des gisements de minerais.

— Il est bon de savoir où il y a du cuivre et du zinc, et il y en a ici. Si les dépôts sont proches de la surface, ce serait peut-être avantageux de rester une semaine et d'en rapporter une cargaison.

Ils atterrirent donc. Il faisait chaud.

— Chaud et sec, comme à la maison, dit Sarah, extatique, projetant ses bras en arrière, son ventre distendu en avant, et levant le visage vers le soleil.

— Rien de mieux pour attraper des coups de soleil, dit Joe, lui plantant sur la tête son chapeau en roseau tressé. Nous ne voulons pas, je répète, nous ne voulons pas, t'accoucher prématurément dans Bébé.

— Avoir mon bébé dans Bébé ? pouffa-t-elle.

Whitby, Leila, Joe et Zainal partirent à la recherche des minerais, chargés de flacons pour prendre des échantillons. Sarah et Kris, qui trouvait la chaleur particulièrement pénible, trouvèrent un peu d'ombre à l'abri de Bébé, en creusant un peu le sol sous le train d'atterrissage pour s'asseoir sur des couvertures. Kris somnola, pendant que Sarah ramassait des pierres autour d'elle, essayant d'en trouver d'intéressantes.

Puis Sarah aussi s'endormit, et elles furent réveillées par les rires des prospecteurs qui rentraient. Chacun rapportait une sorte d'animal mort ressemblant à un rat.

Kris eut un mouvement de recul quand Zainal en posa trois couples près d'elle. Leur fourrure attira son attention, parce qu'elle était tachetée, dans des tons doux de sable et de beige.

— Camouflage ? Mais contre quoi ? dit-elle, s'aventurant à toucher le plus proche, rêche de sable et de sang.

— Fouisseurs, dit Joe, laconique. D'après les tests, ils sont comestibles. On s'est dit qu'on allait les goûter. Ils se nourrissent d'insectes, or ce continent en abrite des multitudes. J'en ai noté vingt-cinq variétés, et j'en ai attrapé quelques-uns pour étude, ajouta-t-il, levant plusieurs flacons liés ensemble pour prévenir la casse. On ne sait jamais ce qui peut être utile.

Il eut un sourire malicieux, et ajouta :

— Ou savoureux. Ou nourrissant.

— Comment pourrais-tu le savoir ? Tu n'as jamais chassé dans le bush avec les aborigènes, dit Sarah.

— Toi non plus.

— Mais j'ai écrit un article sur ceux que préfèrent les aborigènes, répliqua-t-elle avec emportement, et ils se remirent à se chamailler.

Les fouisseurs du désert — Kris refusa d'y penser comme à des rats — furent écorchés. Quand Joe eut procédé à d'autres tests grâce à l'équipement transporté dans Bébé, ils furent cuits dans la cambuse et servis au repas du soir. Leur texture lisse, leur goût de noisette étaient différents de tout ce qu'ils avaient trouvé sur Botany. Et ils étaient un peu durs à mastiquer.

Le crépuscule fit sortir leurs prédateurs naturels, créatures assez semblables à des chauves-souris, qui, déployant leurs ailes triangulaires, piquaient sur eux depuis leurs aires rocheuses. L'air plus frais fit apparaître des insectes différents, qui mordaient et piquaient, et les forcèrent à se réfugier dans le vaisseau. Mais pas avant d'avoir vu les fouisseurs en action, qui faisaient des sauts incroyables pour capturer leur repas sur des langues démesurées, et disparaissaient dès qu'ils entendaient des battements d'ailes au-dessus d'eux.

— On a quelque chose qui y ressemble sur notre bonne vieille Terre, remarqua Joe, qui observait par le hublot.

Dans l'ensemble, les hommes étaient contents de leur prospection, et avaient marqué les endroits prometteurs à la peinture bleue, même si Whitby et Joe doutaient qu'elle dure longtemps sous le soleil implacable.

— Enfin, ce sera un bon test, dit Joe, haussant les épaules. Et de toute façon, on a les coordonnées.

Le lendemain à l'aube, Zainal décolla pour la côte, volant à basse altitude, et atterrit en un point qui semblait différent. Des noix et des fruits, assez semblables aux noix de coco et aux agrumes, poussaient dans cette région tropicale, et ils prirent des échantillons de tout ce qu'ils trouvaient, y compris d'une nouvelle variété d'insecte. Kris trouva écœurante l'odeur des végétaux et des fruits en décomposition, mais elle ne dit rien tant que Leila, pourtant très réservée, ne s'en plaignit pas.

— Il y a une sorte de plateau, là-bas, dit Whitby, tendant le bras. Il y fait peut-être plus frais, avec une brise de mer qui chassera les moustiques et les poux.

Kris avait horreur de prendre prétexte de sa grossesse pour éviter les corvées, mais elle fut assez contente de laisser les hommes ériger un abri de branchages sur une hauteur dominant une jolie plage de sable blanc. (À l'usage, le sable blanc se révéla plein d'insectes féroces, de sorte que Kris et Sarah restèrent sur la hauteur, à l'abri de cette vermine.) Des feuilles leur servirent d'éventails, et elles respirèrent avec plaisir la brise parfumée par les fleurs de l'intérieur.

Leila partit à la découverte avec Whitby, mais elle revint bientôt, le visage et les bras couverts de rougeurs provoquées par le contact avec des plantes qu'ils avaient dû couper pour passer.

— La sève qui m'a brûlée est très collante, dit Leila, pendant que Kris et Sarah lui lavaient le visage et les bras.

Joe dit qu'on a peut-être découvert un substitut du caoutchouc.

— À la dure, dit Sarah d'un ton cocasse. Est-ce que ça va mieux ?

— Seulement quand c'est mouillé, soupira Leila.

— Qu'est-ce que je ne donnerais pas pour un bon antihistaminique ! dit Sarah avec ferveur.

— Nous avons assez de chimistes..., commença Kris.

— Mais un seul microscope, et évidemment, pas assez puissant pour servir à grand-chose. Alors, retour à la bonne vieille méthode par essais et erreurs.

Et puisque les compresses d'essai semblaient la soulager, ils en firent d'autres avec les linges de la trousse médicale, lui en entourèrent les bras et en posèrent sur son visage et son cou.

C'est alors que le bébé de Sarah décida de naître. En fait, avant que son père et les autres ne reviennent, bien que Kris ait diffusé un SOS sur son portable.

— J'ai dû me tromper dans mes calculs, dit Sarah d'un ton d'excuse à ses sages-femmes, quand elle réalisa que les contractions avaient commencé. Avec ces histoires de jour de trente heures et de grossesse de sept mois !

— Sottises ! dirent en chœur Kris et Leila. Ce n'est pas comme si on ne savait pas ce qu'il faut faire, ajouta Kris, tout en paniquant à l'idée de tout ce qu'elles n'avaient pas à bord et qui serait peut-être nécessaire.

Elles n'eurent besoin de rien, car le gros bébé de Sarah arriva dans le temps minimum. La mère et l'enfant étaient lavés quand le père entra en courant dans la clairière, rouge d'excitation et couvert d'écorchures dans ses efforts pour arriver à temps. Whitby et Zainal les congratulèrent, lui et Sarah, et admirèrent le bébé. Kris observait Zainal, se demandant si les nourrissons humains étaient différents des nouveau-nés Cattenis.

— Petit, murmura Zainal, sachant qu'il devait dire quelque chose.

— Petit ? s'exclama Joe avec indignation, comme son fils gigotait dans ses bras en réaction à ce bruit inattendu.

— Il n'est pas petit, dit Leila avec force, surprenant le reste de l'équipe, car elle contredisait rarement quiconque. Il fait plus de quatre kilos. Et il est en bonne santé !

— Moi, je me sens très bien, dit Sarah. Et c'est vraiment bon de pouvoir faire ça, ajouta-t-elle, car elle était assise, bras entourant ses genoux, chose qu'elle ne pouvait pas faire depuis des mois.

— Si tu penses que celui-ci est petit, quelle taille ont les bébés cattenis ? demanda Kris, décidant qu'il valait mieux prévenir Zainal pour qu'il ne soit pas déçu par l'enfant qu'elle mettrait au monde.

Zainal le leur montra, écartant les mains.

— Je plains les femmes qui ont à porter ça, dit Sarah, branlant du chef.

— Tête plus grosse, sans doute, et squelette plus massif, dit Joe avec sagesse.

— Il est en bonne santé, et c'est ce qui compte, dit Whitby d'un ton définitif.

Mais le jeune Anthony Marley força l'équipe à quitter cette région insalubre et à rentrer à la Baie de la Retraite. Sarah s'efforça de les en dissuader, parce qu'elle et Anthony se portaient bien, et qu'en ce qui la concernait, l'exploration pouvait continuer. Mais Joe ne voulut rien entendre, désirant que les médecins examinent au plus tôt la mère et l'enfant.

Léon Dane déclara que l'état postnatal était très satisfaisant, et Fawzia Johnston, la pédiatre de service à leur retour, l'assura que le jeune Anthony était aussi sain et vigoureux qu'on pouvait le souhaiter. Les frères Doyle, qui consacraient maintenant le plus clair de leur temps à la charpente et à la menuiserie, et en instruisaient d'autres dans leur art, firent cadeau d'un berceau à Joe et Sarah.

— On travaille toutes les heures que Dieu a faites sur Botany pour satisfaire la demande, dit Lenny, après avoir dûment admiré le jeune Anthony et félicité les parents. Avec les bébés qui arrivent, cette planète ressemble de plus en plus à la maison, ajouta-t-il d'un air mélancolique.

— Les tiens te manquent ? dit Sarah avec sympathie, posant la main sur son bras.

Le visage de Lenny s'éclaira et il sourit.

— Un peu, mais qui a le temps de penser à ce qu'il a laissé derrière soi avec tout ce qu'il y a à faire ici ?

CHAPITRE 11

Zane Charles Bjornsen arriva sur Botany à l'aube, exactement deux cent vingt-deux jours après sa conception. C'était un enfant longiligne — en quoi il ressemblait à son père. Il naquit avec une masse de cheveux noirs, et des ongles longs qu'on dut couper pour qu'il ne se griffe pas le visage.

Il n'était pas, comme Anthony Marley, rouge et ridé, petit objet que seule sa mère pouvait aimer.

— Zane est un nom très bien, avait dit Kris à Zainal. Zane Grey était mon auteur de westerns préféré. Et j'admire Chuck Mitford.

— Mais il n'est pas le père.

Zainal avait simplement haussé les sourcils, posant tacitement la question à laquelle elle avait toujours refusé de répondre.

— Non, mais je ne vois pas de raison pour que je... que nous... ne lui fassions pas l'honneur d'être le parrain devant Dieu.

— Dieu ?

Les lèvres de Zainal frémirent.

— Dieu comme dans mon dieu, mon dieu ?

— Non. La déité que révère le père Jacob. Le vrai Dieu.

— Il y en a un ?

Zainal avait du mal à croire en un être tout-puissant, même si les ecclésiastiques s'efforçaient d'instituer des services religieux. Les protestants n'avaient pas de problèmes, contrairement au père Jacob, car il n'avait pas ce qu'il lui fallait pour dire la messe. Il se tracassait à ce sujet et se demandait comment il pourrait s'en passer.

Marrucci, qui s'était révélé catholique pratiquant, fit ce qu'il put pour consoler le bon père, en une de ces inversions des rôles si fréquentes sur Botany.

— Si Dieu est partout, alors Il est ici aussi, padre, et il acceptera les prières sincères qui Lui seront adressées. Les premiers chrétiens n'avaient pas d'autels et pas de reliques, et la communion se faisait sous les deux espèces.

Nous les avons. Nous avons la ferveur. Tu diras le texte et je te servirai d'enfant de chœur.

Mitford fut à la fois ravi et inquiet qu'on donne son nom à un enfant.

— Tout le monde va penser que je suis le père, et ce n'est pas vrai, dit le sergent, de son ton le plus bourru. Non que je ne le regrette pas, Kris, ajouta-t-il vivement. Je veux dire, j'aurais été honoré si tu avais voulu, mais... bon, tu sais ce que je veux dire.

— Oui, Chuck.

— Alors, qui est l'heureux père ?

— Tu te rappelles ce tord-boyaux que Léon et Mayock avaient fait à peu près à l'époque où je me suis cassé le bras ?

— Oui, je me rappelle.

Mitford eut l'air surpris, puis il se rembrunit.

— Tu veux dire que tu as été violée et que tu n'as jamais porté plainte ?

Il serra les poings, comme s'il tenait le cou du criminel. Kris lui tapota doucement le bras.

— Je ne sais pas pour ce qui est d'un viol. Mais je sais que j'étais très, très, très soûle.

Chuck fronça les sourcils.

— Pete Easley t'avait ramenée chez toi, non ?

— Peut-être Chuck, mais je ne me rappelle rien, et c'est peut-être aussi bien, tu ne trouves pas ?

— Non, je ne trouve pas.

— On ne peut rien y faire. Mais on saura peut-être quand Zane grandira. En tout cas, Zainal s'en moque.

— Oui, et la façon dont il a pris la chose ne l'a pas desservi.

À ce moment, Zainal changeait les houppes cotonneuses qui constituaient les couches de son beau-fils. Les roseaux qui les produisaient étaient cultivés partout où ils voulaient bien pousser.

La sève collante qui leur avait posé des problèmes lors de leur dernière reconnaissance avait été récoltée, et, versée dans des moules, constituait un matériau raisonnablement imperméable pour les vêtements de bébés. Ils pouvaient être lavés et réutilisés quatre ou cinq fois, mais le revêtement se dissolvait graduellement, souvent au mauvais moment.

Mitford sourit à la vue d'un Emassi Catteni jouant les nounous.

Deux mille cent trois bébés étaient attendus, et tous eurent une heureuse arrivée, sauf cinq : deux nourrissons humains furent mort-nés, un jeune Rugarien vécut trois jours puis mourut, et même le Rugarien qui connaissait les besoins de son espèce ne put donner la raison de sa mort ; un quatrième fut étranglé par le cordon ombilical pendant l'accouchement ; et le cinquième, un Deski, avait des malformations quand il sortit de l'œuf, et ne survécut pas.

Les crèches promises furent ouvertes ; toutes les femmes avaient le droit d'y laisser leur poupon pendant leur journée de travail ou leurs heures de service communautaire. Parfois, c'était le service de crèche. Kris se mit à porter son fils sur son dos, comme le faisaient les Indiens de ses westerns, et cela devint une mode. C'était parfait pour les nourrissons jusqu'à trois mois, et pour des périodes plus courtes après ça.

— Je te disais bien que tu serais une bonne mère, dit Zainal, avec une nuance de fierté quand elle lui montra comment elle pouvait emmener Zane partout.

À sa grande surprise, les soins maternels ne lui parurent pas aussi ennuyeux qu'elle s'y attendait, et cela n'avait rien à voir avec la passion de Zainal pour l'enfant. Elle n'avait jamais rien possédé qui dépendît autant d'elle, rien d'aussi confiant, d'aussi précieux. Une ou deux fois, elle se demanda si elle n'était pas injuste envers Pete Easley en ne lui disant pas la vérité. Mais lui et une Agro suédoise avaient fait des briques ensemble, ce qui, sur Botany, équivalait à des fiançailles. Si Kris le surprenait à observer attentivement son fils, elle ignorait la question qu'elle voyait dans ses yeux, et débitait tant de louanges sur les qualités paternelles de Zainal que même Pete Easley finissait par se lasser.

Le baby boom suscita bien des recherches et expériences — une poudre fine pour remplacer le talc, une pommade pour les inflammations mineures, une façon de tisser des fibres végétales en une étoffe assez douce pour leur peau tendre, et un rouet pour faire de la laine à partir de poil de vaches-leuh. La fourrure de ces animaux était devenue plus épaisse et plus longue à l'approche du froid. Ils en récoltaient les poils — avant que les charognards ne s'en emparent — puis les lavaient, et ensuite les filaient ou les feutraient.

Des récoltes abondantes poussaient sur les deux continents. Les Cattenis continuaient à ne rien faire dans leur vallée. Les mineurs extrayaient des tonnes de fer, cuivre, étain, zinc, plomb, or et argent, et, de temps en temps, des pierres d'une transparence inhabituelle dont les bijoutiers pensaient que c'était une variété de tourmaline. Mais il faut dire que personne ne cherchait des pierres précieuses, ni n'explorait les endroits où l'on aurait pu trouver des rubis, des émeraudes, des saphirs ou des diamants — dont la dureté aurait pourtant pu leur servir.

L'os était plus utile, et les os robustes des quatre pattes postérieures des vaches-leuh étaient soigneusement lavés et séchés pour usage ultérieur.

Zane avait tout juste cinq mois quand une sentinelle deskie stupéfia tous ceux qui vivaient au sud de la Baie de la Retraite en chevrotant son alarme. Pour une espèce si filiforme, sans grande capacité pulmonaire, ils pouvaient donner de la voix d'une façon étonnante. Le bébé faisait ses dents, et donc Kris ne dormait pas, s'efforçant de l'apaiser. Le portable de Zainal bourdonna, et il s'assit dans le lit, comme mû par un ressort, le portable à l'oreille avant qu'elle n'ait pu faire un pas pour le prendre.

— *Quoi ?*

Il était déjà debout, son communicateur à l'oreille, sautillant sur un pied en enfilant sa combinaison. Même dans cette posture ridicule, Kris admira son physique. Si seulement Zane avait pu recevoir par osmose un seul gène de son père adoptif...

— C'est disparu, ajouta-t-il, fermant le portable et s'habillant le plus vite possible.

— Qu'est-ce qui a disparu ?

— La Bulle.

Il avait enfilé ses bottes et se dirigeait vers la porte.

— Je viens aussi, dit-elle.

— Pas comme ça ! dit-il, désapprobateur, car elle était drapée dans une couverture.

Elle planta Zane dans les bras de son père, et s'habilla à la hâte, puis elle récupéra la couverture et deux tiges de bambou, qui faisaient une sorte de couffin dans lequel elle transportait toujours le bébé, et dans lequel elle le coucha alors même qu'elle prenait place dans le camion sur coussin d'air. Zainal tourna le volant, et fonça vers le hangar dans la pâle clarté de l'aube. Des lumières s'allumaient partout, et parfois, quand quelqu'un reconnaissait Zainal, criait :

« Qu'est-ce qui se passe ? »

— La Bulle a vraiment disparu ? demanda-t-elle dans le vent de la course.

— Les Deskis ont entendu quelque chose ne ressemblant à rien de ce qu'ils connaissent. Le garde de la passerelle avait déjà vu quelque chose sur l'écran, mais sans pouvoir identifier ce que c'était.

— Les Fermiers ? demanda Kris, l'estomac noué, en déplaçant son fils sur ses genoux.

Le mouvement l'endormait toujours, et, même tourmenté par ses dents, ce court trajet avait eu son effet habituel.

Ceux qui avaient été alertés arrivaient par véhicules sur coussin d'air, ou en courant, parfois plus vite que n'allaient les bicyclettes rudimentaires fabriquées pour les courts déplacements. Les pneus n'étaient pas encore au point, mais les jantes de fer roulaient assez bien sur les galets et la terre battue, et étaient plus rapides que la marche.

Toutes les lumières du hangar étaient allumées, et le bureau était ouvert, de même que les sas de Bébé et du KDL. Les véhicules étaient parqués partout en désordre.

Zainal fit entrer Kris dans le bureau le plus proche. La passerelle de l'épave leur en apprendrait autant que celles des vaisseaux, et il y aurait plus de place pour elle et le bébé. Même dans ces petits détails, Zainal était toujours plein d'attentions pour elle et Zane.

Scott, Beggs, Fetterman, Yowell et Coo étaient dans le bureau, et l'amiral leur fit vivement signe d'entrer.

— Il a déjà fait une orbite complète, et ce n'est pas gros. Pas assez petit pour être une sphère programmée, mais se déplaçant trop vite pour que nous puissions déterminer avec exactitude sa forme et ses dimensions.

— Cette chose, dit Coo, montrant la traînée laissée par l'objet, ça ne s'entend pas. Quelque chose a atterri.

Il parlait avec plus de force que ne le faisaient généralement les Deskis, énonçant ce qu'il avait sans doute déjà dit et répété à Scott. Puis Coo tapota d'un doigt arachnéen sur le poste de commandement des Fermiers, celui que Zainal et les autres avaient découvert il y avait plus d'un an de Botany, et d'où Dick Aarens avait volontairement lancé la capsule d'alarme.

— Alors qu'est-ce que...

Scott suivit du doigt la trajectoire de l'objet. À cet instant, elle se modifia et s'orienta nord-sud. Sous leurs yeux, l'objet décrivit plusieurs orbites autour du vaste globe de Botany.

— Qu'est-ce que c'est que ça ?

— Nous le saurons...

Zainal fit une pause, surveillant le déplacement de l'objet sur l'écran, et termina :

— ... tout de suite.

Ils sentirent le picotement d'un scanner. Il gloussa.

— Oh, mon Dieu, dit Fetterman, s'effondrant sur un siège comme si ses jambes refusaient de le porter.

Kris avait senti les picotements parcourir tout son corps, et Zane gigota un peu contre elle dans sa couverture. Elle lui tâta la joue, se demandant si le scanner n'avait pas été nuisible pour un si petit corps, puis elle sentit la main rassurante de Zainal dans son dos.

— Je suis volontaire pour aller voir, dit Zainal.

Kris faillit dire « Oh non, tu n'iras pas », avant que Scott ne lève les deux mains en un geste de refus, sans quitter l'écran des yeux. Le portable bourdonna, et il l'alluma.

— On vient de passer au scanner ?

C'était la voix de Beverly.

— Coo dit qu'ils ont atterri au poste de commandement.

— Ici, on ne voit rien, dit Beverly.

Coo hocha la tête avec force, confirmant son rapport.

— Fek est d'accord, reprit Beverly. N'avons-nous pas établi qu'ils connaissent le transfert de matière ?

— Oh, oh, dit Yowell, titubant en arrière et s'effondrant sur le tabouret le plus proche, le visage traversé d'émotions conflictuelles : espoir, peur, anxiété, confusion.

Coo tourna la tête vers la porte du bureau, montrant du doigt quelque chose devant lui.

— Ils sont là ? demanda Scott.

Kris déglutit, resserrant machinalement ses bras sur Zane. Mais dès que Zainal bougea, elle fut derrière lui, devant tous les autres qui avaient hésité une fraction de seconde avant d'agir. Si leur destin venait à eux, elle voulait le voir.

Avant de sortir, elle jeta un regard en arrière, et vit la forme très reconnaissable de Fek dans le sas, puis Balenquah, son corps trapu silhouetté dans la lumière, suivi de la silhouette légèrement voûtée de Worrell. Le grand très droit devait être Rastancil. Il y avait aussi une femme assez frêle qu'elle ne reconnut pas et Slav. De Bébé, sortirent Mitford, Easley, Yuri, et le juge Bempechat.

Ils se rejoignirent formant un demi-cercle tourné vers l'extérieur. Ce qui se passa alors sous leurs yeux ne ressemblait à rien qu'ils aient vu dans un épisode de *Star Trek.* Pas de lumières, rayons ou colonnes de couleur. Ni aucun des effets spéciaux utilisés dans tous les films et vidéos de science-fiction que Kris avait vus. Et pourtant... quelque chose était là, formant une masse solide qui avançait vers eux, noyau plus sombre entouré d'une sorte de nimbe. Quelque chose qui, même dans la clarté incertaine de l'aube, semblait plus grand que le plus grand des humains en attente.

Puis cela ne fut plus grand mais sembla s'élargir. Elle reconnut la forme distinctive et les jambes en pattes d'araignée d'un Deski. À côté d'elle, Coo gargouilla, puis se raidit. De sa main libre, Kris chercha les longs doigts de Coo et les serra. De l'autre, elle abrita le visage de Zane. Zainal s'était déplacé, pour la protéger partiellement de son corps. Mais la plupart des silhouettes qui se formaient dans la brume, sauf que ce n'était pas une brume, étaient d'apparence humaine, en ce qui concernait le visage et les membres.

— Des métamorphoseurs, murmura-t-elle. Ils se métamorphosent en *nous* ?

Coo ravala son air. Terreur ? Appréhension ? Réaction défensive ? Kris resserra sa main, sans savoir si elle donnait ou cherchait du réconfort.

— Des métamorphoseurs ? dit Scott d'une voix sifflante, se penchant vers elle sans quitter des yeux ce qui était devant lui.

— Il y a un Deski et un Rugarien, et les autres sont des humains. Et à peu près dans la même proportion.

Quand la transformation fut complète, et qu'il ne fut plus possible de douter que les visiteurs représentaient les trois espèces se trouvant en face d'eux, chaque groupe regarda l'autre.

— Il n'y a pas de Catteni, dit Kris, d'une voix presque inaudible, cette omission provoquant chez elle un petit rire qu'elle réprima vivement.

Si c'étaient là les Fermiers — et tout tendait à le faire croire, car qui d'autre aurait pu enlever la Bulle — alors ils n'étaient pas parfaits et tout-connaissants. Cela lui rendit un peu d'assurance.

Pourtant, personne ne disait rien, et la tension montait. Si les visiteurs ne se montraient pas immédiatement agressifs, alors il fallait peut-être les traiter comme des hôtes, tous les huit. *Nous avons le nombre pour nous,* pensa-t-elle, *quoique le nombre ne veuille pas dire grand-chose étant donné ce qu'ils viennent de faire.* C'était tellement bête de se regarder comme ça en chiens de faïence.

— Salut, dit-elle, d'un ton à la fois amical et interrogateur.

Elle contourna Zainal, entraînant machinalement Coo avec elle, juste au moment où le juge Bempechat faisait un pas en avant. Elle eut conscience de son air idiot quand elle regarda le juge pour le consulter sur la suite.

Que ce fût ou non impertinent, elle ne le sut jamais, mais le juge lui adressa un bref sourire — elle en conclut qu'elle n'avait rien fait de vraiment déplacé — et tendit ses deux mains ouvertes, signe galactique, espérait-elle, indiquant qu'il n'était pas armé.

— Nous espérions depuis longtemps vous rencontrer, afin de vous expliquer notre présence sur une planète qu'à l'évidence vous cultivez depuis des millénaires, dit-il, inclinant légèrement le buste en un mouvement à la fois respectueux et accueillant. Je réalise que vous ne comprenez pas ce que je dis, mais j'espère que vous percevrez la sincérité de mes paroles. Nous savons que nous occupons frauduleusement vos terres, mais nous avons été amenés ici contre notre volonté, et nous ne pouvons pas retourner sur nos mondes d'origine.

Pendant que le juge parlait, Kris sentit une légère pression sur son front et sa nuque. Zane gigota bizarrement, et elle lui tapota le dos, geste qui le calmait d'habitude.

— Nous avons déménagé sur ce continent, parce que vous ne le cultivez pas à l'heure actuelle. Nous ne voulions pas gêner vos opérations sur l'autre continent. Nous souhaitons rester sur ce monde. Avec votre permission. Si toutefois c'est possible, car nous n'avons aucun moyen de quitter cette planète. Comment pouvons-nous nous faire comprendre ? D'une façon ou d'une autre ?

De nouveau, il ouvrit les mains, en un geste à la fois digne et implorant.

— Tout a été compris, dit une voix, remarquablement semblable à celle du juge.

Celui qui avait parlé l'avait fait si rapidement que Kris n'avait vu aucune bouche remuer. Puis elle réalisa que personne n'avait émis un son. La voix avait résonné dans sa tête. De nouveau, Zane s'agita dans ses bras.

— Nous sommes venus pour faire votre connaissance. Ne craignez rien. Nous ne blessons pas. Nous ne tuons pas. Nous n'habitons pas ici. Vous êtes tous très jeunes.

— Nous sommes une jeune espèce ? demanda Iri Bempechat, amusé.

— Oui, dit l'un des mâles, prononçant le mot avec sa bouche, quoique Kris l'entendît davantage dans sa tête que par ses oreilles. Très jeune.

Le juge Bempechat sourit.

— Les humains, oui. Mais je crois que les Deskis, dit-il montrant Coo, sont une espèce beaucoup plus ancienne que nous autres humains, ajouta-t-il, montrant Kris et lui-même.

— Nous avons vu les Deskis et nous ne nous sommes

pas arrêtés chez eux. Ils évoluent bien. Pourquoi y en a-t-il tant ici ? Pourquoi y a-t-il trois... non, cinq... espèces sur cette planète ?

— Nous avons été largués. Nous restons, dit le juge d'un ton ironique, avec un bref regard à Zainal.

— Parce que les autres, comme celui-ci, dit le porte-parole, désignant Zainal d'une main élégante, vous ont exilés ici pour faire une colonie de ce monde.

— Je vois que nous n'avons pas grand-chose à vous apprendre, dit le juge Bempechat. Vous lisez nos pensées dans nos esprits.

— Si l'on peut dire.

Il y avait de la sympathie, plutôt que de la condescendance dans le ton, qui était maintenant moins un écho de celui du juge qu'un reflet de sa personnalité.

— Nous essayons de nous améliorer, dit le juge, inclinant le buste avec respect.

— Processus long et difficile, et qui est éternel. Mais vous, vous ne l'êtes pas.

— Et vous l'êtes ?

— Par essence.

— Pas comme les Eosis, dit Zainal.

L'entité tourna la tête vers le nouvel interlocuteur.

— Nous ne connaissons pas le nom ni ton image mentale de ces Eosis.

— C'est mieux pour eux, remarqua doucement quelqu'un, et un instant, Kris pensa que c'était Mitford.

La voix ressemblait à la sienne. Ou peut-être était-ce Yowell, car le sergent était dans le groupe central, et Vic beaucoup plus proche.

— Nous vous demandons votre aide pour mettre un terme à la domination que les Eosis exercent sur mon peuple, les Cattenis, et sur ces autres espèces, dit Zainal, montrant ceux qui l'entouraient.

— Cela nous obligerait à nuire à une espèce, chose que nous n'approuvons pas.

— Même si les persécutions continuent contre des espèces innocentes qui n'ont aucune protection contre des forces supérieures ? demanda le juge Bempechat.

— Si la violence est utilisée, il n'y a pas de réforme

possible des désirs qui ont conduit à l'utilisation de la force, dit l'entité, doucement réprobatrice.

— Alors, comment évitez-vous l'emploi de la force ? demanda Scott, prenant la parole pour la première fois.

— Il y a des moyens. Découvrez-les.

Les silhouettes commencèrent à se dissoudre.

— Quel est votre nom ? demanda le juge Bempechat, s'avançant vivement pour les empêcher de partir.

— Vous nous avez donné le nom de Fermiers. Il nous va bien, dit le porte-parole avec un sourire bienveillant.

Kris se dit que cette entité aurait pu jouer le rôle de Jésus-Christ.

— Il n'est pas parmi vous ? entendit-elle dans sa tête.

— Ne partez pas, dit Zainal, s'avançant aussi, main levée. Pas si vite. Comment éviter d'employer la force quand elle est utilisée contre nous ? Comment nous libérer, nous et nos amis, de la domination des Eosis ?

— Est-ce que nous sommes autorisés à rester ici ? Sur votre planète ? demanda Kris, bondissant de l'avant, ce qui réveilla Zane, qui poussa un hurlement.

L'un des Fermiers s'avança d'un mouvement glissant. Les jambes bougèrent, mais la femelle — Kris lui trouva quelque chose de subtilement féminin — ne touchait pas le sol comme dans une marche normale.

— Ils observent bien.

De nouveau, une pensée fut insérée dans sa tête quand l'entité arriva devant elle et baissa les yeux sur Zane. Malgré les efforts de Kris pour le calmer, le premier hurlement fut suivi des sanglots effrayés. Non qu'elle blamât Zane de réagir à l'atmosphère tendue, déçue et apeurée qui régnait. En tout cas, c'est ce qu'elle ressentait.

— Nous avons tellement de choses à vous demander. Tellement de questions à vous poser, dit Easley, d'un ton suppliant.

— C'est ton enfant ! dit la femelle, se retournant vers Kris.

Kris ne pouvait pas plus refuser de montrer son fils qu'elle aurait pu résister aux contractions qui l'avaient expulsé de sa matrice. Elle tourna Zane, le visage rouge de détresse, vers l'entité, qui se pencha sur lui, passa une main gracieuse, presque transparente, au-dessus de son visage, et instantanément, il sourit de contentement, émettant de charmants « areu-areu » à l'adresse de sa nouvelle admiratrice.

— Il y a beaucoup de nouveaux jeunes ici, poursuivit-elle — Chris dénota dans le ton un sentiment d'envie. — Envieux, nous le sommes !

— Alors, nous pouvons rester ? demanda gravement Kris.

— Vous pouvez rester. Nous observerons sans interférer.

— Est-ce que nous pouvons sortir ? demanda Zainal dessinant une sphère de ses mains.

— C'est pour votre protection, dit le premier qui avait parlé.

— Nous vous en sommes reconnaissants, dit le juge Bempechat, avec un regard d'avertissement à Zainal.

— C'est plus qu'on n'en peut dire des autres.

La pensée s'insinua dans l'esprit de Kris, puis la femelle inversa son glissement pour rejoindre son groupe.

À l'instant où ils furent tous réunis, ils disparurent.

Comme ça ! pensa Kris, tandis que son fils gargouillait joyeusement dans ses bras.

Puis ils se mirent à parler tous en même temps, essentiellement pour énoncer des récriminations : ils n'avaient pas appris grand-chose ; qui avait désigné le juge comme porte-parole ? ; et pourquoi on n'avait-on pas posé davantage de questions pendant qu'on avait les Fermiers sous la main. Et pour qui Zainal se prenait-il, d'aller demander une aide militaire à ces pacifistes ?

Scott demanda le silence. Le juge Bempechat dit avec humilité qu'il n'avait jamais eu l'intention de parler au nom de tous, mais qu'il s'était soudain surpris à s'exprimer. Balenquah reprocha vivement à Kris son stupide « salut ».

— Je ne pouvais guère leur demander de m'amener devant leur chef, non ? répondit-elle. Et ne crie pas comme ça devant mon bébé.

— Tu voulais le leur donner ? demanda Balenquah.

— Ne sois pas idiot. Elle voulait le regarder, dit Kris, s'éloignant de l'agaçant pilote.

Elle trouvait Aarens odieux, mais Balenquah inaugurait une toute nouvelle catégorie dans l'intolérable.

— ÉCOUTEZ TOUS ! tonitrua Scott pour dominer le brouhaha. Nous avons l'autorisation de rester. C'est le principal, non ?

Pendant qu'il parlait, ils entendirent des véhicules sur coussin d'air et des voix excitées se rapprocher du hangar.

— Dites donc, ils sont venus. On peut rester, hurla Lenny Doyle, sautant à bas du véhicule et entrant dans le hangar en courant. Ils sont apparus devant le réfectoire et...

Il se tut, maintenant assez proche pour voir l'expression des assistants.

— On *peut* les appeler Fermiers, termina-t-il d'un ton perplexe. Ils sont venus ici aussi ?

Worrell, Léon Dane, Mayock et deux infirmières arrivèrent ensuite, dégringolant de la plate-forme du camion qui servait d'ambulance, avec l'air hilare de ceux convaincus d'apporter de bonnes nouvelles. Leurs sourires s'évanouirent quand, à leur tour, ils réalisèrent que leur expérience était loin d'être unique.

— Combien étaient-ils, les métamorphoseurs ? demanda Kris dans le silence.

Puis l'unité principale de communication se mit à bourdonner, tous les portables appelant en même temps.

— Hallucination collective plutôt rare, dit Léon Dane avec ironie. On devrait comparer nos informations. Nous pouvons rester, d'après ce qu'ils ont dit, et on peut les appeler Fermiers...

— Puisque le nom leur va bien, ajouta le juge du même ton.

— Avons-nous tous posé les mêmes questions ? demanda Léon, regardant tour à tour Scott et Zainal.

— Il faudra effectivement comparer nos informations, dit Scott, quand nous aurons répondu à tous ces appels. Kris, Yowell, Zainal, venez m'aider...

Et il montra du geste le tableau clignotant.

— *Combien* étaient-ils ? demanda Kris, quand elle eut le temps de repasser en revue les étonnantes apparitions simultanées des Fermiers devant tous les groupes de Botany. Même les mineurs en avaient reçu dix en délégation.

Aucun groupe de Fermiers n'avait comporté plus d'entités que le groupe qu'ils visitaient. Ils étaient cinq de quart au poste de commandement, et trois entités leur étaient apparues. Au réfectoire, où la majorité des colons étaient en train de déjeuner, ils en avaient vu trente. Quinze s'étaient manifestés à l'hôpital.

— Tous en même temps ? demanda Léon, stupéfait.

— Cinquante au moins, et ils ne pouvaient pas tous tenir dans leur petite navette ! dit Beverly.

— Tout dépend de l'espace qu'il faut à un métamorphoseur, remarqua Kris.

— Puisqu'ils sont apparus à nous tous, pourquoi certains n'en ont pas découvert sur eux plus que d'autres ? dit Scott, exaspéré. Nous avons tous eu l'occasion de poser des questions fondamentales.

— Oui, nous en avons tous eu l'occasion, dit Rastancil. Mais mes neurones ne fonctionnaient pas assez vite, et je n'ai pas remarqué que tu posais des questions essentielles toi non plus, Ray.

Malgré l'humour de la formulation, Scott parut en prendre ombrage.

— Sottises ! dit Kris. Ils sont plus habitués que nous à ces rencontres du troisième type. Nous sommes jeunes, ne l'oublions pas, pouffa-t-elle. Et vous croyez vraiment que nous avons obtenu des réponses sans fard d'une espèce disposant de leur technologie ? Nous sommes beaucoup trop jeunes pour mériter plus que les quelques minutes qu'ils nous ont consacrées.

— Considérons plutôt les aspects positifs de cette rencontre, dit Pete Easley, levant la main vers Scott en un geste d'apaisement, car l'amiral semblait le plus contrarié par cette occasion perdue. Nous avons maintenant la permission de rester. Et j'ai eu la nette impression que nous pourrons sortir de la Bulle, mais que d'autres, comme les Eosis, ne pourront pas passer à travers, ajouta-t-il, se tournant vers Zainal pour confirmation.

Zainal acquiesça de la tête.

— J'aimerais que tu organises un vol pour vérifier cette

possibilité, Zainal. Aujourd'hui même, si possible, dit Scott, se raccrochant à un détail qu'il comprenait et qui lui permettait d'agir. Je ne sais pas si ça t'avancera pour ta Phase Trois, mais...

Il haussa les épaules.

— Qu'est-ce qu'ils voulaient dire par « c'est plus qu'on n'en peut dire des autres » ? demanda Kris.

Scott, Zainal et le juge la regardèrent, étonnés.

— Quand tu as demandé qu'ils enlèvent la Bulle, Zainal, et que le juge a dit que nous étions reconnaissants de sa protection, l'un d'eux a dit : « C'est plus qu'on n'en peut dire des autres. » Vous n'avez pas entendu ? dit-elle, regardant autour d'elle. J'ai été la seule à l'entendre ?

— Qu'est-ce que tu as entendu d'autre, Kris ? demanda le juge Bempechat, lui souriant, de l'air de dire que, lui aussi, avait eu des pensées insérées dans sa tête.

— Ils nous envient d'avoir des enfants, dit-elle, balayant l'assemblée du regard.

Elle saisit le regard de Pete Easley. Puis elle se rappela la remarque de la femme : « C'est ton enfant ! » Et c'était Pete qu'elle regardait alors, non Kris.

La vérité se manifestera tôt ou tard, non ? pensa Kris, et elle hocha la tête en souriant. Elle avait décidé de ne rien lui dire ; elle voulait le priver de cette satisfaction, par dépit. Il lui rendit son sourire, un sourire vraiment heureux, avant de montrer Scott, qui lui répétait une question.

— Désolée, Ray. Qu'est-ce que tu m'as demandé ?

— Qu'as-tu « entendu » d'autre que nous n'avons pas entendu ?

— Je ne sais pas, dit-elle en haussant les épaules. Je n'ai jamais pensé que c'était de la télépathie. Je croyais que nous entendions tous la même chose. À part le juge et moi, est-ce que d'autres ont eu des communications spéciales ?

— J'ai entendu nettement qu'ils vont examiner ce secteur galactique pour voir si des espèces sentientes sont apparues depuis leur dernière visite, dit Zainal.

— Leur dernière visite ? s'exclama Pete Easley, puis il siffla entre ses dents.

— Ils sont allés sur le monde des Deskis, dit Coo, plutôt fier.

— Alors, vous vous en tirez mieux que les humains, dit le juge Bempechat avec un grand sourire.

Kris remarqua que Scott avait ouvert la bouche pour parler, et que le juge avait prévenu l'amiral, avec un commentaire beaucoup plus diplomatique. Scott referma la bouche.

— Je crois, dit le juge, prenant crayon et papier, que nous ferions bien de noter tous les détails de cette étonnante rencontre tant que nos souvenirs sont frais, en additionnant les communications individuelles.

— Bonne idée, dit Léon.

— Le tout sera peut-être plus que ses parties, dit le juge. Nous devons demander aux mineurs de faire la même chose, et aussi à ceux du poste de commandement. À tous ceux qui ont rencontré nos Fermiers changeurs-de-forme.

Zainal partit dans la matinée, avec Marrucci, Beverly et Balenquah, pour voir si la Bulle les laissait sortir.

— Et rentrer, ce qui est encore plus important, dit Kris avec fermeté quand il lui apprit ce qu'ils allaient faire.

Il fallut toute la journée pour transcrire les différentes conversations avec les Fermiers, et quand tout fut mis sur le papier, ils réalisèrent qu'ils avaient effectivement beaucoup plus d'informations.

— Je me demande s'ils font ce genre de récapitulation sur le chemin du retour ? dit Kris, à un certain point de la difficile reconstruction de qui avait dit quoi, quand et où.

— J'en doute, dit Rastancil. Ils ont lu dans nos esprits sans problème, alors ils ont sûrement tous appris ce que les autres ont pensé ailleurs.

— Sans doute en temps réel, dit Worry avec un reniflement dédaigneux.

Contrairement à son habitude, il n'avait pas l'air inquiet le moins du monde.

Presque tous — du moins ceux qu'un problème spécial tourmentait — avaient reçu une réponse « individuelle ». Léon Dane, préoccupé par des maladies pour lesquelles il n'avait aucun traitement et qui attendait l'occasion de leur demander des conseils, avait été informé des plantes à rechercher et « comme une sorte d'explosion dans ma tête », des méthodes de préparation et des doses bénéfiques.

— Nous avons déjà testé la plupart des plantes, qui sont soit vénéneuses, soit presque mortelles. Mais des dosages infimes de substances dangereuses ont souvent une valeur thérapeutique si on les administre à bon escient. Ils m'ont fait un cours expéditif sur les ressources botaniques de la planète. Il semble qu'il existe, sur le continent sec, un arbuste qui peut fournir un anesthésique général. Mais ils préféreraient que nous fassions appel à notre unique acuponcteur, qui devra transmettre ses connaissances à d'autres.

— La fabrication des briques leur a plu, dit Sandy Areson. Et je sais maintenant où trouver cinq variétés différentes d'argile.

— Il m'a dit qu'il y avait d'autres arbustes à houppes cotonneuses qu'on pouvait utiliser pour tisser des étoffes, dit Janet. Il ressemblait beaucoup à Jésus-Christ.

— Qui est avec nous, ajouta Kris.

— Qu'est-ce que tu as dit ? s'écria Janet, indignée.

— « Il est parmi vous », voilà ce que j'ai entendu au sujet de Jésus, dit Kris.

— Et vous remarquerez, poursuivit Janet, se redressant avec dignité, qu'ils nous sont apparus sous forme humaine. Nous avons donc confirmation de l'apparence du Tout-Puissant. Humaine !

— C'est parce qu'il n'y avait ni Deski ni Rugarien dans ton groupe, dit Sandy Areson qui s'abstint de son irrévérence habituelle devant la religiosité de Janet. Nous, nous avons eu des Deskis et des Rugariens, parce qu'il y en avait qui déjeunaient avec nous autres humains.

Au poste de commandement, les sentinelles avaient été averties que leur présence n'était plus nécessaire. Les mineurs avaient été informés que les Fermiers n'avaient pas d'objections à l'utilisation des minerais et autres ressources minérales. Les bûcherons avaient été priés de ne pas abattre les arbres les plus vieux, et avaient reçu l'autorisation d'éclaircir les autres variétés poussant sur le second continent cultivé, car c'étaient des bois plus tendres, et mieux adaptés à « la fabrication d'artefacts utiles ».

Avaient été universelles la permission de rester sur le second continent, l'acceptation du terme de « Fermiers », et l'affirmation qu'ils n'approuvaient pas qu'on « nuise à une autre espèce ».

— Ils étaient tristes de nous voir si loin de chez nous, reconnut Coo.

— Et ? l'encouragea le juge Bempechat, comprenant qu'on lui en avait dit davantage. Ont-ils suggéré que tu rentres chez toi ?

— Pas maintenant, dit Coo. Je suis mieux ici.

Puis il sourit à sa façon.

— Beaucoup mieux.

— Nous aussi, ajouta Slav. Personne n'est en sûreté avec les Cattenis.

Il rapprocha ses sourcils, et rentra les lèvres pour les mordiller, exprimant ainsi une grande contrariété.

— Les Fermiers ne voient pas le danger ? ajouta-t-il, regardant tour à tour le juge, Scott, Worrell, et tous ceux qui étaient encore dans le bureau.

— Pas s'ils doivent faire du mal à une espèce, ce qu'ils semblent refuser, même à l'égard d'une race territorialement agressive comme les Cattenis..., commença le juge qui ajouta, quand Kris s'éclaircit la gorge : Je rectifie, mon amie... Comme les Eosis... qui ordonnent à leurs subordonnés cattenis d'agresser sans états d'âme.

— Dites donc, il arrive et je crois qu'il réussit, cria Bert Put.

Tous se pressèrent autour de l'écran pour voir le point minuscule qu'était Bébé. Le point disparut. La plupart acclamèrent et applaudirent cette vérification de la permission tacite des Fermiers. Mais Kris retint son souffle.

— À ta place, je respirerais, dit Easley debout près d'elle. Parce qu'ils peuvent mettre un bon moment à rentrer.

Par inadvertance, Kris rencontra son regard et expira lentement avec un sourire hésitant. Elle essayait de ne pas avoir de contacts avec lui.

— J'avais tellement bu ce jour-là que franchement, je

ne me rappelle pas ce que j'ai fait, ni que je l'ai fait, dit-il à voix basse. C'est un bon bébé ?

— Il ne pourrait pas être meilleur, dit-elle, regardant le bébé endormi avec un sourire béat. Merci.

Puis elle ajouta, pour qu'il reste à sa place :

— Je crois.

Il gloussa avec ironie à cette rectification, puis il lui serra l'épaule avant de s'éloigner. Elle aurait presque préféré qu'il reste, car l'attente fut longue. Zainal devait montrer aux Eosis qu'il était sorti de la Bulle, elle l'aurait parié, sans doute en faisant tourner Bébé sur son axe autour des deux satellites. C'était bien de lui ! Mais elle n'était pas sûre de ce qu'il voulait prouver par là. Toutefois, elle était certaine qu'il avait un nouveau plan pour la Phase Trois. Et faire un pied de nez aux Eosis en faisait partie. Bien sûr, cela détruisait la fausse piste qu'il avait si soigneusement tracée pour leur faire croire qu'il était ailleurs dans la galaxie. Mais ne prenait-il pas un risque immense pour toute la colonie ? Et si maintenant la Bulle allait céder devant les vaisseaux de guerre des Eosis ?

Dans ses bras, Zane soupira et se nicha tout contre elle. Non, pensa-t-elle, il ne mettrait pas son fils en danger.

— Ah, il est rentré ! hurla Bert, ce qui fit gigoter Zane une fois de plus. Il revient à la maison !

Soulagée que Zainal ait réussi, Kris décida qu'elle pouvait maintenant se retirer discrètement. Zane aurait faim quand il se réveillerait ; elle devrait le changer également, et elle n'avait plus de houppes cotonneuses. De plus, elle était fatiguée, elle aussi, après l'excitation causée par la visite des Fermiers, puis la récapitulation de qui avait entendu quoi et où. Quand elle aurait fait manger son fils, elle aurait le temps de se reposer un peu avant le retour de Zainal.

Le satellite enregistra dûment l'émergence d'un petit véhicule du voile protecteur, sa brève orbite autour du satellite fixe, puis sa rentrée dans la Bulle. Rien ne pouvait être enregistré au-delà du voile, mais ce vol très bref était un phénomène assez important pour que le satellite envoie immédiatement un message à sa base.

À sa réception, le message fut immédiatement transmis au Mentat Ix, qui enragea. Il fut très vite établi que le véhicule était similaire au vaisseau de reconnaissance dans lequel Zainal était censé avoir quitté le système.

— Enlever les marques ne trompe personne, dit Ix. Et si un vaisseau de puissance si limitée peut franchir cet obstacle dans les deux sens, nous le pouvons aussi !

Le vaisseau de guerre, l'AA1, plus son vaisseau frère qui venait juste de passer ses tests de vol et d'être homologué, furent pourvus d'équipages et de fournitures pour un retour aussi rapide que possible dans le système en question. Une puissance de feu double de celle de la première visite suffirait sans doute à percer un trou dans ce qui — quoi que ce fût — avait entravé la sortie et interdit la rentrée de l'AA1.

— Cette fois, Zainal reviendra subir un châtiment approprié, dit le Mentat Ix, retournant dans sa tête les tortures qu'il ferait subir à l'élu qui ne s'était pas présenté sur l'ordre de l'Eosi.

Il savoura les scènes d'écartèlement, de flagellation, d'application de substances nocives sur les parties les plus tendres de l'anatomie du coupable.

Cependant, la nécessité d'atteindre de nouveaux sommets technologiques devint évidente pour tous les Eosis sans exception. Ils étaient restés oisifs trop longtemps, se complaisant dans leur domination de sept systèmes solaires, et l'exploitation de leurs richesses, sans penser à tous les mondes encore à découvrir pour le bénéfice et le plaisir des Eosis. Ils étaient au seuil d'une nouvelle ère de la domination eosienne ! Il ne fallait permettre à personne de restreindre le plaisir de cet exploit. La galaxie toute entière finirait par leur appartenir !

Quand elle fut attaquée par les forces spatiales eosiennes, la barrière demeura impénétrable à toutes combinaisons de missiles, rayons et forces disponibles : l'attaque se solda par un échec, et le bombardement de toutes les armes imaginables fut insuffisant à la percer. Seuls les résidents de la planète ignorèrent cette tentative.

À travers tous les systèmes dominés par les Eosis, les commandants et les gouverneurs furent informés de cette insulte inattendue. La nouvelle filtra jusqu'aux mondes asservis des Deskis, Rugariens, Ilginishs, Turs et Terriens, et sur les planètes colonisées de force. L'espoir revint ! Il revint, mais s'évanouit sous la sauvagerie vengeresse des Eosis, maintenant obsédés par la découverte d'un moyen de pénétrer la barrière, par quelque procédé que ce fût. Les Eosis avaient toujours été déplaisants ; maintenant, ils devinrent cruels. Tous leurs efforts tendirent à combattre le premier vrai test de la suprématie eosienne depuis que les Mentats étaient parvenus à sortir de leur forme corporelle pour trouver une sorte d'immortalité en utilisant les corps vigoureux des Cattenis.

Et la barrière restait toujours impénétrable.

Le Mentat Ix envoya donc tous les vaisseaux de reconnaissance dans les secteurs précédemment inexplorés, à la recherche de ceux dont la technologie avancée l'empêchait d'exercer la vengeance qui maintenant l'obsédait.

CHAPITRE 12

— Bébé s'est faufilé dans la Bulle comme une anguille, dit Marrucci avec un large sourire, imitant des mains un mouvement de reptation. Mais, notez bien, Zainal avançait à une vitesse proche de zéro, et c'est peut-être ça la solution. Si on charge la Bulle pleins gaz, on rebondit dessus comme la première fois qu'on s'en est approchés.

— Je crois qu'on allait un peu plus vite à la rentrée, dit Beverly à la réflexion.

— On aurait pu détruire le satellite des Eosis. Le faire sauter en guise d'avertissement, dit Balenquah, maussade comme toujours. Et on aurait dû ! Pour leur prouver qu'on peut se débarrasser de leur surveillance ! Mais on ne leur a même pas arraché un capteur !... Ha ! soupira-t-il avec satisfaction, voyant des sandwichs disposés sur une table.

Il en prit quelques-uns et sortit.

— Heureusement que tu étais là, Beverly, dit Marrucci. Ce mec m'horripile.

— Il est bon pilote, dit Beverly, mais sans grand enthousiasme.

Scott se pencha à travers son bureau, faisant signe aux deux autres d'en faire autant.

— C'est exact, ce que dit Balenquah ? Que vous n'êtes pas restés hors de la Bulle assez longtemps pour être vus par le satellite ?

Beverly sourit jusqu'aux oreilles.

— Bien sûr que si. Zainal nous a même fait passer devant le satellite géosynchrone. C'était même son objectif principal, de faire remarquer qu'on pouvait sortir de la Bulle et y rentrer.

— Mais est-ce que ça ne va pas faire enrager les Eosis plus que jamais ?

— Franchement, j'espère bien. Avec les Fermiers qui nous protègent...

— Pas si vite ! dit Scott, se redressant brusquement. Qu'est-ce qui fait croire à Zainal qu'ils continueront à nous protéger si on s'amuse à des enfantillages pareils ?

— Si tu es le dessus du panier, tu n'as pas besoin de « nuire à une espèce » pour maintenir ta position dominante — pas avec la technologie dont disposent les Fermiers. Mais les Eosis n'en disposent pas. D'après Zainal, ça devrait les mettre en fureur, et je crois qu'il a raison. Et s'ils s'obstinent à vouloir forcer la Bulle, les Fermiers finiront par réagir.

— Sacré Zainal ! Il veut faire démarrer sa Phase Trois d'une façon ou d'une autre, dit Scott, une nuance d'admiration dans la voix. Mais zut ! il pourrait nous prévenir quand il prend des décisions pareilles. Nous devons prendre en compte le bien de toute la communauté. Et d'abord, où est Zainal ?

— Oh, il nous a déposés ici et il est allé jeter un coup d'œil dans la vallée des Cattenis, pour voir si les Fermiers les ont visités aussi. Je croyais que tu le savais.

— Moi ? Je n'ai même pas évoqué l'idée, dit Scott, se rembrunissant. Maudit enquiquineur !

— Franchement, Ray, moi aussi j'aimerais bien savoir si les Fermiers leur sont apparus. Je me trouve bien sur Botany, mais des tas de choses sont restées en souffrance sur la Terre, et j'espérais bien jouer un rôle majeur dans leur réalisation, dit Beverly, soulignant ses propos d'un hochement de tête.

— Le premier devoir d'un soldat est de rejoindre son unité dans la mesure du possible ? dit Scott, avec un sourire légèrement condescendant.

— Tu as tout compris. En ce qui me concerne, dit Beverly en croisant les mains, je ne me reposerai pas tant que la Terre ne sera pas débarrassée des Eosis. Et nous sommes beaucoup à le penser. À mon avis, ils sont plus nombreux que tu ne le crois, ceux qui soutiendraient Zainal dans une tentative pour nous gagner le soutien actif des Fermiers.

Scott réfléchit.

— Si nous pouvions..., soupira-t-il.

Puis, d'un ton tout différent, et avec un sourire de regret, il ajouta :

— Non que je n'aie pas reçu des leçons très précieuses sur Botany.

— Comme nous tous, acquiesça Beverly, ironique, contemplant les cals de ses mains.

Quand Zainal revint, il alla immédiatement informer Scott que les Fermiers étaient apparus aux Cattenis, et les avaient tellement terrifiés que deux étaient encore en état de choc. Les autres refusaient de croire qu'ils n'avaient pas été visités par les Eosis et l'avaient supplié de les emmener dans un endroit plus sûr.

— Je leur ai dit que ce n'étaient pas des Eosis mais les vrais propriétaires de la planète, et que s'ils essayaient de quitter la vallée, il leur arriverait pire.

— Qu'est-ce qui pourrait être pire que les Eosis ? demanda Scott avec un grognement dédaigneux.

— Ce qu'on ignore est toujours pire, dit Zainal,

haussant les épaules avec philosophie. Ils ne quitteront jamais la vallée.

— Est-ce qu'ils ont essayé ?

Nouveau haussement d'épaules.

— Non. Les drassis n'avaient d'autorité sur eux qu'à bord. Ils ne feront rien.

— Tu es resté assez longtemps hors de la Bulle pour que les deux satellites te voient bien ?

— Comme John te l'a dit.

— Dis-moi, Zainal, reprit Scott, se renversant dans son fauteuil comme parfaitement à son aise, est-il sage de pousser les Eosis à bout ? Comment être sûrs que les Fermiers nous protégeront si nous provoquons l'ennemi ? Nous savons très peu de choses de leur philosophie et de leur société ; et même de leur technologie, sinon qu'elle est très supérieure à tout ce que nous connaissons.

Zainal eut un large sourire, accompagné d'un regard menaçant.

— En ce moment, les Eosis sont très inquiets. Il existe une espèce plus avancée qu'eux. Ils ne l'accepteront pas. Ils feront deux choses : partir à la recherche des Fermiers, et tenter le plus grand bond technologique possible.

— Oui, mais en sont-ils capables ? Je veux dire, le transfert de matière tel que le pratiquent les Fermiers est un bond immense, à mon avis, dit Scott.

— Généralement, les guerres favorisent les progrès technologiques, dit Beverly. Nous devrions le savoir mieux que personne, Ray.

— Ils nous ont fait une belle jambe à l'arrivée des Cattenis, nos progrès technologiques, dit Scott avec un rire amer.

— Est-ce qu'ils ont jamais détecté les sous-marins, Ray ? dit Beverly.

Scott le foudroya, inclinant la tête vers Zainal.

— De quel côté est-il, Ray ? demanda Beverly.

— Du mien, dit Zainal en souriant. Bon, je rentre à la maison.

Kris dormait, et elle se réveilla brièvement en le sentant se glisser près d'elle sous les couvertures.

— Tu prépares la Phase Trois, non ? murmura-t-elle.

Mais avant qu'il ait eu le temps d'en convenir, elle s'était rendormie.

Zane les réveilla à la nuit tombante, prêt à manger et à jouer un moment.

— Alors, c'est oui, hein ? dit-elle, allaitant le bébé près du feu tandis que Zainal, assis dans son grand fauteuil, contemplait la scène en caressant ses accoudoirs.

— Oui, quoi ?

— Tu prépares la Phase Trois.

Il lui sourit.

— C'est logique de terminer ce que Mitford a commencé, en nous faisant remarquer des Fermiers pour qu'ils viennent voir ce qu'on a fait à leur planète. Et c'est très bien que les Eosis soient venus aussi. On a bouleversé *leurs* plans, ce qui ne leur était pas arrivé depuis des générations.

— Ne viens pas me dire que d'autres Cattenis ont déjà voulu en finir avec les Eosis, dit-elle, étonnée.

— On en parlait... en privé, reconnut-il, tambourinant maintenant sur ses accoudoirs au lieu de les caresser. J'étais sur Barevi... pour discuter d'un plan avec un groupe.

— C'est vrai ? Et j'ai tout fait gâcher ? dit Kris, rougissant de consternation. Tu en as parlé à Chuck ? Ou à un autre ?

Zainal haussa les épaules.

— Il n'y avait pas de raison jusqu'à maintenant.

— C'est pour ça que tu voulais avoir le moyen de quitter la planète ?

— Je trouve que ce serait une bonne idée d'avoir une base pour ceux qui résistent aux Eosis.

— Tu penses à amener d'autres Cattenis ici ?

Kris pensait à plusieurs centaines de colons qui feraient des objections. Ou peut-être pas, maintenant qu'il était bien établi dans les esprits que les Eosis étaient responsables des activités des Cattenis. Le problème, c'est que beaucoup trop de Cattenis *prenaient plaisir* à ce qu'ils faisaient aux races vaincues.

— Cela causerait des difficultés si ça se savait, dit

Zainal, suivant sa pensée. Mais il y a ce continent désert. Personne n'y va.

— C'est vrai. Et si les gens ignoraient la présence des Cattenis... mais tu ne peux pas cacher ça aux galonnards, Zainal. Ils ont confiance en toi maintenant. Ils ne...

— Ne t'inquiète pas. J'apprécie leur confiance. Je leur en parlerai si je crois pouvoir réaliser ce à quoi je pense. J'aurai besoin de beaucoup d'aide de la part de Beverly, Scott, Easley, Yowell, Bert, Raisha. Et il nous faudra aussi recruter sur la Terre.

— Le vaisseau de transport ?

Elle fit sursauter Zane et dut le calmer.

Zainal acquiesça de la tête.

— Avec le KDL. Mais il nous faudra un bon équipement. Cartes galactiques, codes...

— Est-ce que les Eosis ne changeront pas les codes ? Juste au cas où tu serais lâché dans la nature ?

Zainal secoua la tête, ses yeux pétillant de malice.

— Les drassis apprennent trop lentement pour qu'ils les changent de sitôt.

— Alors tu dois passer à l'action plus vite qu'eux, et bientôt. Exact ?

Il hocha la tête. Effrayée pour lui, son cœur battit à grands coups.

— Tu as l'intention d'infiltrer la Terre ?

Il secoua la tête.

— Barevi est plus sûr pour moi. Il y a beaucoup de Cattenis qui circulent. On pourra apprendre beaucoup des nouveaux prisonniers. Et « transporter » ceux qu'il nous faudra.

— Toi, Emassi Zainal, tu pourras t'amener tranquillement et demander qu'on te remette les pires des prisonniers, et on te les donnera ?

L'angoisse la rendait sarcastique.

— Toi, et un équipage de...

— De Deskis, de Rugariens et d'amis cachés aux yeux des Emassis et des Drassis.

— Je ne savais pas qu'il y avait des Deskis et des Rugariens dans les équipages cattenis.

— Ils ne composeront pas tout l'équipage, seulement la partie visible, dit Zainal.

Puis il se leva, d'un mouvement fluide et gracieux pour un tel gaillard, et se mit à faire les cent pas.

— Nous ne serons pas un transport de passagers. Nous serons un vaisseau minier de K'dasht Nik Sot Fil, dit-il tout en marchant. Nous aurons besoin de certains mineurs, vigoureux, avec peut-être quelque expérience en mécanique. Nous obtiendrons ce qu'il nous faut — et certaines choses dont Botany a besoin...

— Et personne ne s'en apercevra ?

— Le truc qui fait la peau grise... : il tient combien de temps sur une peau humaine ?

— Je ne sais pas, dit-elle, commençant quand même à comprendre comment il voulait procéder. Mais tu pourras en emporter autant que tu voudras.

Elle revit mentalement ceux qui avaient joué les faux Cattenis lors de la prise du KDL.

— Mais est-ce que les Eosis ne surveillent pas tout ? Et s'ils ont vu Bébé sortir de la Bulle et y rentrer ?

Zainal gloussa, s'arrêtant près de sa chaise pour lui caresser la joue. Et contempler l'enfant affamé.

— J'espère qu'ils l'ont vu.

— Oui, mais tu ne peux pas te glisser par la porte de derrière, non ?

— Bert Put ira jeter un coup d'œil là-haut pour voir si... la côte est libre ?

Il haussa un sourcil interrogateur.

— Si la voie est libre.

— Bon, et j'emmènerai des gens qui parlent le Catteni.

Il se remit à arpenter la pièce en se frottant les mains, tout en continuant à réfléchir à voix haute.

— Tu as oublié tout ton barevi ? demanda-t-il dans cette langue.

Sursautant, elle répondit en barevi par l'affirmative. Pourrait-elle aller avec lui ? Désirait-elle aller avec lui ? Elle n'avait pas envie de rester en arrière. Mais Zane ?

— Chuck serait utile, ajouta-t-elle. Et Jay Greene...

Il s'était arrêté près d'elle et contemplait Zane qui s'était endormi, repu.

— J'ai aussi besoin de toi.

Elle faillit éclater en sanglots, le cœur débordant

d'amour pour eux deux, et tiraillée entre des responsabilités contraires.

— Sandy a plus de lait qu'une vache, dit-elle, sans oser regarder Zainal. Et c'est pour des cas pareils que nous avons institué les crèches, non ? ajouta-t-elle avec plus d'entrain.

Elle entendit Zainal taper un numéro sur son portable.

— Chuck ? Tu es libre pour venir débattre d'une idée ce soir ?

Chuck Mitford dit immédiatement qu'il fallait en parler avec les galonnards.

— Seulement à quelques-uns, ajouta-t-il en se frottant les mains, parce que Zainal venait de le nommer chef de l'équipage.

Chuck n'avait pas pris ça comme un affront, parce qu'il avait la taille et la carrure de beaucoup de Cattenis. Mais il était plus beau que la plupart, ne put s'empêcher de remarquer Kris.

Scott devait être consulté — d'autant plus que Chuck voulait lui faire jouer le rôle d'un Catteni ainsi que John Beverly, Gino Marrucci, Nonante Doyle, Dowdall ; Matt Su pour ses connaissances en électronique ; Yuri Palit et plusieurs autres qui avaient fait partie du premier commando parce qu'ils parlaient un peu le catteni.

— Je ne vois pas pourquoi on ne peut pas aller directement sur la Terre, commença par objecter Scott.

— Nous n'avons pas les codes pour la Terre... et le KDL est basé à Barevi. J'ai l'intention de communiquer avec les derniers transports pour la Terre...

— Et si on volait un autre transport avec les bons codes ? s'enquit Marrucci, fléchissant les doigts comme s'il était déjà dans le cockpit, prêt à décoller. J'aimerais vraiment bien aller faire un petit tour sur notre bonne vieille Terre.

Zainal sourit.

— C'est aussi une possibilité. Si on en trouve un tout prêt à partir.

— Tu ne pourras pas lâcher l'équipage dans la nature..., commença Scott.

— Il y a d'autres vallées ici, dit Zainal. Le KDL peut aller sur Barevi et en repartir sans problème. C'est ça l'important. Et je sais que je peux trouver les fournitures qu'il nous faut sans problème non plus.

— On peut faire une liste de nos souhaits ? demanda Rastancil d'un ton animé.

— Non, une liste de nos *besoins*.

— Fournitures médicales ? demanda Chuck, tirant de sa poche son bloc et un bout de crayon.

— Si on peut en trouver, répondit Zainal, rappelant à Mitford que la médecine cattenie était au mieux rudimentaire. On pourra se procurer du bon acier, ajouta-t-il, sachant que les fabricants avaient besoin de meilleurs matériaux pour façonner des outils chirurgicaux.

Chuck écrivit « acier » et souligna.

— Cette fois, les uniformes cattenis seront propres ? demanda Yuri Palit en fronçant le nez.

Zainal secoua la tête.

— Vous devrez avoir l'odeur des Cattenis.

Yuri fit la grimace, puis soupira.

— Tu porteras ce que tu veux pour le voyage, et tu te changeras sur Barevi, ajouta Zainal avec un grand sourire. Maintenant, poursuivit-il, prenant les croquis de l'astroport de Barevi et des environs qu'il avait préparés pour Chuck, vous devez savoir où aller, et vous devez apprendre quoi répondre aux questions. Si vous marchez d'un pas résolu, donnant l'impression de savoir où vous allez, comme si vous portiez un message, personne ne vous posera de question. Alors, vous devez *savoir* !

Ils furent tous d'accord avec ça, mais avec les leçons de langue vinrent des questions, émanant surtout de ceux qui n'avaient pas été asservis sur Barevi et n'étaient pas familiarisés avec la planète. C'est là que Kris intervint, car elle avait survolé toute la ville avec son maître.

— On ne pourrait pas simplement voler ces coucous au lieu de marcher ? demanda Dowdall.

— On *louera* des coucous, rectifia Zainal. Il faut agir normalement si on ne veut pas se faire remarquer. Si on se fond dans le paysage, on pourra revenir.

— Dis donc, ça me plaît, ça, dit Nonante Doyle avec un sourire jusqu'aux oreilles. Il y a une paire de tudos...

Zainal pointa son crayon sur Nonante.

— Tu seras un bon tudo et tu suivras les ordres de ton drassi.

— Ouais, d'accord, patron. Compris, patron drassi, dit Nonante avec bonne humeur, hochant la tête en portant la main à un képi imaginaire.

— Chuck, te rappelles-tu exactement où on enfermait les esclaves ?

— Je me rappelle. J'y ai créché.

Et Chuck sortit une feuille sur laquelle il avait déjà fait le plan des lieux.

— On ferait bien d'apprendre quelques symboles cattenis, aussi... pour comprendre les panneaux indicateurs.

Les préparatifs durèrent dix jours, avec de longues séances d'apprentissage pour les participants. La sélection s'était limitée à ceux ayant à peu près l'apparence physique d'un Catteni, qui connaissaient un peu la langue et qui avaient quelque expérience de barevi. Ce n'était pas le cas de Scott, Marrucci et Yuri, mais ils pourraient faire équipe avec ceux qui répondaient aux conditions, comme Chuck, Nonante Doyle, Dowdall et Matt Su. Coo, Slav et Pess étaient un peu nerveux, mais ils étaient indispensables pour contacter leurs groupes ethniques et en obtenir des informations. La présence de Kris était essentielle, parce qu'elle connaissait bien la ville et les coucous. Il fallut allonger pour elle les jambes d'un uniforme catteni, mais les cheveux lissés par la boue grise qui cacherait le coloris terrien, et la peau poudrée de gris, elle donnerait bien le change. Mais surtout, elle savait assez de catteni et de lingua barevi pour louer des coucous et marchander de façon convaincante. Tout acheteur ne marchandant pas avec les commerçants bareviens serait immédiatement suspect. Sur Bébé et le KDL, ils trouvèrent pas mal de billets et de petite monnaie. Puis Zainal leur dit que les vaisseaux avaient l'habitude de passer tous les achats au code de leur unité, les factures étant ensuite envoyées à une banque centrale qui réglait les paiements.

— Et on sera loin avant qu'ils s'en aperçoivent, gloussa Doyle, se frottant les mains à cette idée.

— Qu'est-ce qui se passera, Zainal, si quelqu'un te reconnaît, *toi* ? demanda un jour Marrucci pendant une séance de préparation.

Tous ceux assis autour de la table, plus Sandy Areson, venue leur expliquer comment se maquiller en gris, se tournèrent vers lui.

— Je suis mort, dit Zainal, écartant cette possibilité d'un haussement d'épaules. Personne ne s'attend à me voir, surtout en uniforme de drassi, ajouta-t-il.

Sandy pencha la tête, puis se leva, et, tendant le bras à travers la table, le prit par le menton et lui tourna le visage d'un côté et de l'autre.

— Pas de problème, dit-elle. Nous ajouterons des tampons dans les joues pour lui donner l'air bouffi, un autre sur le front, quelques rides pour le vieillir, et sa propre mère ne le reconnaîtrait pas.

— Qu'est-ce que c'est, des tampons ? demanda Zainal, déconcerté.

— J'étais chargée du maquillage dans ma troupe théâtrale amateur. Ne t'inquiète pas. Tu ne te reconnaîtras pas toi-même. J'apporterai ce qu'il faut chez toi pour te montrer, ajouta Sandy devant quelques autres visages sceptiques. Vous ne le reconnaîtrez pas non plus. Faites-moi confiance.

Plus tard dans la soirée, quand elle leur fit une démonstration, Kris et Zainal constatèrent le changement remarquable obtenu avec ces quelques modifications.

— Je me voûterais, si j'étais toi, remarqua Sandy. Les drassis sont petits et n'ont pas la démarche fière des emassis.

Zainal la remercia en souriant, d'un sourire très différent à cause des tampons.

— Enlève-les, dit Kris, quand Sandy fut partie. Je ne vais pas partager cette maison avec un étranger total. Et pas séduisant du tout, en plus.

Elle frissonna, tandis qu'il ôtait les tampons et redevenait lui-même.

L'arrivée du Mentat Ix et de ses deux cadets au principal aéroport catteni de la Terre, situé au Texas non loin de ce qui avait été Houston, causa des problèmes de sécurité majeurs. La raison de sa visite suscita la consternation, le gouverneur militaire étant certain qu'il devrait mettre fin à ses jours pour sauver l'honneur, s'étant montré incapable de mâter la rébellion de la population indigène, en dépit des méthodes musclées qu'il employait. Il avait scrupuleusement suivi les ordres envoyés de Catten par les Mentats, mais il ne semblait pas plus près de dompter la révolte et de livrer les richesses de la planète qu'aux premiers mois de l'occupation.

Quand le Grand Emassi Bulent apprit le genre d'équipement apporté par les Mentats, il se décomposa, jusqu'au moment où on lui dit que les sondes mentales étaient destinées aux humains et non aux emassis inefficaces.

Il écouta donc les souhaits du Mentat Ix avec la plus grande attention, organisa les recherches, et rassembla le plus grand nombre possible des sujets demandés. La mort de certains pouvait être prouvée ; d'autres pouvaient déjà avoir été déportés, car ils vivaient dans les cinquante villes originellement dépeuplées par la première vague de répression.

Bulent plaignait presque les hommes et les femmes victimes de ces rafles et parqués à ciel ouvert dans les cages des esclaves, car la chaleur était intense, bien que, personnellement, il trouvât cette température délicieuse. Le surpeuplement et la chaleur causèrent des morts. Il eut la tâche peu enviable d'expliquer au Mentat Ix que les peaux humaines ne supportaient pas les rayons solaires aussi bien que le cuir des Cattenis, surtout les humains assez âgés, majoritaires dans ce groupe. Ils furent donc transférés dans un immense hangar, préalablement vidé de tout ce qu'il contenait.

Les subordonnés de Bulent durent ensuite assigner des numéros aux différents types de spécialistes qu'Ix désirait interroger selon le rang qu'ils occupaient au sein de leur domaine scientifique.

Ix, Se et Co se livrèrent à des interrogatoires d'essai sur des individus moins connus, avec des résultats variables. Après quatre morts par éclatement du cerveau — peu d'informations avaient pu être obtenues —, les instruments durent être recalibrés. À l'origine, ils avaient servi à augmenter l'intelligence des Cattenis en dilatant les aires cérébrales et corticales, et en stimulant certains centres des deux lobes. Le résultat avait donné la classe supérieure intelligente des emassis, à l'origine primitifs et guère plus évolués que des animaux à deux pattes. Mais ce qui pouvait être augmenté pouvait aussi être anéanti, et c'est cc but qui était visé dans le cas des humains.

L'examen pouvait durer jusqu'à une demi-journée, si les informations extraites des parties les plus accessibles du cerveau se révélaient intéressantes. Enfin, seulement si le sujet valait la peine qu'on le traite avec des égards. Dans le cas contraire, une heure suffisait, mais le sujet recouvrait rarement une grande partie de sa mémoire et de sa personnalité. L'énurésie était un problème fréquent, et certains ne gardaient pas assez d'intelligence pour se nourrir eux-mêmes. Ils étaient discrètement éliminés.

Par un usage plus judicieux des sondes mentales, Ix et ses cadets apprirent les codes de dossiers secrets de certains laboratoires de recherche, mais ils ne concernaient que des préoccupations humaines. Les Mentats découvrirent des codes de sécurité top secrets, mais ils ne s'intéressaient pas à la politique, la considérant comme très banale et prévisible — même si Ix y trouva l'idée d'une ou deux ruses dont il pourrait se servir au besoin.

Parmi ses victimes se trouvaient les derniers chefs d'État qui n'avaient pas encore été exécutés ou déportés, et qui révélèrent les noms de hauts fonctionnaires dont l'esprit était plein de détails amusants bien qu'insignifiants. Certains interrogatoires furent plus fructueux, permettant aux Mentats de découvrir quelles recherches scientifiques étaient en cours, et où. C'était ce que cherchait Ix, et il donna une liste au Grand Emassi.

Le Grand Emassi Bulent envoya ses acolytes à la recherche de ces personnes. Bien souvent, ils rentrèrent bredouilles, annonçant que les personnes en question étaient mortes ou avaient peut-être été déportées, mais qu'en tout cas elles restaient introuvables. Plusieurs d'entre elles, décida Ix, devaient être localisées à tout prix, à moins que la preuve de leur mort ne pût être établie sans le moindre doute. Bulent dépêcha donc ses meilleurs hommes, y compris plusieurs humains renégats, avec instructions de passer au peigne fin tous les refuges et cachettes connues, et avec promesse de récompenses galvanisantes en cas de succès.

Ix épuisa tous les moyens de découvrir le peu que les humains avaient appris sur la galaxie, l'univers, leurs méthodes incroyablement primitives de voyage spatial, aussi bien que les théories que, au cours des millénaires de son existence, il avait déjà étudiées, appliquées ou rejetées.

Les cosses humaines vides qui restèrent vivantes après ces séances furent chargées sur des transports et expédiées sur Barevi, afin d'être vendues comme esclaves à ceux qui pourraient trouver à employer ces individus décervelés.

Puis Ix se renferma dans son vaisseau et passa soigneusement au crible tout ce qu'il avait appris, dans l'espoir qu'il trouverait peut-être une théorie qui aiguillerait son grand esprit sur une voie de recherche valable.

Au cas où ils pourraient s'emparer d'un autre vaisseau, Bert Put et Balenquah accompagneraient la mission en qualité de pilotes auxiliaires. Il incomba donc à Raisha de piloter Bébé jusqu'à la Bulle pour voir si la voie était libre. Beverly et Marrucci avaient calculé les cinq fenêtres suivantes permettant d'éviter le satellite orbital, et il ne restait donc qu'à vérifier l'absence de tout vaisseau catteni dans les parages.

Kris trouva à la fois dur et facile de laisser Zane à la garde de Sandy. Elle l'avait partiellement sevré, et il mangeait déjà des purées. Sandy promit de ne pas le laisser dépérir, et Kris lui faisait confiance. Pete Easley fit une brève apparition pendant qu'elle était à la crèche, se sentant traîtresse et dénaturée parce qu'une partie de son être mourait d'envie de participer à cette mission, tandis qu'une autre regrettait terriblement son fils chéri.

— Il est grand pour son âge, non ? dit Pete Easley à la cantonade quand Kris le tendit à Sandy.

Il était réveillé et d'humeur joyeuse, du genre difficile à ignorer.

— Donne-le-moi un peu, dit-il, ne laissant à Kris aucune chance de refuser.

Étant de caractère accommodant, Zane se laissa passer de main en main sans protester, et fit autant de risettes à Easley qu'il en aurait fait à Zainal.

Kris, observant le transfert, réalisa soudain que Pete lui faisait comprendre son intention de veiller sur son fils naturel pendant son absence. Ce mouvement possessif était à la fois bienvenu et perturbant. Mais, malgré tout, Kris savait que Pete Easley assumerait la responsabilité de Zane, et elle était bien obligée de reconnaître, il en avait le droit.

Kris lui fit joyeusement au revoir, embrassa Sandy, puis quitta la crèche, ses émotions conflictuelles se dissipant peu à peu à mesure qu'elle se concentrait sur la mission.

Raisha décolla dans Bébé pour inspecter l'espace au-delà de la Bulle, et au même moment, Zainal dirigeait le KDL vers « la porte de derrière ». Raisha pointa la proue hors de l'obstacle juste le temps de vérifier qu'il n'y avait rien d'immédiatement visible alentour. Zainal glissa le KDL à travers la Bulle juste au-dessus du pôle Sud. Il ne fut pas le seul à pousser un soupir de soulagement en constatant que la manœuvre réussissait et que le KDL était autorisé à sortir. Puis il mit le cap sur la plus proche des cinq lunes, et s'en servit pour dissimuler sa direction. Une fois là, il calcula la trajectoire pour sortir du système et gagner Barevi.

Même à la vitesse que le KDL pouvait atteindre, le voyage prendrait trois semaines. Ils eurent tout le temps de se perfectionner dans leurs rôles de Cattenis, et d'apprendre à répondre machinalement aux ordres et aux questions. La maigre bibliothèque du KDL contenait des plans des astroports de toutes les planètes sous domination cattenie. Ils furent agrandis aux fins d'études, surtout par Bert et Balenquah, pour le cas où une seconde prise serait possible. Scott restait réticent à l'égard de cet objectif.

— Il veut un vaisseau de guerre, confia Mitford à Zainal et Kris. De la puissance de feu.

Zainal réfléchit.

— On pourra peut-être voler des armes, mais même les

Cattenis montent la garde autour des vaisseaux de guerre. Nous ne sommes pas assez nombreux. Peut-être la prochaine fois.

Chuck et Kris le regardèrent, bouche bée de surprise, et il eut un grand sourire.

— Qui a dit « Pensez grand » ?

— Dick Aarens ? proposa Kris.

Il y avait aussi des plans de la ville de Barevi, qui rafraîchirent la mémoire de ceux qui y avaient séjourné. Combien coûterait la location d'un coucou pour telle ou telle destination ? Comment discuter avec des commerçants indélicats ? Comment réagir s'ils étaient provoqués à la bagarre ?

— Les Cattenis se battent tout le temps, dit Zainal. C'est comme ça qu'ils évacuent le stress. À éviter à tout prix.

— Hé, c'est pas difficile de renverser un Catteni, dit Yuri, qui se mit en devoir de faire une démonstration de jiu-jitsu sur un Zainal sans défiance.

Un instant il était sur ses pieds, et l'instant suivant, à plat dos sur le pont, l'air à la fois surpris et contrarié. Il ignora la main que lui tendait Yuri pour se relever, mais quand il se fut remis sur ses pieds, il sourit.

— Apprends-nous !

Et le jiu-jitsu, le karaté et autres arts martiaux furent inclus dans l'entraînement quotidien.

— Il vaut mieux ne pas... — Zainal sourit — « nuire à l'espèce ».

— Comme si les Fermiers pouvaient l'apprendre ou s'en soucier ! railla Balenquah.

— *Nous*, nous saurons, et *nous,* nous nous en soucierons, dit Zainal, ne laissant au pilote hargneux aucun doute sur sa position.

— Tu es bien placé pour parler, répondit Balenquah d'un ton querelleur.

— Plus que tu crois, rétorqua Zainal.

À ce point, Mitford, assis près du pilote, lui expédia un coup de coude dans les côtes qui lui coupa le souffle.

— Il y a une cellule sur ce vaisseau, dit Beverly. Tu veux y passer le reste du voyage ?

— À votre aise, dit Balenquah.

Sur quoi, il se leva et sortit dignement.

Beverly voulut le rappeler, mais Scott secoua la tête.

— On ferait bien de le surveiller, murmura Marrucci à Beverly.

Les deux généraux et Scott acquiescèrent de la tête.

— Je ne comprends pas ce qu'il a. Il a même la possibilité de recommencer à voler dans l'espace.

Ils firent la cuisine à tour de rôle, ne touchant pas aux vivres des Cattenis, car ils étaient encore pires que les rations données aux déportés. À l'origine, le KDL avait trois congélateurs : deux moyens et un grand. Ce dernier était maintenant au réfectoire, l'un des moyens à l'hôpital. Mais celui qui restait suffisait pour le voyage, et Zainal avait l'intention de refaire le plein de denrées périssables sur les marchés de Barevi. Assez curieusement, la cuisine était équipée d'une sorte de four à micro-ondes, de sorte que le pain, les soupes et les repas que le réfectoire avait fournis à la mission pouvaient être réchauffés.

Le temps d'effectuer le premier contact avec les autorités planétaires de Barevi, ils avaient tous eu l'occasion de perfectionner leur catteni au mieux de leurs capacités. Même Balenquah était capable de cracher les réponses adéquates. Malgré les défauts éclatants de sa personnalité, c'était un linguiste-né, et Zainal avait prévu qu'il accompagnerait Kris dans ses tournées d'achats.

— Il a l'air furax, exactement comme mon ancien patron, dit Kris. Typiquement tudo. Non, pas tudo, foto, rectifia-t-elle.

Elle connaissait le mot « foto » avant même d'avoir pris conscience de la différence entre emassi et drassi.

Apostrophé par les gardes du périmètre barevien, Zainal, posant au drassi Kubitai, aboya les réponses, et Kris comprit absolument tout ce qu'il disait et tout ce que disait le garde de service. Le KDL était officiellement devenu le KDI, puisque le KDL devait être porté perdu corps et biens. Il n'y eut pas de problème avec le code.

— Pas fameuse, la sécurité, grommela Zainal entre ses dents, tout en s'en félicitant sans doute.

Pour gagner le dock qui lui était assigné, il choisit de survoler la ville pour en donner à chacun un aperçu aérien et les aider à s'orienter, tout en décrivant chaque quartier à mesure.

Matt Su faisait fonction de navigateur, et Yuri de mécanicien. Ils furent immédiatement accaparés par les autorités portuaires, Matt s'occupant de la paperasse, et présentant le journal de bord que Zainal avait créé de toutes pièces, tandis que Yuri s'occupait de refaire le plein d'eau et de carburant et autres procédures usuelles après l'atterrissage. Zainal arpenta les lieux pour s'assurer que la voie était libre, puis les différentes équipes débarquèrent, en route pour leurs missions respectives.

Coo et Slav partirent les premiers, feignant une impatience pathétique à s'éloigner des drassis, tandis que Pess restait à bord avec Matt, Bert et Beverly, ces deux derniers ne devant pas être vus. Pess et Matt ne savaient que le barevi basic et un peu de catteni, de sorte qu'ils étaient tout désignés pour rester à bord afin de prévenir toute entrée non autorisée. Nonante et Dowdall iraient voir s'il y avait des humains sur les marchés aux esclaves. Zainal, Mitford et Scott se rendraient dans le centre de la ville où ils iraient manger et boire au restaurant, dans l'espoir d'apprendre les dernières rumeurs. Puis, quand Matt et Yuri en auraient terminé avec les formalités d'atterrissage, Yuri et Marrucci se joindraient à Kris et Balenquah pour aller acheter des fournitures au marché. Certaines pourraient être portées au crédit du vaisseau, de sorte qu'ils utiliseraient le peu de monnaie cattenie qu'ils avaient pour d'autres achats, comme le « plurshaw », additif alimentaire indispensable aux Deskis. Leur provision commençait à s'épuiser, et beaucoup de bébés deskis en auraient bientôt besoin. Zainal leur avait fait une liste à exhiber si nécessaire, car la plupart des tudos ne savaient ni lire ni écrire, à part leur nom, et l'avait signée « drassi Kubitai ». De plus, il avait exercé Kris à tracer le glyphe signifiant « Kubitai », au cas où elle aurait à signer une facture.

Kris était glacée de peur jusqu'au bout de ses lourdes bottes cattenies. Elles étaient un peu grandes pour elle, mais cela lui donnait une démarche pesante qui faisait plus authentique. Elle aurait sans doute des ampoules malgré ses capitons de houppes cotonneuses, mais c'est d'un pas aussi dégagé que les autres qu'elle sortit de leur nacelle et s'engagea sur le dock principal. Quelques Cattenis traînaient nonchalamment, regardant des Deskis et des Rugariens charger et décharger des caisses. À trois nacelles du KDI, il y avait un autre astronef de la même classe, tellement neuf qu'il n'avait presque pas de trous et de bosses de météorites, et que sa peinture était encore toute fraîche.

Marrucci donna à Kris un coup de coude dans les côtes, le désignant comme la victime possible d'un coup de main. Elle sourit, articulant sans parler : « Pas question. » Il continua à sourire.

Ils ne virent aucun Terrien quand ils furent sortis du périmètre et cherchèrent des yeux un coucou. Zainal avait dit qu'il y en avait toujours qui attendaient le client. Ils s'approchèrent du premier, ayant pour pilote un vieux Catteni grisonnant au visage couturé de cicatrices. Balenquah lui donna ses ordres, aussi hargneux que jamais, puis poussa tout le monde à bord, sa main s'attardant un peu trop sur la hanche de Kris, tout en grommelant qu'il voulait en finir le plus vite possible. Il se tassa à côté de Kris sur la dure banquette, sa cuisse pressée contre la sienne d'une façon qui lui donna envie de le boxer. Mais elle ne pouvait rien faire, sinon rester assise et tolérer ses attentions. Est-ce qu'il était idiot ? Ne savait-il pas qu'elle ne tolérerait jamais ce genre de chose ? Il ne perdait rien pour attendre. Dès qu'ils seraient retournés au KDL... — non, au KDI, elle devait se mettre bien ça dans la tête. Avec les cahots du coucou pour se faufiler dans la circulation, Balenquah devait apprécier le voyage, se frottant tout le temps contre sa jambe. Une fois, Marrucci rencontra son regard, et lui fit comprendre que la manœuvre de Balenquah ne lui avait pas échappé.

Puis ils arrivèrent au-dessus du marché, le pilote évitant habilement d'arrogants coucous montant de la façon qui avait souvent failli causer à Kris une attaque à l'époque où elle était esclave. Ils atterrirent sans dommages, le pilote attrapa le prix de sa course que Balenquah lui tendait, et redécolla aussitôt pour dégager la voie aux suivants.

— Ne me bouscule pas comme ça, Balenquah, dit Kris à voix basse comme ils s'éloignaient.

— Qui ? Moi ?

Marrucci lui tapa dans le dos, lui disant, en catteni, de parler comme il fallait, puis demandant à Kris, toujours dans cette langue, la direction à suivre.

— Voilà le marché pour les additifs deskis. On achète, ils livrent.

— On va acheter beaucoup, dit Marrucci. Où ?

Kris regarda autour d'elle et repéra une foule de Deskis.

— Là-bas !

— Des Deskis ? Peuh !

Kris ne savait pas exactement si Balenquah jouait son rôle ou si c'était une réaction de sa charmante nature.

En chemin, ils passèrent devant une échoppe vendant une boisson alcoolique que seuls les Cattenis supportaient, mais Balenquah insista pour en boire, arguant qu'il avait soif.

— Pas bon, dit Kris, fronçant les sourcils, parce qu'elle savait que c'était la meilleure façon de pousser Balenquah à en goûter. C'était un épouvantable tord-boyaux, mais qu'il l'apprenne à ses dépends !

La bousculant en riant, il montra du doigt une bouteille de liquide ambré et un grand verre. Même le vendeur eut l'air étonné. Balenquah s'esclaffa, avec une grande bourrade dans le dos de Kris qui faillit tomber, mais sachant ce qui allait venir, elle patienta et attendit.

Balenquah fut même assez bête pour vouloir boire cul sec. Il aurait dû observer un autre Catteni qui sirotait lentement. Quand le liquide décapant commença à lui brûler la gorge, les yeux lui sortirent de la tête et sa peau grise vira à un rouge étonnant, mais il parvint quand même à avaler.

— Je t'avais dit pas bon, dit Kris, baissant sa voix dans le grave. C'est meilleur là !

Elle montra le coin où son maître prenait un verre les jours de marché. Elle laissa Balenquah se remettre de sa rasade de pilth — ah, elle se rappelait le nom de ce poison ! — et marcha vers les Deskis. Elle ouvrait l'œil, au cas où une bande de Cattenis serait apparue sur le marché, cherchant la bagarre. Marrucci attendit avec Balenquah tandis que Yuri lui emboîtait le pas.

— T'as bien fait, murmura-t-il en anglais. D'accord, ajouta-t-il en catteni après avoir reçu un coup de coude.

Ils entendaient Balenquah tousser et cracher derrière eux, haletant dans ses efforts pour se remettre de l'équivalent catteni de l'antigel. En tout cas, ça avait la même odeur. Le pilth lui avait également affecté les cordes vocales, de sorte qu'il gargouillait de façon inintelligible quand, avec Marrucci, il les rejoignit à l'étal du marchand de plurshaw, car il ne vendait que ça. Elle marchanda le prix de la cargaison, puis y ajouta quelque chose pour une livraison immédiate au KDI. C'était la denrée dont ils avaient le plus urgent besoin. La suivante était le sel, suffisamment pour conserver les viandes. Le sucre était inconnu des Cattenis, elle devait donc acheter assez de vinaigre pour des conserves. Ces achats étaient faciles, car elle était chargée autrefois d'approvisionner la cuisine, et elle savait où les trouver. À la même échoppe, elle découvrit avec étonnement un sac d'écorce de cannelle, et une caisse de noix muscades, qu'elle reconnut à leur odeur familière. Elle porta un morceau d'écorce à son nez pour s'assurer que c'était bien de la cannelle — se demandant ce que ça faisait sur Barevi.

Puis, prenant la voix grave qu'elle affectait pour parler le catteni, elle demanda : « Qu'est-ce que c'est ? » lâchant négligemment le morceau d'écorce et s'essuyant la main sur son uniforme comme tout Catteni l'aurait fait.

Elle ne comprit que la moitié de ce qu'on lui répondit, saisissant seulement que ça venait de la Terre et que ça servait dans la cuisine. Qu'elle devrait essayer. Elle feignit d'hésiter, jusqu'au moment où Marrucci lui tapa sur l'épaule et vint à son secours.

— Drassi Kubitai aime les nouveautés. Achète.

Ils eurent de la chance, car les deux produits étaient si insolites et suspects que le marchand n'en avait pas vendu une once et regrettait sa mauvaise affaire. Le marchandage sérieux commença, et elle acquit les épices, le sac et la caisse, plus un plein sac de poivre en grains qui lui aussi était resté pour compte. Kris n'eut aucun problème pour faire livrer le tout au KDI, et eût du mal à dissimuler sa satisfaction. Le réfectoire la bénirait à jamais.

Elle acheta aussi des bonbonnes de vinaigre de bonne qualité.

Dans le rectangle suivant, Kris trouva des étoffes de tous les textiles, couleurs et dessins, dont certaines fabriquées sur la Terre, ce qui l'enchanta et la consterna à la fois. Les Cattenis devaient piller la Terre à fond. Réprimant sa rancœur, elle se mit à marchander des pièces entières, de couleurs et épaisseurs différentes pour des vêtements d'enfants. Les tissages locaux suffisaient pour les femmes désirant porter autre chose que des combinaisons cattenies, mais les petits avaient des besoins différents. Kris en acheta tellement que le vendeur lui demanda si elle était négociant.

— Le drassi l'est, dit-elle d'un ton désapprobateur, désignant les pièces qu'elle achetait d'un air indifférent.

La dernière échoppe vendait des aiguilles, et elle jeta une poignée de paquets sur le comptoir, demandant une facture.

— Drassi exige, n'eut-elle qu'à dire. Livre avant la nuit et tu auras bonus, ajouta-t-elle avec un clin d'œil, comme elle l'avait vu faire parfois à l'intendant de son maître.

Puis elle chercha ses compagnons du regard, et les vit près d'un étal de fruits, où Balenquah cherchait à soigner la muqueuse de sa gorge.

— Je t'avais dit pas bon, dit-elle, prenant une gorupoire sur l'étal.

Elle tourna un peu la tête pour que le marchand ne voie pas qu'elle n'avait pas de grandes dents de Catteni, puis elle mordit dedans et recracha la peau comme l'aurait fait tout bon soldat. Une chose est sûre, elle n'aurait jamais pensé qu'elle remangerait de ces fruits délicieux. Bon sang, elle avait fait du chemin depuis cette forêt ! Elle en montra un filet en demandant le prix.

— Quatre, dit-elle.

Puis elle se mit à marchander une remise, comme autrefois. Elle obtint un bon prix pour le tout — qui leur suffirait pour le voyage de retour attacha les filets ensemble et les jeta sur son épaule. Yuri et Marrucci l'observaient.

— Je vous dirai plus tard, dit-elle en catteni. Par ici.

Puis ils se rendirent sous une arcade sur laquelle

ouvraient des boutiques permanentes, où elle pensait trouver de la quincaillerie. Le réfectoire avait demandé quelques grandes marmites et des plaques à pâtisserie. Elle devrait trouver ça ici, et effectivement, elle acquit cinq chaudrons et plusieurs immenses plaques. Elle vit aussi d'autres articles incontestablement d'origine terrienne, comme les tissus. Le pillage de la Terre semblait si général qu'ils auraient peut-être la chance de trouver des instruments chirurgicaux. Léon Dane avait fait des dessins des plus urgents. S'ils en trouvaient, elle aurait acheté tout ce qu'elle avait sur sa liste. Elle ne voulait pas s'attarder au marché. Quand les gardes changeraient, ils resteraient à traîner en bandes, à boire et chercher la bagarre, sous n'importe quel prétexte. Elle voulait partir avant.

Effectivement, il y avait dans une des boutiques des couteaux des différentes tailles et formes que voulait Léon Dane, mais à un prix plus élevé que ne les avait estimés Zainal. Elle acheta tout ce qu'elle put avec les fonds dont elle disposait — des paquets de scalpels, lancettes, écarteurs, petits marteaux et scies chirurgicales. D'après les stocks, il semblait que tous les hôpitaux de la Terre avaient été dévalisés. Elle marchanda quand même, si durement que le marchand lui demanda pourquoi elle voulait ces articles terriens.

— Terriens ? Qu'est-ce que c'est que ça ? dit-elle, feignant de chercher le nom de l'objet sur un scalpel.

— D'où tu viens ?

— Ici et là, dit-elle, haussant les épaules avec indifférence.

— Presse-toi, dit Marrucci d'un ton irrité, montrant de la tête une bande de Cattenis qui entraient sur la place, six de front, et bousculant tout et tout le monde sur leur passage.

— Emballe tout. On n'a pas que ça à faire, dit-elle, parvenant à trouver assez de salive pour cracher dans le ruisseau.

Tournant la tête, elle réalisa à quelle vitesse avançaient les Cattenis.

— Mets Balenquah dans un coucou, dit-elle à Marrucci. Yuri, reste.

Elle se méfiait des réactions de Balenquah si les soldats l'écartaient de force.

— Active, foto, dit-elle sèchement au marchand, qui emballait soigneusement les instruments, car les lames étaient très tranchantes.

Marrucci mit Balenquah à l'abri : grâce au pilth, il n'était pas en état de discuter beaucoup. Elle venait de prendre son paquet quand Yuri tomba sur elle, la projetant contre la vitrine ouverte dont la moitié du contenu se répandit par terre, plusieurs outils tranchants s'enfonçant dans les cuisses du vendeur qui hurla en les arrachant.

Yuri esquiva le premier swing d'un Catteni trapu, puis lança deux coups de pied dans les rotules de son assaillant, qui hurla de douleur en s'effondrant. Le marchand cria au secours, lançant la main vers Kris et manquant lui arracher son paquet. Mais elle baissa et releva le bras, et se libéra. Quand il contourna la vitrine, saignant de toutes ses coupures, elle lui décocha un coup de karaté au ventre, le projetant à la renverse dans une autre vitrine. Elle l'entendit hurler quand un éclat de verre se planta dans son postérieur.

— Hors d'ici ! cria-t-elle en bon catteni, la peur étranglant sa voix et attrapant Yuri par la manche au moment où il faisait une planchette japonaise à un autre Catteni.

Plusieurs soldats, réagissant à ses jurons et grognements, se lancèrent à leur poursuite, mais les Cattenis courent mal, et Yuri et Kris avaient de bonnes raisons de prendre leurs jambes à leur cou.

Ils faillirent renverser Marrucci revenu les chercher, et ils filèrent vers le coucou où Balenquah s'affala, victime du pilth.

Son état — ou plutôt l'odeur émanant de lui, jointe à celle des gorupoires écrasées dans les filets que Kris portait à l'épaule — firent presser le pilote qui les ramena au dock en un temps record. Quand ils arrivèrent, les achats étaient déjà livrés, et Pess, une pièce de tissu sur chaque bras, dirigeait le chargement.

— Le plurshaw est là ? demanda Kris, montant la rampe en courant.

Pess hocha la tête en souriant et dit en barevi :

— En premier. M'a vu, a posé questions. J'ai dit, ordre du drassi. Sais pas *quels* ordres.

Marrucci et Yuri descendaient du coucou un Balenquah inconscient. Elle revint payer le pilote.

— On est les premiers ? demanda-t-elle à Pess tout en l'aidant à charger les étoffes et en s'assurant que les aiguilles étaient bien là.

Pess acquiesça de la tête.

— Qu'est-ce qu'il a, le pilote ?

— Il a bu du pilth, répondit-elle. Je lui avais pourtant dit que ce n'était pas bon, ajouta-t-elle avec un grand sourire.

Pess sourit jusqu'aux oreilles, et elle parvint à détourner la tête de ses gencives verdâtres sans le vexer.

Beverly et Bert Put sortirent de leur cachette et, bien qu'ayant l'air un peu affolés, écoutèrent le récit de leurs aventures, gloussant à la mésaventure de Balenquah. Ils approuvèrent les achats, surtout les épices, le sel, le vinaigre et le poivre.

— On a été obligés de partir parce qu'il y avait une bande de Cattenis qui cherchaient la bagarre, dit Yuri. On retournera demain pour l'électronique, ajouta-t-il, regardant Kris pour confirmation.

Kris partagea les gorupoires, et ils trouvèrent tous ce fruit très savoureux.

— On peut garder les noyaux pour en cultiver sur Barevi, dit-elle, cherchant du regard une boîte où les mettre, tout en demandant s'ils avaient des nouvelles des autres équipes.

— Zainal nous a contactés quand il est arrivé au restaurant avec Mitford. Coo et Slav aussi, leur dit Beverly. Mais avec des nouvelles inquiétantes.

— Très inquiétantes ?

Beverly et Bert échangèrent un regard angoissé.

— Atermoyer ne changera rien, leur rappela Kris, sentant son estomac se nouer.

— Il y a beaucoup de Terriens ici, en attente de déportation.

Une pause.

— Ce n'est pas nouveau.

— Coo dit qu'ils sont endommagés, dit Beverly, se frappant le crâne. Ils restent assis ou debout, et ils ne parlent pas.

— *Quoi ?*

Yuri, Gino et elle réagirent simultanément, fixant Beverly, à la fois horrifiés et consternés.

— Coo a entendu dire qu'on leur avait enlevé leur esprit.

— Les Eosis ont des annihilateurs de cerveaux ? murmura-t-elle, atterrée.

— Zainal le sait-il ? demanda Marrucci, tout aussi choqué.

— Coo dit que tout le monde en parle — à voix basse. Même les Cattenis. Zainal en entendra parler aussi.

Marrucci lâcha une bordée de jurons inventifs, et sans se répéter. Yuri avait pâli sous son maquillage gris, qui se craquelait le long des plis naturels de son visage, et Kris se promit machinalement de lui rappeler qu'il devrait se poudrer avant de ressortir.

— Zainal ne fera rien de définitif avant de te consulter, non ? dit-elle à Beverly. Qu'est-ce que les Eosis peuvent bien vouloir *tirer* de ces esprits ? Ils ne connaissent pas notre existence.

— Coo dit que ce sont surtout des hommes âgés, avec quelques femmes...

— Des scientifiques, je parie, dit Kris, et Beverly hocha la tête avec tristesse. Mon Dieu, qu'est-ce que nous avons mis en branle ?

Beverly posa une main rassurante sur la sienne.

— Nous avons mis en branle une rébellion, Kris, comme nous voulions le faire sur la Terre sans y parvenir. Mais Zainal savait comment faire et il a réussi.

— Mais à quel prix !

Elle joignit les mains, comme pour contenir ses remords.

— Il n'y a jamais eu de guerre sans victimes, dit Yuri d'une voix blanche, étalant l'eau renversée sur la table en une tache de Rorschach.

— Et Nonante et Dowdall ?

— Ils disent que les cages sont pleines d'humains. Ils

ont également entendu parler des zombies, dit Beverly. Eux aussi, ils sont sur le chemin du retour, avant la relève de la garde.

— Ah, Dowdall n'a pas oublié ça, hein ? dit Kris, hochant la tête avec satisfaction.

Zainal, Mitford et Scott revinrent dans un silence qui en disait plus que des mots sur la tragédie. Zainal commença par ôter de ses joues et de son menton les tampons qui le métamorphosaient.

— On s'est arrangés pour entrer dans un camp de prisonniers, dit Scott, se laissant tomber sur un siège et prenant le verre de whisky que Kris leur versa à tous les trois. J'ai reconnu quelques visages que j'avais vus dans des journaux et des magazines. Vous en reconnaîtriez sans doute davantage, John et Gino. Ceux que j'ai pu identifier étaient des sommités de la physique quantique, de la transplantation d'organes et des applications des lasers.

— Les lasers peuvent être utilisés comme armes, murmura Kris.

— Les Eosis en ont déjà, dit Zainal, à voix basse lui aussi.

— Est-ce qu'ils... guériront ? demanda Kris.

Zainal secoua la tête, tout en ajoutant :

— Tout dépend du temps qu'ils ont été soumis à la sonde mentale. Les Eosis sont sans pitié.

— En revanche, l'autre nouvelle est bonne, dit Scott, secouant la tête comme pour se débarrasser de cette vision désespérante. La Terre continue à se rebeller, et les Cattenis pillent à grande échelle.

— Eh bien, ça ne m'étonne pas, dit Kris. J'ai acheté de la cannelle, de la muscade, du poivre, du sel, des tissus, des aiguilles et des instruments chirurgicaux qui proviennent sans aucun doute de ces pillages. Je n'ai pas eu assez d'argent pour acheter tout ce que voulait Léon. Est-ce qu'on en a d'autre à dépenser ? demanda-t-elle à Zainal, qui acquiesça de la tête.

— Pas d'électronique ? demanda Scott, contrarié. Nous en avons plus besoin que d'instruments chirurgicaux.

— Si les Cattenis ont pillé aussi à fond qu'il le semble,

nous trouverons toute l'électronique terrienne que nous voudrons. Mais on a rencontré une escouade hors service, dit Kris, et Zainal grogna. Alors, on est partis.

— Nous aussi, dit Dowdall. L'astroport est bondé. On a eu de la chance de trouver une nacelle.

— Il y a eu des dégâts ? demanda Zainal.

— Pas de notre côté.

Kris sourit jusqu'aux oreilles. Dowdall aussi.

— Où est Balenquah ? demanda Scott, regardant autour de lui.

— Il cuve un grand verre de pilth, répondit Kris, avec un sourire malicieux.

Zainal hurla de rire.

— Je lui ai pourtant dit que ce n'était pas bon, ajouta-t-elle, tandis que Marrucci et Yuri gloussaient.

— C'est bien fait pour lui, dit Marrucci, mais Kris le regarda et il ne s'étendit pas.

— Tu as trouvé du plurshaw pour les Deskis ? demanda Zainal.

Elle hocha la tête.

— Et à un bon prix, en plus. J'ai fait livrer tout ce que je pouvais. Pess a déjà tout chargé. « Drassi dit... » et elle sourit de l'efficacité de cette explication laconique.

Coo et Slav rentrèrent alors, Slav avec une coupure au-dessus de l'œil, et Coo avec des meurtrissures sur tout un côté de son corps frêle.

— Des problèmes ? dit Zainal, se levant d'un bond.

Coo leva une main rassurante.

— Une bande de Cattenis. Ils détestent les extrahumains.

— Ils détestent tout le monde, dit Dowdall avec force. Attends, je vais soigner ton œil, Slav.

Et il l'emmena près du petit placard où ils rangeaient leurs quelques fournitures médicales. Slav supporta stoïquement ses soins, bien que l'antiseptique catteni brûlât comme du feu — même les Cattenis.

— Mauvaises nouvelles, dit Coo, rejoignant les autres à la table.

Il refusa poliment de boire le whisky déjà sur la table, alors Mitford fit une tisane.

— Ils s'en prennent aussi à ton peuple ? demanda Scott.

Coo secoua la tête.

— Nous ne fabriquons pas de machines.

— Les nôtres doivent travailler dans des endroits bruyants, dit Slav, frictionnant ses poils pectoraux avec agitation. Nous sommes forts.

— Vous Terriens, pas bons pour travailler, dit Coo en souriant. Trop de problèmes.

— On peut faire des problèmes aussi si on nous en donne l'ordre, dit Slav, regardant Mitford.

— Toutes les minorités oppressées se révoltant en même temps donneraient du fil à retordre aux Eosis, dit Scott, à qui l'idée plut immédiatement.

Mais Zainal secoua la tête en grognant.

— D'autres dommages aux espèces.

Scott abattit son poing sur la table, avec tant de force que la bouteille de whisky tressauta.

— Bon sang, Zainal, c'est déjà fait, les dommages aux espèces. À notre peuple. Tu as vu dans quel état ils sont. Combien subiront encore la même torture ? Puis seront vendus comme esclaves et mourront Dieu sait où ?

Kris n'avait jamais vu Scott si ému, mais elle imaginait l'horreur qu'il avait dû éprouver en voyant tant de brillants individus réduits à l'état de zombies.

— Les Eosis cherchent des idées chez votre peuple, dit Zainal, et, à l'expression de son visage généralement indéchiffrable, tous voyaient bien qu'il plaignait les victimes et était d'accord avec Scott. Quand ils n'en trouveront pas qu'ils puissent utiliser, ils arrêteront.

— Et ce sera... quand ? demanda Scott.

— Je n'ai rien entendu aujourd'hui. Demain, on pourra aller ailleurs et écouter. Et peut-être poser des questions.

— Et tous ces... malheureux décervelés ? demanda Scott, si bouleversé que Kris vit des larmes dans ses yeux.

— On peut faire quelque chose contre *ça,* dit Zainal avec fermeté.

Puis il se tourna vers Kris et Marrucci.

— Demain de bonne heure, allez acheter du fil électrique, du plastique, du matériel électronique. Soyez prêts à partir si j'organise...

— Qu'est-ce que tu vas organiser ? demanda Mitford, bien qu'à son air Kris pensa qu'il s'en doutait.

— Ce qui peut être fait pour aider. Les Fermiers *n'aiment pas* les dommages aux espèces. On leur montrera ce qui peut arriver.

— On les ramènera avec nous ? commença Scott plein d'espoir, puis, le bon sens reprenant le dessus, il se rembrunit. Comment pourrons-nous nous occuper de tant de malades mentaux ?

— On se débrouillera, dit Kris, d'un ton si farouche que Scott eut un mouvement de recul. Combien sont-ils ?

— Des centaines, dit Scott, agitant la main avec désespoir.

— Ils ne sont pas tous privés d'esprit, dit Zainal. Mais ils mourront dans les mines et les champs s'ils ne sont pas soignés.

— On ne peut pas les laisser si on a la possibilité de les emmener, dit Dowdall avec fermeté, embrassant la table du regard pour voir s'ils étaient tous d'accord.

Même les deux Deskis et Slav acquiescèrent.

— Zainal, tu as remarqué l'autre vaisseau de même classe à quelques nacelles de nous ? dit Marrucci, les yeux brillants.

Bert Put, qui avait gardé le silence pendant toute la discussion, se redressa, regardant Zainal avec espoir.

Il hocha la tête, les lèvres retroussées en un petit sourire.

— J'irai peut-être voir le garde ce soir, boire un peu de pilth avec lui.

— Non, dit Mitford, avec un sourire pervers. Il en aura l'habitude. Prends plutôt notre tord-boyaux.

Le lendemain matin au petit déjeuner, Zainal avait une bonne nouvelle à leur communiquer après sa petite soirée avec le garde. La plus grande partie de l'équipage du KDM était en permission, après un vaste circuit passant par la Terre. Ils avaient même transporté deux ponts pleins de Terriens décervelés sur les marchés aux esclaves, et un butin qui serait bientôt vendu sur tous les étals de Barevi. Seuls deux hommes restaient à bord, montant la garde à tour de rôle, chose qui ne les réjouissait pas, mais ils espéraient être relevés dans deux jours. Comme c'était la procédure standard sur tous les vaisseaux cattenis, le KDM avait refait le plein de carburant et de vivres. Il devait repartir pour la Terre afin de recharger, car les envahisseurs cattenis vidaient systématiquement magasins et entrepôts, que les articles et denrées fussent utiles ou non.

— Quoi que les Eosis aient cherché sur la Terre, ils ne l'ont pas trouvé, dit Zainal. Même pas des informations. Ils pourraient même abandonner la planète.

— Quoi ?

— Quitter la Terre ?

— Hourra ! On les a rossés et ils n'apprécient pas.

— Ne te réjouis pas trop vite, dit Zainal levant la main pour conseiller la prudence. Votre Terre ne sera peut-être plus jamais comme avant.

— Alors on la reconstruira à notre retour, dit Beverly, l'air farouche.

Zainal se tut ostensiblement.

— J'ai aussi appris que le directeur de l'astroport est sur les dents, avec tant de vaisseaux qui arrivent et qui partent.

— Ce qui signifie qu'il ne les vérifie pas un par un ? demanda Beverly.

Zainal hocha la tête.

— Exact ; on est arrivés au bon moment.

— Alors, partons aussi au bon moment, dit Mitford, bourru. Si on trouve tous les trucs qu'il nous faut, est-ce qu'on peut repartir ce soir ? Quelque chose me dit qu'on tente un peu trop la chance. En revenant, j'ai vu des tas de Cattenis en bandes, ivres morts qui cherchaient la bagarre. Bien content qu'on ne soit pas à pied.

Tout le monde regarda Zainal. Il hésita, puis hocha la tête.

— Plus tôt serait mieux que plus tard, mais d'abord — il leva l'index —, on ne rentre pas à vide.

— Dis donc, s'il n'y a que deux hommes sur le KDM, on ne pourrait pas le faucher ? demanda Gino d'un ton vibrant.

Mitford émit un grognement écœuré, écartant cette proposition, mais Scott se pencha vers Zainal, l'air avide.

— On pourrait ?

— Je crois que ce serait très facile. Gino pourrait être commandant. Balenquah...

Zainal le chercha du regard.

— Il a été malade toute la nuit, dit Mitford, acide. Il n'est absolument bon à rien. Moi, je n'ai jamais bu plus qu'une gorgée de cette saloperie, mais ça m'a suffi.

— Je lui ai dit que ce n'était pas bon, répéta Kris, affichant un air innocent.

— Ce qui lui a donné encore plus envie d'essayer, hein ? dit Mitford, la regardant de travers.

— Il le méritait... commença Marrucci, mais Kris lui donna un coup de pied sous la table. Avec son sale caractère, le salaud, termina-t-il à la place de ce qu'il allait dire.

— Bon, dit Scott, revenant à leur planning. Nous, nous tâchons de découvrir ce que nous pouvons sur les... handicapés. Exact ?

Il regarda Zainal qui hocha la tête.

— Tu as la liste d'hier, Kris ? Alors aujourd'hui, va avec Matt Su, Nonante et Marrucci acheter toute l'électronique que tu pourras trouver.

— On en trouvera, dit Kris, fronçant les sourcils. Je n'ai jeté qu'un coup d'œil, mais partout où je posais les yeux, je voyais des trucs qui venaient de chez nous.

— Parfait, dit Matt, ça veut dire qu'on a de bonnes chances de rapporter ce qu'il nous faut. On a fait tout ce qu'on pouvait avec le matériel des Fermiers, mais on pourrait faire drôlement plus avec des composants familiers, pas vrai, Dowdall ?

— N'oubliez pas des portables, dit Zainal, tapotant son unité cattenie. On a besoin de tout ce qu'on pourra trouver ou fabriquer.

Kris lui tendit un crayon et une feuille du plastique fin dont se servaient les Cattenis pour prendre des notes.

— Fais-nous une autre liste d'achats, Drassi Kubitai !

Zainal grimaça.

— Je ne connais pas les formes cattenies, dit-il.

— Pas de mots pour « pièces de rechange » en catteni ? demanda Matt en souriant.

— Ah, si, dit Zainal, dessinant rapidement un glyphe, et y ajoutant des queues et des volutes. Comme ça, ça signifie tout ce qui peut servir à réparer l'électronique. Je crois.

— Avons-nous complètement perverti un Catteni bon teint ? demanda Matt, dans un de ses accès de fantaisie.

— Absolument, répondit Zainal du fond du cœur. Maintenant, faisons un plan d'inter... d'inter quelque chose...

— D'intervention d'urgence ? demanda Kris.

— C'est ça. Au cas où il y aurait deux chargements d'humains pour les mines, les colonies ou ailleurs, dit Zainal. J'appellerai Chuck pour lui dire où amener le KDM. Ensuite, Sergent, tu iras boire du tord-boyaux avec le garde. L'autre dormira. Tu sauras quoi faire. Après, Gino, Beverly, Coo, Pess et Slav monteront à bord pour remplacer l'équipage. Bert et Gino, soyez prêts à amener les vaisseaux où je vous dirai.

Il feuilleta la pile de cartes et de plans et trouva ce qu'il cherchait.

— Les cages aux esclaves sont là, mais vous devrez contourner la cité, pas la survoler.

— Il ne faudra pas obtenir l'autorisation de décollage auprès des autorités portuaires ? demanda Gino.

Zainal se frappa le front et aspira l'air entre ses dents.

— Quand on aura investi le KDM, je reviendrai m'en occuper, dit Mitford. Donne-moi les mots pour « cages aux esclaves » en catteni. Je ne sais que le barevi.

— Sers-toi du barevi si c'est nécessaire, dit Zainal, balançant la main pour indiquer que les autorités portuaires connaissaient les deux langues. Bonne chance, ajouta-t-il, se levant d'un air résolu et levant le pouce, souriant quand son regard tomba sur Kris.

— Même chose pour toi, dit-elle, se levant avec les autres.

— Et attention à votre maquillage si vous vous mettez à transpirer, les gars. Et pour l'amour du ciel, n'oubliez pas de rabattre votre casquette sur le front, pour cacher vos yeux. Je n'ai jamais vu des Cattenis aux yeux bleus, et encore moins marron.

— Slav, Pess et Coo, vous gardez le vaisseau, fut le dernier ordre de Zainal en se dirigeant vers le sas.

Kris, Dowdall, Matt et Nonante prirent le dernier coucou toujours devant l'astroport. Le pilote grommela que le marché n'était pas encore ouvert.

— Boutique où je vais est, répondit Kris en barevi. Drassi dit.

Ce qui mit fin à toutes les objections possibles du Catteni. Sa main gauche était remplacée par un crochet, mais un coucou se pilotait facilement d'une seule main. Est-ce que seuls les handicapés obtenaient les licences de taxi sur Barevi ?

Comme l'appareil se dirigeait vers le marché, ils remarquèrent de la fumée s'élevant de différents endroits.

— Beaucoup de bagarres ? demanda Nonante en barevi, souriant mais évitant de découvrir ses dents.

— Beaucoup, répondit le Catteni dans sa langue d'un ton acide. Des bandes de neuf équipages. Plus grandes bagarres depuis des semaines.

Ce qui signifiait que les survivants cuveraient leur pilth et lécheraient leurs blessures. Ou se cacheraient pendant les vingt-quatre heures réglementaires. La chance était encore avec eux, espéra-t-elle, sans oser le dire tout haut.

La plus grande partie du premier marché qu'ils survolèrent — celui où ils avaient fait leurs achats la veille — n'était plus qu'un fouillis d'échoppes et d'étals dévastés, au milieu desquels les marchands triaient ce qui pouvait être encore vendable. Comme ils survolaient la rangée d'immeubles le séparant du suivant, Kris vit des serpentins d'étoffes, venant sans doute des boutiques où elle avait fait ses achats, enguirlander les bâtiments.

— Les gars ont bien rigolé, murmura Nonante, à qui Kris décocha un bon coup de coude pour avoir parlé en anglais.

Il roula les yeux en guise d'excuse, mais le pilote n'avait pas entendu.

Il n'y avait pas autant de dégâts dans le troisième rectangle, celui où le coucou devait les déposer. Sans doute parce qu'il y avait moins d'échoppes pour manger et boire dans cette partie. Mais une section entière semblait avoir été rasée. Kris espéra que ce n'était pas celle dont ils avaient le plus besoin.

— Un ticco de plus si tu nous attends, dit-elle au pilote, de sa voix grave de Catteni.

Maintenant, elle prenait cette voix quand elle voulait, mais elle était aussi un peu enrouée de tous les marchandages de la veille.

— Juste un ticco ? geignit-il.

— Attends et on verra, dit-elle, lui laissant le choix.

Elle lui tendit une plus petite pièce en lui montrant une échoppe vendant des boissons chaudes et le pain catteni presque impossible à digérer.

Cela l'amadoua suffisamment, et elle s'éloigna avec les autres à la recherche de pièces de rechange.

Quatre boutiques exposant des caisses de puces électroniques dans leur vitrine n'étaient pas encore ouvertes. Ils arrivèrent à une cinquième sur le long côté du marché rectangulaire, où le marchand balayait des composants et/ou des puces avec une indifférence totale aux dégâts. Matt et Dowdall grimacèrent, et Kris émit un sifflement, les rappelant à l'ordre pour ce comportement non catteni.

— Tu vends ? dit-elle, jouant le rôle du tudo stupide.

— J'en ai l'air ? répondit le marchand avec colère, montrant les dégâts, à l'intérieur et à l'extérieur de sa boutique.

Il continua à tempêter, passant du barevi au catteni dans sa fureur.

— Tu en as ? dit Kris, montrant les glyphes de Zainal.

Le boutiquier interrompit la description de ce qu'il ferait à la bande qui avait réduit son stock à l'état de détritus, la lorgna d'un air soupçonneux, puis se tourna vers Matt et Dowdall qui ramassaient amoureusement tel et tel article ayant échappé à la destruction.

— J'ai tout ce qu'il faut pour réparer... si tout n'a pas été cassé.

Il posa son balai et les fit entrer, poussa une porte au fond de la boutique et leur montra des caisses en carton encore fermées, avec code-barre et liste des contenus en anglais, allemand, français, et soit chinois, soit japonais... Kris ne voyait pas la différence.

— Ah, pas endommagé, s'écria-t-elle. Drassi veut tout.

— Tout ? fit le marchand, à la fois ravi et soupçonneux.

— Drassi Kubitai fait commerce, dit Dowdall avec un clin d'œil, prenant des caisses sur les rayonnages et les empilant au milieu de la pièce.

Ses yeux pétillaient tellement que Kris rabattit rageusement sa casquette sur son front en guise d'avertissement.

— Kubitai content de nous, dit-il en barevi, détournant la tête.

— Pas tout, mais échantillons pour montrer. Combien ? dit Kris, tapotant les cartons que Dowdall avait choisis, auxquels Matt ajoutait les siens, haletant d'excitation, mais n'oubliant pas de baisser les yeux. Tu livres ?

— Ha ! Et qui c'est qui finira de nettoyer et qui fermera avant qu'ils reviennent ?

— Kubitai veut unités-comm, Drassi ? dit Matt, revenant du fond de la pièce avec une caisse.

Kris fit semblant de consulter sa liste. Le boutiquier mit le doigt sur le bon glyphe.

— Ici, andouille, dit-il, l'œil roublard à l'idée de la rouler sur les prix.

— Je compte bien, dit-elle, renforçant sa casquette sur son front mais le regardant d'un air farouche. Moi bientôt devenir drassi. Tu verras.

— Ha ! railla-t-il, mais il se mit à transporter les cartons vers la sortie. T'as de quoi transporter tout ça ?

— Un coucou, dit-elle. Je l'appelle.

Elle dut aller chercher le pilote qui s'était payé un repas avec sa piécette. Quand il vit la montagne de caisses empilées devant la boutique, il secoua la tête.

— Appelles-en un autre dit-elle, montrant son tableau de bord. Drassi Kubitai content de nous. On aura longue permission.

Elle rentra fièrement dans la boutique où Dowdall attendait, l'air anxieux.

— Il ne va pas trouver louche qu'on achète tant ? Et vérifier auprès du KDI ? dit-il, en un murmure presque inaudible.

— C'est sans doute déjà fait, et si les autorités ont eu le temps de lui répondre, on saura à quelle nacelle est le KDI, murmura-t-elle en réponse, puis voyant le marchand du coin de l'œil, elle lui donna un coup de poing dans le bras en ajoutant : Travaille. Pas travail, pas permission !

Pourtant, l'appât du gain — et sans doute un coup de fil aux autorités pour s'assurer qu'il y avait bien à l'astroport un KDI avec un drassi Kubitai à bord — encouragea le marchand à honorer cette énorme commande.

Kris marchanda sérieusement, pour bien jouer son rôle de tudo pas si bête que ça. Elle n'avait aucune idée de ce que ce matériel aurait coûté sur la Terre, mais Matt était aux anges. Il y avait même des ordinateurs portables encore dans leur emballage. Qu'est-ce que les Cattenis pouvaient bien en faire ? Ils ne pouvaient même pas lire les manuels, et encore moins comprendre le sens des icônes. Elle avait eu assez de problèmes avec son 286 IBM à l'université. Elle en nota douze avec toutes les caisses de pièces de rechange, et plusieurs cartons de disquettes. Elle souhaita ardemment ne pas avoir à expliquer pourquoi elle les achetait. Son catteni et son barevi étaient quand même rudimentaires.

Elle chicana à fond sur les prix, puis finit par apposer sa marque sur la série de glyphes qui sortit de la machine électronique. Elle ajouta aussi le glyphe pour « Kubitai » que Zainal lui avait appris, se félicitant de sa prévoyance.

Puis ils chargèrent les cartons dans les coucous. Leur pilote avait bien jugé du volume à transporter, et il en avait appelé deux au lieu d'un.

Pendant tout le survol de la cité, Kris s'efforça de se rassurer, terrifiée à l'idée qu'il puisse leur arriver quelque chose — être pris dans une rafle, arrêtés par une patrouille portuaire ou tout autre pépin inattendu. Mais ils arrivèrent sans encombres à la nacelle et se mirent à décharger. Mitford, Gino, Slav, Coo et Pess mirent la main à la pâte pour accélérer le mouvement, Gino sifflant entre ses dents devant l'importance de leurs achats.

— Les Cattenis ne peuvent pas siffler, lui dit Kris, revenue dans la sécurité du vaisseau.

— Aïe !

— Des nouvelles de Zainal ?

Gino secoua la tête, descendant la rampe au petit trot, émettant des bruits inintelligibles qui pouvaient être des jurons cattenis et ajoutant « Drassi dit », d'un ton hargneux.

Ils avaient presque fini de décharger quand Balenquah tituba dans le sas ouvert, son maquillage gris rayé de rigoles de sueur, la poudre grise de ses cheveux étant restée sur son oreiller, bref, l'air pas du tout catteni.

Mitford se ressaisit le premier.

— Malade ! Rentre ! Dow, Nonante, rentrez-le !

Ils tirèrent le pilote en arrière, et il n'eut que le temps d'une protestation étouffée avant qu'ils ne l'assomment. Mitford roula les yeux à l'adresse de Kris, qui faisait face aux pilotes des coucous éberlués.

— Très malade. Terrien malade, dit-elle branlant du chef et obligeant ses jambes chancelantes à descendre la rampe.

Il n'y avait plus que quelques cartons à décharger.

— Le chef du dock sait ? demanda le pilote manchot, le regard soupçonneux.

— Le chef du port dit de le garder à bord et ramener sur Terra, dit Mitford, détournant le visage du Catteni. Et de le laisser là-bas.

— Drassi dit on part aujourd'hui, ajouta Kris pour faire bonne mesure. Je prendrai permission là-bas ! J'avais dit Bal pas bon ici.

Elle paya les pilotes, ajoutant un pourboire suffisant pour qu'ils ne soient pas mécontents, mais trop faible pour qu'ils pensent qu'elle achetait leur silence. Elle bénit mentalement toutes ses affreuses séances d'achat avec son maître catteni qui lui permettaient maintenant de savoir la différence.

Dès qu'ils furent partis, elle marcha droit sur la bouteille de whisky et s'en versa une bonne rasade. Dowdall et Nonante la rejoignirent, lui prenant la bouteille des mains sans un mot.

— On l'a attaché, dit Dowdall. Ce salopard prétentieux a failli nous faire repérer.

— Et on n'est pas encore sortis de l'auberge, dit Mitford, tendant la main vers la bouteille. Je ne suis pas sûr que le manchot ait avalé nos explications.

— Ouais, mais pourquoi soupçonnerait-il des soldats en uniformes cattenis d'être autre chose que des Cattenis ? demanda Kris, cherchant à se rassurer.

— Oui, c'est vrai, convint Mitford.

— Il n'y a plus de danger ? chuchotèrent Beverly et Bert Put de leur cabine.

— Pour le moment, dit Kris en s'asseyant, parce que ses genoux ne pouvaient plus la porter.

Elle enfouit son visage dans ses mains.

— Je ne veux plus jamais revivre un moment pareil.

Un bourdonnement impératif venant du tableau de bord de la passerelle les fit sursauter. Beverly et Mitford se ruèrent vers la porte en même temps, le sergent se tournant sur la tranche pour laisser Beverly passer le premier.

— *Schkelk ?* dit Beverly, en parfait tudo en prenant la communication. Oh, Dieu soit loué !

S'étirant le cou en direction de la passerelle, Kris le vit se détendre à vue d'œil. Juste un instant — puis il se redressa, faisant signe aux autres de le rejoindre.

— Oui, oui, compris. Bon sang, à quoi ressemble « quarante-sept » en catteni ?... Oh !

Il saisit un bloc que Mitford tint devant lui, car il tenait le combiné de l'autre.

— Épais trait vertical, deux transversaux, trois traits vers le bas, un petit carré à droite au bout des deux traits de droite vers le bas. Noté. C'est pour le KDI ?

Beverly se mit à sourire et poussa un soupir de soulagement qui sembla pénétrer tout son corps.

— Dieu merci, murmura-t-il. D'accord ; il y a juste un petit changement à la fin du glyphe, un petit cercle à la place du carré entre les deux traits de droite ?... Compris. On arrive dès qu'on sera autorisés à quitter le dock. Surveille notre arrivée.

Il coupa la communication.

— Le plan d'intervention d'urgence entre en application. Mitford, attrape une bouteille de tord-boyaux et va en visite. Gino, Coo, Slav, Pess, Nonante, traînez dehors comme désœuvrés. On va aller sauver ces malheureux. Et Dieu veuille qu'il leur reste une étincelle d'esprit. On va vider les prisons.

— Je sais comment manœuvrer les ponts, dit Kris, prenant Nonante par la main. Je vais te montrer. Espérons que c'est la même chose que dans l'épave.

Les contrôles étaient à la même place près du sas, mais en bien meilleur état de fonctionnement.

— Ils vont être drogués et tout ça ? demanda anxieusement Nonante.

— J'espère. Ils survivront mieux s'ils le sont, dit Kris, s'interdisant de penser à ce processus et aux corps qui rempliraient bientôt les quatre niveaux du pont. Jette un coup d'œil dehors, Nonante, au cas où on aurait des visiteurs inattendus, dit-elle, lui mettant son portable dans la main.

CHAPITRE 13

Pour un plan d'urgence, échafaudé à la hâte et exécuté rapidement, tout se passa très bien. Mais il y avait maintenant d'autres Cattenis sur le quai, qui transportaient le fret ou surveillaient les Rugariens qui le faisaient à leur place. La taille de Bert Put le ferait remarquer comme le nez au milieu de la figure. Alors, ils l'enveloppèrent dans des couvertures, puis Dowdall et Slav le transportèrent jusqu'au KDM, maugréant au sujet des drassis et de leurs maudits commerces. Puis ils retournèrent au KDI.

— Du gâteau, dit Mitford quand il revint au KDI. Du début à la fin, Bert, Général. On va se tirer de ce trou.

— Et Zainal et Scott ? demanda Nonante.

— On les retrouve aux quais 47 et 49 pour prendre nos passagers. Maintenant, je dois contacter les autorités portuaires pour les autorisations de décollage.

Tandis que Bert s'installait dans le fauteuil du pilote, Beverly prit celui du mécanicien, et Mitford contacta les autorités. Kris vit ses épaules se raidir et il roula des yeux.

Quoi encore ? Le pépin qui allait les trahir et qu'elle avait craint toute la journée ? Elle s'agita, les genoux vacillant de nouveau.

— Malade ? s'exclama Mitford en catteni, ajoutant une bordée de jurons pour faire authentique. Oui, Terrien malade, dit-il d'un ton dégoûté. On le larguera avec les autres. Ils verront rien, ajouta-t-il avec un gloussement mauvais. *Kotik*. Dix.

Il sifflotait en coupant la communication.

— Le pilote a eu des soupçons. Filons avant qu'ils envoient quelqu'un jeter un coup d'œil sur notre malade terrien. Pas plus haut que mille plegs, Bert. C'est notre altitude assignée.

Mitford adressa un signe porte-bonheur à Kris, et, prenant une autre bouteille de whisky, ce qui n'en laissait que deux pour le voyage de retour, il retourna nonchalamment dans le vaisseau nouvellement investi.

Bert s'acquitta des procédures de départ — actionnant la sirène pour rappeler l'équipage, fermant le sas quand ils furent tous à bord, démarrant les moteurs — comme s'il avait fait ça toute sa vie. Le KDI s'éleva en douceur, Bert rectifia la trajectoire et ils virent l'astroport qui s'éloignait. Avec les seules petites tuyères permises en un espace aérien si congestionné, il leur fallu longtemps pour contourner la cité de Barevi, déployée devant eux et jusqu'aux forêts et champs les plus proches. Ils virent les énormes engins qui abattaient des arbres et remuaient des montagnes de terre et de roc pour faire de la place. Sans aucun doute pour entreposer tous les produits pillés sur la Terre, pensa Kris avec amertume.

Les coucous filaient dans toutes les directions, et tous ceux qui passaient devant eux coupaient le souffle à Kris.

— Ils ne peuvent pas voir à l'intérieur, dit Bert pour la rassurer. Et je te donnerai immédiatement ma place si on nous interpelle. Tu n'aimerais pas piloter ce bijou un moment ?

Son bavardage la détendit un peu, mais elle resta près de lui au cas où ils devraient échanger leur place rapidement.

Ils eurent un peu de mal à distinguer la plate-forme sur laquelle ils devaient atterrir, vu que les glyphes indiqués par Zainal différaient très peu entre eux. Mais, avançant aussi lentement que possible, tous identifièrent les signes au même instant, et ils virent même la plate-forme du KDM un peu plus loin.

Au-dessous d'eux se trouvaient les cages des esclaves, semblables à celles où Kris se trouvait quand on l'avait fait monter à bord du transport qui l'avait amenée sur Botany des mois plus tôt. Il y avait des hectares de cages, se déployant dans toutes les directions à partir d'un bâtiment central. Mais toutes n'étaient pas pleines. Seulement quatre. Elle ne pouvait pas voir qui occupait celles au-delà de la plate-forme 49, et elle espérait ne jamais savoir qui ils avaient dû abandonner ce jour-là.

Bert se posa doucement sur la plate-forme, coupa les moteurs et ouvrit le sas. Kris prit position aux contrôles, et soudain, Zainal monta la rampe à grandes enjambées, crachant ses tampons défigurants, marmonnant entre ses dents et grondant à son adresse, mais lui faisant un clin d'œil en passant. Kris répondit d'un « oui, Drassi » servile, puis vit les premiers de leurs pathétiques passagers.

Elle faillit éclater en sanglots devant les visages inexpressifs, les yeux morts, les mouvements automatiques qu'aucune intelligence ne motivait. Elle eut quand même la force d'ouvrir le pont inférieur et le chargement commença.

Elle avait du mal à se retenir de sangloter éperdument, et elle se soulagea un peu en criant sur le Catteni qui poussait ces malheureux sur la rampe. La plupart avaient leur couverture drapée sur l'épaule, un paquet de rations dans une main, et dans l'autre le quart de bouillon drogué, maintenant vide. Elle dut se dire et se répéter sans arrêt qu'elle les sauvait — qu'ils seraient bientôt en sécurité, qu'on s'occuperait d'eux — tout en se demandant comment diable ils parviendraient à gérer tous ces morts vivants sur Botany, où il y avait tant d'espoir, de vie et d'avenir.

Quand le premier niveau fut plein, elle passa machinalement au deuxième. Montant lourdement la rampe comme des moutons, plusieurs chancelèrent et tombèrent. Elle dut se dominer fermement pour ne pas s'élancer à leur secours, mais cela n'aurait pas été conforme au caractère du tudo catteni dont elle jouait le rôle. Elle *ne provoquerait pas* un pépin. Elle sauvait ces misérables. El faisait de son mieux.

Elle passa au troisième niveau, puis le vaisseau fut plein. De même que l'air était plein de sanglots et de gémissements. Vivement qu'agisse le bouillon drogué, pour mettre fin à leurs tourments. Et à ceux de Kris.

Ce fut Zainal qui détacha ses mains des contrôles quand la rampe se rétracta et que le sas se ferma dans un claquement métallique. Il l'aida à rentrer dans la cabine et lui versa une autre rasade de whisky.

— On n'en a presque plus, protesta-t-elle.

— C'est maintenant que tu en as besoin, Kris, dit-il. Je n'avais pas réalisé quelle épreuve ce serait pour toi, sinon, je l'aurais fait moi-même...

— Non, non, dit-elle, secouant la tête, pas un capitaine drassi.

Puis elle posa sa tête sur la table et se mit à pleurer.

— Ils dorment tous maintenant, dit Zainal, la serrant dans ses bras et lui caressant les cheveux.

— Zainal ! s'écria-t-elle soudain, levant vers lui son visage inondé de larmes. Est-ce qu'on les a tous chargés ?

— Tous ceux pour qui on avait de la place. Plus quelques Deskis et Rugariens, une demi-douzaine d'Ilginishs et quelques Turs pour faire bonne mesure.

— C'est vrai qu'on a grand besoin des Turs et des Ilginishs, plaisanta-t-elle, s'efforçant de contrôler ses pleurs.

Nonante et Beverly étaient debout sur le seuil. De la tête, Zainal leur fit signe d'entrer, et ils se servirent une solide rasade de whisky.

— On n'en a plus beaucoup, dit bêtement Kris.

— C'est médicinal, ma chère, dit Beverly, et elle lui trouva une mine terrible sous sa peau couleur café.

— Dowdall dit que le KDM est sur une trajectoire parallèle. Beaucoup de vaisseaux sont en approche, mais nous sommes autorisés à sortir du système, et on s'exécute à la vitesse grand V.

Il poussa un long soupir et vida son verre d'un trait.

— Tu es relevée, Bjornsen. Je ne veux pas te voir sur le pont avant deux quarts.

— À vos ordres, Général, dit-elle, saluant mollement avec un sourire pâlot.

Zainal l'aida à se lever et la guida vers sa cabine. Il dut la soulever pour la poser sur la couchette supérieure, mais ses mains étaient très douces quand il étendit sur elle la rugueuse couverture cattenie.

Au cours des deux semaines suivantes, ils durent répondre à plusieurs interpellations, puis ils arrivèrent dans le secteur moins fréquenté menant au système de Botany. C'étaient les échanges standard entre vaisseaux, et Zainal y répondit sur le faux KDI et Mitford sur le KDM.

Ils discutèrent aussi de la façon d'intégrer à la colonie ceux qu'ils venaient de sauver.

Kris se surprit à considérer l'amiral Ray Scott avec stupéfaction : sous ses dehors militaires autoritaires et cassants, il y avait un homme d'une compassion inattendue. Et d'une haute intégrité morale. Elle ne fut pas la seule à s'efforcer de le convaincre qu'il aurait été impossible de laisser déporter ces malheureux sur un vaisseau d'esclaves.

— Dis donc, Ray, ce n'est pas comme s'ils étaient plus nombreux que nous ! dit Beverly le second soir. Il faudra chasser plus souvent et ensemencer quelques champs de plus, et alors ? S'il le faut, on pourra fonder une sorte de crèche pour ceux qui sont totalement dépendants. On ne sait même pas la gravité de leur état. Il leur reste peut-être une étincelle d'intelligence que nos psy pourront raviver. Et peut-être que le simple fait de se retrouver parmi des humains... je te demande pardon, Zainal... choyés et bien nourris, en guérira certains.

— Maintenant, presque tout le monde a une maison. On pourra les loger, les nourrir et... les aimer, dit Dowdall, s'éclaircissant la gorge.

Il était de ceux qui ne faisaient pas étalage de leurs émotions.

— Et nous informerons les Fermiers, dit Zainal.

— Tu crois qu'ils pourront faire une sorte de prodige psychique et remplacer ce qu'ils ont perdu ? demanda Dowdall.

Zainal haussa les épaules.

— C'est possible, puisque leur science est tellement plus avancée que la nôtre. Pourquoi pas leur médecine ?

— Je crois que c'est demander un miracle, dit Ray

Scott, mais la lueur d'espoir qui brilla dans ses yeux à cette suggestion n'échappa à personne.

— Nous les informerons, répéta Zainal.

— Je ne parle que pour moi, dit Kris, mais ils ne peuvent pas poser plus de problèmes qu'un bébé, et on pourrait en prendre un à la maison, n'est-ce pas, Zainal ?

Il hocha la tête.

— Si il ou elle n'est pas terrorisé de vivre avec un Catteni.

— Eh bien, je trouve qu'il est important, reprit Kris avec fermeté, que tout le monde sache qu'il existe au moins un bon Catteni dans cet univers !

Ils approchaient de l'héliopause quand Zainal mentionna, comme par hasard, pensa Kris, qu'ils auraient peut-être un petit problème pour faire franchir la Bulle au KDM.

— Pourquoi ? demanda Kris. Ils se ressemblent comme deux gouttes d'eau.

— Ils sont deux, et il n'en est sorti qu'un.

— Le KDI était en gestation au départ et a accouché du KDM, dit Kris, elle-même surprise de cette boutade.

Les assistants rirent poliment.

— C'est effectivement un problème, dit Beverly.

— Pourquoi ? s'enquit Scott. Si on procède lentement, comme à la sortie, en nous glissant doucement dans la Bulle.

Zainal n'était pas convaincu.

— Dommage qu'on ne puisse pas appeler le sol et demander à Raisha de faire un trou dans la Bulle avec Bébé, dit Bert. On pourrait peut-être mettre les deux vaisseaux l'un sur l'autre, suggéra-t-il, écartant aussitôt cette idée du geste. Trop risqué.

Zainal acquiesça d'une torsion sceptique de l'épaule.

— On est frais de ramener ces malheureux jusqu'à la porte sans pouvoir les faire entrer ! dit Dowdall.

— Il *doit* y avoir un moyen, dit Scott, regardant Zainal pour trouver l'inspiration.

— S'il y en a un, on le trouvera, dit l'ancien emassi.

Mais à l'évidence, tous à bord du KDL furent préoccupés pendant la traversée du système jusqu'à sa troisième planète.

— Les moteurs, dit soudain Kris, observant leur approche de la passerelle.

— Quoi ? demanda Scott

Il leva les yeux du calcul de la trajectoire finale qui leur permettrait d'éviter les deux satellites.

— Est-ce qu'il y aurait un rayon-tracteur sur ce vaisseau ? demanda-t-elle à Zainal.

— Un quoi ?

Il fronça les sourcils, ne trouvant pas ces mots dans son vocabulaire pourtant maintenant très étendu.

— Quelque chose pour tirer un autre vaisseau, un vaisseau sans moteurs.

— Elle a raison ! dit Scott. Est-ce que ça existe sur le KDL ?

Il fallut quelques instants à Zainal pour comprendre ce qu'ils voulaient dire exactement, mais quand il comprit, il sourit jusqu'aux oreilles.

— Il n'y a pas de rayon-tracteur, mais on peut se connecter. La coque de l'un est négative et l'autre positive. Très facile. Je vais prévenir Bert.

Ils ne s'étaient pas permis beaucoup de communications inter-vaisseaux, au cas, peu probable, où on aurait pu les entendre. Mais si près de Botany, ils pouvaient prendre ce risque. Le satellite orbital enregistrerait peut-être une partie de la transmission, mais pas assez pour donner l'alerte. Pas à moins qu'il n'y ait des Eosis cachés derrière les lunes.

— Oh, tu veux magnétiser la coque, dit Bert, comprenant immédiatement. Donne-moi la procédure.

Tous sentirent la légère secousse quand le KDM se colla magnétiquement à l'arrière du KDL. Il y avait aussi un peu d'électricité dans l'air. Le KDL serait d'abord poussé à travers la Bulle, propulsé par le KDM. Tous regardaient nerveusement approcher la surface lisse de la barrière, avec, derrière, une demi-lune lumineuse qui était Botany. Bert avait réduit la vitesse au minimum, tandis que Zainal, dans le vaisseau avant, le guidait. Le nez du

KDL poussa doucement la « membrane », qui s'ouvrit pour le laisser passer. Il fut bientôt tout entier à l'intérieur de la Bulle et ils ne sentirent aucune résistance au KDM, ni une rupture de la connexion.

— On a réussi ! exulta Bert sur la ligne ouverte. On a réussi ! Comment je nous sépare ? Non, je plaisante.

Puis Rastancil ouvrit un canal, s'enquérant si tout allait bien. Et que faisait cet autre astronef sur son écran ?

— Eh bien, on en a eu besoin pour effectuer notre... sauvetage, dit Scott, calmant son exaltation due au passage réussi du dernier obstacle. Nous ne pouvions tout simplement pas... — sa voix mourut, puis il reprit fermement — les laisser sur Barevi.

— Sauvetage ? De qui ? De quoi ?

— Tu verras, dit Scott, presque avec colère. Certains sont très atteints. Rassemble tous les médecins et tous ceux ayant la moindre expérience médicale. Surtout les psychiatres. Nous avons d'autres prisonniers cattenis pour la vallée. Alors, que Raisha se prépare à les y emmener. Et il nous faudra une autre vallée pour quelques Turs qu'on a été obligés d'embarquer. On lui donnera des gardes au cas où certains se réveilleraient prématurément.

— Des médecins ? Des psychiatres ? Mais qu'est-ce qu'ils ont ? demanda Rastancil, alarmé.

— Tu le sauras bien assez tôt, répondit Scott, laconique. Et préparez une bonne soupe bien nourrissante, ou quelque chose de facile à avaler.

Il coupa la communication, l'air méditatif.

— Tout ira bien, Ray, dit Kris, lui posant la main sur le bras. Tu verras.

— Botany peut relever n'importe quel défi, dit Dowdall avec la fierté d'un survivant du Premier Largage.

Quand les deux vaisseaux atterrirent dans le grand champ précédant le hangar, Rastancil avait mobilisé transports, médecins, et tout le personnel nécessaire au déchargement des dormeurs. Jim Rastancil, Geoffrey Ainger, Bob Reidenbacker, Bull Fetterman — en fait, tous ceux qui constituaient le Conseil — attendaient patiemment que Scott et Zainal débarquent du KDM, qui atterrit un peu avant son vaisseau frère.

— La décision aurait due être prise unanimement par tous les Botaniens, dit nerveusement Scott, rabattant ses cheveux en arrière et se frictionnant la nuque.

— En tout cas, elle a été prise unanimement par tous les Botaniens présents, dit Beverly avec fermeté.

— Bon sang, je te crois, ajoutèrent en chœur Dowdall, Mitford et Kris.

— Qui ? Quoi ? demanda Rastancil, étonné de voir Scott hésitant.

— Ceux que les Eosis ont soumis au sondage mental, dit carrément Scott. Ils devaient être expédiés comme esclaves Dieu sait où.

— Mon Dieu ! Bien sûr que vous deviez les ramener ici, dit Rastancil. Léon, Mayock, en avant. Sortons-les.

Et il monta la rampe en courant, avec le personnel médical.

Kris prit son poste à la manœuvre des ponts.

— Bon, procédons par ordre, entendit-elle rugir Bull Fetterman. Amenez le grand traîneau, brancardiers devant. Préparez des couvertures en guise de...

Les portes des soutes s'ouvrirent ; certains eurent des haut-le-cœur aux odeurs qui s'en échappèrent, mais ils entrèrent... et s'immobilisèrent.

— Dieu du ciel ! dit Rastancil en un souffle, fixant les déchets humains effondrés en petits tas, bien que certains soient parvenus à s'allonger avant que la drogue ne les terrasse.

— Et je pensais qu'on avait été maltraités ! murmura Léon, s'agenouillant près d'un corps inconscient, lui tâtant le pouls et parcourant le pont du regard.

Kris avait allumé toutes les — rares — lampes.

— Civière ici, dit-il, montrant l'homme, puis passant au suivant. Mayock, il va falloir les trier.

Et le sauvetage entra dans sa phase finale.

Mille six cents humains, heureusement pas tous décervelés, mais beaucoup blessés et contusionnés, furent débarqués des deux astronefs. Plus deux cents Deskis, cent quatorze Rugariens, quatre-vingt-dix Ilginishs et douze Turs.

Ils laissèrent les Turs sur le pont inférieur, où ils seraient enfermés s'ils se réveillaient avant que Raisha revienne de la vallée des Cattenis. Les deux Cattenis du KDM avaient passé tout le voyage dans la prison lugubre du vaisseau, ne voyant que Coo et Mitford, dans son rôle de Catteni. On leur dit que leur astronef avait été réquisitionné. L'un d'eux se plaignit de ce traitement chaque fois qu'on leur apportait à manger ; il se plaignit même des bons repas parce qu'ils étaient différents de ce qu'il mangeait d'habitude. L'autre Catteni dormit presque tout le temps, ne se levant que pour manger et satisfaire des besoins naturels. On leur banda les yeux avant qu'ils ne quittent leur prison, pour qu'ils n'aient pas grand-chose à ajouter aux informations que les autres captifs pouvaient avoir.

Avec tant de bras pour l'aider, Léon composa des équipes qui séparèrent les plus gravement atteints de ceux qui avaient seulcment besoin de repos, de nourriture et de réconfort. Entre-temps, beaucoup avaient repris connaissance, et on leur donna de l'eau et de la soupe, apportée à la hâte du réfectoire. Sans qu'aucun ordre n'ait été donné, chaque victime se vit bientôt assistée d'un Botanien, en une réaction spontanée qui réchauffa le cœur de Kris. Scott aurait dû avoir davantage confiance en la générosité de la communauté. Ce n'était pas comme s'il ne l'avait jamais vue en action à chaque largage des Cattenis.

Au réveil, certains étaient totalement passifs, le visage vide. On dut les aider à boire et à manger, mais ils furent capables de déglutir une fois qu'on eut porté eau ou nourriture à leur bouche. D'autres se mettaient à hurler ou à sangloter éperdument, et c'était déchirant, même si cela laissait présager qu'ils avaient gardé certains vestiges de leur personnalité antérieure.

— Parlez-leur sans arrêt, mes amis, cria Léon. Qu'ils entendent l'anglais, qu'ils voient des visages humains autour d'eux. Donnez-leur à manger, mais pas trop.

— Qui sait depuis quand ils n'ont pas fait un repas décent ? marmonna Anna Bollinger, s'efforçant d'empêcher la malheureuse dont elle s'occupait d'avaler tout son bol de soupe. Juste un peu à la fois. Tu en auras d'autre.

— Bon sang, on dirait un lendemain de tremblement de terre, dit Joe Latore, aidant son protégé à se lever, car il s'efforçait désespérément de se remettre debout.

— Qu'est-ce que tu fabriques, Zainal ? C'est le moment de prendre des photos ?

— C'est pour montrer aux Fermiers ce que les Eosis font aux gens. Et ce que les humains font pour aider, dit-il, approchant son camescope des yeux morts du protégé de Joe.

Puis Zainal tourna sa caméra vers la femme que soignait Léon, afin de montrer les lacérations qui lui couvraient tout le torse. De là, il passa à un groupe de trois hommes aux visages inexpressifs, aux yeux vitreux.

Les blessés qui pouvaient marcher furent confiés à des volontaires, qui les emmenèrent chez eux après avoir reçu des instructions sur les soins élémentaires.

— Comme un bain ! remarqua quelqu'un tout haut. Je me demande ce que je vais trouver sous toute cette crasse et... beurk !

Tous se proposèrent pour aider, au point d'être déçus quand toutes les victimes eurent été prises en charge.

Léon et les autres médecins donnèrent des conseils généraux pour les soins d'urgence.

— Maintenez-les au chaud, donnez-leur beaucoup d'eau, mais limitez les nourritures solides jusqu'à ce que leur corps se soit réadapté. Laissez-les dormir tant qu'ils voudront. Mais ne les laissez pas sortir seuls. Nous allons organiser des conférences d'évaluation, pour voir si certains pourront réagir à la réhabilitation.

— Tu t'en sors, Léon ? demanda Scott avec sérieux.

— Évidemment, Ray, répondit-il sèchement. En fait, c'est fini, dit-il, montrant d'un geste large le champ presque désert. Qui sait ? Une bonne nourriture, de l'air pur, beaucoup de visages amicaux... ajouta-t-il avec un sourire ironique, plus de bons spécialistes des traumatismes, et nous réussirons peut-être à en guérir complètement une bonne partie.

— Tu le penses vraiment ?

Scott semblait prêt à accepter tout ce qui pouvait le rassurer, après la responsabilité dont il avait chargé toute la colonie.

— Et comment ! dit Léon, d'un ton si convaincu que Scott finit enfin par se détendre. Vous ne pouviez pas les abandonner. Quoi qu'il arrive, ils seront mieux avec nous.

— C'est vrai, tu sais, dit Kris. Tu as l'air crevé, Ray.

— Je pourrais en prendre un chez moi. Ma maison est terminée.

— On les prendra à tour de rôle, dit Léon. Je veillerai à ce qu'on ne t'oublie pas, dit Léon avec ironie. Maintenant, Ray, je te prescris du repos. À toi aussi, Kris. Tu as laissé un bébé à la crèche, non ? Mais tu as peut-être l'impression que ça remonte à des années ?

— C'est pourtant vrai, tu sais, dit-elle.

Elle avait été trop occupée pour beaucoup penser à Zane. Mais il était heureux où il était : l'une des puéricultrices lui avait dit qu'il se portait à merveille.

— Je te crois sans peine. Bon, va le voir maintenant, dit-il, la poussant doucement dans la bonne direction.

Puis, voyant Kris chercher Zainal des yeux, il ajouta :

— La dernière fois que je l'ai vu, il suivait l'ultime chargement sur le traîneau.

Étonnée et ravie, elle le retrouva juste devant la crèche avec Zane dans les bras. Il glapit de joie à la vue de sa mère et lui tendit les mains, manquant tomber des bras de Zainal, qui le donna à sa mère, serrant étroitement son camescope contre lui.

— Je t'ai vu filmer, dit Scott, modifiant sa direction pour les rejoindre.

Il parvint même à sourire en voyant Zane étreindre sa mère avec enthousiasme.

Zainal tapota sa caméra en hochant la tête.

— Il faut ces preuves pour montrer aux Fermiers comment les Eosis traitent les humains. Tu m'aideras à écrire un rapport, Ray ?

Et quand Scott hocha la tête avec lassitude, Zainal ajouta :

— Ce que les mots ne peuvent pas dire, les images le diront.

— Tu enverras le tout par une des capsules d'alarme que les Fermiers ont au Poste de Commandement ?

— Les Fermiers n'approuvent aucuns sévices. Quand ils auront vu ce que font les Eosis, ils reviendront nous voir.

— Et si les Fermiers ne bougent pas ? demanda Scott avec amertume.

— C'est ce qu'il faut découvrir, non ? dit Zainal.

Mais au ton, Kris comprit qu'il n'aurait pas de repos tant que la Phase Trois ne serait pas terminée, quoi qu'il arrive.

Quand Zainal, Kris et l'ancien caméraman eurent fini de monter le rapport cinématographique, ils se demandèrent si les Fermiers pourraient le projeter. Mais Baxter avait aussi fait des photos, qui furent soigneusement insérées dans le tube messager.

La capsule d'alarme n'eut aucun mal à traverser la Bulle, en route vers sa destination. De nouveau, son départ fut enregistré par les deux satellites, de même que sa brusque disparition juste après l'héliopause. L'incident fut immédiatement rapporté au quartier général des Eosis pour distribution.

Le Mentat Ix, qui rentrait tout juste de sa futile inspection de la planète rebelle, entra dans une telle rage que ses cadets craignirent qu'il ne perdît la connexion avec son hôte. Il venait juste de recevoir un rapport de Barevi, l'informant de la disparition d'un des tout nouveaux transports et de plus de deux mille esclaves, destinés à la colonie minière de Ble Sot Fac Set, qui attendait du personnel pour remplacer les victimes d'un effondrement inévitable dans une galerie majeure. Quand le rapport en arriva à la composition de ce chargement, le Mentat Ix frôla l'extinction de plus près qu'aucun de ses pairs au cours de leur longue histoire.

Il se remit lentement de cette attaque : son hôte avait souffert de blessures corporelles et dut être réparé, complication jamais vue dans une symbiose Eosi-Catteni.

Pour calmer leur aîné, les Mentats Co et Se ordonnèrent la construction d'une installation sur la lune la plus proche de la planète en cause : un second satellite orbital, programmé pour une rotation plus lente, assurerait une surveillance constante et empêcherait la population récalcitrante d'effectuer une nouvelle sortie clandestine, puisqu'il était maintenant évident qu'ils possédaient deux astronefs, et peut-être davantage.

Quand le Mentat Ix fut complètement guéri, il se mit à organiser la plus grande expédition jamais montée par les forces cattenies, qui tirerait de cette planète rebelle la vengeance la plus horrible jamais imaginée par le Mentat Ix. Après, il ne resterait plus dans la galaxie aucun opposant pouvant infliger une telle humiliation aux Eosis. Mais d'abord, il fallait trouver l'arme, ou la méthode, permettant de briser la barrière entourant la planète coloniale. Planète, dit le Mentat Ix à ses collègues avec conviction, qui était sans aucun doute la cause de tous les problèmes récemment rencontrés par les Eosis aussi bien que par les Cattenis. Une fois détruite, les Eosis pourraient reprendre leurs activités normales et jouir de leurs conquêtes sans résistance.

Achevé d'imprimer en mars 2000
sur les presses de l'Imprimerie Bussière
à Saint-Amand (Cher)

POCKET - 12, avenue d'Italie - 75627 Paris Cedex 13
Tél. : 01-44-16-05-00

— N° d'imp. 725. —
Dépôt légal : mars 2000.

Imprimé en France